OLIVER STONE
NIGHT DREAM

OLIVER STONE
NIGHT DREAM

Roman

Aus dem Amerikanischen übersetzt
von Klaus Fröba

verlegt bei Kindler

Originaltitel: A Child's Night Dream
Originalverlag: St. Martin's Press, New York

Umschlaggestaltung: Jorge Schmidt, München
Satz: Ventura Publisher im Verlag
Druck und Bindung: Franz Spiegel Buch GmbH, Ulm
Printed in Germany
ISBN 3-463-40343-9

2   4   5   3   1

INHALT

TEIL 3:
HEIMWÄRTS

PROLOG

Mit der ersten Fassung dieses Buches hatte ich 1966 als Neunzehnjähriger in Guadalajara in Mexiko begonnen, 1967, in New York, war sie fertig. Das Manuskript zählte über tausend Seiten, die meisten handgeschrieben, andere mit der Maschine getippt, und wurde von einer Handvoll New Yorker Verleger abgelehnt. Um es schreiben zu können, hatte ich zum zweitenmal und diesmal endgültig mein Studium an der Yale University aufgegeben, was nicht nur zu einem ernsthaften Streit mit meinem Vater führte, sondern auch zu einer zunehmenden Isolation gegenüber der amerikanischen Gesellschaft im ganzen.

In einem Akt der Verzweiflung warf ich in einer kalten Nacht mehrere Kapitel des Manuskripts in den East River und meldete mich noch im Jahr 1967 als Freiwilliger nach Vietnam. Da es mir darum ging, die narzißtische Erfahrung mit bekennender Literatur so gründlich wie möglich zu vergessen und in der Anonymität des Soldatenlebens unterzutauchen, schlug ich das Angebot aus, an einem Lehrgang für Offiziersanwärter teilzunehmen, und drängte darauf, möglichst bald als gewöhnlicher Infanterist in einer Kampfeinheit eingesetzt zu werden – wohl aus Sorge, der Krieg wäre womöglich vorbei, ehe ich an ihm teilnehmen konnte.

Meinem Wunsch nach rascher Verlegung wurde entsprochen. Im Anschluß an die Ausbildung in Fort Jackson in South Carolina wurde ich im September 1967 – exakt an meinem einundzwanzigsten Geburtstag – nach Vietnam geflogen. Dabei hat das Schicksal mir einen ironischen

7

Streich gespielt: Wir überquerten in dieser Nacht die internationale Datumslinie, wodurch mein Geburtstag entfiel – mein erster Verlust in diesem Krieg.

In Vietnam stellte ich alles, was es an echten Werten in mir gab, auf die Probe und schaffte es tatsächlich, wenn auch nur mit knapper Not, fünfzehn qualvolle, häufig von häßlichen Feuerszenarien begleitete, bisweilen jedoch auch unglaublich schöne Monate zu überstehen, und das in einem Land, das der westlichen Seele immer noch fremd ist. Als ich zum Jahresende 1968 zurückkam, war ich der Welt der Romane untreu geworden, ich wandte mich dem neuen Medium Film zu, das, glaube ich, bei jedem den Nerv der Empfindungen treffen muß, der fünfzehn Monate im Dschungel zugebracht und gelernt hat, lediglich auf seine fünf Sinne gestützt zu überleben. Nach verschiedenen Irrwegen ließ ich mich – dankbar, überhaupt etwas in meinem Leben zu haben, auch wenn's kaum mein Leben war – von der Atmosphäre der New York Film School einfangen und versagte mir jahrelang den Blick zurück.

Mein Vater hatte infolge seiner Umzüge weitere Teile der ursprünglichen Romanfassung verloren oder verlegt; irgendwann Mitte der siebziger Jahre habe ich schließlich sämtliche Seiten, die ich noch auftreiben konnte, in einem Schuhkarton verstaut und diesen in der Folgezeit von einem Schrank zum anderen mitgeschleppt. Mitte der neunziger Jahre wurde ich in einem Interview als Filmemacher nach meiner Vergangenheit gefragt. Dadurch erfuhr ein Lektor namens Robert Weil vom Verlagshaus St. Martin's Press in New York von diesem Buch. Er schrieb mir und bat mit sehr freundlichen Worten, das Manuskript lesen zu dürfen. Bald faßte ich Vertrauen zu diesem liebenswürdigen, Kompetenz ausstrahlenden Mann und überließ ihm den allmählich vergilbenden Inhalt meines Schuhkartons zu treuen Händen.

8

Ich habe keine Ahnung, wie er es fertiggebracht hat, sich in dem Wust zurechtzufinden und so viele kluge Anmerkungen zu machen, obwohl die Handlung keinen durchgehenden roten Faden mehr hatte. Das Manuskript war ein bloßes Sammelsurium aus losen Blättern, in schludriger Handschrift oder mit hüpfenden Schreibmaschinenanschlägen hingehauen, und wichtige Seiten fehlten ganz. Er aber beharrte darauf, daß er in den rudimentären Überbleibseln den Kern der ursprünglichen Schönheit ausmachen könne – der Schönheit der Sprache und der Gefühle, die ich eigentlich zum Ausdruck bringen wollte, später jedoch vergessen hätte. Es lohne sich, daran zu arbeiten, behauptete er. Hielt ich mir vor Augen, daß dieser Mann Henry Roth geholfen hatte, nach einem halben Jahrhundert literarischer Abstinenz seinen Roman doch noch zu vollenden, dann durfte ich davon ausgehen, daß er die Durststrecke mit mir auch durchstehen würde. Am Ergebnis gemessen, ist Robert Weil weitaus mehr als der Lektor dieses Buches, er hat dessen Wiedergeburt erst möglich gemacht, und dafür bin ich ihm zutiefst und für immer dankbar.

Ich schreckte davor zurück, mich tatsächlich hinzusetzen, um zu schreiben und alles zu überarbeiten, und schob das Ganze zwei Jahre und zwei Filme lang vor mir her. Was da vor mir lag, waren rund siebenhundert Seiten sehr dichter experimenteller Sprache; viele Male mußte ich im Wörterbuch nachschlagen, was dieses oder jenes Wort wirklich bedeutete, weil mein Stil teilweise hemmungslos expressiv war, dazu an die epische Breite alter Romane angelehnt, wenn auch mit vorsätzlich modernistischer Zeichensetzung und eigenwilliger Schreibweise der Wörter. Der Umgang mit der Zeit in diesem Buch folgt – ein Zeichen meiner Bewunderung für James Joyce – dem ungezähmten Strom des Bewußtseins und stellt sich als ein ständiges Hin und

Her dar, als Rückbesinnung auf die eine Kindheit, die ich in den vierziger und fünfziger Jahren in Amerika verbrachte, und die andere, die ich im gleichen Zeitraum in Frankreich erlebte.

Folgerichtig tritt die Zentralfigur abwechselnd als William auf – der Name, den mein Vater bevorzugte – oder als Oliver – der, den meine französische Mutter lieber mochte. Es werden also beide Namen benutzt, William ist die praktikablere, unauffällige Identität, ausgewählt von meinem Vater, der, tief erschreckt von der großen Wirtschaftskrise, der festen Überzeugung war, daß ein Mann sich nicht durch äußerliche Manierismen oder seinen Namen, sondern durch seine Arbeit und Gesinnung von anderen unterscheiden solle. Er wurde nicht müde, mir zu erklären, daß das Bestreben, immer und überall aufrichtig seine Meinung zu sagen, ein Zeichen gigantischer Hybris sei, die eine gigantische Strafe erfahren werde. Oliver dagegen – oder »Oliverre«, wie meine Mutter mich mit ihrem stark französisch gefärbten Akzent rief – blieb der Name, der mir, mochte er auch nach den Regeln der Männergesellschaften, denen ich mich später anschloß, hochtrabend und lächerlich sein, im stillen lieber war und den ich bei stummen Zwiesprachen mit mir selbst stets verwendete.

So stolperte ich in den ersten Lebensjahren zwischen zwei Identitäten hin und her, das Kind starker Eltern, die sich zankten, mit dem Besen aufeinander losgingen, verstohlene Rendezvous hatten, sich durch Privatdetektive bespitzeln ließen, um das Sorgerecht stritten und was sonst noch zu den vorsintflutlich anmutenden Geplänkeln einer Scheidung nach den New Yorker Rechtsgepflogenheiten gehörte. Und weil ich als privilegiertes Kind aufgewachsen war, nichts mit Brüdern und Schwestern teilen mußte und so viele wunderbare, glückliche Jahre erlebt hatte, beschlich mich, als meine Eltern sich 1962 trennten, das dumpfe Gefühl, daß es auf der Welt keine Sicherheit gibt. Während meiner ganzen Kindheit pflegte Mom, in eine Wolke Parfum gehüllt und mit Schmuck behängt, von Zeit zu Zeit zu verschwinden, und keiner wußte, wann sie wiederkam. Dad umgab sich sowieso mit der Aura des Geheimnisvollen und zeigte, wie das zu jener Zeit gang und gäbe war, keinerlei Neigung, mit seinem Sohn über irgendwelche Gefühle oder physische Bedürfnisse zu sprechen, was er übrigens auch mit seiner Frau äußerst selten tat. Nach den Erfahrungen meiner frühen Jahre war der Globus ein schwankender Boden, der sich nur auf Widerruf unter unseren Füßen dreht; ich kam mir wieder vor wie der Fünfjährige, der sich bei Bloomingdale hilflos den Tücken der viel zu schnellen Rolltreppe ausgeliefert sah.

Ich erwähne das, weil in diesem Roman das Wesen der Zeit unbestimmt und unbestimmbar ist und sich in mir allmählich das Gefühl eingenistet hat, daß ich mehrere Leben parallel zueinander gelebt habe, was, wenn ich es so sehe, Segen und Fluch zugleich wäre. Ich, der ich später Buddhist geworden bin, kann mich ohne Mühe der Ansicht anschließen, daß alle Zeit Illusion ist, alles im Kreislauf wiederkehrt und sich das, was sich in parallelen Universen ereignet, jedem Versuch einer uns zur Gewohnheit gewordenen chronologischen Einordnung entzieht. Ein Mensch kann alt sein, solange er jung ist, aber auch, wie zahlreiche Beispiele belegen, im Alter mitreißend jung; die Bestimmung von Zeit und Leben hängt in Wahrheit von der Art unseres Denkens ab. Was ich in den sechziger Jahren erlebt habe oder was sich in Form von Eindrücken meiner Vietnamerfahrung in Filmen der achtziger oder neunziger Jahre widerspiegelt, bestärkt mich nur in dem Gefühl, daß unser Leben von einer Mischung aus Schlüsselerlebnissen geprägt wird, Erlebnissen, die wir augenscheinlich in unse-

rem Bewußtsein speichern, um unser Sein darin wiederzuerkennen, ehe wir sterben.

Ich glaube, daß man erst in den letzten Augenblicken,
Tagen oder Jahren vor dem Tod wirklich außerhalb des
Gefüges chronologischer Zuordnung lebt. Das ist die Zeit,
in der man sich der »Dichtung« seines Lebens erinnert –
daran, was seinen Rhythmus, seinen Inhalt und seinen Sinn
ausgemacht hat, an alles, was war in diesem mitunter einsamen, mitunter schönen, auf jeden Fall aber einzigartigen
Leben. Die schlechten Phasen verschmelzen, denke ich,
mit den guten, weil wir die guten überhaupt nicht zu
schätzen wüßten, wenn wir nicht die Erfahrung des Kon-
trasts zwischen Gut und Böse gemacht hätten. Und so ist
am Ende eben alles Illusion, *samsara,* wie die Buddhisten
das große, unaufhörlich rotierende Rad des Lebens nennen, mit seinen sechs Daseinsformen, an die wir gebunden
sind, bis die Erleuchtung kommt.

Bereits 1966, als mir der Buddhismus und seine Lehre noch
fremd waren, wählte ich für die amerikanische Ausgabe
dieses Buches den Titel *A Child's Night Dream,* weil mich das
Gefühl beherrschte, in einem Traum zu leben. Als junger
Mann war ich oft nicht in jenem »Daseinsbewußtsein«, das
der Buddhismus lehrt, ich suchte vielmehr in Nischen der
Erinnerung und der Phantasie Zuflucht vor meinen Le-
bensängsten, wo ich mir still für mich bessere oder schlech-
tere Welten ausdachte. Blicke ich aber heute auf mein
Leben zurück, dann erkenne ich, daß es der Traum war,
der mich dazu befähigt hat, all die Dinge zu tun, die des
Erinnerns wert sind. Der Traum hat mich glauben lassen,
daß ich, so unmöglich es scheinen mochte, bestimmte
Dinge in meinem Leben tun konnte – zum Beispiel in den
Krieg ziehen, zur See fahren, Sex mit exotischen Frauen
haben, Kinder zeugen und in ihnen liebevoll die immerwährend Wiedergeburt erkennen oder Filmimpressionen

schaffen, die andere Menschen nachvollziehen können. All das hat seinen Ursprung ausschließlich im Traum, denn ohne ihn bewegt sich – jedenfalls für mich – nichts, nicht nach vorn, nicht rückwärts, nicht mal nach links oder rechts; ohne Traum gibt es nur das Vakuum, das Leben als Kette aneinandergereihter Tage, die Erhaltung des körperlichen Wohlergehens, die Sorge um Nahrung und Schlaf – je älter wir werden, desto mehr geht es, wie viele von uns erfahren haben, um das Prinzip des Aufrechterhaltens.

1965, als ich zum erstenmal nach Vietnam ging, tat ich es, um an einer katholischen Privatschule im Chinesenviertel von Saigon zu unterrichten. Ich ließ mich dazu ein Jahr lang vom Studium an der Yale freistellen. Das war während der an eine Kipling-Geschichte gemahnenden Anfangsphase des Kriegs, Vietnam atmete noch den Geist einer exotischen französischen Kolonie. Die ersten amerikanischen Truppen kamen bar aller Erfahrung mit blindem Optimismus ins Land. Außer mir schien sich am Zusammenspiel von Krieg und fernöstlicher Korruption jeder eine goldene Nase zu verdienen. Damals konnte ich noch ungehindert durch Asien streifen, durch Laos, Kambodscha und Thailand, Länder, die in meinem Buch so beschrieben werden, als habe es dort seither keine Veränderung gegeben, weil ich sie eben so erlebt und in Erinnerung habe.

1966 kehrte ich als Schiffsjunge auf einem Frachter der Handelsmarine nach Amerika zurück. Wir legten in Oregon an, und mich verschlug es nach Mexiko, wo mich eines Nachmittags plötzlich in einem billigen Hotelzimmer in Guadalajara das Schreibfieber packte. Ich blieb mehrere Wochen dort, verließ nur ein- oder zweimal am Tag das Haus, um ein wenig frische Luft zu schnappen, und vergrub mich dann sofort wieder in meiner Mönchszelle.

Als ich nach New York zurückgekehrt war, lag es nahe, mich

auch zu dem Schritt zurück zur Yale University zu entschließen. Doch die Arbeit an meinem Roman nahm mich so in Anspruch, daß ich wichtige Vorlesungen verbummelte und folgerichtig in sämtlichen Kursen durchrasselte. Unter dem Einfluß asiatischer Ideen und Joseph Conrads gab ich Ende 1966 das Studium ganz auf und vertraute mein Geschick dem Wind meiner Suche nach dem Ich an.

Nach der Totgeburt meines Buches entschloß ich mich, wie ich schon sagte, abermals nach Vietnam zu gehen, als Soldat in der Infanterie, wo ich dem einzigen Krieg meiner Generation so nahe war, wie ich es mir nur wünschen konnte. Auf Grund dieser Erlebnisse schuf ich später die Filme »Platoon«, »Geboren am 4. Juli« und »Zwischen Himmel und Hölle«, aber diesen Roman habe ich geschrieben, noch ehe ich den eigentlichen Krieg erlebt hatte, er ist gedacht als Wiedergabe der peripheren Kriegserfahrungen, die ich in Saigon und während meiner Exkursionen ins Landesinnere gemacht habe.

An dieser Stelle muß ich bekennen, daß es zu jener Zeit unmöglich war, das zu tun, was ich in meinem Buch beschreibe: als Soldat nach Laos und Kambodscha zu reisen, wo es überhaupt keine *Rest-and-recreation*-Einrichtungen für die Truppe gab. Und es war genauso unmöglich, als Soldat auf einem Schiff der Handelsmarine, einer privaten, kommerziellen Organisation, nach Amerika zurückzukehren. Soldaten wurden von der Pan American zurückgeflogen, entweder in gecharterten Sitzreihen oder in einem Leichensack im Frachtraum. Mittlerweile sollte klargeworden sein, daß ich, jedenfalls in unmittelbarer Beziehung zu Zeit und Ort, nicht der war – und es heute noch nicht bin –, von dem in meinem Buch erzählt wird. Dennoch gab es, glaube ich, einen Grund für diese logischen Brüche: den Glutofen des Traums, der zugleich Feuer und Asche dieses Manuskripts ist, bis zum heutigen Tag.

14

In einem weitergefaßten Verständnis enthält der Traum ein Fantasy-Element, in dem der Protagonist, ein junger Mann, mit sich und seinen Zielen ringt – was er in seinem Leben tun und was er auf keinen Fall tun will – und dabei künftige Möglichkeiten aufzählt, als habe er sie alle bereits ausprobiert. Wenn er nun Tag für Tag soviel Zeit damit verbracht hat, seinen Phantasien nachzuhängen, so hat er das, davon bin ich überzeugt, im Grunde nur getan, um sich eine Rückzugsmöglichkeit freizuhalten, die bequeme Flucht in den Nihilismus und – als Alternative zum dornenreichen Weg eines Lebens »im Schweiße seines Angesichts« – die Möglichkeit eines Suizids.

Das alles kommt mir heute sehr fremd vor, aber nicht fremder oder weniger fremd als andere Leben. Aus meinem Film über das Schicksal Jim Morrisons erinnere ich mich lebhaft an die Szene, in der er sich – von Drogen benebelt wie so oft – zu einem Freund umdreht und sagt: »Dies ist das fremdeste Leben, das ich kenne.«

Nur, welches Leben kennen wir denn außer dem unseren? So gesehen ist jedes Leben sich selbst fremd. Was zu der Frage führt: Wozu ist das Leben da? Wo liegen die Schnittpunkte des individuellen Lebens mit dem Zwang der äußeren Umstände? Bin ich authentisch? Was ist real für mich? Gibt es Zukunft oder Vergangenheit oder paralleles Leben? Sind, wie Hamlet fragt, unsere Vorstellungen Realität? Daß ich mich in meiner Jugend so ahnungsvoll vor der »Sicherheit des Formalen« gefürchtet habe, war wohl, nachträglich besehen, eine Vorstufe meiner heutigen Sicht der Dinge, es war die Angst davor, sich zu ändern, eine andere Version meiner selbst zu werden, andere Leben zu führen, also teilzuhaben am Kreislauf der Wiedergeburten, der sich unablässig während der uns gegebenen Spanne Zeit auf Erden vollzieht, auch wenn wir ihn wieder und wieder leugnen, so beharrlich und so lange, bis der große Traum gestorben ist.

Und doch vertraue ich darauf, daß der Traum, so zart er ist, unvergänglich widerhallt. Ich wünschte nur, ich hätte das früher begriffen und vertrauensvoller daran geglaubt. Sei's drum – nun will ich mich mit der Klarsicht und dem Instinkt aus dreißig Jahren Abstand daran machen, eine Schneise durch den Regenwald der Erinnerungen zu schlagen und den Kern dessen bloßzulegen, was ich in jungen Jahren gedacht habe. Ich habe versucht, in Momentaufnahmen etwas von den surrealen Übergängen dieses Traums einzufangen, und an anderen Stellen so geschrieben, daß, wie ich hoffe, das Denken früherer Jahre nicht durch die Politur späterer Erkenntnisse verfälscht wurde. Obwohl ich den Roman nie wirklich zu Ende geschrieben, noch ihm eine einheitliche Form gegeben habe, war ich so frei, jedenfalls das meiste chronologisch zu ordnen, beginnend 1965 in New York und 1967 in Mexiko endend.

Zu guter Letzt bleibt ein zwiespältiges Gefühl, wenn man in dieser Weise auf sich selbst zurückschaut. Ein Teil meines Ichs bittet um Vergebung ob meiner Nacktheit, die andere Stimme meldet sich harscher, vielleicht auch satanisch zu Wort und flüstert mir wie vor langer Zeit in einer Winternacht mitten auf dem Pazifik verführerisch zu: »Spring doch … spring!« Sie rät mir, ich solle mich wieder in einer klösterlichen Zelle verkriechen, ja sogar das Buch ein für allemal verbrennen, damit das, was darin steht, nie ans Tageslicht kommt.

Ich habe, wie man sieht, beschlossen, mich so darzustellen, wie ich damals war. Wenn der Leser nun also Zeuge meiner Suche nach dem vergangenen, dem gegenwärtigen und dem zukünftigen Ich wird, so beschwöre ich ihn, die kreative Natur einer solchen Suche zu würdigen, so nachsichtig zu sein, wie er es sein müßte, wenn er dem Kind in sich

selbst nachspüren würde, und zu bedenken, daß die äußeren Formen am Anfang eines seelischen Evolutionspro-
zesses oftmals sehr häßlich sind, daß aber all das, wie auch
der junge Mann in diesem Buch herausgefunden hat, einen
Wandel erfährt.

Ich empfinde keine Scham, nein, ich hoffe vielmehr, daß
der Leser sich wie unter dem Einfluß einer starken Droge
dazu durchringt, dem Zickzackkurs der Zeit und der Bilder
zu folgen, die der Traum gebiert und verschlingt, und sich
mit Hilfe des tiefen Erinnerungsvermögens, das uns eigen
ist, vor Augen hält, was es bedeutet, wieder neunzehn zu
sein. Ach, diese wundersame, verfluchte Zeit!

DER AUTOR, 1997

Mein Thema ist der Krieg, aber was ich erzähle, ist nicht von Reue, Staub, Erde oder Wasser getrübt, was ich erzähle, kommt aus meiner Seele, meinem Sündenbabel, dem Hort all dessen, was mich bedrückt. Von den Symbolen der magischen Sieben, ich schwör's, weiß ich nichts. Ich weiß nur, was ich sehe, und das ist mein Thema, ist meine Reue, ist meine Poesie ...

So hat mein Vater mich gewollt und meine Mutter mich geboren, so habe ich unter ihnen gelitten und bin gekreuzigt und begraben worden. Und so bin ich im achtzehnten Jahr auferstanden von den Toten und aufgefahren in den Himmel, wo ich sitze zur Rechten der gottväterlichen Fiktion, von dannen ich kommen werde, zu richten die Mutter, den Vater und mich, amen.

TEIL 1
AMERIKA

NEW YORK

Voller Hemmungen zu dieser Dienstagnachtparty im Mai '65. Das Jahr, in dem die Welt aus den Fugen gerät. Alle sind siebzehn. Hier in der West 57th Street. Komm doch. Mit deiner Erektion. Die will sich vielleicht Luft machen. Im Einklang mit der Wahrheit. Was suche ich eigentlich? Und morgen, an der Yale, wo ich eigentlich schon heute sein müßte, die letzte Prüfung. In Altgriechisch. Die werd ich in den Sand setzen. Und wenn ich's tue, morgen, dann spüre ich etwas auf mich zukommen. Einen wirklich großen Wendepunkt in meinem Leben.

In diesem riesigen Atelier. In dieser heißen Besäufnisnacht, die nach berühmten Namen stinkt. Alles paßt zusammen, die Musik und die makrosankten Brüste. Maler und Filmstars. Und unten auf der Straße geht das gemeine Volk vorbei und guckt angewidert zu den gigantischen Panoramascheiben hoch. Huschende Silhouetten. Fuzzis, die ihr Leben lang keinen Tag ehrlich gearbeitet haben. Warum ist das so? Daß wir schuften und die nur balzen. Und doch gaffen wir hoch. Bestaunen die Verruchtheit des Ruhms. Die Typen kannst du alle in der Pfeife rauchen. Berühmt sein – oder es nie werden. Der dort, der grauhaarige Kolumnist. Und die Filmdiva. Mit Wimpern, als hingen ihr Lianen in die Augen. Peinlich, dazuzugehören. Auf einer Ebene mit diesen schwarzen Haarstylisten, die sich Sokrates und Cäsar nennen. Designer mit langen Kräusellocken, Ringen im Ohrläppchen und *Sweet-sixteen*-Gesichtern, immer auf dem Sprung, Poppers oder ein Messer zu zücken.

Glitzerfummel im Metallic-Look. Und mit kalkweißem Make-up zugekleisterte Busen.

Diese Farben! Was für eine Party! Also ehrlich. Und die da – diese fremdländisch aussehende Lange mit dem schulterlangen roten Haar? Macht geniale Fotobilder. Mit Neonröhren. Und da in der Ecke? Mit seiner Frau. Der Romanautor. In Bulgarien geboren. Kippt sich jede Menge Gin ins Glas. Ehrlich, mit dem möcht ich mich gern unterhalten. Wird aber nichts draus …

Kellner schleppen Drinks an. Leute, buntgemischt, schlendern mit versteinerten Mienen durch den Raum. Und lassen dich spüren, daß du dich ihrer allerwertesten Geringschätzung erfreust. Wer bist du überhaupt?

»Was ist das für einer?«

»Eigentlich ist er jetzt eine Frau – ich weiß – er sieht zum Kotzen aus, aber sag's keinem, daß ich das gesagt habe, weil er – ich meine, sie – mich sonst abmurkst.« Bzzz, bzzz.

»Was für ein umwerfender Einfall! Mach schon, erzähl mir mehr darüber!« He, he. Bzzz, bzzz.

»Es ödet mich an, Baby. Machen wir Schluß. Cha-cha.«

Verheißungen, unverzagt, in der Heiterkeit des Sommers. Sommer der Verheißungen. Ein in strahlendes Licht getauchtes Meer der Glückseligkeit. Otavio, Mutters Portraitmaler, beklagt sich in näselndem Chilenisch: »Hach, hier sind lauter berühmte Leute. Findest du nicht auch, daß es viel schicker wäre, ein Anonymus zu sein?«

Kichern und borniertes Lachen.

Oh, wer verdrückt sich denn da klammheimlich? Ich glaub, das ist der, den ich gesucht habe. Hab ich einen gesucht? Werde ich mich in ein paar Jahren noch an diese Party erinnern? Wenn ich approbierter Arzt bin und den Kranken Hoffnung bringe. Wenn ich Anwalt bin und Klarheit ins Komplexe bringe. Wenn ich Finanzier bin und den Kleinkrämern globales Denken beibringe. Werd ich's schaffen? Werde ich so was? Atmest du, Oliver? In diesem Raum, in dem's nach berühmten Namen stinkt? Ich recke mich. Mit den Fingerspitzen, mit den Zehen, aber stoße ich tatsächlich irgendwo an?

Nein, Neurochirurg werd ich nicht. Aber auch nicht irgendein Handlanger. Ein Diener der Menschheit. Das ist öde und langweilig. Ich will Banker werden. Ein Macher. Langaufgeschossene Models mit klassisch geformten Nasen und federndem Schritt schnüren durch die Menge wie Pantherweibchen durch die Nacht. Begutachten aus ihrer Baumwipfelhöhe die kahl werdenden Schädel reicher Männer. Möchten geheiratet werden. Endlich geben sie ihrem launischen Herzen einen Stoß und tanzen. Geschmeidig und sinnlich, unnahbar. Hautwarm, ohne Herzenswärme. So süß. Doch hüte dich vor dem Morgen! Wenn du wach wirst und erkennst, wer neben dir liegt, dann sieh zu, daß du auf die Beine kommst und dich wegschleichst! Denn sie – oder er – hat seit Menschengedenken kein Buch mehr gelesen. Aber Fernsehen, davon kann sie oder er nicht genug kriegen.

Mitunter macht es mir angst – große Angst. Daß ich keiner bin, der anderen was vormacht. Mich nicht scheue, mit Lust hinzusehen. Wie sie sich aufs Klo zurückziehen. Tun, als sprühten sie vor Witz. Tun, als wären sie schwul. Tun, als wär ich, was ich nicht bin. Und sich danach sehnen, zu sein, was ich bin. Alles so verwirrend, soviel auf einmal. Ich bin paranoid. Es ist, als sei meine künftige Größe zum Greifen nahe, und jeder wüßte es. Aber mal im Ernst. Es gibt da ein gewaltiges Loch, so tief und so dunkel wie die interstellare, vom Eiswind der Unendlichkeit durchwehte Nacht. Das kommt von dem Gefühl, daß alles Gegenwärtige von der Vergangenheit überschattet ist. Ich stoß mir den Zeh an, fluche, denke an die Schlacht von Cannae und mach mich über meinen Schmerz lustig. Höre was von Mut und denke an Caesar, wie er in Gallien einmarschiert. Ich stolpere über einen, den ich nicht mag, und sag ihm das. Nicht so sehr, weil ich ihn gefühlsmäßig ablehne, sondern weil es noch kein Vierteljahrhundert her ist, daß an die vierzig Millionen Menschen brutal getötet wurden. Was zählt da mein schmerzender Zeh? Welchen Stellenwert hat er?

Was für eine Party! Oliver in der Ecke. Nimmt Fakten in sich auf. Seine Hirnlappen schlagen Schaum aus Pros und Contras und absurden Zufällen. Leute deuten stirnrunzelnd mit ausgestrecktem Zeigefinger irgendwohin. Vor ein paar Wochen bekam ich einen Aufsatz zurück. War eine demütigende Erfahrung für mich, aber nicht anders als tausend andere zuvor. Dieser Saftsack von Lehrer sagte zu mir, ich hätte eine ausgeprägte Abneigung gegen die normale Art des Formulierens. Sagte, ich würde überzeichnen. Grinste dabei schmierig aus seinen Krebszellen und wartete auf das, was er für die angemessene Art hielt, seine Worte aufzunehmen. Er war völlig kahl und lachte. Kreuzte die haarlosen Arme, spannte die weißen Knöchel. Enthüllte seine angegriffene Gesundheit und seinen persönlichen Wahnsinn. Stank nach Butterschweiß und unterdrückten Phantasien. Und lachte und lachte, ohne Grund, und die ganze Klasse fing zu lachen an. Bis alle lachten und lachten und lachten. Weil sie über mich lachten. Hahaha! Hahaha! Die Rippen tun ihnen schon weh, aber sie lachen.

Hahaha!

Jeder. Irgendwelche Leute. Die hier auf der Party. Gott. Und vor allem die Frauen. Lachen!

> *Oh, ich weiß, daß ich einmal reich sein werde.*
> *Eines fernen Tages.*
> *Im Augenblick aber*
> *laß dir's genug sein*
> *zu leben.*

26

Und Staunen über die Schlüpfrigkeit des Ruhms. Dieses Mädchen mit der goldgelben Pferdemähne. Auf jeder Werbetafel an jedem Highway in Amerika. Coca-Cola nippend. Diese Sucht nach Jungfrauen. Der amerikanische Traum. Menschen fahren vorbei und begehren. Jetzt kommt sie auf mich zu. Ist sie's? Mit dem Paarzeher André, der sich bewegt wie ein Weib, aber um die Brust herum aussieht wie ein Kerl. Gott Pan – zum Wichsen auf die Erde gesandt. *»Ah – Oli-vijeh! Ça va? Tu connais Samantha? Sammie?«* Nervös, als ich irgend etwas sage, ich weiß nicht, was. *Oui,* sava Baby. Ach, deine kultivierten kleinen Brüste. Blas mir die *tristesse* aus dem Kopf. Und dein Körper! Ringeln will ich mich um ihn, nur noch ein rasender, vom Irrsinn getriebener Torso, ihn mit meinem Leib einhüllen in Sturm, Schnee und Graupelschauern.

Griechin! Iiiechin! Ich muß diese Zunge haben. Denn wenn ich sie nicht kriege, schaffe ich die Prüfung nicht. Und die ist alles, was ich …

Samantha führt die Zigarette an die Lippen. Krack! Ein Zigarettenpfeil, die Quintessenz einer Schweizer Nacht. Und da umschlingen die Lippen, zu einem Ei geformt, den Stengel, heißen ihn willkommen, stimmen lautlose Psalmen zum Lobe des Eies an, schlucken den Krebsqualm. Zahnärzte sehen in ihren Träumen Zähne im nächtlichen Dunkel klappern, ich jedoch sehe die Gitter, hinter denen die Gefangenen meiner Hölle, meiner ganz persönlichen Hölle schmachten. Schlürfen und halbverschlucktes Knacken. Und dann sagt sie kehlig, wie es ihr angeboren ist, mit einer Stimme, die tiefer ist als meine, sagt es mit einem entfernten Anklang an Deutsch und Schwedisch:

»Ich kenne deine Mutter«, sagt sie. Als wäre ich damit definiert. Ihr goldgelbes Haar bauscht sich im Wind.

»Ja«, murmle ich lahm und leide bei dem Gedanken, wie hemmungslos sie von mir Besitz ergreift. Alle, die ich kenne, kennen meine Mutter. »Macht dir die Party Spaß?« frage ich und weiß nicht, warum. Mir macht sie keinen Spaß.

»Und dir?« fragt sie zurück, die Hellseherin.

»O ja.« Eigentlich nicht. Nein. Wer weiß? Pause. »Weißt du, du bist sehr schön.« O Gott, was für Einfallslosigkeiten produziere ich da mit weinerlicher Stimme!

»Bin ich das?« Sie nimmt den Ball auf, aber ich sehe, daß sie sich zu langweilen anfängt. »Ich glaube nicht.«

»Doch, bist du!« stoße ich hervor. Gott im Himmel!

Und dann, völlig unerwartet, eine Frage: »Warum siehst du den Leuten nicht in die Augen, wenn du etwas sagst?« Wie? Was bedeutet das? Einfach tun, als hätt ich's nicht gehört. Ich kann ihr auf keinen Fall in die Augen sehen. Es wäre mein Tod. Und ihre Schenkel. Miomei. Was ist mein Maßstab für Liebe? Welcher Duft, welcher Klang? Klick-klack stöckeln ihre erdbraunen, wohlgeformten Füße in Pumps die Fifth Avenue hinunter, und die rasierten Dior-Achselhöhlen schwitzen dazu Silberdollars in die Frühlingsluft. Und unter ihrem Kleid ein Überraschungsgeschenk. Sieh nicht hin! Ab und zu aber doch. Damit sie mich mißversteht. Alle Propheten werden mißtrauisch beäugt. Mißverstanden und verkannt. Wie alt ich mir vorkomme. Für mein Alter. Immer und überall damit beschäftigt, den Sinn des Lebens zu ergründen. Dessen Fleisch, dessen Gerippe. Wenn ich Lawrence' »Die sieben Säulen der Weisheit« lese. Sein Fieber. Das Ringen mit den Dämonen. Und wie er aufbricht, um die arabischen Stämme in die Unabhängigkeit zu führen. Und mich mit ihnen. Ich will einer werden, den jeder kennt. Nostromo. Bis an die Grenzen der Erde. Da muß ich das College eben aufgeben.

Also, was sage ich jetzt? O diese nervöse Nichtigkeit. Möchtest du noch was trinken? Ganz schön heiß hier. Aber die Sonne mag ich. Besonders in Lissabon, und du? Themawechsel. Da drüben in der Ecke, siehst du die? Der Star der Comédie Française, in den Zwanzigern. Ist mit meiner Mutter befreundet. O ja, die hat ihre Tage in der Sonne hinter sich! Sieht aus wie eine Eidechse. Oder wie ein Harlekin. Ein verschrumpelter Harlekin.

Das goldene Mädchen sieht mich an. mit den Augen der griechischen Göttin der Gerechtigkeit. Weißt du, wenn ich so boshaft bin, das kommt von meiner Nervosität und Nichtigkeit. Aber in allen, denen ich begegnet bin, steckt auch ein Teil meiner selbst. He, he. Sie murmelt dem Paarzeher André etwas zu. Aber er wird von zwei Burschen abgelenkt, die ihm kichernd vielsagende Angebote ins Ohr flüstern. Ist das nicht ein Poppers-Fläschchen, das ich aufblitzen sah?

Und übrigens, plappere ich weiter, damit sie mir wieder Beachtung schenkt, kennst du die da drüben? War mal *die* Schönheitskönigin von Paris: La Comtesse Je Ne Sais Pas Quoi. Ja, die da. Eine frühere Protégé von Picasso. Hat immer noch das gewisse Etwas, findest du nicht? Ach, dieser Name! Du kannst den letzten Schund hier aufstellen und sagen, es wär ein Picasso, und alle erweisen dem Fäkalienhaufen ihre Verehrung.

Schülergewohnheit – meine Spottlust bricht durch, hängt in der Luft wie übler Mundgeruch beim Aufwachen, Samantha schnuppert ihn. So viele Worte. Meinungen. Deine, meine. Wen interessiert das? Wozu all das Gerede? Worte, die ich, wie Edward Hyde, jetzt nur noch für die Hintertreppe meines Gehirns rede. Sie kommen immer schneller, wie gehetzt. Erreichen Bezirke, die nur mir gehören. Platzende Seifenblasen meiner Häme. Wie eine sprechende Spinne habe ich mich, selbstverliebt, in mich eingesponnen. Angenommen, ich sähe wirklich aus wie Edward Hyde? Wäre ja nicht meine Schuld. Ich gehe die Straße runter, und jemandem bleibt das Herz stehen, wenn er mich sieht. Nein. Obwohl, ich muß zugeben … irgend etwas Absonderliches zwickt in meinem Kopf. Als hätte sich eine Giftnatter aus meinem Gedärm geringelt und müßte nun, irre geworden und verloren, auf dem sonnenheißen Gestein meines Gehirns verdorren.

Samanthas Leib neigt sich mehr und mehr André zu, grenzt mich aus. Meine Augen irren ab, auf der Suche nach einem Versteck unter den Wellenbergen von Schweiß, die in solchen Momenten aus mir strömen. Erstaunlich, wie rasch meine Zellen ihr geschmolzenes Wachs an die Oberfläche der Poren und in die Gewässer der Welt schwemmen. Warum zwänge ich mich eigentlich in Kleidung? Ich kann ohnehin nichts verstecken. Alle wissen alles. Nun ist es zu spät. Die Selbstentfremdung begann mit dem Tage, an dem sie mich gestohlen haben. Aus dem Mutterleib. In Paris. Ich erinnere mich. Unsäglich langes Schwimmen. Unsäglich ätzende Auswege nach draußen. Mein Spermaschwanz zappelte im Dunkeln. Ich war ein nervöses Baby. Und folglich nie das Zentrum aller Dinge. Ein Galahad, ebenso stark wie einfältig, in einem Meer der Kümmernisse. Und du, Samantha … ja, Sammie, bitte: Sei lieb zu mir.

Umklammere mich mit deinen Schenkeln. Vergrab mich. Mich und mein Ich. In der Erde. Mit den Würmern. Verbirg die Welt, indem du mich verbirgst. Süßer Selbstbetrug. Während ringsum die Wasser rauschen. Und ich recke mein Haupt aus der nassen Höhle und fange an zu sehen. Ich sehe, was Eva einst im Paradies sah. Das Tosen der Planeten. Und den wohligen Brutofen des Katarakts.

Und dann streckt sie die Hand aus. Sie, die sich selbst ein Fabelwesen nennt. Die tausend Zelte überfluten kann, mit Wassern, in denen Blau und Weiß, Rot und Gold taumeln wie ein verwehter Schleier, den ein schneebeladener Sturm über die winterweißen Alpen treibt, um im Frühling die Fracht wie winzige weiße Fallschirme über den Champs-Elysées abzuladen. Ja, sie greift zu mir herüber und legt mir mit einer Miene, beredter als tausend Folianten, freundlich und sanft und nicht ohne Mitgefühl zum Abschied die parfümierte Hand auf meine grobgeformte und doch so empfindsame Pranke.

»Du bist ganz heiß«, stellt sie mit nachdrücklicher Abneigung fest. Nein, sie soll nicht gehen. Ich ziehe meine Hand schnell weg. Halt sie fest – tu's doch!»War nett, dich kennenzulernen.«

»Nein, bitte, geh nicht weg!« Ich sage es nicht. Und sie geht. Für immer. Kein letzter Blick auf ihre Schenkel. Keine Brücke über die Gräben aus Hasch. Kein: Amüsier dich gut, was du auch vorhast! Kein: Hol's dir doch bei anderen Weibern! Kein: Tu dies oder jenes! Glaubt mir, er lächelt nur milde, wie ein Gentleman, in kongenitaler Enthaltsamkeit. Und so schweben ihre Fingerblumen auf ihren tausendundeinen Düften davon. Und Samantha wird unter Spaniens Sonne einem anderen ihr Lächeln schenken.

Ein paar kurze Anmerkungen über mich selbst bin ich mir nun doch wert. Ich halte mich für einen melancholischen Scholaren. Ein wenig langweilig, vielleicht. Einer, der unablässig den eigenen Klumpfuß ansieht. Ein Jammer. Und um den Jammer vollzumachen: einer, der nach den Sternen greift. Ich mit meiner fleischigen, behaarten Riesenpranke. Mit so einer Pfote macht man eine Menge Porzellan kaputt. Ach, warum nur? Habe ich nicht getan, was mir in allen Büchern geraten wurde? Daß ich mich gesellig geben, ein Mann sein und mich bei Gott und aller Welt lieb Kind machen soll. Ich, das Individuum. Der Mörder. Träumer. Der Intellektuelle. Wie ein kleiner Gibbon in einem Baumwipfel gefangen. Ein rechter Affenschädel. Physik und Wirtschaftslehre habe ich schon verhauen, und mit Altgriechisch wird's wohl genauso ausgehen. Dann ein grotesker Gedankenblitz. Daß ich wohl doch schon unter den Einfluß meines glatthäutigen Englischlehrers geraten bin. In einer Welt, die mir nie eindeutig erklärt wurde, weder durch humorvolle Definitionen noch durch tragische, und die doch Ausdruck meines tiefsten Ichs ist, meines unbewußtesten Verlangens. Gibt es wirklich so etwas wie *un paradis artificiel,* eine Oase des ahnungsvollen Verstehens? Oder gehört all das zu den Delirien eines alten Seemannes, der – vernünftig und nüchtern geworden – in Londoner Clubs von längst verwehten Stürmen im südasiatischen Meer träumt?

Gibt es eine exotische Welt? Gibt es Abenteuer? Romantik? Joseph Conrads Welt zieht mich in ihren Bann. »Beim Eintritt hier laßt alle Hoffnung fahren!« Eines Tages in China leben. Eine Fabrik voller Frauen leiten, alle mit kleinen Mützen auf dem Kopf. Mich würde das nicht weiter in Verlegenheit bringen. Am Samstagnachmittag dann Volleyball. Ich bin der Mann mit der Pfeife. Der, der die Punkte vergibt. Schiedsrichterentscheidungen sind immer strittig. Was für eine Party! Und am Morgen werd ich aufwachen und vor Verblüffung masturbieren. Lauter Katzengesichter, Porzellanknochen, lachende Tigerweibchen, und hinter den lachend weinenden Gesichtern, in die Spaß-Spaß-Spaß geschrieben steht, lauert die Realität.

Und zu guter Letzt Mutters Auftritt, der alle Lust auf einen Fick wegfegt. Die Anziehungskraft bloßlegender Augen. Die klassischen Züge. In ihrem langen Abendkleid. Wie aus dem Boden gewachsen. Kennt Gott und alle Welt. Sogar mich. Hat mich eingeladen. Ja, sie ist ein bißchen gealtert – der Zahn der Zeit –, aber sie ist noch attraktiver geworden, noch vielschichtiger, hat noch mehr Ausstrahlung. In der Vergangenheit war es stets die Tugend, die sie eingeengt hat. Jetzt, ohne Ehemann, blüht sie auf. Wie eine riesige Orchidee, die alle anderen Blumen auf dem Beet beiseite drängt und ihren vom Glanz des eigenen Empires verklärten Mund öffnet, um all die Millionen, Milliarden und Billionen Bienen, Spinnen und Vögel zu verschlucken, für die sie blüht. Puff!

Und ihr Sohn, der Denker, denkt in der Ecke und gafft und staunt, zu alt geworden vom Denken, vom Mangel an Spaß und vom Überdruß am Morden.

Antony, ihr Lover, kommt durch die dichtgedrängte Meute, um mich mit Grandezza zu begrüßen. Hat früher drüben in den Kolonien Wasserpolo gespielt. Bis er seriös wurde und in die City kam. Um sich die Frau zu suchen, die ihm seinen Weinkonsum finanziert.

»'allo, Ollie! Na, wie ge'ss dir?« In seinem Australien-Buschwelsch.

»Gut«, murmle ich. »Und dir?«

»O', kann nicht klagen. Bin 'igh.«

»Wovon denn?« will ich wissen.

»'ier«, sagt er und streckt mir ein frischgebackenes Plätzchen hin. Ich lehne ab. Insgeheim macht er mir angst. Dreimal verheiratet, zwei Kinder, ich weiß nicht wie viele Selbstmordversuche. Es geht mir wie meinem Vater, was ich nicht verstehen kann, macht mir angst.

Mein Vater und ich waren heute mittag zum Lunch im »Palm« – sein Lieblingsrestaurant für dunkles Fleisch. An den Wänden Cartoons, in der Luft der Geruch von Beef und Rauch. Wir haben geredet. Über viele Dinge. Zum Beispiel über seine Lebensversicherung. Meine Chancen. Seine Chancen. Die Rutschgefahr auf verschneiten Straßen. Skifahren ohne seine Brille. Wie ihn einmal auf dem Weg zur Arbeit ein Falke angefallen hat. »Huckleberry, was tät'st du, wenn ich plötzlich tot wär?« Tod. Die frustrierendste seiner Frustrationen. Jeden Morgen um drei beschleicht ihn das Grauen. Wenn ich schlafe, schlafe ich. Er nicht. Ihn halten philosophisch überhöhte Ängste wach. Er röchelt, stöhnt, steht schon mit einem Bein im Grab. Und wenn er atmet, lauscht er auf den Rhythmus seines Atems, und dieser Rhythmus macht aus seinem Traum einen Fluch. Der arthritische, an ein Hund gemahnende freundlich-warme Scotchgeruch, der seiner Haut entströmt und an den Kleidern haftet. Den ich im Schlaf durch die Wand rieche. Der statische, atemlose, unwiderrufliche Aufruhr des Todes, der ihn beflügelt und ängstigt und sein Scotchgehirn vollends ruiniert. Geister und gespenstische Schemen, eine kranke Seele und die Klagemusik des Dudelsacks über waberndem Nebel. Nicht verwunderlich, daß der Grund für sein Nachtwandeln der Zwang zum Wasserlassen ist. Er muß urinieren, weil er fürchtet, daß er, würde er sich des gelblichen Suds in seinem Inneren nicht entledigen, morgens kalt und leichenstarr im Bett läge. Weil er weiß – in der Tiefe seines Herzens weiß er's –, daß der Tod sich anschleicht wie ein Dieb in der Nacht, zwischen zwei und fünf. Und so sinnt er jede Nacht auf neue Tücken und ficht, um am Leben zu bleiben.

Es war in meinem elften Lebensjahr, da hatte ich einen bösen Streit mit meinem Vater, und ich habe ihn, hingerissen von meiner Wut, angeschrien:»Ich hasse dich! Ich habe dich seit meiner Geburt gehaßt!«

Ich erinnere mich sehr genau an sein Gesicht in diesem Augenblick, an sein stummes Zittern, seinen fassungslosen Schmerz. Er war wie benommen, wandte sich um und rang nach Luft; er war so überrascht, so betroffen. All das enthüllte mir sein Gesicht im Bruchteil einer Minute, und da tat mir augenblicklich leid, was ich gesagt hatte. »Verzeih mir, bitte Daddy, verzeih mir!« Und ich weiß noch, wie sehr ich mich danach gesehnt habe, umarmt und, vielleicht, gesegnet zu werden. Er war kein liebevoller Mann, es lag ihm nicht, seine Gefühle zu zeigen, aber er war ein kräftiger Mann, mit einem mächtigen Brustkorb – für mich das Sinnbild eines jüdischen Patriarchen, der seinen Sohn zu unbedingtem Gehorsam anhält und ihn so dazu anleitet, dereinst seinem Sohn ein ebensolcher Vater zu werden. Aber – und das war vielleicht der wahre Grund – seine Seele wußte nichts mit Gottes Wort anzufangen, er akzeptierte keinen verzeihenden Jesus, noch begriff er die Größe der vergeistigten Welt. Ich aber, der ich instinktiv all das wußte, ich wünschte mir – und wie es mir mir wünschte –, daß er, mein Vater, mein Prediger wäre und mir alles vermittelte, wie Abraham es in seiner Gottesfurcht mit Isaak getan hatte, als er sein Ja zum Himmel schrie und bereit war, seinem Herrn und Gott den erstgeborenen Sohn zu opfern – *zu gehorchen*. Mein Vater hatte jedoch keinen solchen Vater gehabt, und so hatte auch ich in trügerischer Logik keinen Vater, weil ich ihm nicht gehorchen konnte.

Und so ging alles weiter wie zuvor, immer weiter, immer weiter. Vater vernebelte sich den Verstand mit drei Wodka Martinis, mehr als sonst, und mir schenkte er, gnadenloser als sonst, auch einen ein. »Dad, verstehst du nicht – verstehst du denn nicht, daß ich Sehnsüchte habe? Träume, die anders sind als die deinen?«

»Jeder von uns ist anders, Kleiner.« Dads Antwort spiegelte seine Ängste während der Depression wider, '31, als er keinen Job finden konnte. Und so sagte Dad, der seit Jahrmillionen außer Mark Twain keinen Roman gelesen hat und von Lord Jims und Tom Jones' Reisen kein Wort glaubt: »In dieser Welt kannst du kein Individuum sein, Huckleberry, und auch noch hoffen, damit durchzukommen. Das schaffen nur wenige.« Dann hatte er einen Nachschlag parat. »Du bist ein kluger Junge. Wenn du an der Yale den Bettel hinschmeißt, begehst du einen großen Fehler. Du willst ein Rebell sein, aber Rebellen sind am Schluß nie die Sieger.« Oder so ähnlich; es ist schwierig, sich an die Gespräche mit einem Vater zu erinnern, der schon lange tot ist.

Und ich, aufgewiegelt von den liebgewordenen Texten eines Goethe, Mill, Wordsworth und Plato, die alle in jungen Jahren Verzweiflung erfahren haben, ich, der ich mir von Stund an das harte Leben wünschte, meine Stute zu gestrecktem Galopp antreiben und ein Held sein wollte – wenn's sein muß einer, der auch tötet –, ich rief irgendwas aus, was auf folgendes hinauslief: »Ich bin nicht klug. Du meinst abgestumpft ... denn das ist es, was beim Studium letztendlich herauskommt. Ich bin nur das Nachahmungsäffchen von Ruskin, so wie wir alle in diesem Jahrhundert die Nachahmungsäffchen des neunzehnten Jahrhunderts sind.«

Vater, dessen rotes Gesicht unter dem unsteten Martini-Mond hin und her schwankte, ließ sich zu ein paar abgeklärten Bemerkungen herab über die Notwendigkeit, gerade in einem aus allen Fugen geratenen Jahrhundert gesunden Menschenverstand zu bewahren, aber ich ließ mich nicht aus dem Konzept bringen und fuhr fort: »Na schön, was haben wir denn seither zuwege gebracht? Zwei Weltkriege? Oh, ist das womöglich die Erklärung dafür, daß uns der Intellekt der Viktorianischen Zeit abhanden gekommen ist? Ist es das, was der Krieg in der Seele anrichtet? Versteh doch, Daddy, ich muß weggehen aus diesem Land, das ich hasse, aber zugleich auch liebe, weil es so groß und schön und unentdeckt und jungfräulich ist, trotz allen Geredes über seine Verderbtheit. Aber es ist eben auch durch und durch ungehobelt. Deshalb gehe ich weg, verstehst du das nicht? Um herauszufinden, warum wir sind, wie wir sind.«

Und damit war ich, ergriffen von der Wahrheit meiner eigenen Worte, am Ende. Was mein Vater darauf geantwortet hat, weiß ich nicht mehr. Ich habe nur sein gemurmeltes »Du spinnst« gehört. Und darin war im Grunde seine ganze Meinung zusammengefaßt. Weder er noch meine Mutter haben mir – unfähig zu begreifen, daß ich eine eigenständige Persönlichkeit war, nicht nur ein Ableger, nicht nur Fleisch und Blut von ihrem Fleisch und Blut – je wirklich Glauben geschenkt. *Ich glaube nicht, daß du recht hast.* Das hallt mir bis zum heutigen Tag in den Ohren wider und verleitet mich dazu, unhaltbar überzogene Positionen einzunehmen. An jenem Tag im »Palm« war ich außer mir vor Wut, das Gespräch spitzte sich immer mehr zu, bis ich am Ende hochsprang und mit angeschwollener Stirnader in diesem kotzlangweiligen, mit rotwangigen, lachenden, moribunden Gesichtern vollgestopften Restaurant stand und den Mann, der vor mir saß, den Mann, der dreimal so alt war wie ich, anschrie: »Verstehst du denn gar nichts, du Blödmann? Ich könnte dich umbringen, du bist so ein – so ein – so ein ...«

Und stürmte nach draußen, wohl wissend, daß das, was ich gesagt hatte, nicht nur unlogisch, nein, auch ungezogen und würdelos war. Und Vater saß – trotz aller Nebel, die ihm den Verstand verschleierten – schockiert vor seinem blutig roten Steak.

> *Noch im Flaum,*
> *Wer hat mir*
> *Die Unschuld des Tages gestohlen,*
> *Das müßige Schlendern durch die Straßen?*
> *Wer ... hat sich abgewandt,*
> *Als der Sturm losbrach,*
> *Und seinen Sohn dem Wind überlassen?*

Poesie. Feuer. Freier Flug. Reiß die Barrieren nieder, sag den verdammten Strebern den Kampf an! Sie lesen und lesen, bis ihnen schwarz vor den Augen wird. Und doch werden sie nie verstehen. Arme Streber, die den Sonnenuntergang am Meer nicht sehen, den schnell verglühenden

Funken des Erlebens nicht kennen, die Natur, die eins ist mit dem kühnen Odysseus, der es gewagt hat, sich mit den Göttern zu messen. Eile hinaus aufs Meer – tu's jetzt, säume nicht! Arme Streber. Sitzt ihr nur weiter in euren tristen Giebelkammern vor der Laterna magica und kultiviert euer theoretisches Wissen! Verfeinert eure Denkprozesse bis zur Perfektion! Ihr habt euch redlich gemüht und euch den Lorbeer verdient, ihr armen Jünger der Gelehrsamkeit. Und armer kleiner Oliver. Im Schraubstock deiner Gewohnheiten. Wer bin ich – ich in meinem kleinen Studierzimmer –, daß ich heimgehe und sage: »Vater, du irrst dich, Eliots Gedicht gründet auf der Überzeugung, daß ...«, während zwei Millionen Arbeitnehmer sich allmorgendlich um halb neun in die Wall Street ergießen, um ihre Seelen auszuliefern. In Scharen an mir vorüberhasten. Der Gestank ihrer Angst dringt bis zu mir herunter. Das Nervenzentrum eines mausgrauen Lebens. Sogar mein Vater, dessen Einkommen das Fünffache desjenigen eines Durchschnittsverdieners beträgt, sagt, er sei ein armer Mann. Weil die Frauen dies und jenes wollen, Flitter und Glanz. Was paßt zu mir? Welches Leben? Umschlingt mich, ihr vom Fleische heimgesuchten Schlangen der Ewigkeit. O Mühsal der Bedürftigen, und wenn der Tag lange genug währt, bleibt nur ein schmaler Grat zwischen Verzweiflung und Untergang. Das Aussterben dieser speziellen Spezies. Der Stones. Über uns werden Romanautoren schreiben. Ich gehöre in ein Buch, nicht in ein Leben. Das Leben ist eine Klapsmühle. Wo ist mein Platz im Leben? Wohin – wenn sie mich denn haben wollten – würden sie mich schicken? Könnte die Theologie mir das Warum erklären und dem lieben kleinen Schmetterling zeigen, wo sein *locus naturalis* ist? Südlich der Einfalt und ostwärts des Bösen? Ich lese theologische Bücher, sie wecken gute Gefühle in mir. Theologen sind wohlmeinende, warmherzige Menschen.

Mit jeder neuen Seite kriechen sie in mich hinein und sagen mir: Du bist krank und verrottet, böse und verfault. Gib es auf, Oliver, es sei denn, du überwindest die Angst und faßt Vertrauen. Vertraue auf Jesus! Liebe Gott! Küsse den lippenlosen Heiligen Geist! Und all das soll geschehen nach dem Wort »weder Tod noch Leben, weder Engel noch die Mächtigen dieser Welt, weder Gegenwart noch Zukunft, weder Höhen noch Tiefen noch irgend etwas in der Schöpfung sollen uns je trennen von Gott und seiner Liebe«? Oder nach dem Spruch, den mein Vater an der Synagogenwand gelesen hatte und immer wieder gern zitierte: »Tue recht, laß Barmherzigkeit walten und wandle demütig auf Gottes Wegen.« Ist das nicht wunderschön? Eine Hand wäscht die andere. Ich geb dir meine Seele, du gibst mir deine Wahrheit. Aber hau mich nicht übers Ohr! Schließlich hat Mutter genug von ihrem Trivialschriftsteller und kommt zu mir herüber, in meine Ecke. Hi, Mom. Warst du das, die am Tag meiner Geburt bei mir war? '46? Kannst du, so strahlend schön, wirklich in diesem Krankenhaus gelegen haben? Vollauf damit beschäftigt, mich zur Welt zu bringen? Und zu küssen und mit diesem auffälligen französischen Olivenakzent »Oliverre!« zu sagen.

»Warum sisst du 'ier in der Ecke? Gibb's doch so viele Mädchen, die dich gern kenn'ler'n möschten.«

Du, ich. Er, sie, es. Diese Mädchen. Mich kennenlernen. Warum denn?

»Das sinn die rischtigen Mädchen für dich. Nischt diese 'uren, mit den' dein Vater sisch rumtreibt.«

Wachsweicher, warmer, wohlvertrauter Atem. Ihre Telefonnummer war Templeton Eight: te:e:acht. Und ihr Sohn, nun schon betrunken und rührselig, sieht seine Mommy an, meine Mommy, und spürt den keimenden Schmerz in der Kehle. Wie alt bist du, Mom? Sag's! Gib's zu! Wie alt bist du, wie alt? schreit die Kafkasche Stimme in mir. Mommy, die immer gelogen hat. Wenn es um ihr Alter ging, ihre Operationen, ihre Scheidung, ihre Gründe, mich in den Gefangenenlagern abzuladen, die sie Sommercamps nennen. »Nur eine kleine Notlüge«, hast du immer gesagt, aber wie sollte ich wissen, was ich dir überhaupt noch glauben kann?

»Fang nicht so an, ja? Laß Dads Mädchen aus dem Spiel!« Die sarkastische Ader in mir. Und meine Wut. Denn wer gibt ihr das Recht, sich zur Richterin aufzuschwingen? Mir ständig zu sagen, welche Mädchen ich kennenlernen soll. Welche ich ficken soll.

»Leben nischt mit ihm susammen, nehmen aber sein Geld, diese Nutten! Das ist nischt die Umgebung, in der ein Junge aufwachsen sollte. Dein Vater war ein Ferkel. 'at alles gevögelt, was ihm vor die Augen kam. Seine 'uren …« Schweiß perlt bei diesen unausgesprochenen Worten auf ihrer Nase. Einmal – drei Monate, nachdem sie schwanger geworden und in die Neue Welt gekommen war – hat er sie so tief verletzt, daß sie einen Besenstiel auf seinem Kopf zerbrochen hat. Eine Geschichte, die sich dann in ihren späteren, dekanten Jahren bei endlosen Dinners zum Ergötzen ihrer Freunde so anhörte: »Oh, nennt misch dieses kleine Flittschen, 'inter dem Lou 'er ist, doch wirklich eine Schlampe und schlägt mit der 'andtasche zu. Aber sie kennt misch nischt! Isch pack sie am Kleid – so pack ich sie – und reiß es ihr mit ein' Ruck vorn auf. Oh, da 'at sie dumm geguckt! Schreit misch an ›du Schlampe‹, und isch – 'opp – schlag so 'art zu, daß sie umfällt. Lou wird käsebleich, er kann's gar nischt glauben.«

Ihre Freunde wiehern vor Lachen. Daraufhin gibt Mutter, Wein und Gras haben ihr die Zunge gelöst, gleich die nächste Story zum besten, die, in der sie spätabends, den Leopardenpelzmantel gerafft, zum Pipimachen in einer dunklen Ecke an der Fifth Avenue im Schnee kauert, und weil es so lange dauert und sich anhört wie im Pferdestall, wird ihr Begleiter, der im Smoking kichernd auf dem Bürgersteig wartet, allmählich ungeduldig. »Nun komm endlich, Jacqueline!« ruft er, und Jacqueline ruft aus dem Dunkeln zurück: »Ja, ja, isch komme, 'au mir nischt ab!« Und das Rinnsal, das sie produziert, läuft gemächlich auf den Kerl zu. Plötzlich kommt einer vorbei und fragt: »Was ist denn da drüben in der dunklen Ecke los?« Und Mommy, die nicht erkannt werden will, verkriecht sich tiefer in ihren Pelzmantel. Ihr Begleiter aber, der das Taxi nach Hause bezahlen wird, sagt lachend: »Oh – das? Das ist mein Schäferhund.« Wieder biegen sich alle vor Lachen und müssen sich die Tränen aus den Augen wischen. Ich aber denke bei mir, wie einfach es doch ist, eine Geschichte auszuschmücken, wenn sie sowieso von A bis Z erfunden ist. »Isch seh disch über'aupt nischt mehr«, sagt sie jetzt. »Warum kommst du nie vorbei?« Zwischendurch versorgt uns der Kellner mit frischen Drinks, und Otavio macht bei uns halt und fragt, ob sie später noch bei ihm vorbeikäme. Aber sicher doch. Denn *später*, das ist da, wohin Mommy ständig unterwegs ist. Im übrigen hat sie recht. Wir sehen uns nicht regelmäßig, nicht so, wie das bei Mutter und Sohn sein könnte. Sein müßte. In der vertrauten Nähe unserer Sommer in Frankreich hat sie mich, wenn sie nackt unter der Dusche stand, so manches Mal gebeten. »Oliverre, 'ol mir die Seife, Liebling!« – »Ja, Mommy«, hab ich dann gesagt und während ich ihr, in meinen anthrazitgrauen Anzug, diesen kinderfeindlichen Nobeldress gezwängt, das schwarze Haar glatt zurückgekämmt, die Seife hinstreckte, schielte ich verstohlen auf ihren *corpus nudus*. Aufregend wie im Flugzeug, wenn die Maschine zum erstenmal in ein Luftloch sackt und im Gleichklang mit meinem Genital wieder hochkommt. Oh, in Paris, in dem Badezimmer mit den verspielten goldenen Hähnen, hatte ich sie oft nackt gesehen, immer am späten Vormittag, denn vor elf wurde sie nie wach. Und dann war's mit ihrer Laune nicht weit her, sie verabscheute es, vor dem Nachmittag irgend etwas gefragt zu werden, saß wie ein in Seide gehüllter Schatten stumm da, nippte mit ihren Lippen, an denen ich sonst nur ein Weinglas und eine Zigarette kannte, am schlanken Orangensaftkelch und zuckte zusammen, sooft ein Sonnenstrahl über die angrenzenden Dächer spitzelte und sich in ihr prachtvolles Schlafzimmer verirrte.

Beim Lever, bei dem schon im alten Frankreich die Höflinge dem Sonnenkönig zugesehen haben, wenn er in den Nachttopf pinkelte, steht der kleine »Oliverre« brav an der Badezimmertür, erhascht aus verschiedenen Blickwinkeln in verschiedenen Spiegeln verbotene Einblicke und nagt schon an seinen Ängsten, wo sie ihn wohl heute abend wieder alleinlassen würde. Hin und wieder taucht im Dampfnebel auf der beschlagenen Scheibe ihr schwarzes Schamhaar auf. Und die alberne pinkfarbene Blumenkappe, die sie sich immer aufsetzt. Aber in was für entwürdigenden Situationen ich sie auch gesehen habe – von Übelkeit geplagt oder auf dem Toilettensitz –, ihre Weiblichkeit, ihr Körper, der alles kennt und alles vergibt, ihr buschiges schwarzes Fellchen, all das hat mich magisch angezogen. Und während das Duschwasser rauscht, frage ich: »Wo wirst du heute abend sein, Mom?« Durch die Duschwand spüre ich sofort die Spannung. Sie murmelt irgend etwas, was ich nicht verstehe.

»Oliverre, 'ol mir die Seife!« Ja, natürlich.

»Darf ich denn heut abend mitkommen? Bitte!« Ja, so ein Gentleman war ich damals. Du und ich, Mutter, wir könnten, wenn der Abend den Himmel grau anmalt, auf der »Champs Eliza«, wie die Engländer in ihrem gräßlichen Französisch sagen, flanieren, Arm in Arm, Mutter und Sohn, und ich könnte dich zu Tee und Eclair einladen, einem Liebesknochen, süß, jungfräulich und ungeküßt. Schschhh macht es, und schon rauscht wieder die Dusche in diesem Badezimmer, das tausend Geschichten zu erzählen weiß und doch alle verschweigt, und Mommy rückt sich die Duschhaube zurecht und verschwindet hinter der Glasscheibe. »Mommy?«

Sag doch was! Ach, ihr geschmeidiges Fleisch, das ich wie in Momentaufnahmen hinter dem geriffelten Glas sehen kann.

»Nein, Liebling, es geht nischt … nischt 'eute. Isch muß 'eut abend in die ›Rémoulades‹, das ist suu erwachsen für disch. Aber morgen abend, da gehen wir ins Kino. Oh, verflixt – isch 'abe vergessen, daß isch … Aber den Nachmittag, den 'aben wir beide ganz für uns, okay?«

Und nun sagt sie: »Isch muß wirklich mal mit dir reden.« Und weil sie auf Partys schnell alles vergißt, wiederholt sie sich: »Isch seh disch über 'aupt nischt mehr. Du kommst nie vorbei.« Jetzt, mit vierzig, wirkt ihr Gesicht eher maskenhaft. »Wirklich …« Doch da wird sie schon wieder abgelenkt, von einem, dem sie zuruft: »*Oui, chéri, tout de suite!*« Ich komm gleich, wenn ich ein Wörtchen mit meinem Sohn geredet habe, weil ich in diese Welt gehöre. Ich bin mit jedermann befreundet und kenne jeden Namen, bei dem sich's lohnt, ihn bei anderer Gelegenheit fallen zu lassen. Schließlich bin ich Madame de Vin, die größte Hure von allen!

O Mom, es gab eine Zeit, da warst du wirklich meine Mutter, eine der liebsten, freundlichsten und zärtlichsten Mütter überhaupt! Ich hab dich grenzenlos geliebt, und daß ich mich jetzt zwingen muß, den Kopf zu heben, um dich anzusehen, dir zuzuhören und in dieses verwüstete Ödland zu starren, o Gott, muß ich mir da nicht eingestehen, daß ich schändlichst betrogen wurde? »Was willst du eigentlich?« protestiert sie. »Ich war dir immer die beste Mutter.

Ich hab dich immer geliebt ...« Und schon kriecht es aus all den Belanglosigkeiten ringsum, das Leugnen und Leugnen und Leugnen. O Mutter! Bei all den Drinks, die wir zusammen geschluckt haben, weißt du überhaupt, wie lange es her ist, daß ich ein Mädchen angefaßt habe? Wie lange? Ein Jahr, Mutter, ein Jahr. Und als Ersatz gab's nur die krankhaft grausame Masturbation. In der Badewanne. Frühmorgens beim Aufwachen. Oder – am schlimmsten – heimlich auf dem Klo, Ach, Mutter, ich schäme mich, es dir zu sagen, vergib mir, aber ich fürchte, wenn ich an der Yale bleibe, verliere ich den Verstand. Du garantierst mir Wohlstand und Ansehen, wenn ich den Studienabschluß schaffe, aber ich garantiere dir, daß nur die Leere des Wahnsinns dabei herauskommt. Ach, Mutter, ist es so schwierig, mit einem Mädchen zu schlafen? So schwierig, ein Tier zu sein?

Mutter sieht mich an, versteht und bedauert mich und sagt etwas, was ich nun wirklich nicht erwartet habe: »Aber du biss nischt der einzige, der kein' Sex ge'abt hat, Liebling. Antony und isch 'aben seit swei Monaten keine Liebe mehr gemacht, weil er suviel trinkt und ...«

Zwei Monate. Ein Jahr, Mutter, ein Jahr!

Nun, sagt sie, und ich lese in ihren Augen die hilflose Sorge, kaum noch etwas für den erwachsenen Sohn tun zu können, was willst du denn machen, wenn du nicht mehr zur Schule gehst?

Auf einem Dampfschiff nach Australien fahren. Farmer werden. Bodenständige Menschen, in allen drei Landesteilen, alle scharf auf ihr Bier, und die Frauen sind langaufgeschossen und gebärfreudig und hüpfen nachts über den Mond.

Mutter legt mir den Arm um die Schulter, küßt mich und läßt ein tröstliches Brummen hören, wie eine Wolfsmutter. Sie sagt. »Komm, isch möchte, daß du Monique kennenlernst.«

44

Ja, Monique kennenlernen. Es geht ums Kennenlernen, also lerne ich Monique kennen. Und wir unterhalten uns. Ich lache zu laut und sage nichts, bis sie sich verdrückt. Und warum auch nicht, was habe ich denn zu bieten? Geld, einen guten Job, Savoir-vivre, Verantwortungsgefühl, draufgängerische Liebe? Ich mach morgens nicht mal mein Bett. Und bitte den Mann am Kiosk nicht gern um eine Zeitung, aus lauter Angst, es könnte ihn kränken. Ich mache einen Bogen um die anderen, denen es genauso erbärmlich geht wie mir, dabei bin ich im Grunde gar nicht anders als sie, nur eitler. Und in den Stunden, in denen die Eitelkeit hellwach ist, mache ich eine geschliffene Intelligenz aus, zappelnde Marionetten studentischer Selbsteinschätzung, aber schon im nächsten Moment frage ich mich: Wann hast du dich das letzte Mal mit Homer, mit Shakespeare, Dante und Milton auseinandergesetzt? Du hast deine Altvorderen vergessen, hast verlernt, was Klarsicht ist, poetisches Erkennen. Meine Ethik ist stümperhafter Humbug. Ich bin zornig, ich bin vulgär, ich bin stolz. Und ich habe mich versündigt. Und mir abgewöhnt, über meine Wurzeln und deren puritanische Ethik nachzudenken, denen ich's verdanke, daß ich mit einem goldenen Löffel im Mund geboren wurde. So einfach ist das. Und weil es so einfach ist, macht es das Leben nahezu abstrus. Die puritanische Sittenstrenge durchdringt mit ihrem hellen Leuchtfeuer alle Nebel, Wolken und Trennwände, ihr Schein reicht überallhin und macht uns so jung und unschuldig, wie es Kinder sind, wenn sie zum erstenmal den strampelnden Fuß in die Welt recken. Sie wird uns zum Fluch, wenn wir nicht so sind, und verfolgt uns, wenn wir so sind. Unerbittlich, mit mathematischer Gesetzmäßigkeit. Und, o Jerusalem, wie dürstet es mich danach, ihre Existenz zu leugnen. Absalom.
Ich wanke hinaus auf die West 57th Street, die schmale

Schlagader der Stadt. Die Party dämmert ins Museum meiner Erinnerung hinüber. Models, nur Haar und Titten, wie indonesische Schattenpuppen hinter hellen Fensterscheiben. Ist da jemand, der nach mir ruft? In später Einsicht? Komm zurück, Oliver? Nein, es ist nur Bitterkeit. Mom hat recht. Die flaumweichen Laken sind zu Staub geworden. Da oben treiben sie als purpurroter Dunstschleier, da, über der Skyline von New York, und die Finger der Morgendämmerung, die sich vor mir recken, müssen Trauer tragen. Profan, profan! Mein Profil im Wasser der Seine. Ich bin wach, knapp über dem Rand des Alkoholpegels, der sich flach auf mein Gehirn legt, starre mit konturenloser Fratze in den trüben Weiher meines Ichs und sehe das Abbild Gottes – den König mit dem weißen Bart aus dem Kartenspiel. »Schlag zu! Schlag zu!« Ich-bin-der-ich-bin. Lange Kräusellocken – o nein, nicht schon wieder! Ich schluchze. Wimmere mein schluchzendes »Oliver, Oliver« in die Nacht, während ich mein Haupt an ihre Brust bette, an ihren Busen, in ihren Atem. Und weine, weine, weine.

Einst habe ich einen Engel geliebt.
Mitten in dieser Peter-Pan-Nacht kam sie hereingeschwebt und ließ sich auf meinem elend kalten Fußboden nieder. Sagte mit einer Stimme, so süß wie eine Harfe, sie habe eine lange, ermüdende Reise hinter sich, sei aber froh, endlich bei mir angekommen zu sein. Kam zu dem Bett, in dem ich lag. Meine Hände konnte ich nicht rühren, die waren in der Eiseskälte erstarrt, ich konnte nur ungläubig gaffen. Ihr fülliges goldbraunes Haar fiel in Kaskaden über ihre Schultern. Ein paar Strähnen verirrten sich in ihr kunstvoll gemeißeltes Gesicht. Grübchen irrlichteten auf ihren Wangen. Und in ihren Augen flimmerten – wie von einem Diaprojektor auf ihre Pupillen geworfen – Sittsamkeit, Lust und Schalk.

46

Ich stammelte irgendwas wie »Jesses, ein Engel«.
Was hättest du auch sagen sollen, du armer Wurm? Sie,
mein Engel, legte mir die Hand aufs Gesicht, sie deckte mir
die Augen zu. Ihre Augen waren nun andere Augen. Augen, die gesehen hatten. Ihr langes Haar teilte sich wie ein
Schleier. Ihre Lippen wanderten über meinen flachgespannten Bauch, ihre Honigzunge spielte mit Eidechsenlippen um meinen Nabel. Selten, daß ein Engel sich für
derlei irdische Absonderlichkeiten interessiert. Und dann
unterbrach sie sich und flüsterte auf französisch: »*Tu n'étais
jamais adoré par une femme comme je t'adore … C'est peut-être trop
tard, mais je veux une fois dans ta vie que tu connais l'amour
d'une femme, d'une vraie femme … Oliver, je t'adore.*« Was
heißen könnte: »Du bist noch nie im Leben von einer Frau
so innig geliebt worden, wie ich dich liebe … Es ist vielleicht
zu spät, aber ich will dich einmal in deinem Leben wissen
lassen, wie es ist, von einer Frau, einer richtigen Frau geliebt
zu werden … Ich liebe dich abgöttisch, Oliver.«
Und mein steinharter Schwanz rutschte mit einem schmatzenden Laut in ihre feuchtwarme Spalte. Meine Finger
krallten sich in ihr Haar, ihre Engelaugen sahen durch
mich hindurch.
Und wieder murmelte sie über die schmatzenden Geräusche und mein ersticktes Keuchen hinweg: »Ich liebe dich
abgöttisch …«
Einst habe ich Liebe mit einem Engel gemacht, aber ich
erinnere mich nicht mehr, wo und wann oder wie wir uns
wieder begegnen können.

YALE

Eine mondrunde Werwolfuhr tickt an der Plastikwand. Eine Tafel. Ein vieräugiges Monstrum als Aufsicht. Und das Ganze nennt sich Griechischprüfung. Tick und tack klackt die Uhr. Zehn Häupter mit zehn randvoll gestopften Hirnschalen. Schreiben was aufs Blatt, streichen es wieder durch, testen mit lautlos murmelnden Lippen, ob irgendein in ihrem Gedächtnisspeicher verankerter Eckstein sich als brauchbar erweist. Habt bloß kein Mitleid mit dem dort hinten! Durchlöchert wie ein Sieb. Bei dem ist der letzte Tropfen Hirnflüssigkeit ausgelaufen. Leergebrannt von whiskyschwangeren Erinnerungen an andere Gerüche. Lachen, Jungen und Mädchen, die auf dem Innenhof Frisbee spielen. Tanzende Pollen in der lauen Frühlingsluft. Ich schwimme in der Gestalt eines großen dunkelbraunen Welses im sumpfigen Ried des Mississippi. Die blonden Weiden sehen alle wie Ursula Andress aus. Ach, bringt mir die nie gedachte, nie erworbene, nie studierte Schönheit des Lebens zurück, bitte!

Aber ich kann nicht, denn hier bin ich nun einmal. Die Zeit schleppt sich kriechend dahin, bar jeder Romantik. Die Stelle, an der Xenophon den Göttern opfert – das muß irgendwas mit der Leber zu tun haben, denn wenn Griechen etwas opfern, ist es immer Leber. Im Aorist, gnomisches Aktiv. Oder doch Passiv? Oder Perfekt. Oder Indikativ. Oder Imperativ? Oder eher Infinitiv? Oder schlicht eine Dativendung? Ja, ich glaube, es ist eine Dativendung. Das muß ich noch mal gründlich durchdenken. Kann ich aber nicht. Weil sich ein störrischer Baby-Oktopus auf meiner

Eichel festgesetzt hat, und der grapscht jetzt auch noch mit seinem gierigen Fangarm nach meiner Prostata und massiert sie, und weil das pausbackige, hinterlistige Blechgesicht an der Wand nicht aufhört, mich anzugrinsen. Und Ursula grinst mit. Ich muß ein bißchen Liebe finden. Und da gibt's die lange Liste von Dingen, die ich noch erledigen muß. Den Mietwagen aus New York rüberholen. Mit unserem Hausmeister reden. Den Burschen erwischen, der meine Schnapsgläser hat. Und bald muß ich endgültig klar Schiff machen, diese amerikanische Landschaft von mir evakuieren. Was allerdings alles nichts daran ändert, daß ich, so wie die Dinge in diesem Herzschlag von Zeit und Raum liegen, nicht mal den leisesten Hauch einer Chance habe, die Prüfung zu bestehen. Und die Blechfinger des tickenden Gnoms an der Wand arbeiten auch gegen mich. Also starre ich mit konvulsivischem Achselzucken, das Kunde gibt von all meiner Not und meinen angsteinflößenden Ahnungen von den rätselhaften Mysterien des Lebens, auf das ausgebleichte Blau des Schulbuchs vor mir und bringe die bekümmerten Gedanken hinter dieser einst so hochfahrenden Stirn zum Schweigen.

LEB WOHL, AMERIKA!

Ein kalter Wintertag Anfang '66. Der Solarplexus eines heulenden Schüttelfrosts. Purpurwolken spitzeln aus einem grauschlackigen Himmel. Einem schräglastigen Himmel, an dem alles, was nach oben will, abrutschen muß, sogar die Spatzen taumeln hilflos im Grau. Jedes Neujahr führt uns tiefer ins neue Jahrzehnt. Die Sechziger.
Auf der Straße zum Flughafen wünschte ich, es würde schneien. Im Winter nehmen wir nie etwas wahr. Die Luft riecht nach nichts, außer nach Kälte, die ihren Schweif über die verstummte Welt zieht. Eine Welt, die – in Stille erstarrt – auf die große Auferweckung wartet. Nur nebenbei erwähnt, könnte ja sein, daß es Sie interessiert: die Zufahrt zum Parkplatz des Grand-Central-Bahnhofs ist geräumt. Wie die Straße zum Flughafen überhaupt voll funktionsfähig ist. Ja, und ich werde nun an Bord eines Flugzeugs gehen. Und das fliegt mit mir los. Wird alles aus dem Steuersäckel bezahlt. Die nehmen mich ernst. Ich tät's nicht. Morgen San Francisco. Dann Hawaii. Und dann?
Meine Eltern und ich waren gestern abend zum Dinner im »21«. In meiner wollenen Hose steckt noch der Juckreiz der Schule, er zwickt an meinen Beinen. All diese frohgelaunten reichen Leute hier schlürfen aus edlen Gläsern edle Tropfen und plaudern mit der entspannten Lässigkeit der Privilegierten, die Einlaß gefunden haben in diesem berühmten Freßtempel der Toten, der Lebenden, der Bösen und der Guten. Und hoch über ihren Häuptern rieselt der Schnee, der große Gleichmacher. Ein metaphorisches Wunder. Ja.

Mein Schließmuskel strafft sich, ein warmer Wind zwängt sich durch eine Schadstelle in meinem Zwölffingerdarm. Mutter weint lautlos. Wer hat ihrem Sohn nur den Floh ins Ohr gesetzt, sich zur Army zu melden? Sie sieht ihren Ex-Ehemann mit unauslöschlichem Mißtrauen an und hofft, daß sie unrecht hat. Hofft es inständig. Denn ihr instinktives Gefühl, daß ihr Sohn, wenn sie ihn wiedersehen wird, noch derselbe ist, könnte trügerisch sein. Wann immer das auch sein wird. Aber im stillen hofft sie, daß irgendein Freund ihres Mannes irgendwie noch den einen oder anderen Rettungsfaden spinnt. Und ihr Junge nicht gehen muß. Und wenn sich's erst unmittelbar vor dem Abflug herausstellt. Was meinen Zorn auf sie nur noch größer macht. Aber laß dir nichts anmerken, O.! Du bist jetzt einer vom Militär und über derlei zivile Kinkerlitzchen erhaben. Ja, das Soldatenleben kann einsam und hart sein. Lauter kleine Nußknacker, diese Drillsergeants aus den Südstaaten, voller Haß auf alle abgefackten Nordstaatler und puertoricanischen Straßenjungs. Haben da, wo normalerweise der Mund ist, ein hundsgemeines Arschloch, und das reißen sie verflucht weit auf, wenn sie einen monatelang in den Pinienwäldern von Carolina anbrüllen. Auf mich hatten sie auch einen Pik. Weil ich ein Studierter bin. Ja, bin ich. Ein Student. Poet. Abenteurer. William »Bill« Stone. Einer, dem in ihrer Welt das Odium eines Zwitterwesens anhaftet. Was Besseres, ein Knight of St. Patrick. In der Nacht habe ich fünfhundert Eier zerschlagen, eines nach dem anderen, die gelben Dotter klebten mir wie getrocknetes Blut an den Fingern. Ein Spuk. Nie zuvor habe ich so mörderisch gewütet – ein frenetisches Gemetzel. Und dann stand ich in meinem Poncho im Regen und starrte auf die Eigelbpfütze und suhlte mich in bleischweren, traurigen Empfindungen. Und jetzt denke ich an gar nichts mehr. Nicht mal daran, Sex zu haben. Und mit wem.

O Mom, das ist nun vorbei. Hak's ab! Ist besser so. Wenn ich also sterbe, begrabt mich in der Fremde. Wo die Gräber gleich neben den Granattrichtern liegen. Und nennt den Ort New York. Denn Worte bedeuten nichts, sie sind nur Getöse und Wut. Das Seil, an dem ich mich hochhangle, heißt Erinnerung. Und dann starre ich ängstlich nach unten. Aus Furcht, abzustürzen und zu vergessen. Und in deiner Brust den Schwindel auszulösen. Mutter redet und redet. Und weint und weint, ohne Unterlaß. Der ewige Stachel in meinem Fleisch. Das nagende Geschwür in meinem Magen. Speichel und Schleim und was dazugehört. All das, was mich ängstigt. Mir für immer und ewig den sengenden Atem Satans einbrennt. Weil ich ihr Unrecht getan habe. Dem Zerrbild, das ich mir von ihr gezeichnet habe. Dem Bild von der als Mann verkleideten Bienenkönigin. Mit ihrem Stachel. Ihrem fleischfressenden Schwanz. Der Zwitter mit dem proteischen Penis. Satan!

Und außerdem bin ich ein gottverdammter Irrer. Denn es gibt Momente – o ja, in manchen Momenten wird das messerklar –, in denen ich erkenne, daß ich diese Frau einfach mit meinen Händen packen und ihr den letzten gottverfluchten Atemhauch aus dem Leib stoßen will. Eek! Ook! »*Tu m'as tué!*« Ja!

Auf der anderen Seite von mir: Vater. Der dicke Kater, der mit dumpfem Brummen ein Unheil aufziehen sieht, ohne dessen Konturen ausmachen zu können. Sein Steak ist saftig und gut. Genieß es, Vater, solange du noch kannst! Denn in Peking haben sie eine Akte mit deinem Namen. Einer von der Wall Street. Liquidiert ihn! Und den Sohn auch! Von Nebel verhüllte, konturenlose Dunkelheit.

Vater ißt nicht, starrt starr ins Unbegonnene. »Egal, was ich dir sage, William, du machst dich lustig darüber. Ich gebe dir, was du willst, und dein ganzer Dank ist ein Tritt ins Gesicht.«

Nun weiß ich's genau. Mein Vater ist ein Feigling. Und das ist schlimm, sehr schlimm. Hast du mir nichts anderes zu sagen, alter Junge? Wolken von Zigarrenrauch. Verstopfte Gehirngänge, die hart aneinanderstoßen. Hoho! Du irrst dich, Vater, so schwierig ist das gar nicht. Denn ich bin völlig deiner Meinung. Ein amoralischer, degenerierter Krieg. Hygiene – nur für Kapitalisten. Und denk dran, falls du spät dran bist, sag deinem freundlichen Piloten, er soll schneller fliegen! Hoho!

Eins steht fest, Mutter war immer für sportliche Aktivitäten im Bett zu haben, o ja, das war sie. Vater noch nie. Er hat was Triebhaftes in sich. Ein Defizit. Mutter war die mit dem Biß, die zustoßen und Gräben ausheben konnte. Da blieb für ihn nur die Rolle des zappelnden Hampelmanns an der Mauer ihres Wortschwalls.

Ich muß mich davon losreißen. Ich muß. Weg von dieser erstickend intimen Enge. Und in Indochina, hab ich gehört, sitzen Frauen am Straßenrand, sprechen dich an und machen dir schöne Augen. Haben im Nu ihr Höschen unten. Spucken in die Sterne und schwimmen in die Hölle und erzählen dir schmutzige Witze. O ja. Im Traum. In poetischen Versen. Und doch muß es sie geben, denn in meinen Traumbildern schweben diese Mädchen auf mich zu.

Das Taxi hält an der Bürgersteigkante. Am Horizont das Röhren abfliegender Maschinen. Die, die schon auf dem Weg sind. Mein Schließmuskel verkrampft sich immer mehr. Untertauchen in der Menge. Wortlos. Wir sind spät dran, ich muß mich beeilen. Einchecken. Der Seesack schlägt mir, als ich ihn von der Schulter heben will, heftig gegen den Kopf.

Vater und Sohn auf dem Männerklo – pinkeln in trauter

Zweisamkeit. Draußen schluchzt Mutter stumm. Das Leben nimmt seltsame Pfade. Ja, euer einziges Kind läßt euch nun allein. Jetzt, im Spätsommer eures Lebens, wenn die Einsamkeit mehr und mehr Ähnlichkeit bekommt mit *la mort*. Und obwohl er's euch nie verraten wird: Er weint auch. Tränen, die er in sich verbirgt. Bleibt nur die Frage, ob aus Barmherzigkeit oder aus Grausamkeit. Ein leichter Flügelschlag nach links oder rechts, so verspielt wie ein Tanzschritt, und die Sache ist entschieden. Ach, was mache ich nur! Denn was ich auch mache, es läuft immer aufs selbe hinaus.

»Leb wohl, Mutter, leb wohl!«

Neue Tränenströme. Unversieglich. Das Sperrhähnchen ist kaputt. Vergib! Vergib und vergiß! Aber sie weint weiter. Weine, Mutter! Weine über dieses nackte Land und seine immerwährende vielfältige Zerrissenheit! Du aber, Mutter, du sollst meine Göttin sein!

Vater. Ein Lebewohl, das schmerzt. Und eine korrekt abgezirkelte Umarmung, hastig, verlegen. Und möge Gott dir beistehen! Mein Sohn. Der Soldat. Händeschütteln wie Florettfechten. Der Geruch von feinem Whiskey in seinem Atem. Leb wohl! Lebt wohl, ihr alkyonischen Tage, du süßer Herbstmief meiner Schülerzeit, der in meinen Lungen schläft. Die Football-Spiele am Samstag und die rotgefärbten Blätter, die mir raschelnd auf den Kopf fallen. Die Mädchen, die nach Eiche und Ahorn duften, nach Landhäusern, aus Radcliffe kommen und Sarah Lawrence heißen oder Smith, eingemummt in dicke Mäntel, mit baumelnden Handtaschen und mitfühlenden Gesichtern; Susan heißen sie, Sarah und Catherine, Turner, Barnes oder Cabot, aus St. Louis kommen sie, aus Haverford und Wilmington, von James reden sie und von Kerry und Douglas, und jedes Wort ist eine Anrufung der Muse des Reichtums und des schönen Lebens. Auch euch will ich

Lebewohl sagen. Und mir in meiner Trübsal Freude abringen.
Ein kalter Tag. Teer-Makadam. Ein Blick zurück durchs Bullauge der Zivilmaschine, ins Abfertigungsgebäude hinein. Meine Eltern. Plötzlich wie ein altes französisches Ehepaar, frei nach Cézanne. Lassen sich auf einem Fischerboot die Marne hinuntertreiben. Essen Pfirsiche. Mutter, in ihrem Mantel aus Leopardenfell, winkt mir gedankenverloren mit der Pfote ihres winzigen, traurig-triefäugigen Dachshunds adieu zu. Mit einem jähen Stich erwachen plötzlich Erinnerungen an die Knabenzeit in mir, tiefgefrorene Erinnerungen an meinen französischen Großvater, wie er mir – vor fünfzehn Jahren erst – auf einem Hügel bei Château-Thierry, während die Sonne sich anschickte, den wallenden Dunst zu durchdringen, beim Anblick der grünen, mit Tausenden amerikanischen Kreuzen gespickten Felder von der großen Schlacht des Ersten Weltkriegs erzählt hat. Es durchläuft mich eiskalt, daß mein sonst so verschlossener französischer Großvater mich tatsächlich zu diesen amerikanischen Gräbern geführt hat und mit so vielen lobenden Worten die amerikanischen Boys ehrt – meine Boys, die nun tot sind, so viele, so jung. Er sah aus wie an jenem Nachmittag, als er mich im Gare de Lyon in den Zug von Paris nach Lyon gesetzt hatte und ich nach draußen blickte, zurück in den finsteren, schmuddeligen, von einem Glasdach überwölbten Bahnhof mit all seinen gedämpften, metallisch klirrenden Geräuschen, und sah, wie er mir nachwinkte. Auf Wiedersehen! Und meine innere Stimme murmelte das Echo dazu. Ich brauche nur daran zu denken, und schon werden warme Gefühle in mir wach. Doch dann mache ich hinter dem schönen Schein das sarkastische Grinsen aus und weiß wieder um die Brüchigkeit aller Empfindungen. Einlullende Verbrüderung. Oh, strahlend heller Glanz, dein Antlitz wird von grauen Schlei-

ern verhüllt! Und morgen, da wird es Indochina sein. Ein durch und durch gestählter Infanterist. Ein Frontkämpfer. Adieu, possierliches Schulbübchen, sterbender Poet! Vater starrt mit ausdruckslosen Augen. Wendet seinen Blick ab und hält Mutters Arm in einer Art, die innere Bewegung vortäuschen soll, den unbezähmbaren Wasserfall seiner überströmenden Seele. Ach, auf Wiedersehen, ihr alle! Laßt euch treiben von der Hast des Lebens! Und noch was: Stopft opulentes Essen in euch rein, eure geliebten Dickmacher! Sterben. Schlußstrich. Tod.

Und morgen Indochina.

Das Röhren der Turbinen. Das Knistern beim Umblättern einer Tageszeitung. Eine exotisch aussehende Stewardeß trabt auf muskulösen Pferdebeinen den Mittelgang hinunter. Eine akustisch untermalte Anzeige leuchtet auf. Nicht rauchen! Sicherheitsgurte nicht öffnen! Oder hieß es: Sicherheitsgurte anlegen!? Egal wie. Mein Bauch ist angeschnallt, Honey. Unter meiner Bauchdecke gart Schmerz. Der Bammel vor dem Allmächtigen. Dem gütigen Vater, der über uns waltet. Kübelweise seine Barmherzigkeit über uns ausschüttet. Wie ich meiner Mom schon gesagt habe: Mach dir keine Sorgen! Er holt sich nur die Guten. Rippe aus meiner Rippe. Mein Adamsapfel ist blockiert. Und eine eiskalte Gänsehaut läuft mir den Rücken hinunter, von oben bis ganz unten. Passiert mir oft in solchen Augenblicken. Reißt mir die Kleidung vom Leib und läßt mich beängstigend nackt zurück. Bitte nicht hergucken! Die Einsamkeit *de la mort*. Stärker als je zuvor, viel stärker. Hoch durch die Lüfte, raus aus den Vereinigten Staaten der Starken und Weißen. Via Kansas, Utah und Kalifornien. Die alte Marschroute dieser Union. Hat sich im Pulsschlag festgehakt. Liegt in den Genen, das Erbgut der Altvorderen. Den Pforten Asiens entgegen. Hin zum sagenumwobenen, verschleierten Dunkel. Wirf meine Kugeln in den

Sturm. Und lauf weg. Wie sie uns hassen! Fu Manchu. Namen wie aus einem Comic: Mao Tse-tung und Chou Pow-pow. Und all diese grinsenden, glatthäutig gleichen Gesichter. Vom Glauben an den Sieg erfüllt. Der Westen geht zugrunde, die Energie ermüdet sich selbst, die Künste entarten, die Vorposten sind aufgegeben. Und in das Vakuum stößt der Ferne Osten. Unsterblich, unbezwingbar, das blühende Asien, die Mutter der Millionen, Phoenix! Eek! Stinkende Horden von chinesischen Versen verklecksen mein sündenbeladenes Gehirn. Der Himmel stürzt sich in einen brennenden See. Das blecherne Klimpern fernöstlicher Musik – nyow-nyow. Es gilt, Bücher zu verbrennen, so vieles zu zerstören, so viel Neues zu lernen. Ich bin ein alter Mann, geboren vor unsäglich langer Zeit, ich lese die halbe Nacht, und es fällt mir so schwer, meine Gewohnheiten zu verändern. Beethoven und Brahms. Ich halte sie mitsamt ihrer geistlichen Musik in meinen Armen. Und Paris. Wo Monet und Renoir die Leidenschaft gemalt haben, in blassem Rot. Laßt mir das, meinen Chopin, meinen Aristoteles, meine Träume, meine Kinofilme, meine »Kultur« – ja, den Rest könnt ihr haben! Laß mir das, du verschlagene Kreatur mit deinen finster blickenden gelben Schlitzaugen und deinem tiefwurzelnden, nur neuen Haß gebärenden Haß. Du, du fliegst nie Pan American Paris – New York und hast auch nie den langbeinigen, hübsch zurechtgemachten Frauen nachgesehen, die durch die Sehnsüchte amerikanischer Herzen geistern. Warum haßt er uns nur so? Warum, warum?

In San Francisco wird es kalt sein. War schon mal dort. Leute mit Pioniergeist, die mich nicht kennen wollten. Sogar die Eichhörnchen im Park wollten meine Erdnüsse nicht knabbern. Und es würde wieder so sein. Die alte Masse Mensch, die sich die Habgier aus dem wurmstichigen Gedärm kotzt. Wenn es nicht mehr anders geht, Junge, dann halt dich im Leben an die eine Regel: Vorwärts! Allzeit gute Jagd! Und bleib nicht stehen, um nachzudenken. Schau nicht wehmütig zurück! Klammere dich nicht fest am Gestern! Tu's einfach!

»Sir, bitte machen Sie die Zigarette aus und schnallen Sie sich an!«

»O ja, 'tschuldigung.« Aus ist sie. Ich hab mir das Rauchen erst bei der Army angewöhnt. Ein schwarzer Kamerad, netter Kerl, hat mir's gezeigt. Die Kools gehen glatt runter und regen zu Träumen wie aus gezupfter Watte an. Die Turbinen kommen auf Touren. Rumpeln wie Kohlen auf dem Kellerfußboden. Babygeschrei übertönt den Lärm. Aber – aber was, wenn ich jetzt noch rauswollte? Sie müßten mich aussteigen lassen. Täten sie auch. Täten sie's? Stewardeß? Miss? Die Gesichter meiner Eltern werden ins Nichts gezerrt. Auf Wiedersehen! Guten Flug! O nein, nicht so! Ich werd dich vermissen, Mutter. Weil irgendwas mir sagt, daß ich dich nie wiedersehen werde. Was meinst du damit? Der Sekundenbruchteil einer Momentaufnahme, wie ein Selbstbildnis: mein Edward-Hyde-Gesicht im Halbrund meines Bullauges. So – ja, so ist es besser. Alter Soldat. Unterwegs, den Pazifik zu überqueren. Aus der Flugzeugperspektive. Ein in den Wassern des Alls treibender Globus. Jenseits der Transzendenz. Weizenfelder meiner Seele. Die Unermeßlichkeit des Pazifiks. Geschmückt mit Schiffchen und Wellen, weiß wie der Zorn Gottes. Steil ansteigende Gewinnspannen, eine Brücke, die sich weit übers Meer erstreckt, bis zu den felsigen Küsten Indochinas. Wir kommen!

Mit einem Laut, als wäre ein Seil gerissen, hob der zornige Vogel ab.

Da fliegt er, sagte Mutter. Und Vater verfolgte stumm, wie die Maschine davonschwebt, dem Horizont entgegen, hochkatapultiert zu fernen Sonnen.

Seine Odysee hat begonnen.

Weißt du noch, was er gesagt hat, Darling, bevor er gegangen ist? Gott 'olt sich nur die Guten – was soll das 'eißen?

Es wird ihm nichts zustoßen, nicht wahr?

Nein, Mutter, Gott macht nie Fehler.

TEIL 2
LAND JENSEITS
DES MEERES

LIEBE MOM

Saigon ist wie der Blumengarten eines orientalischen Despoten. Die Straße in die Stadt ist verstopft von Fahrrädern, in roten Dunst gehüllt und von Stacheldraht gesäumt. Überall Trucks, alte Vehikel und nagelneue, große und kleine, und Jeeps, und alle sausen mit der rastlosen Hast einer Invasionstruppe hin und her. In einem alten Militärbus schaukle ich über Schlaglöcher, ich beobachte amerikanische Offiziere, die, das spitze Käppi schnittig aufs kurzgeschorene Haar gedrückt, verbissen mit schwarzen Aktenmappen unter dem Arm über aufgerissene Bürgersteige hasten und in ihrer Khakiuniform ungeheuer wichtig und bedeutend aussehen wie Versicherungssachverständige. Und dann gibt es die anderen Amerikaner, die aus der Arbeiterklasse, in den durchgeschwitzten Unterhemden; sie rammen Pflöcke in die Erde, schleppen Lattenkisten an, kurven mit Bulldozern herum und stampfen ein befestigtes Camp aus dem Boden. Nur ein paar Minuten außerhalb der Stadt ist die Landschaft mit Zelten olivgrün gesprenkelt, in den Tälern, aber auch an den Hängen, die sich endlos weit ins Land erstrecken wie Valley Forge. Da rückt eine Armee an!

Ich bin aufgewühlt vom fauligen Geruch überreifer Früchte, der in der Luft hängt. Vom Anblick der Frauen mit den faltenübersäten Gesichtern, die, weder alt noch jung, nach asiatischer Sitte wie Bussarde in der Hitze in der Hocke kauern und den ganzen Tag ihren Trödel feilbieten: billigen Schmuck, Sonnenbrillen, amerikanische Sonnenlotion, alte Comic-Hefte, Plastikkämme, Messer, Zahnpasta, obszöne Fotos. Trucks und andere Fahrzeuge blaffen sie mit wichtigtuerischem Hupen an, aber die Frauen rühren sich nicht vom Fleck, zucken nicht mal zusammen. Vietnamesische Soldaten mit roten Baretten spazieren paarweise und Hand in Hand an gutgenährten American Boys vorbei, die ihnen nachstarren und hämisch kichern. Dutzende von Polizisten in gestärkten weißen Märchenuniformen führen, die Hände in eleganten weißen Handschuhen, silberfarbene Pfeifen zum Mund und halten den Verkehr in Fluß. Plärrende Lautsprecher blöken vietnamesische Propaganda in die Straßen. »Meldet euch zu den Streitkräften eures Landes! Ihr bekommt Geld und Land dafür! Seid dabei beim Kampf um eure Freiheit, der jetzt ausgetragen wird! Steht euren tapferen Landsleuten bei!« Seid irgendwo dabei, steht irgendwem bei! Der ohrenbetäubende Knall eines unsichtbaren Düsenjägers, der die Schallmauer durchbricht. Tag und Nacht das ferne, dumpfe Grummeln von Artilleriefeuer und Bombenabwürfen irgendwo flußabwärts. Und überall Trümmer – die monströs verrenkten Glieder tödlich verwundeter Flugzeuge. Und inmitten des Stacheldrahtverhaus und des Stahlblechunkrauts, das diese zerbröckelnde Stadt durchwuchert, häßliche Schilder: KEIN ZUTRITT! RAUCHEN VERBOTEN! LEBENSGEFAHR! Pockennarbige, verrottete Straßen sind zum Schutz amerikanischer Truppenunterkünfte und PX-Läden mit Sandsackbarrieren abgesperrt.

Nie habe ich mir in meinen Phantasien über die Landung alliierter Truppen in der Normandie, den Einmarsch römischer Legionen in Gallien, die Soldaten Napoleons in Ägypten oder die britische Armee in Indien klargemacht, welche Ausmaße der Export einer ganzen Nation annimmt. Unsere Bars, unser Whiskey, unsere Erdnußbutter, unsere Jeeps, unser Geld, unsere Preise, unser in Ohio oder Michigan ausgebildetes Personal in Außenstellen unserer Regierung, unsere Lehrer, unsere Experten für Auslandshilfe, unsere Sekretärinnen, unser Essen – und unsere Speisen und Getränke für die Offiziere –, unsere Sicherheit, unsere Überlegenheit, unser Sex, unsere Vergewaltigungen und all die kleinen Lebewesen, die wir gezeugt haben. Amerika! Das überall die alte, von der französischen Kolonialzeit geprägte Lebensart ablöst, und die Vietnamesen kichern leise vor sich hin – kichern über die neue Zeit, die so drollig ist.

Der Hafen, der die Stadt mit gespreizten Beinen von beiden Mekong-Ufern aus umklammert, ist bis zum letzten Winkel vollgestopft mit Schiffen, Containern, Lagerhäusern und Stapelplätzen für ankommende Lieferungen, zusammengekarrt von unserer Regierung und ihrem Geld mit dem einzigen Ziel, so viel wie möglich so schnell wie möglich herüberzuschaffen: Männer, Tiefkühlkost, Fernsehapparate, Generatoren, Bargeld, Särge, Bier, Filmrollen, Millionen nach nichts schmeckender, praktisch funktionaler Snacks, Dienstwagen für Generäle, Las Vegas im Aufreißpack … All das wird pausenlos nachgeschoben, Tag für Tag, Nacht für Nacht, nach Danang, Saigon, Qui Nhon und Cam Ranh Bay. Kanonen links, Kanonen rechts, Action rund um die Uhr – Amerika mischt wieder mit!

Das muß jeden aufrütteln, Mutter, diese unverfälschte Kraft und Energie. Alle sind glücklich und werden reich, jeder brennt danach, dabeizusein, etwas Bedeutendes zu vollbringen und – ja, teilzunehmen an diesem gewaltigen Aufbruch, im Namen des Landes auszuschwärmen und zu töten.

IN LIEBE
OLIVER

P. S. Wenn Vater mir bestimmte morbide Neigungen unterstellt – nun, irgendwie hat er in gewisser Weise recht. Gestern hat sich dieses degenerierte Leiden wieder bei mir gezeigt. Hier in Saigon, bei der US-Botschaft. Ich habe eine attraktive, junge amerikanische Sekretärin vorbeigehen sehen, deren Gesicht über und über von vernarbten Wunden entstellt war, vermutlich von dem Bombenanschlag auf das Botschaftsgebäude letztes Jahr. Lange, tiefe Fissuren auf beiden Wangen, die hochgedrückten roten Wundränder legten das Fleisch bloß, und auch auf den Schultern waren häßliche striemige Narben zu sehen. Obwohl es eine primitive Perversion sein mag: Ich habe mir so sehr gewünscht, auch solche Narben zu tragen. Sie waren ein sichtbares Zeichen des eitlen Stolzes, der Erfahrung, der durchlittenen Schmerzen. Es kommt mir selber hoffnungslos schäbig vor. Bin ich in meinen Phantasien tatsächlich noch so ein Kindskopf, daß ich mir wünsche, mich und mein Ich hinter einem Rippenmuster aus Narben verstecken zu können? Ist das eine Krankheit, so was wie geheime Todessehnsucht, ein Zeichen für dekadentes Denken?

JUNI '66

Kürzlich habe ich einen Menschen getötet.
Ich denke, es war eine große Erfahrung in meinem Leben, etwas, womit ich schon lange lebe, mehr oder weniger jedenfalls, seit meinen Kindertagen, als ich fasziniert die Gewalt auf dem Bildschirm verfolgt habe. Vielleicht hatte ich zuviel davon erwartet, denn in dem Moment, als es geschah, war es eigentlich etwas eher Alltägliches, so ähnlich, wie wenn man am U-Bahn-Kreuz Lexington und 59th Street mit jemandem zusammenstößt.
Ich hab ihn aus dreißig Yards Entfernung von einem Baum geschossen. Hab ihn ins Visier genommen und siebenmal auf ihn gefeuert, in irrer Schußfolge, bis ich sicher sein konnte, daß er mit absoluter Gewißheit aufgehört hat zu atmen, sich zu bewegen, zu existieren. Worauf ich, als wollte er noch einen letzten makabren Witz machen, das

Knacken und Brechen von Holz hörte. Er polterte wie eine reife Kokosnuß durch die Zweige, dann blieb er reglos auf einer kräftigen Astgabel hängen; kein allzu aufregender Anblick, denn sein Körper war von Blattwerk und abgerissenen Zweigen zugedeckt. Einen Augenblick lang fühlte ich mich unsäglich wohl. Ich habe es geradezu in mich hineingeschlungen – dieses Es oder wie man hat das Gefühl der Befriedigung definieren will. Irgend etwas war exakt dort gelandet, wo es hinsollte, wie wenn man sich reckt, um die lahmen Knochen auf Vordermann zu bringen. Guter Schuß, Oliver, guter Schuß! Es kam mir nur plötzlich so paradox vor, daß ich ihn wie einen Rehbock zu Fall gebracht hatte, ohne ihn auch nur anzufassen. Ein schwaches Prickeln lief mir durch die Handgelenke, freudige Erregung, besonders durchs rechte – Du weißt ja, das habe ich mir als Kind gebrochen.

Ja, es war vor allem das rechte Handgelenk, das reagierte, als hätte es das Geschoß ganz allein ins Ziel geschleudert. Eine grimmige Genugtuung erfüllte mich. Er gehörte mir. Ich hatte ihn getötet. Ich. Kein anderer.

Wir waren in der Woche in einem Dschungelgebiet bei Pleiku – 25th Infantry Country, den Ausdruck kennst Du vermutlich aus der Zeitung, ist inzwischen zu einem kriegsgeschichtlichen Begriff geworden. Viele wurden getötet. Wir haben bei einem dreitägigen Zangenangriff fünfhundert Vietcong eingekreist und niedergemacht, heißt es zumindest. Da, wo ich jetzt bin, scheint der Tod wohlfeil wie Luft zu sein. In Paris wird das wohl nur eines von vielen Nachrichtenbonbons in den fettgedruckten Schlagzeilen Eurer Morgenzeitungen sein. Der Stellenwert einer Nachricht hängt nicht von der Zahl der Toten ab, dafür sollten wir dankbar sein. Drei Tote bei einem Aufruhr in Paris sind politisch wichtiger als tausend Tote in Vietnam, weil, glaube ich, politisch motivierte Gewalt den ruhigen Erzählfluß des Lebens unterbricht. Der Krieg nicht, Krieg ist der nicht wegzudenkende Teil innerhalb einer immerwährenden Geschichte, so wie Einsteins und Shakespeares Werk das Ergebnis eines immerwährenden täglichen Ringens war. Aber Krieg ist tatsächlich mehr als das, Krieg ist Militärgeschichte. Stell dir ein Massengrab mit fünfhundert Leichen vor, übereinandergeschichtetes Fleisch – genau vor meinen Augen, ich habe das Glück und das Pech, direkt draufzuschauen. Es ist wie mit den dekadenten Partys, zu denen Du mich in New York mitgeschleppt hast – etwas, was ich nie vergessen werde, die erste Anwandlung ernsthaften Begehrens, die Gier nach Sex. Wahrscheinlich haben Mailer und Freud recht: Die beiden stärksten Triebe im Universum sind Sex und Tod. Auf jeden Fall habe ich eine Grenzlinie überschritten, um von nun an nie wieder derselbe zu sein.

Und wie ich so dastand und auf die Leichen starrte, die meisten lagen auf offenem Gelände, parallel zu einem Wald, habe ich im Wind gefröstelt. Es war kalt und grau und wolkenverhangen, mit einer fehlfarbenen Sonne, ein auffallend bedrückender Tag, anders als andere Tage, ein Tag, aus dem einen Trauer anwehte. Da lagen so viele Tote, daß man denken konnte, es sei das Ende einer Ära. Wo sonst der Horizont ist, verhängte ein dunkles Leichentuch den Himmel, ein Vorbote des nahen Monsuns.

Die Leichen fingen zu stinken an. Maden gruben sich mit mahlenden Kauwerkzeugen in die offenen Wunden, Würmer wanden sich in den Augenhöhlen der von heißen Gasen aufgeblähten Toten; Bilder, die einem das schmutzige Pathos der Phantasie vorgaukelt. Und schon ließen sich, vom Gestank des Untergangs angelockt, groteske Riesenfliegen wie Aasgeier auf den Abfallbergen aus Fleisch nieder.

Wenn ich früher über Leben und Tod nachgedacht habe,

war das immer etwas Abstraktes, die Vorstellung von einem bizarren Unfall, durch den meine beiden als Individuen im Körper ein und desselben Jungen vereinten Ichs auseinanderdividiert würden – herbeigesehnt, im Grunde etwas, was zur Ehre gereicht, aufrüttelnd und noch gänzlich belanglos. Ach, wenn ich daran denke, worüber ich mir alles Sorgen gemacht habe – Du weißt ja, wie ich dahinter her war, alles richtig zu machen oder überhaupt nicht. Oder erinnerst Du Dich noch, wie ich Dich jeden Abend mit der Frage genervt habe, warum alle anderen Jungs Haare um ihr Ding hätten, nur ich nicht, und ob bei mir womöglich irgendwas nicht in Ordnung wäre? Und Du hast mir immer wieder versichert, daß ich eines Tages auch Schamhaare bekäme, obwohl ich Dir, ehrlich gesagt, nie geglaubt habe. Und wie sehnlich ich mir gewünscht habe, an die Yale zu gehen! Mir eingeredet habe, sonst wäre das Leben vorüber und ich der Verdammnis preisgegeben. Wie lächerlich fragwürdig ist doch all das, woraus wir den Stoff unseres Lebens weben, wenn hier in der Fremde Männer auf einem Feld liegen, die jäh und gewaltsam ums Leben gekommen sind, Männer, von denen niemand etwas weiß, die nie von Yale, vom Lunch im »Plaza« oder von einer Mutter im Pelzmantel aus Leopardenfell und mit einem schlappohrigen braunen Dachshund im Arm geträumt haben. Und doch ist mir nicht ein einziges Mal der Gedanke gekommen, daß der Tod so vieler Männer vielleicht etwas mit Unrecht, mit einem Verbrechen zu tun haben könnte. Ich weigere mich, das zu denken. Fünfhundert Tode sind nicht großartiger als ein Tod, weil jeder Mensch nur einmal sterben kann. Die erdrückend große Zahl der Toten kann mich nicht in dem Glauben erschüttern, daß unser Ende von einer Aura des Göttlichen umgeben ist, weil ich hartnäckig daran glaube, daß jeder einzelne dieser Männer, die gestorben sind, sterben *mußte*. Ich suche nicht nach einer

Erklärung, warum das so ist; eine Antwort darauf hätte nur jeder von ihnen für sich finden können, vielleicht in der Ahnung, daß es ihm vorherbestimmt war, hier zu sterben. Ich kann nur versuchen, meine eigenen Gedanken und Empfindungen zu erklären.

In der Nacht des großen Gemetzels bin ich Ridgeway über den Weg gelaufen, unserem Zugführer. Wir haben ein wenig gequatscht, über das, was an diesem Tag passiert war, und dabei hab ich ihm erzählt, daß ich an diesem Nachmittag einen Nordvietnamesen getötet habe. Er hat mich grinsend gefragt, was das für ein Gefühl wäre. Ich wollte nicht so großspurig tun wie manche unserer Jungs, die zuviel reden, und hab ganz lässig gesagt: »Ach, eigentlich kein besonderes. Aber es hat sich gut angefühlt – ja, richtig gut.« Und er hat nur dagestanden und gegrinst. Da wußte ich plötzlich, daß ich schleunigst weg mußte, weg von Ridgeway. Irgendwie hat es mir den Magen umgedreht, von toten Menschen zu reden wie von einem Stück erlegtem Wild. Denn für mich ging es nur um mich, nicht um den Mann, den ich getötet hatte; nur ich war's, der bei dem Ereignis zählte. Aber statt ihm zu erklären, was ich wirklich empfand, fing ich an, mich vor ihm zu brüsten und den Helden zu spielen. Ridgeway war sehr angetan davon und sagte, er rechne schon bald mit noch mehr Aktivitäten, »weil die Schlitzaugen drauf und dran sind, über die Grenze zu kommen«. Damit war die kambodschanische Grenze gemeint, über die wir ständig hin und her pendeln, weil wir die meiste Zeit überhaupt nicht wissen, wo wir eigentlich sind. Einmal hat sogar einer behauptet, wir wären in Laos. Aber ich war nicht in der Laune für Frontgeschwätz. Ich hatte einfach einen Menschen getötet. Er nicht. Und ich hatte mich diebisch über meinen Abschuß gefreut. An mir klebte der Gestank des Todes. Ich hab innerlich abgeschaltet – Du weißt schon: die Miene aufgesetzt, die Dad so gehaßt hat, weil er vermutete, daß ich wieder mal »schmolle« – und zu Ridgeway gesagt, ich wolle jetzt »einen kleinen wegratzen«, so nennen wir das in der Army, wenn wir ein paar Stunden schlafen wollen. Er muß aber irgendwas an meinem Tonfall gemerkt haben und hat mich mit dem typischen Blick gemustert, mit dem die »Lebenslangen« uns »Gezogene« meistens angucken – so als könne er mir nicht über den Weg trauen. Da bin ich gegangen.

Aber noch in vielen Jahren, wenn ich in New York in irgendeinem Büro schufte, wird hier in Asien in einem unscheinbaren, nicht gekennzeichneten Grab die Leiche des Menschen liegen, den ich getötet habe. Er hat mich gesehen, wenn auch nur für einen von der Ahnung der nahen Gefahr erstickten Augenblick, ehe das Licht ausging und Dunkelheit seine Lider überschattete. Wer ist da, um ihn zu beweinen? Wenn ich in mich hineinhorche, entdecke ich eher Staunen als Schuldbewußtsein. Ich denke, wenn ich vorher mit ihm geredet, seine Stimme gehört, seinen Gesichtsausdruck gesehen, einen Zipfel seiner Menschlichkeit gespürt hätte, wäre ich nie fähig gewesen, ihn ohne Gewissensbisse zu töten. Worte hätten mich gebannt, und auch jetzt kann ich's, wenn ich auf die Hand blicke, die diese Zeilen schreibt, nicht recht glauben, daß sie den Abzug durchgezogen hat. Es ist das Gestern, Teil der nebelverschleierten Vergangenheit, durch die ich ziellos gewandert bin, ohne böse Absicht, ein Namenloser unter vielen. Vielleicht wird mir deshalb vergeben.

Nein, das Staunen hat etwas damit zu tun, daß ich – gleichgültig, wie viele Jahre ich zwischen mich und diesen Tod schiebe, ob ich dreißig bin und verheiratet, vierzig und geschieden, fünfzig und reich, sechzig und weise – nie, auch nach noch so vielen Jahren nicht, dieses Grab in der asiatischen Erde vergessen werde.

Es ist ein Stigma – viel größer als jede andere Verwundung

der Seele. Es ist ein Faktum! Jedesmal, wenn ich töte, stirbt etwas in mir ab. Ein Stück von meinen Gefühlen. Ein Stück von meinem Fleisch. Schuld auf sich zu laden ist Selbstamputation. Und so muß es auch sein, Beklemmung allein genügt nicht als Opfergabe. Ach, könnte ich doch, dem dumpfen Schuldgefühl zum Trotz, hinauf zu den Sternen greifen und mir dort das hohe Gut der inneren Befreiung pflücken!

Ist es also der Tod, den ich mir wünsche?

Ja, ein edler Gedanke. Nur, davon wird der arme Teufel, den ich getötet habe, nicht wieder zum Leben erweckt.

[OHNE UNTERSCHRIFT]

Keiner von diesen Briefen wurde abgeschickt.

SAIGON-TEE

Eine Bar. Geschwängert von bittersüßem, zimtigem Rauch, im trüben, von heruntergelassenen Jalousien in Scheiben geschnittenen Nachmittagslicht. Halbnackte Frauen huschen hin und her, von da nach dort, Frauen mit sündigen Augen und Frostbeulen auf der Seele. Lauter verstimmte Klaviere. Auf dem Fußboden Auswurf aus entzündeten Kehlen und die Überbleibsel von Erektionen betrunkener Amerikaner, die die Unterhose nicht bekleckern wollten.

In einer Ecke, einer verschwiegenen Ecke, ein junger Bursche mit teigiger Haut und rasselndem Atem, ausgelaugt vom Raubbau an seinen Kräften und davon, daß er's zu oft im Stehen treiben mußte, weil der Fußboden mit Rattenkot bedeckt war, lethargisch und morsch bis ins Mark, ein blaßgelber Wichser. Häßlich und abstoßend. Was macht der Kerl überhaupt dort drüben?

Er läßt sich klammheimlich einen blasen – ja, wirklich. Eine Exklusivofferte von Mrs. Sex. Ihre Hoheit geruht zu blasen. Sie spürt, wenn einer das braucht, er spürt, wenn's eine tun will – man kann's in den Augen lesen, daß der Bauch danach lechzt. Sooft er eine Frau mit aufgeworfenen Lippen sieht, das lange Haar hochgesteckt und in der Mitte gescheitelt, verspürt er das unwiderstehliche Verlangen, der Lady seinen Dolch in den weichen, feuchten Nilschlund zu schieben. Weil Lutschen eine Form der Ernährung mit organischen Stoffen ist. Und auch, weil's mir eine vor ein paar Monaten in stickig heißer Nacht auf zerschlissenen Laken besorgt hat, unten am Mekong-Ufer, und seither nichts mehr ist, wie es war. Nur – bei der Muschi, die mich geboren hat, und den Brüsten, die mich gesäugt haben –, was würde meine Mutter wohl sagen, wenn sie ihren Sohn, benebelt von Gras und Whiskey aus dem Kochgeschirr, in so einer Umgebung sähe, wie er gerade die Nutte zum Abendessen mit seinem Dicken füttert? Wow! Dieses Mädchen, dieses – ich schätze mal – hundertachtzehnte Mädchen, das ich in einer Bar in Saigon oder Cu Chi oder Qui Nhon gehabt habe, versteht was vom Blasen. »Lutsch! Lutsch!«

Und es entspricht, möchte ich hinzufügen, dem sarkastischen Hinweis auf gewisse Klogepflogenheiten – ein gutgemeinter Rat, *quid nunc* –, nachzulesen im Leitartikel des »Wall Street Journal« vom 12. Mai ʼ59. Ein *articulus mortis,* der meinem Bauch einen Wind entlockt hat, ein Säuseln, das mir warm durchs Gedärm gekrochen ist und mir die Innenseite der Bauchdecke gestreichelt hat – nicht nur ein gelindes Kitzeln, o nein, das war schon ein ausgemachter Wackelkontakt. Ahnungsvolles Denken, in dem sich Bier und Schnaps, glitschige Stoßkolben und mit öligem Sperma besudelte Testikel vermengen. Mechanikerdenken. Ach, diese Worte! Die drängen sich, wenn ich betrunken bin, im Laufe des Tages einfach immer wieder auf. »Lutsch! Lutsch! Quetsch ihn aus!«

Ich werde morgen lange ausschlafen, denn meine Gefühle sind aufgewühlt, doch, das sind sie, auch wenn manch einer nur den Schwall kaum artikulierter Worte wahrnehmen mag, aber er möge sich keinem Irrtum hingeben, meine Gefühle sind ... wie drückt man das gleich aus? Das Erinnerungsvermögen prallt auf eine harte Wand, die unnachgiebige Wand der Gegenwart. Wer war das noch, der gesagt hat, man dürfe sich nie mit gutaussehenden Kerlen einlassen, die sollten sich's besser selber besorgen? Der Bursche hatte sicher Warzen auf der Nase. Denn ich, zum Beispiel, ich kann's nicht. *Wir* können es nicht, wie die Etepete-Tuer immer sagen. Manche reden sogar am Telefon so, meinen zwar nur sich, sagen aber: »*Wir* sehen dich später.« Wer mag »*wir*« sein, überlege ich dann. Das Kollektiv rings-um? Nein, Puppe, bei dem hier gibt's kein Wir, da geht's nur um dich und mich – kapiert, du Flittchen?

»Lutsch! Lutsch! Quetsch ihn aus!«

»Hey, du – was ist mit dir los? Kommste nich? Fünf Minuten fünfhunnert. Zehn Minuten achthunnert. Die zahlst du.«

Dagegen habe ich was. Nicht gegen den Fick, aber gegen sie. Gierig, wie gutgenährte Asiatinnen nun mal sind. Die würde mir glatt mit einem scharfen Löffel die Eier auskrat-zen, wenn sie sich was davon verspricht. Mein Vater, fällt mir ein, hat immer die Ansicht vertreten, daß Weiber sich verkrümeln sollten wie ein Stück Roastbeef, sobald man sie vernascht hat. Gar keine schlechte Idee. Erspart einem späteren Ärger.

Ein Schlauchboot quält sich mühsam durch Schlamm und einen zähen Brei aus gequollenen Körnern. Nasses Tau-werk, klebrig wie kalte Vichy-Soße. Saugende, pumpende Mundarbeit. Schwarze Blutegel rutschen glitschig über meinen Penis. Sie speichelt sich, weil ich ihr nichts gebe, ihre Honigpumpe selber ein. Ihr Mund wölbt sich nach vorn wie das schuppige Haupt eines Drachen und nuckelt und würgt an meinem Peter – na los, gib's mir, melk mich aus!

»Hey, du, komm! Komm jetzt endlich!«

Mein Schwanz verschwindet in ihrem Schlund. Die totale Auflösung des Ichs. Jetzt – jeden Moment. Aber dann will es nicht. Die Maschine streikt. Füttere sie, sonst wird nichts draus! O verdammt, es kommt. Aneinandergekettet im Weltraum, orangefarbene Flußbarben, die sich ineinander verbissen haben, meine in vielen Duellen bewährte Ausdau-er, meine geile, gutgeölte Seele. Ich selbst habe nie einem

einen geblasen, obwohl sich bei Mutters Partys oft die
Gelegenheit dazu ergeben hätte. Also gut – einmal habe
ich's getan ... zweimal, nur um zu sehen, wie das ist. Aber
eigentlich war mir der gute alte weibliche Vordereingang
lieber, das ist wenigstens ein ansehnliches Loch. Und es gibt
zu viele Schwänze, die, wenn sie gerade schön prall sind,
auf einmal zu schrumpfen anfangen. Eine Alterserschei-
nung, nehme ich an. Hat aber sicher auch was mit falscher
Ernährung zu tun.

»Lutsch! Lutsch! Quetsch ihn aus!«

Worauf sie das Tempo steigert, was beim Verfasser gewöhnlich zu einem erstklassigen Orgasmus führt. Ich persönlich
muß, wenn mein Penis sich zuckend aufbäumt und am
stahlharten Gewinde einer Möse reibt, immer an den Hof-
organisten Bach denken und höre dann jedesmal von irgendwoher schrill die hohen Töne der Brandenburgischen
Konzerte jaulen. Wie abscheulich!

»Lutsch! Lutsch! Quetsch ihn aus!«

William O. in erhabener Abgeschiedenheit, von Mönchen
umgeben, die sich flüsternd nähern und entfernen, in sich
versunken, der Stille hingegeben wie ein Ezra Pound. Oder
1920, wie er, mit dem Schlapphut auf dem Kopf, den Schal
um den Hals geschlungen, an einem verregneten Tag in
die Waggons der Pariser Metro starrt, Blätter treiben und
Äste schwanken sieht und – wie poetisch – dem Raunen
und Wispern in den Wipfeln der Bäume lauscht. Und da
taucht plötzlich, wie in einem bösen Traum, mit schnellem
Schritt durchs rauchverhangene Dunkel ein gelber Kellner
auf, ein unsäglich dummer Bursche, und streckt ihm ein
Glas kalten Saigon-Tee hin, Whiskey, wie er behauptet. Und
die Belle-Dame hebt das Drachenhaupt und trinkt, während sie mit der freien Hand dem Kunden das schläfrige
Stück Fleisch reibt, vor seinen Augen mit hastig-gierigem
Schlürfen das Glas leert. So ist Amerika, muß der kleine gel-

76

be Kellner wohl denken. *Toi oi! Chee bee!* Ist es das, wofür wir kämpfen? Ich kratze mir angewidert den Schädel.

Sie hält dem Kellner das leere Glas hin, neigt den frischangefeuchteten Mund wieder über den Schwanz des Kunden und verschlingt ihn bis zur Wurzel, während der desinteressierte Kellner grob zu dem Gast sagt:»Hey, du zahlst sechshundert P.« (P steht sowohl für Piaster wie für *pay-pay-pay*) – und ihm unverschämt die kleine Hand hinstreckt. Und da fängt die Belle-Dame wieder zu jammern an und verwirrt mich nun vollends mit ihren Essenspreisen.

»Zwanzig Dollar mehr, Joe. Wenn du zahlst, lutsch ich dich. Du zahlst nicht, ich lutsch nicht, Joe. Du zahlst, ho-kay?« Auf so was reagiere ich gewöhnlich sauer.

»Halt deine Scheißfresse, du Stück Dreck, und lutsch!« sage ich dann. Und manchmal auch etwas, was sich ganz anders anhört, viel zärtlicher. Jetzt läßt der Kunde namens Stone seine Wut von der Kette. Ohne Vorwarnung verpaßt er der Belle-Dame einen harten Stoß, der sie zu Boden schickt – ziemlich brutal von ihm, ja, aber wen verlangt's nicht auch mal nach einem *coitus interruptus?* –, fährt, jäh aus seinen poetischen Gedanken gerissen, mit heiß klopfendem Penis herum, um mit dem ungehobelten Kellner abzurechnen. Die Metro rauscht auf dem falschen Gleis aus dem Tunnel, und der Sog, der ihr folgt, reißt ihm den Schlapphut vom Kopf und wirft diesen auf die Gleise, wo er prompt von einem entgegenkommenden Zug zermalmt wird. Ein Akt roher Gewalt – auch für ihn die einzige Rettung, und so packt er den kleinen Kellner an der Kehle und hält sie umklammert. Der Kellner weicht stolpernd nach hinten aus, stößt im Dunkeln gegen einen leeren Tisch. Gellende Schreie, dumpfes Poltern. Tische kippen, Gläser zerbrechen, ungetrunkene Drinks ergießen sich auf den Boden. *Chee bee! Toi oi!* Probier's aus, Bruder.

Der Kunde drückt der Fotze die Hand ins Gesicht. *Ciao,*

Baby! Und macht mit der flachen Hand eine schraubende Bewegung – als Abschiedsgruß. Schreie. Stöhnen. Der rächende Ritter grinst mit stumpfen Zähnen. Bring sie um – eine, dann alle! Irgendwo, weit weg, pfeifen MPs. Das bringt ihn zur Besinnung und auf den Gedanken, die Bar zu verlassen, ehe er das tote Inventar ganz auseinandernimmt und das lebende gleich mit. Er wankt zum Hinterausgang. Ich werd mir die Pinte merken. Um nie wieder herzukommen. Aus Angst vor dem, was mich hier erwartet. Eine fette Asiatin hält sich in unstillbarem Schmerz den Kopf und schickt mir irgendwo aufgeschnappte Flüche hinterher. Die übelsten Beschimpfungen, die einer Frau für einen Mann einfallen können. Nicht gerade als Text für Glückwunschkarten geeignet. Droht damit, mich umzubringen. Mir den Bauch aufzuschlitzen. Mich bei lebendigem Leib in Stücke zu schneiden. Ich bin verletzt.

Stone ist draußen. Riecht den Gestank von Katzenpisse an der Wand. Pumpt sich Luft in den verlotterten Schädel. Schales Sperma, Geruch von heißem Sex. Eine miese Nacht. Ein beschissenes Jahr. Wieder mal, ja. Vom asiatischen Wind verweht. Weiter, dorthin, wo ich atmen kann. Gefühle habe ich nicht mehr, die bilde ich mir nur ein. Woraus folgt, daß ich eben doch welche habe.

Kaputt, besudelt und übelriechend, beschämt von der eigenen Scham, stiehlt er sich, ohne auch nur einen Blick zurückzuwerfen, um die Ecke. Und stürmt in die nächste Bar, wo wieder junge Frauen am Tresen stehen und Saigon-Tee verkaufen.

DER WONNEMONAT MAI

Camau, Mai' 66. Der Wonnemonat. Eine schwüle Brise treibt Schabernack in den Blättern. Regen und Sturm kommen und gehen. Wie an einem windigen Tag an der Küste Floridas, unten auf den Keys, wenn die Palmen gebeutelt werden. Eine Art Schirokko. Ich stehe im wölkenden Staub im Zentrum eines kleinen Dorfs. Stehe da und beobachte. Das emsige, geheimniskrämerische Tun. Flüstern und Raunen ringsum. Ich erinnere mich an den breitflächigen, brennenden Schmerz. Die Wunde am Hintern reibt sich an der lose schlotternden Paßt-wackelt-hat-Luft-Uniform. Auf der behaarten Brust das gedruckte Wäscheschild mit dem Namen STONE. Der Sohn der Atriden, einer der Stoniden aus der »Ilias«. Oh, was für ein Name. So knapp, so stark, so in sich satt. Irgendwann haben mir Indianer erzählt, Steine seien seit Anbeginn der Zeiten die ältesten und verehrtesten Sinnbilder gewesen, davon wird in allen Überlieferungen berichtet. Vielleicht bin ich deshalb auf dieser Erde, um eines Tages eine dieser von Mund zu Mund weitergegebenen Geschichten aufzuschreiben – ein Stein eben, Oliver Stone.

Sie zerren das Mädchen mit der roten Binde am linken Fußgelenk in die Dorfmitte, in die flirrende Sonne. Die Handgelenke haben sie ihr gebunden, wie bei einem quiekenden Ferkel.

Aber sie quiekt nicht ängstlich und schreit nicht, sie steht nur da, ein Mädchen um die zwanzig, dick, gedrungen, keine Schönheit. Mit wundervoll glänzendem schwarzem

Haar, in dem es von lebenden und toten Läusen wimmelt. Man kann's an den roten Pusteln sehen, die sich an ihrem Ackergaulrücken hinunterziehen bis zum Kreuz. An diesem Tag. Dem letzten ihres Lebens. Weil sie den Mut aufbrachte, eine Handgranate in einen geparkten Jeep zu schleudern. Und so drei hohe Beamte zu töten. Und dann in den Feldern unterzutauchen. Sie war auf dem Rückweg zum Tunnel, als sie sie entdeckt und aus dem Reisfeld aufgescheucht haben. Fehlte nicht viel, und sie hätten sie getötet. Weil es verdächtig ist, wenn eine so im Reisfeld kauert. Ich glaube, die Geschichte ist erstunken und erlogen. Wahrscheinlich hat einer unserer bezahlten Informanten im Dorf das Mädchen verraten.

Ihre Beine haben von den Fußgelenken aufwärts Quetschwunden und Risse, ihre Handgelenke sind zerschunden, aber sie gleicht in all ihrer Not einer Tigerin. Volle Lippen, braune, kreisrunde Augen, eine abgeplattete, keck herausfordernde Nase. In Paris hätte ich mich nach ihrem Gesicht umgedreht, aber nun steht sie hier in der Sonne, die sich tiefer und tiefer zum westlichen Horizont neigt. Aus meinem alten Steingesicht heraus studiere ich ihren arroganten Haß. Ihre bekümmerten, mit Sonnenlicht überfluteten Augen schweifen hinaus zu den Pfaden durch die Reisfelder, wo alles verborgen ist.

Es muß traurig sein, mit der Sonne in den Augen zu sterben. An so einem Tag. Damals war mir das nicht klar. Es hätte meine Art zu leben verändert. Diese Frau. Die erste Frau, die ich je kennen werde.

Denn wir sterben nur eine Sekunde lang. Dann beginnt der Tod. Ein Zustand des Status quo. Er bereitet keinen Schmerz. Es ist der Augenblick, in dem der Funke erlischt, und der den Kern unseres Ichs ausbohrt. Und wenn das geschieht: tötet.

Vielleicht wär's mir doch mit der Sonne in den Augen

80

lieber. Ich weiß nicht. Es ist so verwirrend, sterben zu müssen. Kratzt meinen Hintern! Fühlt die Schrunden und Rillen meiner geriffelten Wunde! Laßt mich euer Mitleid spüren!

Eine Gruppe Bauern drängt nach vorn, will gaffen. Uniformierte schließen den Ring, um sie fernzuhalten. Pro forma. Während der kleinwüchsige Captain mit der bellenden Stimme das Mädchen auf die Knie zwingt. Wie häßlich eine Frau doch wird, wenn sie auf allen vieren kriecht. Wenn sie nach vorn gedrückt wird, bis ihr Kopf auf einer Ebene mit dem Holster des Captains ist. In dem ein Revolver steckt.

Wir werden an diesem Mädchen ein Exempel statuieren. Wie es allen ergeht, die nicht mit der Staatsautorität zusammenarbeiten. Mit Recht und Gesetz. Sondern sich, wie wir aus zuverlässiger Quelle erfahren haben, für den Vietcong engagieren. Und damit erinnern wir euch Dörfler daran, daß es überall Informanten gibt. Sie ist die Meuchelmörderin, die gestern drei Angehörige der Zentralregierung umgebracht hat.

Komischer Zufall, daß Kommunisten gelb sind, nicht wahr? Da kommt eins zum anderen. Die Farbe zur Idee und umgekehrt.

Wir wollten Milde walten lassen. Haben sie nach dem genauen Standort des unterirdischen Bunkers in den Bergen gefragt, in dem die Kommunisten Waffen und Munition lagern. Aber sie wollte nicht kooperieren. Nun gut, dann wird eben ein Exempel statuiert.

Pro forma.

Des Captains blechblökende Stimme geifert und spuckt die zu Silben zerhackten Wörter aus dem wutverzerrten Mund. Ein Mann von beeindruckend eloquenter Autorität. Einer von denen, die den Finger am Abzug haben. Durchgeknallt. Zum Fürchten. Ein Volk von primitiven Tieren ohne

Fell. Hat nichts mit meinem Volk gemein. Er tut seine Arbeit. Ich meine.

Also werden wir, wenn das vorüber ist und ich noch am Leben bin, im Schatten einer Dorftaverne sitzen und uns unterhalten. Viel Bier. Müll-Englisch. Pickelhäutig, stämmig, kräftig, einer aus dem seit '54 abgespaltenen Norden von Vietnam. Wird mir Spaß machen, in sein kaltes, steinhartes Herz zu starren. Besonders, wenn das hier vorbei ist.

Bei uns im Westen, weißt du, da bringen sie uns bei zu glauben, daß Frauen unantastbar sind. Ich glaube, ich würde nicht mal eine anfassen, es sei denn, sie bittet mich darum. Man darf ihre Gefühle nicht verletzen. Mädchen sind empfindsame Wesen.

»Schnapp sie dir, fick sie, vergiß sie«, hat Vater gern gescherzt. Nicht nur einmal. War nicht nur als Witz gemeint.

Komisch, hier zu stehen, zuzuhören und kein Wort zu verstehen. Ein Gefühl des Realitätsverlustes. Des Irrealen. Plötzlich verstummt die Stimme des Captains. Und das Mädchen kniet in trotziger Angst auf seinen schmutzigen Knien vor ihm im Nachmittagsstaub. Als wüßtest du's nicht. Wird bald Sonnenuntergang sein. Oder, wie sie bei uns im Westen sagen: die Zeit der Dämmerung. Vater hat es richtig formuliert:»Das wird kein Zuckerlecken, Huckleberry. Da kommt keiner lebend raus.« Wenn der alte Herr mich jetzt sehen könnte. Wow! Mich sehen – jetzt. Wie in einem Heldenlied.

Kauert da wie ein Pudel, der aufs Sofa gemacht hat. Mein Pudel Bongo, der an Krebs gestorben ist, hat mich schuldbewußt angesehen, weil er den Teppich in meinem Schlafzimmer über und über mit seinem Scheißblut besudelt hatte. Wie hätte ich ihn deswegen schlagen können? Hab's aber getan.

Nein, ganz so ist es nicht. Sie hat mehr grimmige Glut. Eine,

die Menschen haßt. Solche wie uns.»Gim'mir zwanzig
Dollar mehr, Joe!« Nein. Nein, die hier nicht. Ihr Haß ist
lupenrein.

Die Kobraaugen des Captains verengen sich. Ein durch-
dringender, scharfer Blick. Er schiebt eine einzige Patrone
in die Revolvertrommel. Für den gnadenlosen Gnaden-
schuß. Den erbarmungslosen Akt der Barmherzigkeit. Ich
weiß, daß er das Falsche tut. Ich hätte sie unter Strom
gesetzt. Hundertzehn Volt. Auf die Brustwarzen. Die großen schwarzgetönten Zitzen.»Da fangen sie ganz fix zu
reden an.« Einer, der sich mit solchen Sachen auskennt,
hat mir's erzählt. Betrunken, in einer Bar. Über Folterun-
gen redet sich's am besten betrunken, nachts in Bars, in
Ländern wie Laos. Aber es kommt jetzt sowieso nicht mehr
darauf an. Sie muß sterben. Pro forma.

Schließlich sieht sie mich. Erst treffen sich unsere Augen.
Dann kommen unsere Gehirne hinterhergehinkt. Ich bin
weiß. Weiß steht für gut drauf. Und auf einmal ahne ich's.
Sie spitzt die Lippen und spuckt mich an.

Das einzige Mädchen, das mich je angespuckt hat. Merkwürdig, daß ich sie nicht gekannt habe. Sie nie im Leben
gesehen hatte. Auch gut, scheiß auf ihren Haß! Scheiß auf
ihren Stolz! Scheiß auf die Roten! … Aber ich wette, wenn
wir uns unter anderen Umständen begegnet wären, hättest
du mich gemocht. Jede Wette. Ich hätte dich gemocht. Und
wie. Tod, der große Gleichmacher. Du und ich – aus unterschiedlichen Klassen, mit unterschiedlichen Lebensge-
schichten, ungefesselt aneinandergefesselt. Trotz deines
Hasses. Wenn ich damals nur gewußt hätte, was ich jetzt
weiß. Nie hätte ich dich sterben lassen. Aber wie hätte ich's
verhindern können? Die Stones sind wie Steine. Sie können
nicht eingreifen. Nur hinterher berichten, was der Regen,
der über sie wegwäscht, ihnen zugeraunt hat.

Und wieder stellt der Captain seine Fragen. Hoch über

ihrem gebeugten Kopf. Mit leidenschaftslos unbeteiligter Stimme.

Wo sind das Waffenlager und die Munition? Wo – sag schon: wo?

Sie starrt nur blicklos zu Boden. Auf den Teppich aus Staub. Wühlt mit ihren groben nackten Füßen wie spielerisch im Staub.

Sie hätte es ruhig sagen können. Ihre Genossen hatten draußen längst alles weggeräumt. Die Waffen waren verschwunden. Es ging um nichts mehr. Außer um ihr Leben. Doch dann hat sie mich gesehen. Einen reichen weißen Amerikaner. Einen Klassenfeind. Der zusieht, wie sie stirbt. In stolzer Abscheu vor meiner Gegenwart. Ist das etwa nichts? Da stirbt ein Mädchen für dich. Auch eine Art Liebe.

Pro forma.

Die zusammengedrängte, geduckte Menge atmet mit lautem Japsen ein, als der hundsgesichtige Captain den Lauf einrasten und die Revolvertrommel kreisen läßt. Die einzige stahlummantelte Bleikugel aus der Trommelkammer wird tief, ganz tief in das tödliche Dunkel geschoben, das sich fortpflanzt bis zur Mündung an ihrem Kopf.

Und zieht den Abzug durch.

Klick! Gschsch!

Hitze rotiert in meinem Kopf, während ich unter waberndem Brechreiz dieses alte Westernspektakel beobachte ... Die Menge dagegen, aufs angenehmste unterhalten, fiept unartikulierte Silben vor sich hin, weil der Mündungsknall ausbleibt und das Hirn des Mädchens nicht in die Gegend spritzt. Es gibt keine Sekunde des Erstarrens, wenn der Tod sich im Fangnetz einer grinsenden Grimasse festhakt. Der Status quo. Pro forma. Alles nur eine Frage, wen es wann in der falschen Gehirnwindung erwischt. Irreal.

Und wieder schüttelt sie den Kopf. Sie wird weiter den Kopf schütteln, ganz egal, wie oft du die Trommel kreisen läßt. Sie wird es wieder tun, immer und immer wieder. Es liegt in ihrer Natur, sie kann nicht anders.

Klick! Gschsch!

Der Zylinder bringt die nächste Kammer nach oben. Der Rücken des Mädchens strafft sich in verkrampfter Entschlossenheit. Nie, nie. Meine Wunde kitzelt. Kitzelt wie Spinnenbeine. Gott, wie ich in diesem Augenblick ein Mädchen haben will! Obwohl ich die da gar nicht kenne. Eiskalte Würfel in meinem Magen. Meine Testikel in flüssigem Stickstoff gefroren. Ächzen, als wollten sie gleich abbrechen.

Klick! Gschsch!

Wie damals vor Bloomingdale's, als ich an dem runzeligen alten Weiblein vorbeigekommen bin, das eine Herzattacke hatte und auf dem Abluftgitter der U-Bahn lag. Überaus beschämend. Keiner blieb stehen. Obwohl sie's alle aus den Augenwinkeln mitkriegten. Ihr Mund ad hoc geöffnet, der Marmorfassade zugewandt. Ihre Augen suchten staunend das weite Azurblau ab. Und nun kam ich vorbei, ein Buch unter dem Arm, eben gekauft, auf dem hinteren Deckel posiert der Autor für den Fotografen. Lächelnd, im Sweater, ein Naturbursche, umjubelter Star der Literaturszene, intelligent, in der Wolle gefärbter Exhöhlenmensch. Ach so, wieder mal ein Auflauf auf der Lexington Avenue. Zur Lunchzeit. Bleibt denn niemand stehen und ruft einen Arzt?

Vietcong-Horden in windgeblähten schwarzen Pyjamahosen – so viele, daß sie das Antlitz der Berge verhüllen – kommen angeritten, um Genoveva zu retten. Ich gehe weiter, tauche unter, wie alle anderen. Tauche ein in die Sicherheit meiner Art zu leben.

Klick! Gschsch!

Oh, komm schon! Himmel noch mal, du könntest heut abend noch leben! Könntest essen und trinken. Wir könnten miteinander reden. Zusammen bumsen. Bloß weil ich zwei Autos fahre und fernsehe, mußt du doch nicht sterben. Sieh mal, ich bin hier, weil ich ...

Klick! Gschsch!

Und sie zuckt zusammen. Sie weiß, die nächste ist die ihre. Darum zuckt sie vor Angst zusammen. Vor Schmerz. Vor Lebensdurst. Vor Scham. In Einsamkeit. Und Entschlossenheit. Sie zittert am ganzen Leib. Weil das große gähnende Tor aufklappt und ihr den Blick freigibt auf die letzte Einsamkeit. Zum Teufel, dann stirb doch!

Der irre Captain knurrt irgendwas in seiner unflätigen Gossensprache und hebt dazu wie ein Hund das Bein, als wollte er pissen, während er den Abzug durchzieht.

Und auf einmal liegt da ein zerschmetterter Mensch. Ja doch, z-e-r-s-c-h-m-e-t-t-e-r-t. Wie Glas.

Knochen knacken und schnappen. Reißen die Übergangsgestalt mit ins Dunkel. Sie läßt es ohne Widerstand geschehen, blickt schon ins dampfende Innere eines aufgeklappten Toastbrots.

Alle Augen verfolgen die Agonie dieses Todes. Das zerschmetterte Gesicht ist zu einer letzten Grimasse verzerrt. In ihrem Blut würgt noch der Priem erloschener Angst. Wie eine Kuh vergräbt sie das Gesicht im Staub. Ein spastisches Zucken läuft durch ihren Körper, ihre Füße strampeln wild. Wie in alten Mickymaus-Cartoons. Das schwarze Haar verlaust, zerzaust, verfilzt. *Méduse,* sagen die Franzosen, nicht Medusa. Nun sind ihre Füße in dem Bett aus Staub zur Ruhe gekommen. Nackte, schmutzige, plumpe Füße. Die Zehen nach außen gerichtet, wie Klavierpedale. Ihr rundlicher, noch auf den angezogenen Knien ruhender Rumpf rülpst mit einem gigantischen Furz den *rigor mortis* aus sich heraus.

Kein schöner Anblick, Gentlemen. Da gibt's nichts Menschliches, nichts Romantisches mehr. Das Ende von jeglichem Sex.

Die Menge verweilt. Der Captain hat vorübergehend seinen inneren Frieden gefunden und reckt theatralisch die Mündung des Revolvers nach oben. Wie Wyatt Earp. Bläst den Rauch weg. Ein guter Mann. Schnauft erleichtert. Und befiehlt der wie versteinert vor sich hinstarrenden Begleitmannschaft, die Leiche zu vergraben. In einem Hundegrab. Ohne ein Schild mit ihrem Namen, als bleibendes Schandmal. Ein knauseriger Kerl. Die letzte Demütigung. Das ist mir vielleicht einer. Hat Erfahrung mit solchen Sachen, da können nicht viele Amerikaner mithalten. Und doch ist er arm. Wir aber sind reich. Und was für ein toller Held er ist, weiß ja keiner.

Wie auch immer, sie ist tot.

Tot wie ein Stein. Stonetot.

... so stumm. So unter-der-Sonne-stumm.

Und ich lebe. Ich atme, ich pumpe Luft in mich hinein. *O Gott, was für ein wunderbares Gefühl, am Leben zu sein!* In dieser schmutzigen Ansammlung von schmutzigen Fakten, die alle in der Vergangenheit gründen und alles im Leben auf ein Mittelmaß reduzieren. Zum Beispiel mein Äußeres. Jeden beschissenen Tag, den Gott werden läßt, tagtäglich dasselbe Gesicht, für immer.

Ich schlurfe davon, auf Beinen, die den Boden mehr ahnen als berühren. Gerade lang genug, daß sie den Boden erreichen, sagt Abe Lincoln. Wo ist Abe jetzt, wenn du ihn brauchst? Wird wohl bald wieder regnen. Ich kann keine wirklichen Empfindungen aufbringen – oder doch? Für sie, meine ich. Später möglicherweise. Viel, viel später. Kann nur meine Sympathie ausdrücken. Der Camau-Frau. Man gewöhnt sich an solche Dinge. Vielleicht läßt der Regen Barmherzigkeit walten. Wäscht den blutbefleckten

Staub weg. So wie er die Steine wäscht. Stones müßten das wissen.

Der Monsun setzt jetzt heftig ein. Monsun: vorn ein *Mon*-ster, hinten ein gurgelnder, menschenverschlingender *Sun*d. Regen voller Gerüche. Immer passieren mir solche Dinge bei Regen. Darüber kann ich doch nichts schreiben, oder doch? Was habe ich denn zu sagen? Daß Krieg die Hölle ist? Das werden die Leute nicht verstehen: Ja, wir wissen, daß der Krieg die Hölle ist. Warum mußt du uns das unter die Nase reiben?

Darum.

KILLING FRANCE

Pitsch-patsch, pitsch-patsch. Der Regen. Seine Tränen fallen in die Orakelluft. Und spielen mit den Nerven des Jungen. Pitsch-patsch, pitsch-patsch. Zu seinen Füßen hat die Erde sich aufgetan. Nun klafft eine Wunde in der dünnen rohseidenen Schicht, die das Fleisch der Meere bedeckt. Und der Regen wartet auf mich. Meine Füße in fremder Krume. Frauen mit Kopftüchern arbeiten auf den Feldern. Tiefgebeugt. Vor ihrem Gott. Gott? Und da sitzt nun der achtjährige Junge am Spieltisch, bei seinen Großeltern in der Sommerfrische, irgendwo im Umland von Paris, '54. Der weite grüne Rasen führt hinunter zur Steinbrücke, von der der Blick übers Tal reicht. Er hatte nie darauf geachtet, was hier draußen wächst. Kartoffeln. Banden kräftiger junger Bauernrowdys streifen durchs Land. Braten über qualmenden Feuern Schlangen, die keinem etwas zuleide getan haben. Und wenn er die Brücke überquert und in den Wald eintaucht – einen Wald mit hohen Bäumen und Wegen, die ins Nichts führen –, sieht er listige Schlangen in den Baumkronen lauern und wilde Vögel, die sich in die Zeit der alten Gallier zurückträumen. Vor Christus. Geh niemals nach drei Uhr nachmittags in den Wald! Die Dunkelheit senkt sich sehr schnell übers Land.

Weißt du noch, daß sich sogar Jean-Claude – und der war nun wirklich ein tapferer Junge – davor gescheut hat, nach Einbruch der Dunkelheit über die Brücke zu gehen? Weißt du's noch?

Pitsch-patsch, pitsch-patsch.

Oliver war ein ängstlicher Junge. Er fürchtete sich schrecklich davor, verstümmelt zu werden. Das war der beängstigendste aller Tode. Manchmal wurde er in seinen Schrekkensvisionen zu Felsgraten jäher Wahnvorstellungen verschleppt.

Jean-Claude war Olivers Cousin – fünf Jahre älter, magerer, größer, ein nervöses Energiebündel, das Haar nach der französischen Spielart des Bürstenschnitts kurzgetrimmt, *en brosse.* Zum Schlafen teilten sie sich die Dachkammer, erzählten sich schaurige Gespenstergeschichten und zogen an Tagen, an denen der Regen nachließ, mit Eimern los, um Jagd auf riesige bunte Schnecken zu machen, die sie in verschlungenen Irrgärten aus Pflanzen und Steinen zu endlos dauernden Schneckenrennen antrieben. Die Sieger wurden mit der Freiheit belohnt, die Verlierer in zerlassener Knoblauchbutter gegessen.

Einmal wurden sie von einer Bande Halbstarker aus dem Dorf durch den dunklen Wald gejagt. Oliver verfing sich mit den Shorts im verrosteten Stacheldraht, der die Grenze zwischen dem Bauernland und den blutgetränkten Feldern der Giftgasschlachten des Ersten Weltkriegs markierte, *La Grande Guerre,* wie die Franzosen sagen. Stürzte und riß sich das Bein auf. Der tiefe, schmerzhafte Riß wurde später mit sieben Stichen genäht, aber die Wunde wollte und wollte nicht verheilen.

Der Junge schrie wie von Sinnen nach seinem Cousin. »Jean-Claude! Jean-Claude, *aide-moi!*« Er hatte furchtbare Angst, er blutete, aber am meisten fürchtete er sich vor den jungen Burschen, die hinter ihm her waren, ihn verprügeln wollten und verächtlich schrien: *»L'Amérlo! Casse la gueule de l'Amérlo!*« Schon damals haßten sie die Amerikaner, nicht weil wir den Zweiten Weltkrieg gewonnen hatten – ein Umstand, dem sie, wie sie sehr wohl wußten, die Befreiung von den Deutschen verdankten –, sondern weil wir reich waren und weil uns alles gelang, und so was nährt argwöhnische Eifersucht, in allen Bereichen des Lebens, immer und überall.

Jean-Claude pflückte seinen *petit cousin* rasch und geschickt aus dem Stacheldraht. Er selber hatte keine richtige Mutter, so war er um so mehr Olivers Mutter zugetan. Die America-Mom brachte ihm *le blue-jean* mit, dafür beschützte Jean-Claude ihren Sohn vor den Bauernlümmeln. Gegen Ende des Sommers rief sie dann aus Saint-Tropez an, um ihnen zu sagen, daß es ihr nicht möglich sei, zu ihnen in den Norden zu kommen. Es täte ihr sehr leid, aber …

Statt dessen kam der Regen.

Pitsch-patsch, pitsch-patsch.

Tagein, tagaus. Die jungen Burschen mußten wohl oder übel im Haus herumsitzen und sich Spiele ausdenken. Zu der Zeit wurden überall in Frankreich schaurige Wochenschaufilme über die Niederlage der Kolonialmacht in Vietnam gezeigt und kurz danach über Dien Bien Phu, wo die französischen Fallschirmspringer eingekesselt und von den heimtückischen und vermeintlich so unterlegenen kleinen gelben Aufrührern gefangengenommen oder bis zum letzten Mann niedergemacht wurden. Und das wurde bald auch in die kindlichen Kriegsspiele mit einbezogen. Oliver verhöhnte seinen älteren Cousin und machte sich über die französische Armee lustig. Und Jean-Claude revanchierte sich mit der spöttischen Behauptung, Amerika habe in Korea verloren. Dabei war er eigentlich ein glühender Bewunderer des Amerikas der Chicago-Gangster, die sich ihren Weg zum Erfolg freischossen, und er verschlang – jedenfalls so lange, bis all die vielen kleinen Kriege die Erinnerung an den großen Krieg verdrängten – mit wahrer Leidenschaft Comic-Bücher, in denen unrasierte amerikanische GIs verängstigte Krauts wie die Hasen jagten. Und dann balgten sie sich, aber Oliver wollte aus Respekt vor dem heroischen Tarzanherzen des älteren Jungen immer verlieren, und das schaffte er auch jedesmal. Ob nun Jean-Claude ihn in eine Falle lockte, ihm die Kehle zudrückte, ihn erdolchte, erschoß oder nur gefangennahm, ihm war's egal, weil nun mal die guten Jungs am Ende die Oberhand über die bösen gewinnen, und Oliver sah in sich einen von den bösen.

Irgendwie war es Sommer. Ihre Großmutter, Mémé, wurde krank und mußte das Bett hüten. Die Bienen waren außer Rand und Band, sie schwirrten in ganzen Schwärmen durch die Küche, wo Mémé die eingemachte Marmelade aufbewahrte. Eines Morgens – das war, ehe sie krank wurde – erlegte Mémé mit ihrer Fliegenklatsche vierundvierzig Bienen und häufte die toten Insekten in der Ecke zu einem kleinen Berg auf.

Petit Oliverre wurde in diesem Sommer zweimal gestochen, und zwar einmal genau auf die Spitze seines kleinen Männerdings. Es passierte bei einer Gartenparty am Marne-Ufer, inmitten von Blumen, nach Raubzügen schmeckenden indischen Tees und in seidene Gewänder gehüllten Damen, die unverfälschte Proustsche Prosa vor sich hinplapperten. Der Junge war halbnackt und überall mit Himbeermarmelade bekleckert – an allen zehn Fingern, rund um den Mund, am Hals und sogar an den Innenseiten der Schenkel. Die Biene kam angeschwirrt, ließ sich nieder, krabbelte ein wenig seitwärts, stach zu – und stach sich um ihr kleines Leben. Oh, er schrie wie ein Riesenbaby, verdrehte die Augen und verzog die Lippen zu einem schmalen Strich.

Mémé jammerte: »*O là, mon dieu! O là, mon dieu!*« Die Erwachsenen lachten. War ja auch amüsant, und irgendwie war's eben Sommer. Eine vorbeugende Heiterkeit. Ein ruhelos taumelnder heißer Pollen im Augustwind. Und dann das immerwährende, eintönige Rauschen der einander ablösenden, schweren Regenschauer, voll dumpfem Appetit.

Na, erinnerst du dich? Ein andermal, früher im Sommer, mußte ich meine erste Lektion im Töten lernen. Mein Großvater Pépé hatte an diesem Tag in der Marne ein paar Fische gefangen, die nun in der Küchenspüle schwammen. Er war jedoch außer Haus und Jean-Claude gerade auf Korsika. Mémé aber stellte sich, wenn es darum ging, Tiere zu schlachten, genauso zimperlich an wie meine Mutter, die gerade mal kurz bei uns hereingeschneit war. Kein Mann zur Hand, was sollten sie tun? »Natürlich, das mach ich schon«, versprach ich nach kurzem Zögern großspurig, da ich weit und breit der einzige achtjährige Mann war. Wobei mir freilich noch nicht klar war, wie kalt und ekelhaft es sich anfühlt, glitschige, um ihr Leben zappelnde Fische in der Hand zu halten. Eine innere Stimme sagte mir, was ich zu tun hätte, und so schlug ich ihre Köpfe so kräftig auf den weißen Rand der Spüle, daß es hier und da rote Blutspritzer gab. Ich mußte mit diesen Fischen umgehen wie mit einer Opfergabe. So sehr ich Tiere mochte, sie mußten nun mal sterben, und ich war's, der das Todesurteil zu vollstrecken hatte. Hätte ich das an diesem Tag nicht getan, wer weiß, was aus meinem Leben geworden wäre. Alle Entscheidungen meines Lebens hatten etwas mit dem Gedanken eines Opfers zu tun, ob es nun um mich ging oder um diese Fische. Ich hatte alle zwölf nebeneinander aufs Abtropfbrett gelegt, als Mom und Mémé sich wieder in der Küche blicken ließen und mich mit einem plötzlich ganz neuen Respekt ansahen. Der Mann im Haus. »*Comme il est fort! P'tit Oliverre ... C'est un garçon féroce, n'est-ce pas?*«

Na, erinnerst du dich?

Am Spültisch nun überkommt den Jungen ein sehr durchsichtiges, unwiderstehliches Verlangen, irgend jemandem weh zu tun. In ihm nagt die eigene Bedeutungslosigkeit, so wie der Regen an seinen Nerven nagt. Der unaufhörlich plätschernde Regen – wonach riecht er? Wonach hört er sich an? Welche Geschichten erzählt er uns?

Sie spielen La Belotte, ein Spiel, das gestandene Männer nach einem arbeitsreichen Tag in rauchverhangenen *tabacs* spielen, und Mémé, fiebrig und etwas benommen, bringt ihren Jungs den Vier-Uhr-Tee und das mit eben erst geschmolzener Schokolade bestrichene Brot an den Kartentisch. Sie sieht wie eine große Ratte aus, in ihrem linken Auge glitzert beharrlich eine Träne, und außerdem jammert sie ständig über Geld oder dies oder jenes: »Mein Gott, Sorgen über Sorgen, jeden Tag Sorgen.« Und los geht's, nun wird gespielt! Schlapp! Auf den Rosenholztisch. Verloren. Karten mischen. Die Zeit kriecht. Die Gefühle kochen. Schlapp! Die Karte fällt auf die Tischplatte. Dieses Geräusch, mit dem ein Finger über das Papier reibt … wie hört sich das noch mal an? Pschsch? Oder kschsch?

Jean-Claude. Den kurzgeschnittenen Schädel gereckt, mit ausgefahrenen Ohren. Hübsches Gesicht, energisch und kühn. Nicht eine Talgdrüse drin. Und Greifklauenohren, vor denen ich mich immer fürchte. Hänselt mich, als ich verliere. Ich spüre das Fett an meinen Hüften. Das aufgeweichte Fett in meinen Knochen. Eine Bosheit der Natur. Der Regen pitschpatscht auf die Granitsteine im traurig grauen Garten hinter mir. Weißt du, manche Tropfen sind lauter als die anderen. Ich kann's hören. Und ich höre die Schritte im Regen. Hörst du's nicht, Oliver?

Hörst du's? Hörst du's?

Was ist das für eine Stimme, die mich die ganze Zeit ruft? Und mir Dinge erzählt, die ich nicht wissen will? Woher kommt sie?

Diese Woge, die in meinen Schultern brandet. Es fängt

immer in den Schultern an, da, wo sie in die Arme übergehen, schlummert da drin wie giftiger Zigarettenrauch. Eine Blutvergiftung. Blutzersetzender Rauch. Und kleine elastische Spielkarten, die ich vor- und zurückbiege, um das Getöse in mir zu besänftigen. Zorn trommelt in meinen toten Ohren. Trommelt wie der Regen: Bum-bum-bum. Jean-Claude feixt mich höhnisch an. In Zeitlupe. Sagt irgendwas von einem schlechten Verlierer, meint mich und verspottet mich mit seiner meckernden Lache. Kinder kennen sich damit aus, wie Grausamkeiten wirken. Sie machen keine Gefangenen. Seine Lippen mahlen stumm. Heraus damit! Französisch? Wonach klingt, wonach riecht das? Was ist mein Maßstab für Liebe? »*Eh quoi!*« herrscht er mich an. »*Qu' est-ce que tu attends! Tu triches ou quoi, petit? Tu n'aimes pas perdre, tu sais, tu es un mauvais joueur … Allez, fait suite!*« Hingeworfene Worte, verrückt wie der Regen.

Und plötzlich springt Oliver schreiend von seinem Stuhl auf. Ist nun sogar in seinem Denken Amerikaner. Ein dreckiger, stinkender, unaufhaltsamer amerikanischer Pionier, der in den Kategorien des Tötens denkt. Und du, du französischer Narr, du willst die Regeln verfälschen, die sich doch klar aus den Fakten ergeben! Du verdienst den Tod! Und ich bin innerlich hart, so hart, wie man nur sein kann, unerbittlich wie die Natur, durch und durch Amerikaner, durch und durch Pionier, wenn ich vor eine Situation gestellt werde, in der mir nichts anderes übrigbleibt, als …

… als schnell und zur Grausamkeit entschlossen hinter seinen Stuhl zu springen und ihn, während er noch nichtsahnend lässig und locker dasitzt, von hinten zu packen, seinen Kehlkopf samt allem Fleisch, in das er eingebettet ist, mit gespreizten Fingern zu umschließen, so fest, daß sich der Knorpel in meine Handfläche drückt, und – anfangs zaghaft, dann kräftiger – zuzudrücken, mit meinen Fingern und mit meinem ganzen Gewicht. Töten – ja, töten, mit meinen Händen. Immer fester zudrücken, um mich gemeinsam mit ihm zu Tode zu würgen. Wer wird zuerst sterben? Oh, töten! Ich hab's aus einem Comic-Buch gelernt, wie das geht.

Mein Cousin weiß nicht, was los ist. Und warum ich das tue. Schreit kehlig erstickt. Ist zu verdutzt. Erstickt fast an seinem gestammelten, ohnehin schwierigen: *»Qu'est-ce que? Questce-que? Keske? Keke?«* Und ich drücke weiter zu. Du wirst sterben, weil du sterben *mußt!* Und ich, ich töte dich. Schrei's dir mit wutverzerrtem Mund ins Gesicht: *»Je vais te tuer! Salaud, je vais te tuer!«* Haha! Sein eiförmiger aufgerissener Schlund wird rot. Und noch röter. Krebsrot. Das rote Ungeheuer von Mad Ness. Das gellende »Drück zuuuu!« Sein kurzgeschorener Kopf – *en brosse!* Haha! – kippt nach vorn, stößt speichelerstickte Grunzlaute aus, versucht sich zappelnd aus diesen Händen zu befreien, die seine Speiseröhre fest umklammern. Die Luft bleibt ihm weg. Und bald, so fängt er zu ahnen an, wird ihm das Leben wegbleiben. Der Triumph der Gewalt! Des Tötens! Viehisch rohe Gewalt. Der Herr ärgert seinen Hund. Der Hund zerfleischt seinen Herrn. Der Regen plätschert nicht mehr, er rauscht in Schauern von strangulierender Endgültigkeit nieder. *»Je vais te tuer!«* Ich werde dich töten. Unbarmherzig hallen diese majestätischen Worte durch den über die Dächer rauschenden Regen. Jean-Claude beginnt gurgelnd zu spucken. Spuckt seine ureigensten Säfte aus – durch den Mund auf die Brust. Diese Brust, die vor seinen Augen verschwimmt. Aus der es nun gurgelt und blubbert. Eine nervtötend häßliche, krebsrote französische Fratze. Ha-ha, du bist so häßlich, du verdienst den Tod!

Und Mémé. Kommt schließlich aus der Küche gehetzt.

Mitten in dieses Drama hinein. Schreit mir ins Ohr. Mit zu Tode erschrockenem Gesicht. Schreit gellend gegen den rauschenden Regen an:»*Oliverre! Oliverre! Arrête! Je te dis! Tu es fou! Fou! Arrête ça!*« Und dann stürzt sich diese sechzigjährige Frau mit all ihren schwachen Kräften auf mich. Packt meine Arme, reißt sie mit bauernstarker Gewalt nach hinten. Läßt alle Mordlust absterben. Die Kraft meiner Zauberformel erlahmt. Zerbricht. Verkümmert. Schwindet. Ich lasse los. Jean-Claude bricht auf dem Boden zusammen. »*O là, mon dieu! Qu'est-ce que t'as fait, qu'est-ce que t'as fait! Comme tu es mauvais!*« Jean-Claude erwacht wieder zum Leben, sein mit weißen und roten Flecken gesprenkelter Kopf kommt herum, ich sehe ihn an. Ich bin ein Krimineller. Ich bin wahnsinnig. So jung und schon so wahnsinnig. Weshalb? Was habe ich getan? Und doch, was für ein wundervolles Gefühl. Töten. Mein Zorn. Mein Haß. Das macht mich anders als die anderen.

Jetzt starrt Jean-Claude mich an. Im Regen und in der ungebändigten Gewaltsamkeit verhuschter, unförmiger Gestalten, die zur Musik zerquetschter Moleküle tanzen. Die unaufhörliche Spirale der Gewalt! Stoß ihn nieder und schlag zu! Töte! Töte!

»*Je vais te casser la gueule, ça je te promets!*« Springt mich an. Nun versucht Mémé, ihn zurückzuhalten. »*Arrête! Vous … Vous … êtes tous fous! Mais non, vous êtes tous fous!*« Jean-Claude schlägt auf mich ein, wirft mich gegen die Wand, kniet sich auf meinen Bauch, versetzt mir Fußtritte und bricht mir die Nase. Vor lauter Angst. Vor lauter zitternder Angst.

MEI LIN

Die Filmrolle rattert. Licht reißt das Dunkel auf und flackert mir vor den Lidern. Zahlen werden eingeblendet, in umgekehrter Reihenfolge. Acht-sieben-sechs-fünf ... zwei. Und los! Das Bild wird schärfer. Wir haben zwei Filme, sagt der Fahrer, einen aus Frankreich, einen aus Amerika. Zehn Dollar. Hokay?

Na gut, schließlich habe ich noch nie einen Pornofilm gesehen. Ich bringe ja kaum den Kopf hoch, um den Leuten in die Augen zu sehen. Der Wagen zwängt sich hupend durch den buntglitzernden, dichten Verkehr von Bangkok. Irgendwo in einem der Außenbezirk hält der Fahrer vor einem windschiefen Verschlag aus Fenstern und Schrägdächern. Ich werde durch den Regen nach oben geführt, unters Dach. Ein Bild vom Papst an der Wand. Ein Deckmäntelchen für all die verstohlenen geilen Blicke in diesem Zimmer mit den Holzstühlen. Setz dich hin! Ich setze mich. Der glupschäugige, lotosfressende Thai schaltet den Vorführapparat ein. USA – 1946. Eine Frau wie Marie Curie. Knöchellanger Rock, wuschelige Haare. Breiter Schmollmund. Ein Nuttengesicht. Oder ich hab noch nie eins gesehen.

Und ein knochiger, verlegener Mann, der pinkelt. Der fröhliche grüne Riese. Großaufnahme von seinem plätschernden Penis. Dann die Namen: Molly und John. Guter Titel. Sitzen da und reden dreckiges Zeug. Paßt haargenau zu der unerträglich klopfenden Erektion in meiner Hose. Jetzt schon? Bin gespannt, was noch draus wird. Allein in diesem dunklen Zimmer. Trau ich mich? Der Thai schläft.

Wirklich? Worte huschen am unteren Rand der Leinwand entlang. John: Vielleicht könntest du mir aus der Verlegenheit helfen. Molly: Mach dir keine Sorgen, ich bin keine Jungfrau. Hoho. Ja, ich bin ganz locker. Mein Taktstock zuckt. Diese Molly ist mit Sicherheit kein Kind von Traurigkeit. Sagt: Gucken wir erst mal, ob die Größe stimmt. Und schiebt – oho – ihren Goldbeutel auf seine Münzrolle. Rackert sich auf dem Zentrum seines Frohsinns ab, rauf und runter, rauf und runter. Ebbe und Flut, ewiger Wechsel der Gezeiten. Dann eine Einstellung von hinten. Gigantische Gesäßbacken und eine Fotze. Wetzen und Pumpen. Sein stahlharter, fleischiger Schwengel. Die Kraft seiner Lenden. Und die schmatzende Saugpumpe ihrer Vagina. Eine Weile nur Stöhnen und Keuchen. Humor aus dem Schweinestall. Und Abspritzen! Schnitt. Jetzt setzt der schüchterne John zum Sturmangriff an. Sein behaarter Bohrer nagelt ihr schwarzes Fellchen fest. Quaatschquaatsch, knarrt das Bett. Droht zusammenzubrechen. Die Kamera schwenkt an den Schenkeln entlang. Und Molly ist Molly. Irgendeine Molly, die die Gedanken ablenkt von dem, was in dieser Welt geschieht, findet sich überall. Unerbittlich dehnen die Minuten sich in die Länge. Und Johns gebärmutterpinselnder, auf wunderbare Weise wieder erigierter Petermann taucht tief in sie ein. Und jetzt das Ganze noch mal, wie gehabt.

William Stone zweifelt verblüfft an seiner eigenen Männlichkeit und fragt sich, warum Adam es seiner Eva so lausig besorgt hat. Hat er möglicherweise die Beinarbeit vernachlässigt? Molly sagt: O Mann, du mußt wahrhaftig nichts mehr dazulernen! Hoho. Meine Eier kommen sich ein bißchen vernachlässigt vor und rätseln, warum niemand da ist, um sie zu streicheln. Bloß keine Miene verziehen. Damit dieser schläfrige Thai nicht sieht, wie die Geilheit meine Visage flammend rot verätzt. Ein waschechter Amerikaner, dauernd auf der Suche nach der Sünde. Molly wetzt auf und ab. Saftet schon. Ein jäher Ruck, der Film bricht ab, die Leinwand wird dunkel. Hey! Mach wieder an! Schnell. Für den Orgasmus. Neue Einstellung. In ihr. Wie ein im Wind geblähter Schirm. Ich sehe ihre Furt. Die sich von John hochdrückt. Die Kamera groß auf das letzte Tröpfchen Schnee, das an Johns dahinschrumpelndem Dichtungsstutzen schmilzt. Aufs Bett tropft. Wie eine reumütig vergossene Träne. Dann wieder Molly, mit der rauchigen Stimme eines weiblichen Cowboys: Na gut, Hon, du hast dein Pulver verschossen. Jawohl, und nun bin ich dran, Molly – Achtung, ich komme! Gurgelnd ertrinkt der Film in Dunkelheit. Toll! Aus und vorbei. Kein Abspann. William hastet nach draußen. Hat's mit der ungeheuren Erektion in der Hose verdammt eilig. Ich hab mal einen Mann namens Bill Boner gekannt. Hat still und beschaulich in Connecticut gelebt. Ist nie in einen Countryclub eingetreten. Weil er sich einfach nicht getraut hat.

Fahrer, grins mich nich an wie ein Affe. Ich brauche jetzt eine Molly. Sofort! Verstehst du kein Englisch? Bring mich hin, sag ich. Auf, zum nächsten Puff!

Der Wagen schlingert hupend durch die üppig feuchten Straßen von Bangkok. Tut so gut, hier zu sein. Modischer Schick und abgewetzte, schäbige Fummel. Aber niemand, der seine Zeit mit dir teilt. Tausende einsamer, ahnungsloser amerikanischer Boys, die in klimatisierten Lounges sitzen, Hamburger und Fritten mit echtem Ketchup essen und schäumende Milchshakes trinken.»Genau wie daheim, Mann!« Daheim. Weshalb hat das Wort so einen warmen Klang? Für alle, nur für mich nicht. Daheim. Erinnerungen, tief vergraben, zusammen mit unseren Blue-Jeans und den Sneakers und Mom. Einen Hauch dieses Erinnerns: ein weißgekleidetes, unnatürlich geschmeidig lächelndes Thaimädchen, die Kellnerin in irgendeinem

Lokal. »Suchst du für ein paar Tage einen Freund, Honey? Ich bin auf der Stelle bereit, dir so viel zu kaufen, wie dein schlitzäugiger Freund dir sonst in fünf Jahren kauft. Ja, glaub's mir, Honey, ich hab nämlich hier in meiner Tasche zwei bis drei Riesen stecken – American Green! Konnt ich im Dschungel nicht ausgeben. Na, wassachstu?«

»R & R«, nennen sie das bei der Army – »rest and recreation«, damit wir von dem dauernden Gemetzel im Dschungel keinen Knacks abkriegen. Steht alles in den Handbüchern, in denen sie einem beibringen, wie man sich in fremden Ländern zu verhalten hat. Benimm dich stets ritterlich und höflich, auch wenn du beklaut wirst. Vergiß nie, daß du Gast in diesem Land bist! Und benutze immer ein Kondom! Die Army-Psychiater, eine Klasse für sich neben den Army-Doktoren und den Army-Priestern, die dir nie in die Augen sehen, wenn sie dich dahin zurückschicken, wo der Tod auf dich wartet, behaupten sogar, daß ein bißchen Sex den Krampf in deinem rechten Zeigefinger, dem Abzugsfinger, lockern kann.

»O Honey, du ahnst nicht, wie ich dir in den nächsten sechseinhalb Tagen das Gehirn aus dem Schädel ficke. Also komm, laß uns gehen, Zeit ist Geld. Aber zuerst werd ich dir alles kaufen, was dein kleines Zuckerherz begehrt. Schmuck, Baby? Oder eine Tätowierung auf deinem süßen Arsch? Und du weißt ja, vielleicht heiraten wir sogar.«

Versprich ihr alles, das Blaue vom Himmel herunter, eine Zukunft ohne Rassentrennung, alles gilt sowieso nur bis zum allerletzten Fick an deinem allerletzten Tag. In einem billigen Hotelzimmer, blank bis auf den letzten Dollar, gerade noch rechtzeitig, daß ich's heim in mein Dschungelzuhause schaffe, wo ich dann scheißen und furze werde, bis mir die Träume ausgehen.

Aber fürs erste fühle ich mich reich und sauber, während ich wie ein Wesen aus einer anderen Welt durch diese blanken Straßen spaziere. Wolkenkratzer bohren den Himmel an. Markisen vor Filmpalästen. Und davor Schlangen, Asiaten, die anstehen, um Julie Andrews zu sehen, wie sie ihr breites Pferdemuttergebiß bleckt, um von den Gipfeln irgendeines Paradieses, das genauso künstlich ist wie das *paradis* hier, irgendein Liedchen zu singen. Ach, wenn ich doch dort leben könnte, in den eisigen Seen, in denen es keine Schlangen gibt. Aus dem Taxi sehe ich, daß es vor kurzem geregnet hat. Ein ganz bestimmter Glanz hat sich im Kopfsteinpflaster der gelb reflektierenden Straßen eingenistet. Und hier sitze ich nun und lasse mich zu einem Fick fahren. Was für ein Heldentat. Dabei wollte ich doch im tiefsten Inneren mich und meinen Körper den schönen Künsten übereignen. Mein Portrait eingeritzt sehen in die blätternde Zimmerdecke meiner Emotionen. Und meinen Namen auf jeder Briefmarke zwischen hier und der Ewigkeit. O William, was bist du doch für ein Bourgeois! Unterwegs zu einer Hure. Vergnügst dich zügellos und inkontinent auf diesem von Sünden verseuchten Kontinent. Meinen letzten Arsch hab ich vor einem Jahr in Kambodscha gehabt. Ein gelbbraunes, wabbeliges Mädchen in einem Schmeißfliegenpuff. Mein Penis macht schmatzende Laute in ihrer Pussy. Ach, all meine Wünsche und Sehnsüchte. Ich wünsche mir, irgendwer, irgend jemand – wer es auch sein mag – würde mich heiraten. Dann wär ich ein Irgendwer. Und auf ihre Art ist jede wunderschön, du mußt nur tief genug in ihre Seele blicken.

Mach schon, Fahrer, gib Gas! Weil ich mich so stark fühle, alles kann, mit allem fertig werde. Wie zu den Zeiten im Meadow Club in Southampton. Wo ich auf sprudelnden Seifenblasen heiterer Gelassenheit schwebte und grinsend den Flitter der feinen, in Wohlstand gebetteten Welt in mich aufsaugen konnte – ach, du süße Unvernunft der Erinnerungen. Jedes Jahr im August aromatisierte Cola-Colas. Stielaugen machen in den Kulissen der Tennisturniere. Zusehen, wie unter den wachsamen Augen hohlwangiger Schiedsrichter kleine Markierungen in den minzgrünen Rasen gesteckt werden. Und die Namen der Spieler: Laver – Sachamangari. Der da kommt aus Australien. Der andere ist Pakistani, dunkelhäutig wie eine Perle, auf dem Sprung wie ein ausgehungerter Tiger. Und wischwasch, peng, schnapp, dong, bum – das Peitschen und Knallen der Bälle, wenn sie das Herz des eiförmig gerundeten Tennisschlägers treffen. Ein langer, spannender Ballwechsel mit ungewissem Ausgang. Die Ahs und Ohs der Verdammten in diesem Paradies. Und ein wenig zu eng eingezwängtes Brustfleisch, das frech in die heiße Inselsonne spitzelt. Die Baldachine sind rot, die Mädchen langbeinig, die Männer weißbetucht, die Bälle in höflichem Hin und Her unterwegs. Und ich bin, wenn es vorbei ist, noch mal davongekommen. Fühle mich klebrig, mit Schwitzepfötchen und einem Brummschädel wie ein Pudel, der zu lange den Kopf aus dem offenen Wagenfenster eines zu schnell dahinrasenden Autos gehalten hat. Und wenn ich dann morgen den Platz betrete – mag sein, daß es nichts bringt, aber ich bin da! Winke, werfe Kußhändchen und lächle. Der Singsang scharf von der Grundlinie geschossener Bälle. Den hier – schräg angeschnitten, als Flugball genommen. Mäßiger Rückpaß. Und jetzt ein Ass, bis kurz vor die Auslinie. Spiel! Stone: 6 : 1. Ach, diese glorreichen Zeiten im Westen. Deren trügerischer Glanz schon am nächsten Tag zu schwinden beginnt. Und am übernächsten ein bißchen mehr. Und immer so weiter, von Tag zu Tag mehr.

Ja, ich bin soweit. Wir können zur Sache kommen. Und wenn's gut läuft, bringen wir's zu Ende. Zwanzig Dollar. Das ist vielleicht ein Flittchen. Da hast du sie. Wo? Aha, dort oben. Komm, steigen wir die Treppe rauf! Schon wieder unter dem strengen Blick des Papstes. Ein energischer, vernichtender Blick. Belauert uns, irgendwo hinter einem Vorhang des Vatikanpalastes versteckt. Wie eine Marmorfigur im Garten, die mit feindseligen Steinaugen in den Regen starrt. In wohlgesetzten Worten Briefe mit leeren, langweiligen Banalitäten schreibt. All das anprangert, was heute rund um den Globus geschieht. Anakondas verschlingen Menschen. Jetzt – in diesem Moment. Aber *figuretoi*. Zeig mir, daß du schön bist. Und wie heißt du, Lämmchen? Mei Lin? Ja, das ist wirklich mal ein hübscher Name. Mailyn. Na gut, dann legen wir also los ...

Mach die Tür zu! Meine Eier sind energiegeladene Bowlingkugeln. Hab mir gerade einen Film angesehen. Hat mich ganz schön aufgeheizt. Und jetzt runter mit den Klamotten! Meinem kleinen heißen Piraten wird's ein bißchen eng unter seinem Stehkragen. Du mußt meine Eile entschuldigen, Molly. Die Eile ist in Wirklichkeit Gier. Ihre Scham ... sehr erhaben. Übrigens, ich hab seit meiner Mutter keine weiße Frau mehr gesehen. Aber du genügst mir auch. Und wie du mir genügst. Ich bin niedlich, sagst du? Sagt, ich wär niedlich! Paß mal auf, Schnuckelchen, wie ich dich gleich fertigmache. Ich bin in Form wie einer aus Captain Cooks Bande, ein bärtiger, gerissener, verdorbener Schurke, der gerade irgendwo in der Südsee gelandet ist. Wenn ich so heiß lechze und japse wie jetzt, muß ich immer der häßliche Schurke sein.

Also, vergib mir! Und küß mich! Und sag mir, daß ich wunderschön bin! Ehe ich im eiskalten Wind der unerbittlichen Selbsterkenntnis kleinlaut werde und zu Kreuze krieche.

Wusch – rauscht es an mir vorbei. Hinaus in den interstellaren Raum. In die ...

Was hast du gesagt? Was hast du getan?

Du hast es getan. Du tust es. Das ehrt dich. Und wirft ein schiefes Licht auf dich. Oh, geliebte kleine Hure. So unerbittlich in deiner Entschlossenheit, das Wrack, das vor dir steht, zu verführen. Woo! Die Alchimie einer Zauberkundigen. Das treibt mir glatt die Zähne aus dem Arsch. Ach, du verfluchter Dudelsackpfeifer. Ich hab's mehr mit meiner Blockflöte. Ziehe tänzelnd durch die Tavernen im weiten grünen Land. Tralala. Und wenn dann am Abend der Osten in den Westen eintaucht, lege ich meine Flöte beiseite und blicke zurück. Und dann begreife ich. Nichts als nutzlose Kreativität. Und doch singe ich. Und doch ziehe ich mich aus – runter mit diesen lächerlichen Kleidern, dieser albernen Tarnkappe! Pferde galoppieren im Park, Ballettänzerinnen schweben auf Zehenspitzen durchs Dunkel – komm, reiß die Dunkelheit auf und, ach, wag einen Blick in mein heißes, kaltes Herz! Und sieh meine Scham. Unsere Scham. Und deine süße Lieblichkeit, Mei Lin, so durchtrieben und ausgehungert, so mager, so rank und schlank und … ja, so durchtränkt von Sündhaftigkeit. Wie eine Trauerweide mit tiefhängenden Zweigen. Obwohl ich zugeben muß, daß ich noch nie in meinem Leben eine Trauerweide gesehen habe. Und nicht vergesse, daß ich – nein, daß du dein ganzes Leben in versiegelten Städten zugebracht hast. Ach, deine traurigen, pathetischen Eulenaugen, in denen Schweinchengier glitzert und denen niemand ausweichen kann. Die alles gesehen haben. Und dennoch. Dennoch staune ich. Wundere mich, daß sie mir alles anbietet, was sie hat. Für das bißchen Geld, das ich ihr hingeblättert habe. Ah – jetzt erkenne ich deine geschändete Schönheit. Auf den zweiten Blick. So voller tief wurzelnder Geilheit. Eine Schönheit, die mein Herz anrührt. Ihr flüchtiger Schritt in einer verschneiten Winternacht, und dazu spielt Bach auf seiner Orgel zum Geläut der Domglocken seinen Lobespreis auf die fleischliche Lust und läßt seinen triumphierenden Weisen durch die mittelalterlichen Gassen hallen.

Und nun kommst du zu mir. Du küßt mich. Ich verstehe. Obwohl du dafür nicht bezahlt worden bist. Du küßt mich. Du bist lieb zu mir. Liebst mich. Und dennoch ... Wunderschöne, kleine, melancholische Brüste, perfekt in ihrer fleischgebetteten Bescheidenheit. Sie üben, obwohl sie mir ein wenig mitgenommen und verbraucht vorkommen, einen wundersamen Reiz auf mich aus. Rütteln mein Herz auf, wecken Mitgefühl. Und nun laß uns anfangen! Denn die Straßen sind frischgewaschen. Der Regen, der vom nachtdunklen Himmel fällt, hat allen Schmutz weggeschwemmt.

Ich bin mal über einen Nudistenstand spaziert und habe dort ein deutsches Mädchen gesehen, vielleicht das schönste Mädchen, das mir je unter die Augen gekommen ist. In Saint-Tropez, weit drüben im Westen – oh, das ist Generationen her. Süße sechzehn, anschmiegsame siebzehn. Blondes Fleisch, gespreizt in den Sand gebettet. Einfach so. An ihren Ohren baumeln lange Silberringe, mit Karneolen geschmückt. Glitzern in der Cézanne-Sonne. Und ich bin hingerissen. Üppiges, feucht schimmerndes Schamhaar. Von einer Seidenraupe aus Gold gesponnen. Und ich bin das Spinnenmännchen. So jung damals, allzu jung. Ich sehe sie an. Sie sieht mich an. Du nackte Göttin. Unter deinem Sonnensegel. Damit du nicht verglühst. Unter dieser Sonne, die so heiß brennt. Deine blonden Beine umschlingen mich. Hüllen mich wie ein Fallschirm ein. Schweben mit mir in ungeahnte Tiefen davon. Ich starre sie an, und sie lächelt wieder. Ich komme mir so klein vor. So aller Freiheit beraubt in meiner Badehose. Verstecke meine Erektion schnell im Mittelmeer. Und dann gehe ich, in der langen Stille des Suizids gefangen, fort, obwohl ich weiß, daß sie mir nachsieht. Weiß, daß sie weiß, wie schüchtern und unerfahren ich bin. Und ich weiß, daß sie sehr lieb zu mir gewesen wäre. Wir hätten uns in Zeichensprache verständigt, sie in ihrer, ich in meiner. Einmal noch, ein letztes Mal, habe ich ihren von schmeichelnden Sonnenstrahlen umtänzelten Rücken gesehen, auf den Ellbogen hochgestemmt, unvergänglich wie die Natur. Und dann bin ich weitergegangen wie ein Narr, weit, weit nach Süden. Vergessen und verweht – Vergangenheit. Wie der Salbei und die flachen Brüste und ihre ach so blonde Erwartung. Vergessen und verweht, das Leben und alles. Vergangenheit. Aber nun laß es uns machen, ich will keine Poesie, ich will ficken. Ich, einer der ewig Verlorenen. Mein Hosenlatz ist offen, ich will Unzucht treiben mit dieser indochinesischen Hure, zügellos und wild. Runter mit dem Rest der Klamotten! Ans Werk, Männer! Du und ich, die wir beide noch Kinder sind, wollen gockeln und posieren. Unser Erwachsensein abstreifen. Uns mit großen, staunenden Augen ansehen. Was ist das an deiner Hüfte, Mei Lin? Eine schlimme Prellung. Aber was macht das schon, wir sind beide Geschlagene, unsere Leiber sind feucht von süchtigen Blicken in den Mond, und in unseren Bäuchen nistet heute nacht Melancholie. Hier, in diesem Haus. Um des Mammons willen gebaut. Für Mei Lin. Du bist die, die ich will. Schon die ganze Zeit. Ein Blinder in seiner Blindheit. Das erste Mädchen, das ich je geliebt habe. Weshalb? Weil ich etwas in deinem Gesicht lese, das sogar eine Schlange in ihrer namenlosen Grausamkeit sehen könnte. Dazu muß man kein Mann mit zwei Augen sein. Dazu muß man keine Augen haben. Kein Mann sein. Nein, ich lese keine Überlegenheit in deinem zerfledderten kleinen Lächeln. Ich lese etwas von einem Waisenkind, in Runen eingegraben. Leb wohl, Molly! Du aber, Mei Lin, bitte, bleib eine Weile bei mir. Leiste mir

Gesellschaft. Mir, diesem ratlos verwirrten Jungen, der so große Töne spuckt.

Wir gehen zum Bett. Vereinen unsere Körper im Nebel des Wissens. Ich sehe deine prähistorischen Brustwarzen. Ja, sieh sie dir an, Oliver, und staune! Festgeleimt auf den gewölbten Halbkugeln ihres Busens. Ein Zahlenschloß. Die Lichter sind aus. Sie werden von einer automatischen Zeitschaltung gesteuert. Drei nach links. Vier nach rechts. Und dann sieben nach links, vorbei an der Vier. Das macht's dem Dieb, der hereingeschlichen kommt und stehlen will, so einfach. Meine schneeweißen Zähne knabbern das große Geld an. Öffne den Safe für mich! Denn ich komme ohnehin nicht mehr von dir los. Ich klebe an dir mit Erinnerungen, die verschollen waren. Ach, all diese häßlichen Dinge, die wir unter der Sonne des Tages tun müssen. Bis das nächtliche Dunkel einen barmherzigen Schleier über sie breitet. Mei Lin. Nie habe ich so ein asiatisches Mädchen gesehen. Nie war solches Haar mir so nahe. Wie dieses Haar deinen plumpen und doch so schlanken Leib umhüllt! Wie Zwirnfäden. Dein Leib ist der Preis. Und der Preis gehört mir. Niemand außer mir darf hier plündern. Sie ist mein, und ich, erkenne ich, werde ein Teil von dir. Ich möchte die kleinen Flaumflocken unter diesen Armen lecken. Das Vorrecht des Spinnenmännchens. Und meine warme Zunge schlürft den nicht pasteurisierten Speichel von deinen Lippen. Dieses Haar – so schwebeleicht und fein und schwarz, wie mag es wohl schmecken? Stopf dir's in dein Männermaul. Und koste seinen grasigen Geschmack. Aber geh auf Zehenspitzen, wenn du auf dem Pfad des Frühlings wandelst. Und nun leck es, sammle das Unterpfand deiner Erinnerungen ein und bewahre es im Palast deiner Erfahrungen auf! Und so mögest du diesen süßen Geschmack nie vergessen, bis zu dem Tag, an dem du stirbst. Kosten. Verweilen. Und staunen. Die Blume ist zu lieblich, um sie zu brechen. Was ist das, was ich da in den wilden Nebeln der Zukunft sehe? Ein physisches Unheil. Was geschehen soll, wird geschehen. Wird es mir zustoßen … oder bist du gemeint?

Und da ist sie, kaum geahnt, auch schon erloschen, die kalte Angst. Zwei schmatzende Lippen stülpen sich über ihre Venusmuschel. Zwei winzige feiste Füße schmiegen sich um meine Testikel. Deine kleinen fetten Babyzehen reiben sich an meinen Kugeln. Hemisphären. Seltsam – du bist so ein mageres Ding, nur, wie können deine Füße dann so fett, so kompakt sein? Sie krümmen sich und wühlen sich suchend in meinen gespreizten Schritt. Wie samtweicher Wein sind deine Schenkel, ein Geschenk der Götter, denen wir, solange wir jung sind, unsere Sehnsüchte zuflüstern dürfen. Die Träume von weißarmigen Helenas und von Athene – ja, Pallas Athene, in ihrem lose geschürzten Umhang.

Lassen wir das! Langsame, wiegende Bewegungen im süßen Duft einer Blüte. Die Planmäßigkeit des Wahnsinns als Reaktion auf das Stakkato deiner Bewegungen, so verfeinert, so grandios, daß sie dir alles von mir erzählt und mich, das möchte ich betonen, bis ins kleinste seziert. Unser körperlicher Gleichklang, unser Geheimcode, unser *soixante-neuf.* Mein Peter ist so schreckhaft und unerfahren, aber du wirst ihn mögen, obwohl es so viele gibt, die du gesehen hast. Weshalb? Einfach weil es meiner ist, kleine Blume, meiner. Und ich trinke weiter das Raunen deines Entzückens, atme deine Wünsche, mische sie mit meinen. Du und ich, ich und du, unser Du-Ich – wer treibt wen in den Orgasmus?

Nein, warte – gib mir ein paar Taktschläge mehr, während ich oben bin, unter mir die Schatten des Holunders am Flußufer sehe, den Nektar in mich hineintrinke, der den schaumigen Schweiß aus deinem innersten Inneren würzt.

War ich das, ihr von Ehrgeiz und Neid geplagten Architekten, der diese Spitzgiebel unter dem rauchverhangenen Himmel aufgerichtet hat? Ich, ein erdgeborener Gigant, setze die Maßstäbe auf Erden, meine Gier weiß nichts von Grenzen, mein Verlangen nichts von Werden und Vergehen. Na, kleine Feder, mache ich dir jetzt nicht angst? O nein, was um alles in der Welt tust du da? Du greifst nach meinem Zeitschloß, nach meinem in süßen Schweiß gehüllten Hoden. Dein kalter Fingernagel zieht den Schleier von dem verborgenen Gebrechen der Leere, dem unabwendbaren Geschick, mit dem ich leben muß. Das ist die Demütigung, die dereinst Herkules erfahren hat. Und so ist nun die Zeit der Offenbarung gekommen, die Zeit, dir alles zu sagen – dir, die du gespreizt unter mir liegst, wie keine andere durch die Bande eines Geheimnisses an mich gefesselt, dir, die du mir mit hündischer Ergebenheit den Bauch leckst – dir will ich es sagen: daß ich dich enttäuschen muß. Weil ... weißt du ... es gibt nur den einen. Mit dem muß ich auskommen. Denn der andere, Mei Lin, der wollte nie herauskommen. Oh, sie haben sich das genau angesehen, die Spezialisten, und alle haben Hoffnungen gehegt, nur, verstehst du, er wollte sich einfach nicht senken, der zweite, kümmerliche Hoden, und als ich acht war, haben sie das Rudiment weggeschnitten, mit einem Skalpell oder was weiß ich. Und mir gesagt, ich würde nie einen Unterschied merken. Und Mom hat gesagt, er sei eine Hernie gewesen. Aber es hat mich trotzdem jahrelang geschmerzt. Irgendwann, habe ich immer gedacht, wenn ich fünfunddreißig bin, werde ich in den Umkleidekabinen der Männerclubs oder in den Boudoirs feiner Damen verlegen irgendwas von einer Kriegsverletzung stammeln. Und dafür verzückte Seufzer ernten. Denn der andere ist um so prächtiger gediehen. Tut mir leid, Mei Lin, tut mir aufrichtig leid, daß ich dir so eine Enttäuschung bereiten muß, aber du bist die erste, die nach meiner Mutter etwas davon erfährt. Du bist Asiatin, nicht wahr? Opiumrausch bei Nacht und schweißgebadetes Stöhnen am Tag, aber vielleicht stelle ich mir das auch völlig falsch vor. Hab Erbarmen mit meinem einsamen Körper und stülp deine parfümierte Pussy über meinen Penis.

O Mei Lin, die rosigen Wonnen deiner Lippen lindern meinen Kummer und verführen meine verhärteten Gedanken mit der Verlockung einer nie gekannten Intimität. Wie lange ist es jetzt her, daß Byron auf diesem Laken geschlummert hat? Und vor drei Jahrhunderten Shakespeare, vor sechs Jahrhunderten Dante – und ganz am Anfang aller Zeiten Er selbst? Sag es mir, erzähl's mir, ich will wissen, wie diese heiligen Hände deinen Tempel entheiligt und dir den süßen Schweiß der Erlösung gestohlen haben.

Nein, lieber nicht, rekle dich auf die Knie, rüste dich zum Gebet und dann warte unerschrocken auf die Erlösung! Schon sehr bald. Nein. Oder doch. Verstehst du? Ich wußte, daß du's verstehen wirst. Daß ich genug habe von alldem. Ich lese die halbe Nacht. Und im Winter fliehe ich in den Süden. Aber du bedeutest mir viel mehr als das alles, so unsagbar viel mehr, jetzt, da ich dich jeden Augenblick verlieren und nie mehr wiedersehen werde. Jahre später werde ich in einem New Yorker Büro sitzen und mit prickelndem Fieber an die Zeiten meiner Jugend denken, und du, Mei Lin … was wird aus dir werden? Du wirst tot sein, Mei Lin, so wird es sein. Getötet bei irgendeinem jener unausweichlichen Ereignisse des Ostens. Du armes, vom Pech verfolgtes Mädchen. Und dann schreie ich all den Übermut aus mir heraus, in dem ich schwimme, bis ich an die Grenzfesten der Ewigkeit stoße:»Liebste, deine Augen sind wie Sternschnuppen, deine Ohren sind kunstvolles Schnitzwerk aus grünem indischem Nephrit, und dein Mund, der Quell deines süßen Atems, ist die von weichem

Schnee umhüllte grüne Rose, die einzige Blume, die in der Agonie der Kasantschunga blüht, viele Tagesreisen weit weg, jenseits der smaragdgrünen Seen. Dorthin werden wir gehen, wenn die Zeit reif ist. Bevor wir alt werden, bevor wir sterben.«

Ah – ah, nun ist es soweit. Zeit, sich einzurollen in meinen Gürteltierpanzer. Die Welt auszublenden. Diese großväterliche, gemütliche Position. Ja – komm auf mich, so weich, so zärtlich, kuschle dich lieb an mich, halt mich fest! Ach ja, noch was haben die Ärzte gesagt: Die Weiterentwicklung des Menschen wird dazu führen, daß der Mann der Zukunft überhaupt nicht mehr zwei braucht, nur einen. Wie ich. Der Mann der vorweggenommenen Zukunft. Wow! Und nun, Mei Lin, mit dem weichen, übervollen Haar, nimm meinen Penis in dein Reservat auf und laß Blitze zucken und Donner rollen. Bevor es zu spät ist.

Es ist nicht mehr viel von mir übrig, ich bin erst spät zu diesem Rendezvous gestoßen. Deine geschmeidigen Bewegungen auf meinem Körper, das sanfte Heben und Senken. Und wie du von oben zu mir herunterblickst – wie aus einer Dachtraufe. Was sehe ich in deinen Augen? Sie sind offen, du starrst in mich hinein. Ich hoffe, es war Mitleid, was ich gesehen habe. Bedauern, ja, das sicherlich, die betrogene Hoffnung auf Lust. In den Zeiten, die da kommen werden, in der Zeit, die wir Zukunft nennen, werde ich diesen Augenblick in mir wachrufen, und das wird mir den lieblichen Geschmack deines Haares zurückbringen, diese ganz eigene Art, von oben auf mich herunterzublicken, deine geheimnisvollen Augen, unser verstohlenes Miteinander, und dann bin ich die Lokomotive eines Zugs, der sich schwerfällig durch die lausige Nacht schleppt. Wußtest du, daß der Northern State Parkway der schönste Highway für eine Reise im Frühling ist? Wußtest du, daß der Zug von New York nach Chicago, der Lakeshore Limited, einen großen Umweg nach Norden macht, durch die Ebenen von Albany – ehrlich –, damit er nicht den mühsamen Weg durch die Berge nehmen muß? Ich dachte, das sollte ich dir erzählen. Er ist warm, der kleine Feigling in meinem Blut, der sich nun anschickt, riesengroß zu werden, und ... oh – schneller, schneller, du mußt es schneller tun, Mei Lin, verdammt, du mußt es schneller tun ... Und wie dein Haar meine fliegenden Augen verhängt. Ich weine, ein paar souveräne Kümmernisse, und die Tränen schwemmen alles weg, was uns eingedrillt wurde, die Zwänge unserer Leben, und alles wird zu melodischem, tändelndem Spiel. Hörst du den schrillen Ton der Flöte? Sie tut so weh, so unerträglich weh, diese brennende Süße, dieses flaue Gefühl, *in saecula saeculorum.* O ja! Ich muß jetzt Schritt halten und ... oh, dich von mir herunterschieben und auf den Rücken rollen, weil ich ... weil ich es, jedenfalls mehr oder weniger, weil ich es lieber hätte ... o Gott ... ist es jedesmal so?

DER TOD KOMMT AM NACHMITTAG

Die Bäume sind an diesem Dschungeltag im Juni '66 grün von der Nässe. Über den Schlammlöchern kauern die Schatten des Nachmittags. Der fünfundzwanzigste Juni hat's in sich. Der Tag, an dem Custer und seine Männer vom Antlitz der Erde weggewischt wurden. Vor neunzig Jahren.

Rascher Anmarsch über die umliegenden Hügel. Im geschlossenen Sprung über die Kämme und wegtauchen. Und die Kamera surrt. Fängt das saftige Grün auf den Nordwesthängen des Gebiets um die Ashauberge ein. Und den Rauch der Feuer im weiten offenen Land, drüben in Laos, wo die Flußläufe und die Leoparden vor dem Verhängnis fliehen und in den Himmel mit schwarzgrauem Rauchfinger die Frage geschrieben steht, wer dieses Land so verwüstet hat. Na, wer war's? Wart ihr das etwa, ihr wilden, barbarischen American Boys, die sich Tex und Bones und Ripper nennen? Ich weiß von nichts Bösem, ich sehe nichts Böses, ich drehe nur meinen Film.

Je weiter wir kommen, desto dichter und stickiger fällt der Regen. Durchnäßte, erschöpfte Infanteristen der Nachhut – ihre Zahl ist kleiner geworden in den letzten Gefechten – schleppen sich durch stellenweise hüfthohes Gras hangabwärts. Zweihundert Meter in der Breite und eine halbe Meile den Hügel hinunter erfaßt das Kameraauge, bis zum Rand eines dichten Waldes, in den gerade der erste Zug eintaucht: die Stabsgruppe unter Captain Cristanthefoi und Sergeant Ridgeway, gefolgt von der Mörsergruppe, dann der zweite Zug, und ganz am Schluß, noch weit hinten im höhergelegenen Grasland, taucht aus dem Wald der dritte Zug auf. Mein Zug, geführt von Lieutenant Perkins. Der junge William Stone, schwarzhaarig, mit kräftigen Unterarmen und einem Gesicht, das von mongolischem Fanatismus kündet, hält die Kamera drauf. Etwas näher ran, bitte! Weil wir ja wissen, was jetzt passieren wird. Und bei dem, was kommen muß, sind Helden gefragt. Er, zum Beispiel, er könnte einer werden. Wenn er's nur wollte. Er will aber nicht. Möglicherweise, weil er das Töten schon hinter sich hat. Nein, er ist nicht roh und gefühllos, ihm geht das alles unter die Haut, das hat er selber gesagt. Und dabei an die Gallier gedacht. Vor Christus. Geh nie nach drei Uhr nachmittags in den Wald ... die Dunkelheit senkt sich rasch übers Land.

Bin ich ein Feigling? Wie mein Vater? Sein Name steht Buchstabe für Buchstabe auf dem T-Shirt: Stone. Geboren an einem Sonntagmorgen, im Jahr '46. Jetzt haben wir '66. Er wird also erst zwanzig sein, wenn er ...

»Zeit? Tick-tack? Hey – weißte, wie spät's iss?«

Ich will antworten. Worte formen. Aber ich hab noch nicht genug Kraft zum Reden.

»Meine Uhr ist kaputt, Mann.«

»Wird so gegen halb elf sein«, brummt Raines. Ein schwarzhaariger, gutaussehender Southern Boy.

»Zeit fürs Fressen«, spuckt einer aus.

»Mann, meine verdammten Füße bringen mich um.« Der griechische Chor der Infanterie, zu müßigem Stammeln gewordene Sehnsüchte.

»Wetten, daß es heut noch zwei Klicks mehr sind? Zum Kotzen, die Scheißhitze.«

»Scheißland. Scheißberge. Scheißhimmel. O Mann, wie ich den ganzen beschissenen Laden satt habe!«

Und Scheißstone überlegt: Wie viele habe ich jetzt umgelegt? Kriegst du's noch zusammen? Pitsch-patsch. Der VC, den du aus dem Baum geschossen hast. Der runtergepurzelt ist wie eine Kokosnuß. Und der oben in den Ashaubergen, der gerade in den aufgegebenen Bunker kriechen wollte. Und dann war da noch einer in seinem Schützenloch, der hat dich angesehen, ehe deine Handgranate unter ihm hochgegangen ist. Und dann – platsch – ist er in sich zusammengesackt wie eine baufällige Hütte. So schwer war's gar nicht. Ist hauptsächlich Glückssache. Wie viele sonst noch? Die hast du vor Aufregung nicht mehr zählen können, wie? Als du mit deinem Asbestschutz vorm Bauch mit dem Flammenwerfer durch die Berge gerannt bist und gebrüllt hast wie ein Indianer. Warum auch nicht? Sag mir, was in diesem Leben nicht möglich ist, spuck's aus, und du machst einen Narren aus dir. Wie dein Vater, der sagt, daß es ein hartes Leben ist, obwohl er nie gelernt hat, alles umzulegen, was sich ihm in den Weg stellt, damit er überlebt. Und der gesagt hat, das Leben kommt und frißt dich auf, wenn du nicht aufpaßt. Alles nur ödes, furztrockenes, trübseliges Geschwätz. Lebt wohl, o ja, lebt wohl, ihr Narren, die ihr das Leben nie kennengelernt, nie im Smoking des Irrsinns auf dem Parkett des Irrsinns die grotesken Tänze des Irrsinns getanzt habt und von Glück sagen könnt, daß euch nicht von euren eigenen Smokingärmeln der letzte Lebensfurz aus dem Bauch gequetscht wurde! O nein! Nicht das!

Eine Peitsche zuckt über den orangefarbenen Himmel. Schnapp! Schnapp! Schnapp! Karmesinrot vermischt sich lodernd mit Orange und Gold und hallt dumpf in meinen Ohren wider. Dreck verstopft mir den Kehle. Wie Heiserkeit. Ein Zipfel Land explodiert. Und in der jähen Stille, die aus dem Krater aufsteigt, meine ich den bissigen Wachhund hinter der weißverputzten Mauer bellen zu hören; irgendwann in den Fünfzigern war das, glaube ich, in

Mexiko. Und die Bergadler beobachteten mich durch die Feldstecher, die sie selber mit ihren Klauen gemacht haben. Ich muß verrückt sein, aber laßt euch deswegen keine grauen Haare wachsen, denn bald werden die Kannibalen aus ihren Löchern kommen, um mit uns zu spielen, und dann buddeln sie meinen traurigen Arsch ein, und Mommy und Dad jammern über die Steuern, die sie auf meine GI-Lebensversicherung zahlen müssen. Aber – hey – ich bin ja nicht mehr allein, ich werd zusammen mit meiner Einheit abkratzen, mit Raines und Rizzo, Maloney und Crazybush, unserm halbverrückten Indianer, der schon ein Jahr mit Elmira zusammen war und ihr an Weihnachten sein ganzes Geld geschickt hat, kurz bevor sie mit dem Biker von nebenan durchgebrannt ist, und ...

Bam, bam, bam! Vereinzeltes, beinahe langweiliges Gewehrfeuer vom tiefergelegenen Grasland ... Hinkauern! Nach Mündungsblitzen Ausschau halten! Plötzlich wird das Feuer hektischer, drängender, breitflächiger. Dann ... krachendes, platzendes Wam-bam und eine laute Stimme:»Sie kommen!«Irgendwas peitscht die Erde. Maschinengewehrsalven. Genau da, wo wir sind. Mitten rein, als ob die Salven unter uns durchtauchen wollten. Liegen aber etwas zu hoch. Dumpfer Knall, wie heiseres Bellen. Die hinterhältige Gehirnleere der ersten Angst. Hinter dem Baumstamm der Angst verkriechen. Rein in den Geschoßhagel. Ist wie in der U-Bahn. Ich bin ganz unten und starre nach oben, durch die Regenschleier in den dunklen Himmel. Aus hohlen, tief eingefallenen Augen.

»Fertigmachen! Fertigmachen!«

Fertigmachen. Anfängerwissen bei der praktischen Nutzanwendung der Kriegskunst. In einer Uniform kostümiert. Wer kann dem vorherbestimmten Geschick entrinnen? Und ich denke: Hey, Alter, wenn du glaubst, daß ich jetzt losstürme, um das beschissene MG auszuschalten, hast du dich geschnitten. Kommt nicht in Frage! Dieser französische Infanteriescheiß – anno '17 war das –, bei dem die Jungs reihenweise niedergemäht wurden. Also, wer ist diesmal dran? Fertigmachen! Jaja, das kennen wir. Wie am Jalu. Dasitzen und sich den Arsch abfrieren. Ins Grübeln kommen über den Scheiß, den man hier machen muß. Wer ist so irre, mitten im scheißkalten Winter durch den scheißkalten Fluß zu waten? Und – oh, leck mich am Arsch! – wer kommt auf einmal daher? Eine Million gottverdammter Chinks! Also, was soll ich jetzt machen? Mich fertigmachen? Hoffentlich sehen die mich nicht. Dann fällt mir ein, daß ich ja dafür bezahlt werde. Mit zwölf Cent die Stunde. Der zweite Zug taucht nach rechts im Wald unter. Um dem Spuk ein Ende zu machen. Den Waldhang runter. Ziemlich schnell. Lauter Lastesel, der letzte verschwindet gerade zwischen den Bäumen.

Genau das, worauf die Jungs von der regulären nordvietnamesischen Armee gewartet haben. Der – wie heißt er gleich noch? – Crève-Cœur? Gebrochenes Herz? Liver'f-Christ? Irgendwie so ähnlich ... unser Captain jedenfalls. Der will die umgehen. Will raus ins offene, deckungslose Grasland. Will sie im Gefecht Mann gegen Mann binden. Erster Zug greift frontal an, der zweite packt den Feind in der Flanke, der dritte gibt Feuerschutz. West-Point-Taktik. Genau wie Custer. Klappt bloß nicht. Der Kerl mit dem komischen Namen ist drauf aus, uns alle miteinander umzubringen. Haha – diese Schlacht ist an den Sandkästen von West Point verloren und in Indianerzelten gewonnen worden. Bei labberigem Kräutertee, der nach nichts schmeckt.

Schweres MG-Feuer irgendwo im Wald. Kaliber 50, würd ich sagen. Liegt genau da, wo die Spitze des zweiten Zugs jetzt sein muß. Ein Hinterhalt! Dann Gewehrfeuer – nur spärliche, einzelne Schüsse. Und unter irrem statischem Rauschen über Funk: »Sind umzingelt. Wiederhole: umzin-

118

gelt. Brauchen dringend Verstärkung bei Zulu-Tango-Sieben. Sind auf starke Kräfte gestoßen. Mindestens Bataillonsstärke. Wir sind ...« Jetzt schweres Feuer geradeaus, sechshundert Meter den Hang runter, da, wo der erste Zug mit der Stabsgruppe im Wald festliegt. Sehen können wir sie nicht, das Elefantengras wuchert zu hoch. Immer noch der dichte, stickige Regen. Und über Funk eine nicht zu identifizierende Stimme: »Werden überrannt! Bestätigen Sie! Ziehen uns zurück!« Und dann ein häßliches Quietschen. Riskier einen Blick, O.! Guck nach, was da wirklich los ist! Du weißt ja, daß die gern übertreiben. Whing! Wow! Knapp zwei Meter an diesem Filmstargesicht vorbei. Wie ein fliegender Fuchs. Er ist hinter mir. Da rechts. In dem Baum. Whing! Nichts wie weg. Eines Tages: Infrarotgeschosse. Das wird das Ende aller Kriege einläuten. Stone taumelt. Durch einen Schleier stürzenden Wassers. Wham! Wham! Wham! Ein MG, Kaliber 50, höchstens sechzig Meter links hinter mir, eröffnet das Feuer. Ich sitze im Fadenkreuz der Todeszone. Dieses Mal halten sie tief an. Baumrinde und Erde fliegen knapp unter Augenhöhe durch meine Atmosphäre. Rufe. Heisere Schreie aus dem Tunnel. Winden sich hoch in die Baumwipfel. Nun ist er oben in den Bäumen, der fliegende Fuchs. Der Geist einer Leopardenseele. Kälte stürzt auf mich nieder. Dschungel-Souls regnen sich über mir aus. In schweren, wie in Scheiben geschnittenen Schauern rauschen sie herunter, besudeln die Erde und versickern.

Scheiße, murmle ich. Ich muß Ruhe bewahren. Darf nicht anfangen zu denken. Alles, was ich weiß, ist: Schaff's oder kratz ab. Muß mich entspannen. Die älteste Regel fürs

Überleben. Auch auf den blutgetränkten Schlachtfeldern Trojas haben sie's schon gemacht. Masturbieren. Wirkt wohltuend und stabilisierend, löst die inneren Knoten, wäscht die Unruhe aus dir raus.

Und macht den armseligen Wurm ein Stück kürzer. Eine Nacht im Bett. Sie wird zu mir kommen. Ihr blondes Haar bläht sich in der Brise, die durchs Fenster hereinweht. Und sie lächelt. Ihr Körper ist schwammig, jede Menge Fleisch zum Drücken. Die Furt eines drängenden Verlangens, wie ich es nie gekannt habe. Gespreizte Schenkel. Ganz schön saftig, das Flittchen. Ich starre lüstern hin. Komm her, du Schlampe! Ihre Beine öffnen sich wie die Greifzangen eines Nußknackers, und ...

»Feuerüberfall! Mörserfeuer!«

Whusch! Wumm!

Whusch! Wumm!

Männer huschen, die Köpfe tief geduckt, im Regen von Deckung zu Deckung. Schreit halleluja, halleluja, halleluja!

Whusch! Wumm!

Whusch! Wumm!

Dumpfe, todbringende Einschläge. Ausgerissenes Gras wird emporgewirbelt und trudelt müde durch die regenwarme Luft. Gottes zweitschlimmstes Werk. Schlimmer sind nur Raketen. Die zerfetzen alles, räumen gründlich auf, schreddern dir sogar die Eier. Eine gigantische Umwälzung, die Doktrin der Endzeit, das Töten von Menschen, die nie recht daran geglaubt haben, daß sie eines Tages sterben werden. Na gut, wer glaubt das schon ... Ich sehe hoch. In das Gesicht eines Menschen, der quer über mir liegt. O Gott, das ist Crazybush! Seine Augen sind weit offen, in Angst ertrunken. Er schreit laut: »Sanitäter! Sanitäter!« Ein Baumstamm, tödlich verwundet, liegt nur eine Handbreit von unseren Körpern entfernt. Und ein, zwei Meter weiter das verdatterte, häßlich zugerichtete pechschwarze Gesicht von Sergeant Washington, dem hellrotes Blut aus der zerfetzten Nase läuft. Versucht noch, zu unserer Sammelstelle zu kommen. Aber so weit schafft er's nicht. Seine letzten Sekunden zwischen Leben und Tod. Himmelarschundzwirn, was ist denn passiert? Einer weniger. Allzu viele bleiben ja nicht mehr. Irgendwann kommst du an einen Punkt, von da an weißt du, daß du sterben wirst. Es muß einfach so kommen. Aber es ist nicht mehr als recht und billig, daß es Soldaten sind, die getötet werden. Sie sind die ruhelos Verbitterten – ist es nicht so? Sie glauben an nichts mehr, weder an Gott noch an Ursula Andress. Ist es dieses Glauben oder Nichtglauben, was die Welt aufteilt in die wie du und die wie sie? Oh, eines Tages reich sein! Und ein Haute-Couture-Model heiraten. Eine mit Grübchen in der Muschi. New York. Paris. Träume. Ohne Träume: Tod. Etwas, was ich zum erstenmal wirklich wahrnehme, ist die Natur. Und ihre ganze reiche Fülle. Darüber möchte ich schreiben. Wenn also der Engel des Herrn mich noch einmal fragt, was ich mir vom Leben wünsche, werde ich diesmal nicht ratlos dastehen und irgendwas Dummes von »Glück« vor mich hin stammeln – nein, ich werde sagen: »Die Fülle der Natur, die wünsche ich mir, die Erfüllung.« Und nachdem ich das nun weiß, weiß, daß Glauben meine Erfüllung ist, genügt es mir, irgendwo auf einem winzigen Fleck Natur zu liegen und zuzusehen, wie das Leben in seinen Erscheinungsformen sich abmüht und plagt. Das Werden und Vergehen der Energie zu verfolgen. Ein herabfallendes Blatt. Eine Raupe, die über einen Grashalm kriecht. Eine Biene, die den Kopf ins Stundenbuch einer Blüte steckt. Oder auch ein Geräusch – irgendein Laut. Das alles hört nie auf, für dich hört es nie auf. Hast du schon bemerkt, daß die, die sich vor dem Leben fürchten, dieselben sind, die vor seiner Natur zurückscheuen? O ja, so ist es. Einst war ich die transponierte Seele von Rimbaud und habe, all meinen sittlichen Überzeugungen den Rücken kehrend, das Magazin »Vogue« gelesen. Und Qualen gelitten beim Blick über den Abgrund von soviel selbstzufriedener Schönheit. Aber jetzt bin ich Soldat und weiß, wie recht meine Mutter hatte, wenn ich mir als kleines Kind das Knie aufgeschrammt hatte und zu weinen anfing. »Nun sei ein kleiner Soldat und weine nicht!« hat sie jedesmal gesagt, und heute weiß ich, wie recht sie hatte. Weil ein Soldat eben ein Soldat ist und ein Soldat gar nicht weinen kann.

Eine Stimme ruft: »Wo ist Minerva?«

Und eine andere Stimme heult auf: »Sag Bissel, er soll herkommen, aber schnell!«

Was sind das für Leute, die Minerva und der Bissel, von denen sie hier reden? François Goddet, mein Cousin zweiten Grades mütterlicherseits, hat irgendwo hier in der Ecke einen Arm verloren. An einem Ort namens Jars, in Laos. Plain de Jars, hat er gesagt. Mörserfeuer. Hat ihm den Arm weggerissen. Das ist jetzt ungefähr fünfzehn Jahre her. Der arme Kerl. Hat's nie glauben können. Und heute ist er ein einarmiger Autoverkäufer in Paris. Was Erinnerungen an meine Mom in mir weckt. Erinnerungen, deren Flügelschlag so leicht ist wie der von Motten. Wie sie den Boulevard de Courcelles hinunterspaziert, am Parc Monceau vorbei. Klick-klack machen ihre schwarzen Krokopumps auf dem Pflaster, und die schicke schwarze Krokotasche baumelt an ihrem Arm. Ich rieche ihr Chanel-Parfum, während sie zielstrebig zu Van Cleef an der Place Vendôme eilt. Und um fünf ist sie mit Mémé in der Rue des Quatre Fils verabredet. Es war in Paris, wo sie mich zum erstenmal mit Homosexuellen bekannt gemacht hat. Sehr nette Leute, die sich hinter hübschen, kultivierten Männermasken getarnt haben und nun in pharaonisch luxuriösen Penthousewohnungen an der Place Vendôme leben. Ja, sie wußten, wie sehr sie mir gefielen – ihre geschmeidigen Bewegungen, die schön geschwungenen Augenbrauen und die mythologischen Gesichter. Frauen sind von Natur aus zärtlich, aber wenn du einem Mann begegnest, der genauso liebevoll ist – oh, das ist ein Geschenk, das die Götter der grobschlächtigen Spezies der Kentauren gemacht haben.

Aber nun stinken diese kahlköpfigen, verwelkten Männer nach Zigarrenrauch, und ich bin drauf und dran, hier im Fernen Osten ein Western Boy aus der alten Welt zu werden, und wieder versickert ein Tropfen *grandeur.* Kleine gelbe Männchen in grünen Uniformen schwimmen vor meinen Augen, huschen auf Gewehrschußweite vor mir hin und her, rufen mir mit überschnappender Stimme etwas zu, deuten auf meine Testikel, drohen, mir den Bauch aufzuschlitzen. Zwei:neunundfünfzig. *»Eh, mon vieux, ils t'ont pris aussi, les salauds, les petits salauds.*« Die Geister französischer Soldaten bei Dien Bien Phu. Ich hab mal einen in Laos getroffen. Was werden sie nun mit mir machen? Mich in den wilden Norden verfrachten? Mir die Arme und die Beine brechen und mich dann achtlos liegenlassen? Ich werd nie mehr derselbe sein. Nie mehr Paris wiedersehen. Durch die dunklen Straßen von Montmartre schlendern und das Haus suchen, in dem Loyola gelebt hat. Paris! Mutter! Mein treuloses, sehnsüchtiges Herz jammert nach dir, winkt dir mit seinem bestickten *mouchoir* zu – Mutter, wie konntest du nur, wie konntest du mich gehen lassen? Drei Uhr. Glocken läuten. Läuten ihr Bim-bam-drei-Uhr-drei-Uhr-drei-Uhr. Totengeläut. An diesem Sonntagnachmittag im Juni. Der fünfundzwanzigste Juni hat's in sich.

Der Mann, den wir Crazybush nennen, schaut blicklos zu mir hoch. Ein Auge ist weg, aber das andere kann sehen. Er klammert sich fest an mich. Unsere Leiber dampfen im stickigen Regen. Er war doch mal ein Indianer. Hat mich gemocht. Auf seine Art. Ich hab dich auch gemocht. Aber jetzt muß ich weg. Tiefer in diesen Regen eintauchen. Und hinter mir weint sein Geist.

Das Kaliber-50-Feuer sucht sich einen Weg die *piste* abwärts. Maloney rollt sich mitten in den vom MG bestrichenen Raum. Halb von Sinnen, seine rechte Hand und die Hälfte seiner Schädeldecke fehlen. »Zurück, Maloney! Zurück!« Er konnte es nicht hören. War zu verwirrt. Und die schwere Welle aus Geschossen schwillt an, rollt auf ihn zu wie Meeresschwappen, sehr rasch, begierig, sich mit ihm zu treffen. Wühl dich in den Staub, Maloney, das Maschinengewehr wandert weg von dir, weiter die *piste* hinunter, ins offene Grasland, wo der Regen den Boden peitscht.

Ich spür's. Ein Fluch. Mutter hat's mir mehr als einmal gesagt. »Du kannst dort drüben getötet werden, Oliverre.« Als wär ich noch nicht reif, noch nicht Manns genug, um auf mich aufzupassen. Oh, wie ich ihre anmaßende Mutterliebe gehaßt habe. Habe ich ihr überhaupt zugehört? Verstanden, was sie mir sagen wollte? Mütter sind Hasenfüße. Flüche wühlen sich durch die vaginalen Geburtskanäle und dringen tief in einen Mann ein. Das ist wahr, so wahr, wie Wahrheit nur sein kann. Ich hatte ihr gesagt, daß ich wirklich nicht an die Yale zurückgehen will, daß ich eine Abenteurerseele bin, wie sie, und daß ich deshalb nach Vietnam gehen muß. Aber ich frage mich, was sie wohl sagen würde, wenn sie das hier sähe. Meine Glieder werden steif, während ich hier liege und warte, auf diesem bis zum Kern seines Wesens umgepflügten Kraterfeld in Vietnam, Lilie und Gänseblümchen zugleich, und die Butterblumen taumeln im Wind – obwohl, so genau kann ich eine Blume gar nicht von der anderen unterscheiden –, und hoch über uns verebbt das Dröhnen eines Flugzeugs – wieder eine dieser fliegenden Kampfmaschinen auf ihrem Weg zum

Südchinesischen Meer. Mutter hat mich von ganzem Herzen geliebt, das weiß ich. Sie hat mich in der Kathedrale von Ferté-sous-Jouarre getauft, an den Ufern der Marne, wo sie die Schlachten des Großen Krieges geschlagen haben und mein Großvater Pépé bei einem Gasangriff der *boches* verwundet wurde. Ich hatte vor, das alles aufzuschreiben, weil es mir so wundersam vorkam, aus so vielen Facetten zusammengefügt, daß es ein *night dream* sein konnte, ein Kindertraum in dunkler Nacht. Aber es hätte mir passieren können, daß ich die Wahrheit erzähle. Gespenstische Stille tanzt durch den Dschungel. William, auf dem Bauch, völlig allein, trinkt in großen gurgelnden Schlucken aus der Feldflasche. Bevor sie angreifen. Und plötzlich, in einem Anfall von Galgenhumor, beschließt er, ein Loch zu buddeln. Die Größe spielt keine Rolle, wenn man sich einen Unterschlupf schafft. Es kann ein Doppelhaus auf Palisaden am Pazifik oder ein enges Scheißloch im Dschungel sein. Hier und jetzt wird es ein Scheißloch sein. Und ich habe vor, es zu nützen. Mich einzugraben. Atavismus. Weil ich einst selbst ein Wurm war. Bis ich, irgendwann in der Vergangenheit, aus einer albernen Laune heraus meine Koffer gepackt habe. Whing! Ein Scharfschütze. Hey – du, soll ich dir von der Biene erzählen, die mich in meinen Petermann gestochen hat? Whing! William wird sich jetzt so einbuddeln, daß du nicht an ihn rankommst. Dreck unter den Fingernägeln. Ich bin so mit Buddeln beschäftigt, daß ich an nichts anderes denken kann. Mein Onkel Roget wohnt über seinem Papierwarenladen in Paris, und mein Onkel Leo mit einem Haufen Kinder in einem Haus in White Plains. An die Namen all der Cousins und Cousinen kann ich mich nicht erinnern, nur daran, daß sie sich weder für mich noch für irgend etwas sonst interessieren. Nein, hier, wo ich mein Grab buddle, werde ich nicht das große Geld machen. In der

Zeit, die ich hier zum Graben brauche, scheffeln sie in Paris mit dem Kakaohandel zwanzigmal soviel wie ich. Ich weiß, wovon ich rede, ich hab mal einen Sommer lang auf dem Kakaomarkt in Paris gearbeitet.

Ein dunkler Schatten kommt durch den Regen auf mich zu. Sergeant Ridgeway! Was willst du hier? Laß mich in Ruhe! Sein Gesicht: eine unbewegte Maske mit breiten Wangenknochen. Riesige, wettergegerbte Hände ... Ein Mann, der für den Krieg gemacht ist. Versteht was von seinem Geschäft.»Sechs ist KIA!« Womit er sagen will, daß Lieutenant Perkins tot ist. *Killed in action.* Eine sekundenlange Vision – der tote Perkins.»Sie werden in der Mitte kommen. Wollen sich zwischen die beiden Züge schieben und uns dann unter flankierendes Feuer nehmen.«

Er sieht mir in die Augen. Von Soldat zu Soldat. Von Mann zu Mann. Nicht gut bezahlt, nicht gut gelaunt. Kann nicht versprechen, daß die Kavallerie uns wieder rauspaukt – aber. Aber was? Er zwinkert mir zu.»Bleib trocken, Mann. Wird 'n langer Nachmittag. Alles okay mit dir?«

»Ja, Sarge, darauf können Sie einen lassen. Noch vier Monate, und ich bin weg!« Glatt gelogen. Ich frage mich, warum ich so was sage. Warum ich überhaupt was sage. Weil man eben am Totenbett kleinlaut wird. Baby, du und ich, wir wissen doch, daß das alles nur ein Film ist.

Und während er sich schon umdreht, krächzt er:»Geh sparsam mit deinem Wasservorrat um, Junge, hast du gehört?« Und grinst.

Heitere Sinnsprüche auf der Straße in den düsteren Tod. Den Frohsinn eines langen Lebens auf den Lippen. Regenschleier verschlucken seine massige Gestalt. Ein guter Mann. Ringsum legen die Scharfschützen schon mal ihre bleiernen Schneebälle bereit. Raketensalven trudeln träge auf den ersten Zug nieder. Und Mörsergranaten – ein wuchtiger, wahnsinniger Splitterhagel, mitten zwischen die

Männer. Und das ist der Augenblick! Der so schnell ver-
huschte Augenblick, in dem mir – nur für den Bruchteil
einer Sekunde – ein Gedanke durch den Kopf schießt. Der
keimfreie Gedanke, wer diese Männer sind, die da sterben,
und wie sie sterben. Langsam oder rasch? Schmerzlos oder
qualvoll? Und ich bin ihr Analytiker. Der Forschungsbeauf-
tragte, der die vergleichenden Studien anstellt.
Ich seh sie mir an, die lange Reihe von Gesichtern, die aus
dem Dschungel spitzeln. In diesen unruhigen, ungewissen
Zeiten. Ich stell sie mir zu Hause vor. Männer in Sportshirts,
die mit bunten Blumen und Palmen bedruckt sind, in
weißen Socken und in ausgelatschten Slippern. Kugelbäu-
chig. Treue Baseballfanatiker. Männer, die den Rasen mä-
hen. Den Sportteil der Zeitung lesen. Auf ihre Frauen
fluchen, auf ihre Schwiegermütter und die Kinder, weil
anscheinend ausgerechnet sie die ungezogensten Gören
haben müssen. Aber den grellen Schmerz, wenn ein Stück
Blei ihnen das Gehirn spaltet und das Erinnerungsvermögen und das Leben raubt, den werden sie überhaupt nicht
wahrnehmen. Traurig, wenn dir alles genommen wird, und
du kriegst es nicht mal mit. Zusammengekrümmt daliegen,
grotesk verzerrt, bis auf die Teile, die weiß Gott wohin
geschleudert wurden. Ein abstoßender Klecks Mensch.
Wundgescheuerte, blutleere Lippen. Die Körperfunktio-
nen versagen. Ein Erdwurm, der nur noch als Dünger für
Mutter Erde taugt. Sie werfen einen Poncho über dich, du
hörst sie murmeln und flüstern. Und auf einmal führen sie
vor Freude Veitstänze auf und laben sich an unserem Neid,
denn sie haben Grund zur Fröhlichkeit, sie haben die
Rückfahrkarte einstecken. Und dann – hohoho – kehren
sie heim in die Staaten, in die Heimat der Hotdogs, und
kopulieren auf sauberen Laken und lümmeln in barocken
Kinopalästen herum und verfolgen gebannt, wie Julie
Andrews auf Schweizer Berggipfeln jodelt. Oh, diese glück-

lichen Arschlöcher. Und zur selben Zeit erfüllen die Sanitäter traurig ihre Pflicht – denn traurig sind sie immer –, wickeln mich in eine verkrumpelte Zeltplane und werfen mich sanft – denn sie tun's jedesmal sanft – in die tiefe rote Erde, in der ich mir, bei Gott, zuallerletzt meine sogenannte letzte Ruhestätte wünsche. Da unten bei den Erdwürmern, die auf einmal ganz aus Versehen deine Freunde werden. In die Erde, auf der du zusammengebrochen bist, als du's vollbracht hattest und gestorben bist. Ach, wenn sie mich doch ins All schießen oder in ein schwarzschlammiges, von Schlangen wimmelndes Gewässer werfen würden, nicht in die dunkle, achromatische, dumpf schwitzende Erde, nein, das nicht, nicht das! Ich schüttle mich. Brr! Es ist kalt. Hör auf zu grübeln! Frag nicht, warum, du Narr, es steht nicht dir zu, die Götter herauszufordern. Stone, dein Problem ist, daß du den Dingen immer auf den Grund gehen willst. Sorg lieber dafür, daß du existent bleibst! Das wird dir schwer genug fallen. Die Lösung besteht darin, frühzeitig damit anzufangen, rumzuraunzen und dir das Gedärm aus dem Leib zu heulen. Na gut, sie werden dich für eine Parodie deiner selbst halten, bis sie anfangen, dich so zu akzeptieren, wie du bist, und dann kommst du ihnen plötzlich nicht mehr wie eine Parodie vor, denn das Gesetz orientiert sich immer an gegebenen Fakten. Ach, warum kannst du dein Leben lang dein Bestes geben und tun und immer wieder tun, was sie dir gesagt haben, und am Ende trotzdem tot sein?

»Hörste das?«

»Ich glaub, ja. Was iss 'n das?«

»Weiß ich doch ... oh, warte mal, das sind ...«

»Hörst du das?«

»Ja.«

»Das sind beschissene Gongs, Mann. Beschissene Gongs, hörst du's?«

Klash, boing! Klash, boing! Verschmelzen mit dem rauschenden Regen. Von weit hinten kommt das, aus dem Wald dort drüben. Ein von Debussy inspirierter Cakewalk. Lauter kleine Alices mit affigem Lockenköpfchen spielen Klavier und stopfen sich den Bauch mit Süßigkeiten voll. Halluziniere ich? Ist mein Kopf in diesem von Waffen und stählernen Zähnen starrenden Wald schon von Säure zerfressen? Klash, boing! Klash, boing! Was für ein Regen! Da können wir lange auf Luftunterstützung warten. Ich hab's immer gewußt, daß ich in einem sintflutartigen Regensturm sterben werde. Irgendwo muß ein Regenbogen sein. Und – horch doch! – diese unheimliche Stille ringsum. Der Kanal, würde ich sagen, ist heute zu unruhig. Ein Grund mehr, daß wir uns zurückziehen sollten. Mein Vorschlag wäre, es an einem anderen Tag noch mal zu versuchen. Aber schön ruhig bleiben. Eins und eins macht zwei. Alte chinesische Spruchweisheit. Musik im Dschungel. Eine absurde Kombination, trotz aller gegebenen Fakten. Und diese ständige Wiederholung von zwei Tönen, ich kann mir nicht helfen, ein irgendwie eindrucksvoller Ritus. Und wenn Riten ausgerottet werden oder verkümmern, stirbt der Mensch mit ihnen. Unser Leben stirbt. Danke, Gentlemen, das wär's dann für heute. Die wollen nämlich, daß ich an die Yale zurückkehre, als Student. O Himmel, wie sehr mir das angst macht. Die ganze weite Welt macht mir auf einmal angst. Heute besonders. Ich hätte mich im Bett verkriechen, ausschlafen und die Kröte schlucken sollen. Weil es keinerlei Garantie dafür gibt, Gentlemen, absolut keine, daß einer von uns je wieder einen Sonnenuntergang erleben wird. Laß dich tief in dich selbst fallen, damit du die eiskalte Realität spürst, diese spitze Stahlklinge, die sich in die Blase deiner Angst bohrt! Nimm dir Zeit, um zuzusehen, wie ein Schwamm an einem

Knüppeldamm zu wachsen anfängt! Hoffnungsloses Bemühen. Oder ein Anfang, der erste Schritt zum Gelingen. Mach einen Anfang, Baby! Und jetzt befällt Stone Hysterie. Das kenne ich, das war bei mir schon in frühester Jugend so, wenn ich mir vor Wut auf die Knie getrommelt habe, weil ich's nicht fertigbrachte, den Darm zu entleeren. Je mehr ich's mir wünschte, desto mehr verkrampfte sich mein Schließmuskel. Reine Bosheit. Höhnisch grinsender Trotz. Und plötzlich die Stimme einer Trompete. Ihr Widerhall geistert durch den Wald. Sechs Töne. Eine Spielzeugtrompete. Durch die Regenwand starren mich feindselige Blicke an. Und dann noch ein Geräusch. Ach so, das Klappern von Williams Zähnen. Ihr verdammten Mistkerle! murmle ich. Eine Stimme, im kalten Regen verloren. Wessen Stimme? Und – komisch – genau in diesem Augenblick fällt mit lautem Platschen ein großer Regentropfen auf den Rand meines Helms und explodiert in meinen beiden Augäpfeln. Das ist ein Zeichen, es will mir sagen: Fang an nachzudenken! Weil es da etwas gibt, woran du dich erinnern solltest. Eintönige Schlagbeckenklänge. Zimbeln meiner Schuld. Es war an einem Freitagabend, damals an der Yale. In»Mory's Tavern«, zusammen mit Freunden, in gelöster Stimmung. Wir reden über dies und das und lachen über allen möglichen Blödsinn. Und plötzlich fängt Alex – eigentlich heißt er Alexander –, einer meiner alten Freunde aus der Grundschulzeit, aus heiterem Himmel mit einer Geschichte an, die über zehn Jahre lang in den ausgedehnten Gewölben seiner Erinnerungen gelagert hatte.»Ach, Stone«, sagt er, »du bist mir vielleicht einer! Hast deinen armen Bongo umgebracht!« Und lacht niederträchtig. Er findet's offenbar lustig, daß Bongo, das arme Tier, an Dickdarmkrebs gestorben sein soll. Ein schmerzvoller, langsamer Tod, das muß ich nicht dazusagen. He-ho-hum – so ein Spaß. Wie meinst du das, Alex: Bongo umgebracht? Wieso rückst du nach über zehn Jahren plötzlich damit raus? Alle meine Freunde nageln mich mit Blicken fest. Nehmen mich auseinander. Bringen mich zur Weißglut.»Was ich damit meine?« fragt Alex zurück.»Das weißt du besser als ich.« Die Worte vibrieren wie ein Glockenspiel in meinen Ohren. Das weißt du doch, Oliver. Das weißt du besser als ich. Daß ich Bongo geschlagen, einen vierbeinigen Hanswurst aus ihm gemacht, ihn wegen seiner dämlichen Hundefratze gehänselt, ihn gequält, gedemütigt und kleingemacht habe –, ja, das weiß ich, aber woher will Alex das wissen? Welche Geheimnisse hat Er, der alles sieht, ihm enthüllt? Welche bestechlichen Geister haben irgendwas über die dunklen Schattenseiten meines Lebens ausgeplaudert? Ausgeplaudert, daß ich, Oliver, ein Mörder bin. Und da ist noch was, was du nicht weißt, Alex. Du weißt nicht, daß ich, als Bongos Qualen schließlich ausgestanden waren und er sein armseliges Hundeleben ausgehaucht hatte, zusammengebrochen bin und geheult habe. Daß ich mich eine geschlagene Woche lang geweigert habe, mit meinem Vater zu reden. Weil er den Hund, der ihm zu undiszipliniert war, nie gemocht hatte. Armer Bongo! Du warst noch so jung – zu jung für dein muffiges Grab. Er könnte noch leben, wenn ich nicht gewesen wäre – ich, ich, ich. Ich, der ich ihn umgebracht habe? Wer gibt mir das Recht zu leben? Nein, anders: Wer gibt mir das Recht, für mich das Recht zum Überleben zu fordern? Womit habe ich, ausgerechnet ich, mir dieses Recht erworben? Durch irgendein Keuschheitsgelübde? Einen Ehrenkodex?

Habe ich dir mal erzählt, daß ich Pee Wee, unseren Papagei, einen Monat nach seinem Tod ausgegraben habe? Und eine wurmzerfressene Vogelleiche vorgefunden habe? Die ich mit Hilfe meines Chemiekastens destilliert, dann meinen Urin dazugemengt und das Gebräu unserem Butler Karlo zu trinken gegeben habe? Ja, das hab ich getan. So was bringe ich fertig. Das und noch viel mehr. Die silberfarbene Trillerpfeife schrillt durch den Regen. Eine gespenstische Stimme gellt:»Jetzt kommen sie!« Oh, schau nicht hin! Spür nicht die Angst, die in deinem Gedärm wühlt! Und da kommen sie. Ganze Horden. Aus dem Unterholz. Gelbgesichtig und mager. Kleinwüchsige Kerle. Zweihundert, vierhundert, was spielt das für eine Rolle? Mehr und mehr. Aus dem Wald bei Belleau. Wo du damals die verbeulte Kartusche ausgegraben hast, ein Überbleibsel vom Großen Krieg.»O là, mon dieu, o là, mon dieu!« hat deine Großmutter dir die Ohren vollgejammert, als sie hinaus in den Regen gestürzt kam.»O là, mon dieu, o là, mon dieu!« Und der Regen rauscht auf uns nieder. Oh – das hat Symbolkraft. Im Regen sind Symbole verborgen. Das übermütige Schmettern der Trompete schreit uns sein gellendes»Angriff« entgegen. Das Glockenspiel klimpert, die Trillerpfeife schrillt. Wild verzerrte Münder stimmen lautlose Haßgesänge an. Stone schießt in kurzen, wohlkalkulierten, halbautomatischen Feuerstößen. O Jesus Christus, heilige Maria, Martha, Lukas und Johannes! Ra-ta-ta. Ra-ta-ta. Die kleinen Gestalten kippen wie Pappkameraden ins Elefantengras. Bloß nicht die Nerven verlieren, keine Konfusion! Und da tauchen sie schon wieder auf. Arbeiten sich Richtung erster Zug vor. In unsere Flanke. Nageln uns in unserer Stellung fest. Ich kann sie nur verschwommen ausmachen. Der dumpfe Aufprall todbringender Handgranaten. O Gott, wenn so ein Scheißding in ein Schützenloch kullert! Mitten zwischen die Männer, die sich Schulter an Schulter drängen. Und noch einmal nach Luft schnappen, bevor sie, zu einem unförmigen Klumpen geballt, ersticken und in die Unterwelt abtauchen.

Und die Frauen wieseln aufgeregt hin und her, rein ins Zimmer, raus aus dem Zimmer. »*O là, mon dieu, o là, mon dieu!*« Sie sind nähergekommen. Kurze, hampelnde Bewegungen. Unter einem Wasserhimmel. Ihre Wut ist die Leuchtfarbe, die uns verrät, wo sie stecken. Kriechen patschend auf allen vieren über die nasse Erde. Sind in ihrer blutrünstigen Todessehnsucht bereit zu sterben. Zu sterben! Eine groteske Masse aus furzenden Ärschen. Meine Finger bluten, die Haut ist aufgerissen. Wieso? Bin ich getroffen worden? Schmerz durchrast mich. Betäubt mich. O Scheiße! Ich Idiot! Hab mich an der schlammverschmierten Magazinhalterung meines M16 verletzt. Ich selber. Ein nach Dschungel stinkendes Stück Eisen in der schmerzblutenden Hand, starre ich nach vorn. Auf jeden Dreckklumpen, auf jeden Stein, auch wenn er nur wenige Zentimeter von mir entfernt ist. Auf jedes Tröpfchen Scheiße in jedem Liter Zeit. Eine neue Relativität der Bedeutung.

Ein Blick über die Deckung. Der Weltuntergang ist nahe. Yaaaaaeeee!

Lauter! Ruhig ein bißchen lauter!

Ringsum Schreie und ohrenbetäubendes Brüllen verrückter, vor Gesundheit strotzender amerikanischer Männer, die dem Tod nachjagen. Auf die vielbeschworene Lust an ihrem inbrünstigen bißchen Leben scheißen. Endlich alles hinter sich bringen wollen. Denn einen solchen Höhenflug des Lebens wird es nie wieder geben. Amerikaner, ohne Helm, bohnengrün im Gesicht, umklammern ihr Schanzzeug und die Bajonette und tragen in tödlicher Umarmung Nahkämpfe mit kleinwüchsigen, geschmeidigen, erbarmungslosen Widersachern aus. Welten von mir entfernt: klammernde, ringende Zwerge. Sinken taumelnd zu Boden. Arabeske Zuckungen des Schreckens, der Verwundung, des Todes. Amerikaner halten automatisch tief an, sehen kaum hin, wenn sie abdrücken. Feuern in das Delirium der Heimsuchung, in dem der Tod eine andere Bedeutung, die Zeit eine andere Dimension hat. Nein, heute wünscht sich bestimmt keiner, dort drüben zu sein. »Runter, du Arschloch!« Irgendwas kommt rot und schwarz aus der Erde geflogen. Paß auf! Und da schlägt es mir mit Wucht gegen die rechte Seite der Stirn, schleudert mich hart zur Seite. Aufs Ohr. Im Regen. Schwärze. Zwanzig Sekunden, fünf Sekunden, zwei Sekunden – wer weiß das schon in diesem irren Taumel der Zeit? Die Rückkehr. In eine neue Welt. Verdutzt und schwindelig. Wo bin ich? Wo ist dieses Ich angekommen, das aus den Papierhöhlen schaut, die seine Augäpfel halten? Eine irritierende Collage aus Bildern und Eindrücken. Überall recken sich menschliche Umrisse. Fangen mit ihren Körpern die Salven auf.

Ein fluchender Mensch wird von einer Rauchwolke verschluckt. Taucht noch einmal einen Augenblick lang auf. Stürzt zu Boden. Liegt schlaff da. Sein verrenkter Körper hat eine neue, nie zuvor gesehene Form angenommen. Von nun an bis in Ewigkeit. Ein Stück Fleisch.

Bäume, hundert Meter hoch. Überall Schatten und Gespenster. Mein Cousin François, der französische Soldat. War er das? Unter ihm eine Frau, bäumt sich mit ihrer ganzen fraulichen Landschaft auf, Brüste von meiner Brust, sei gepriesen, du Zeit der Drangsal, des Senkens und Hebens, Fallens und Auferstehens. Eine Vorstufe des heiligen Animalismus.

Und wieder zerplatzt ein Regentropfen auf meiner Nase. Meint wohl, ich wäre schlimmer verwundet, als ich's tatsächlich bin. Und meine Gedanken kreisen – getragen vom Wind, der mir in die Ohren bläst – durch Zeit und Raum. Eine stämmige Gestalt kommt zwischen den Bäumen hindurch auf mich zu. Einer von uns? Oder von denen? Ich weiß es nicht. Oder ich will die offensichtliche Wahrheit nicht glauben.

Das Leben ist eine lange Kette von Paradoxa. Ein Fallschirm, zum Beispiel. Der öffnet sich erst ganz am Schluß, wenn man schon immer tiefer stürzt, immer näher dem staubigen Tod entgegen. Abwärts, abwärts. Gesetze orientieren sich an Fakten. Ein *compos mentis* der Kaltblütigkeit. Siehst du, es ist nämlich so: Ein Mensch kann nur weiterleben, wenn sich sein Wissen von Gott vertieft. Sonst stirbt er. So ist es Keats ergangen. Er ist gestorben, weil … Der Mann schießt auf mich. Trifft mich nicht. Kommt näher. Schießt wieder und verfehlt mich wieder. Ich bin verblüfft. Nun rennt er auf mich zu. Zu schnell. Beschwört seinen Tod herauf.

Die Umrisse des Wissens, gesteuert von dem, was wir uns angelesen haben. Realitätsfern. Du da – glaubst du auch an Abenteuer? Wärst du gern an meiner Stelle, jetzt, in diesem Augenblick? Möchtest du diesen historischen Moment auskosten, *mano a mano* mit meinem Feind? Es stimmt, ich wollte immer ein Abenteurer sein. Aber ich war's nie, weil ich in meinem Herzen Puritaner bin. Und zu schlau. Mann gegen Mann, Auge in Auge. Aus der Strömung der Zeit abgetrieben. Ich darf nicht sterben. Oder muß ich's? Mir geht's wie Richard III. Ein Ende mit finster gerunzelten Augenbrauen, weibisch und unwürdig. Will nicht glauben, daß es vorbei ist. Wie er. Auf den Feldern von … wo war das? Bosworth. Auf den Feldern von Bosworth. Da hast du Abschied von der Erde genommen. Ein Segen für die Menschheit.

Ich hab mal einen Abenteurer kennengelernt, drüben in Laos. Einen kleinen, drahtigen französischen Fallschirmjäger. Sah gut aus, der Junge. *Un légionnaire.* Mit einem straffen Gesicht, das Geschichten von Entbehrungen und Qual erzählte, wie eine feuerversiegelte Maske, auf der noch das Mal des Brenneisens prangt. Abgemagert wie ein Schwan. Ein Jahr in einem Lager in Nordvietnam, halb zu Tode geprügelt und verhungert. Als er schließlich entlassen wurde, ist er nach Frankreich zurückgekehrt. Um sich als Freiwilliger nach Algerien zu melden. Wo er dann die Aufständischen reihenweise niedergemetzelt hat – sein persönlicher Rachefeldzug. Als dem Krieg da drüben die Luft ausging, hat's ihn zurück nach Indochina getrieben, nach Laos. Als Militärberater für die knochendürren einheimischen Jungs. Hat ihnen das Fallschirmspringen beigebracht. Nicht, *warum* sie aus ihren alten Klapperkisten springen sollten, sondern *wie*. Und dort habe ich ihn eines Nachts kennengelernt, in einer quirligen, vollgestopften Bar am Mekong-Ufer von Vientiane, der Kriegshauptstadt. Mich hat es dorthin auf der Flucht vor laotischen Transvestiten verschlagen, von denen die Straßen wimmeln. Betteln einen an, sie zu vögeln. In diesem märchenhaften Königreich sind ums Verrecken keine richtigen Mädchen aufzutreiben. Ich saufe und saufe und will sein Freund sein. Will etwas von ihm lernen, will, daß er mich mag. Ich bin noch jung und hege immer Bewunderung für einen Älteren vom gleichen Schlag wie ich. Und er ist charmant, o ja, das ist er. Auf die aalglatte Art von Baudelaire, Verlaine und Mallarmé, die aus dem Anormalen eine verfeinerte, neurotische Kunstform gemacht haben und das als »dekadent« oder »symbolistisch« bezeichnen – getreu dem Beispiel Rimbauds, der Verlaines Rektum in Augenschein nimmt und hingerissen ausruft: »Ich sehe Dinge, die andere Männer nicht sehen.« Warum auch nicht. Nur, genau das ist es, was mein gutaussehender, heroischer Fallschirmjäger, wie er mir jetzt mit entwaffnend zärtlichen Worten zu verstehen gibt, mit mir tun will. Habe ich ihn richtig verstanden? Oh, mein Gott! Was mache ich jetzt? Er legt seine verletzliche Seele vor mir bloß, so sehr begehrt er mich.

Ich bin peinlich berührt und, weil es mir an Erfahrung mangelt, auf einmal sehr nervös. Ich versuche, seine schwule Geilheit, die so gar nicht zu seinem hartgeschnittenen, auf hübsche Art männlichen Gesicht passen will, mit scherzhaften Bemerkungen zu überspielen, aber da habe ich seinen stolzen Zorn unterschätzt, denn plötzlich packt er mich und drückt mich ohne jede Vorwarnung mit den blitzschnellen, geschmeidigen Reflexen eines Hais roh gegen die Bar. Gut zwölf Zentimeter kleiner als ich, aber wahrlich angsteinflößend. In seinem Blick steht Tod. Ein jahrhundertealter Pharaonenblick. Fick mich oder töte mich, wenn einer die Grenzlinie erst mal überschritten hat – und das hast du längst getan –, macht das keinen Unterschied mehr. Ich habe ihn zurückgewiesen. Mit meinen Sticheleien das Band brüderlicher Verbundenheit zerrissen. Er ist nicht mehr mein Bruder, wie sehr ich ihn auch in meinem liebenswürdigsten Französisch versöhnlich zu stimmen versuche. Dabei habe ich ihn überhaupt nicht verletzen wollen. Ich habe großen Respekt vor den Franzosen. Wenn sie auch bei Dien Bien Phu verloren haben. Und obwohl wir Amerikaner für jede Patrone, die ihre Soldaten abgefeuert haben, bezahlen müssen. Und obwohl ihr sowieso nur feuert, wenn euch einer Feuer unterm Arsch macht. Und obwohl kein Aas auch nur einen Furz dafür gibt und euch ein *bon Dieu!* nachruft, wenn ihr, die vergessene Nachhut der Zivilisation, aus Indochina abrückt. Oh, es gibt eine Menge Obwohls und Wenns und Abers. Die Aberwenns der Unwissenden. Die nichts mit der Realität zu tun haben.

Und dann schlägt er zu, der kleine Franzose. Mitten aufs Auge. Wumm! Das hat was mit der Realität zu tun. Ich mag Schlägereien. Ich liebe es, mit einem Schlag die trügerische Schönheit eines gutaussehenden, nichtssagenden, zur Maske erstarrten Gesichts zu zerbrechen. Und meine Zunge tief in die verbitterte Seele zu stecken, tief hinein in den ganzen Scheiß innerer Konflikte. Der einzige Scheiß, der im Leben zählt.

Crack! Crack! Crack!

Stone mit seinen zerschundenen, blutenden Fingern feuert einen Schuß nach dem anderen ab. Draufhalten, abdrücken! So haben sie's dir beigebracht. Hau die Dinger raus, und du wirst sehen, die Geister verschwinden. Und plötzlich hakt mein M16. O Scheiße! Muß das ausgerechnet *mir* passieren? Beschissenes, billiges, schwarzes Plastikspielzeug, in irgendeiner beschissenen Fabrik in Connecticut zusammengebastelt. Von einer Sekunde zur anderen wertlos. Denen ging's doch nur darum, Geld damit zu machen. Der Stämmige, der's auf mich abgesehen hat, kommt brüllend zwischen den Bäumen auf mich zugerannt. Verdammte Scheiße!

Fang an zu spucken, bitte! Mach schnell! Ich brech mir den Fingernagel ab, reiß mir zum zweitenmal die Finger auf, überall Blut, und dann pople ich die verklemmte Patrone aus der Verschlußkammer. Himmelarschundzwirn – das Ding ist glühend heiß! Was spielt das schon für eine Rolle! Beeil dich! Rein mit dem neuen Magazin. Durchladen! Karrump! macht der Verschluß. Anlegen und zielen! Wo, zum Teufel, ist der Kerl? O Scheiße! Bloß abhauen, weg von hier!

Ich hab's eilig. Und plötzlich seh ich den Nordvietnamesen. Deckung! Der liegt schon die ganze Zeit über da. Sieht der mich denn nicht? Nein, sieht mich nicht. Verdammt, den hol ich mir! Der hat keine Chance!

Tschak! Tschak! Tschak! Sechs, sieben Schuß aus dem heißen, rauchenden Lauf. Funktioniert tatsächlich wieder! Siehste!

Ich pump ihn voll. Der Regen weicht seinen massigen, plumpen Körper auf. Wahnsinn umnachtet ihn. Im Fluß des Vergessens werden seine Gedanken weggeschwemmt. Jetzt bricht er auf die Knie, windet sich wie ein Wurm an der Angel. Und dann verschwindet er im wuchernden Gras. Aus und vorbei.

Und weiter.

Immer weiter.

Immer weiter.

Runter nach Laos! Weiter, weiter! Nach Kambodscha! In strömendem Regen. Da vorn – ein Hurenhaus. Geschundenes menschliches Fleisch, gierig nach Liebe. Regen, Regen! Weiter, weiter! Durch die Gefilde sonnenloser Meere. Auf der Suche nach gastlichen Häusern. Ich stinke wie ein Hund. Der Regen war's, er hat mich mit diesem Gestank besudelt. Und der alte Mann mit seiner Rikscha, der mir den Pestatem der Armut ins Gesicht bläst. Ein sanftes, freundliches Murmeln aus seiner vertrockneten, knorrigen Kehle läßt eine Ahnung von Liebe aufkommen. So radeln wir über die breiten, menschenleeren Boulevards und über die gespenstisch stillen Märkte der Hauptstadt Phnom Penh, vorbei an verlassenen französischen Bistros, mit dem obligaten Kellner im blütenweißen Hemd, der an der Tür steht und auf die Auferstehung seiner Kunden von einst wartet. Hunderte leerer, eben erst mit gestärktem Leinen eingedeckter, mit frischen Blumen und poliertem Silberbesteck geschmückter Tische – ach, dieses geduldige, unbeirrt freundlich lächelnde Volk! Regen trommelt erbarmungslos auf die Zeltplane, die meinen Kopf bedeckt, den Kopf, in dem Mongolenblut pulst, und seine durchstochenen Ohren, durch die meine grobschlächtigen Vorfahren ihre Brandpfeile gebohrt haben. Wozu wäre der Regen sonst gut, wenn er nicht Erinnerungen in mir aufwühlen würde, Erinnerungen, die sich unter meiner Schädeldecke drängen und stoßen – eine gewaltige Welt der Bilder und Vorstellungen von gestern und morgen – die verregnete Jugend, gehört das zur Vergangenheit oder zur Zukunft? Und als ich dem alten Mann mit der Rikscha mein ruhelos fragendes Herz ausschütte, verkrampfen sich seine knorrigen Beine, und er faltet die Hände und ruft die Furien an, von denen unser Wohl und Wehe abhängt, die Nornen mit den Webfäden des Schicksals. Und da sehe ich in den Rädern der Rikscha, die sich drehen und drehen, ein Leben – dieses Leben, das so wichtig für mich und so belanglos für alle anderen ist. Es müsse aber ein ganz besonderes Mädchen sein, sage ich zu ihm. Weil ich so müde und ausgelaugt bin Und die Frau, die's mit mir treiben soll, müsse älter sein als ich, ja? Und gut müsse sie sein, richtig gut – klar? Keine billige Straßendirne. O ja, versichert er mir. »Nummer eins. Die Beste! Amerikaner nix mehr hier. In alten Tagen, wenn Amerikaner hier, Leute glücklich, Leute reich. Aber gegangen fort. Nun alles gehört Regierung. Kommunisten! Paah! Ich zeig Amerikaner hübsches Mädchen. Ich kann tun.«

Seine Schwester, seine Mutter, Brigitte Bardot. Was das lüsterne Herz auch begehren mag. Warum glaube ich ihm das? Warum glaube ich, daß du eigentlich der als Rikschafahrer verkleidete Nikolaus bist? Hier in Phnom Penh, im Dezember. Einem Dezember ohne Schnee, ohne buntverpackte Geschenke unter dem Weihnachtsbaum. Aber bilde dir bloß nicht ein, du könntest mir, wenn ich dich jetzt mit nach Capri nehme, irgendeine alte Vettel andrehen, kicher-kicher, und sei so lieb, mach dir nichts draus, daß ich so unsicher bin, ich bin heute abend ein bißchen durchgedreht – ja, auch amerikanische Männer mit behaarter Brust sind manchmal ein bißchen durchgedreht, das kommt von zuviel Whiskey und Marihuana – du weißt schon, also bring mich hin! Irgendwohin in dieses Hurenhaus, das Kambodscha heißt.

»Hokay«, sagt er freudig, singt mit galliger Kehle das Hohelied auf die Lust des Lebens und karrt mich in sein Spinnennetz aus Slums, zu einem Bordell, das am Ende nicht anders ist als tausend andere – die Mädchen nicht hübscher, der Gestank nicht erträglicher, die Wände rissig zugekleistert, die Matratzen ausgeleiert und das Laken von Löchern und Spermaflecken übersät. Wie konnte ich nur an den Nikolaus glauben? Was suche ich eigentlich? Wieviel Liebe glaube ich in einem Herzen aus Stein zu finden? Und dann bin ich zutiefst verlegen, was ziemlich komisch ist für einen, der sich wie ich für einen mit solchen Situationen vertrauten Veteranen hält. Gut, ich bin da, ergreife die Initiative, spiele den netten großen Jungen, dem es offensichtlich gutgeht, den Neugierigen, der auch mal den Finger ins Giftfläschchen der Sünde tunken will, den Mann von Welt aus Amerika, der ferne Gestade bereist. Bien entendu – ich zahle mit dem lässigen Lächeln des Reichen, des Saturierten, doppelt soviel, wie es eigentlich kosten dürfte. Und gleich fangen alle vor Vergnügen an zu quietschen. Ich such mir – keine Ahnung, warum – die Schwerstgewichtige raus. Sieht aus wie eine Skulptur. Mit breiten, lappigen Falten auf der Stirn. Die alles verheißen. Brüste vor meiner Brust. Wow, ich sag dir, dieses wabbelnde Weib riecht aus allen Poren nach einem guten Fick.

William sieht vom Bett aus zu, wie sie sich auszieht. Obenherum nackt, wälzt sie sich neben mich. Massige Brüste. Keine Ahnung, was ich mit denen anfangen soll. Hier, ich halt sie dir hin. Riech dran. Riechen nach Erde, ein wenig streng. Wie dieses trockene Zeug, das im Central Park auf den Reitwagen liegt. Mutters Dachshund rollt sich immer darin und läßt vor geiernder Freude die Schlappohren kreisen. Und – oh – dieser Brustkasten, wie gierig der ist. Kein spirriges Härchen an ihrer gummiartigen Pussy. Beine wie Baumstämme. Heute nacht werden mir die Vögel auf den Ästen dieser Baumstammbeine was vorträllern. Würg-krächz-urk. Und ich, Dickerchen, oh, ich werd dich mit der ganzen Frivolität eines guten Ficks pökeln. Saugen, schmatzen, Sünde, Sex und Speichel suchen. Hey, paß doch auf! Zerr nicht daran rum, als wär's ein Gartenschlauch. Nur für den Fall, daß du so was noch nicht kennst. Denk bloß nicht, du könntest mir den klauen – hähä! Ist 'ne komische Art zu küssen, was da du machst. Die Nase an meiner reiben. Kambodschanischer Brauch. Hier, ich zeig dir, wie ich das mache. Ich grab meine gierige Zunge in dein dickes Zahnfleisch. Hähä! Ist 'n viehisches Laster, macht aber mächtig Spaß.

Wann ziehst du das endlich aus – dieses Wie-nennt-man-so-was? Ich will nicht drängen, aber nun komm, Zucker-ärschlein – kicher-kicher – und roll dich auf mich. O Mann, bist du schwer. Wie eine Hirschkuh. Na komm, häng nicht länger Träumen von Klunkerchen und Glitzerzeug nach, nimm dein kleines kambodschanisches Herz und kauf mich.

Klopf-klopf. Laß mich rein! Rein in deine warme Grotte, *chérie*. Deine dicke Patschhand auf meinem Winzling. Geh sanft mit ihm um. Drück ihn nicht zu fest, ich brauch ihn noch geschäftlich. Und keine faulen Tricks! Keine ver-steckten Rasierklingen, keine Lederschlingen! Lock mich in deine nach Moschus riechende Höhle, weil ich reich bin. Und dann bring mich um. Melk mir den Saft aus den Eiern. Laß nicht locker, keine Sekunde. Mir steckt noch Schlaf in den Muskeln. Am besten, ich mach schon mal eine Probebohrung mit meinem Lewis-und-Clark-Finger. Siehst du – so. Bißchen drin wackeln. 'ne Menge Spielraum. Sonst tut sich nicht viel. Du hast nichts zu befürchten. Tut mir leid.

Wir machen uns vor, es zu machen. Du stützt dich auf deinen dicken Armen ab, während du deine Kerbe wie

einen weit geöffneten Fallschirm auf mein erigiertes, vor Erwartung schon wippendes Plastikmodell gleiten läßt. Das ist, wenn ich das mal sagen darf, ein hübscher Saugnapf. Luftig und sonnenwarm. O ja, jetzt spüre ich, wie's da drin zuckt. Wow! Ich hab's ja immer geahnt, daß ich eines Tages mal 'ne echte, leibhaftige Kommunistin ficke. Mußte ja nach Lage der Dinge so kommen. Steht alles im Kanon der Aberwenns geschrieben. Saugen, schmatzen, Sünde, Sex und Speichel suchen. Oh, diese Worte. Die kommen mir schnell über die Zunge. Wenn ich betrunken bin. Spätabends. Nach und nach. Ooooooh, wie das schmerzt! Diese süße Qual kribbelnder Finger an meinen Leisten, Sirenengesänge, bis ich den gleichen Rhythmus gefunden habe und einstimme. Und anfange, die Melodie mit der ganzen Kraft dieses amerikanischen Melkstengels mitzupfeifen und meine Konstitution auf die Probe zu stellen. Vergiß alle Mystik, tauch ein in dieses warme, sanfte, zärtliche, bettelnde, mildtätige Loch. Liebe mit dem Feind machen. Geheimnisverrat. M'am, dafür riskier ich einen Genickschuß. Bis der Tod eintritt, M'am! In diesem Hurenhaus, das Kambodscha heißt, hat Großvater, auf dem Rücken liegend, im Schraubengewinde ihrer Eva-Muschi seinen Geist ausgehaucht. Adams alter Fehler. O allerliebster Herr Jesus, was ist mit mir, daß ich das will. Was ist mit mir. Oh …
Im Regen. Er hat's gerochen. Hat's gespürt. Ego zu Idioplasma. Sein Todesurteil. Hört das Ding noch explodieren, Zentimeter neben ihm. Splittern! Boing! Er stürzt wie ein Stein zu Boden. Mit schmerzverzerrtem Gesicht. Sein Bein zuckt, das allerletzte Aufbäumen der geschundenen Kreatur. Und dann dreht er sich noch einmal um. Um zu sehen, wo der andere liegt. Der, der sich William Stone nennt. Mit Dreck besudelt liegt er auf dem seifigen, schlammigen Boden, und aus dem Krater seines Körpers trieft rosaroter

Blutregen. »Isu ... isu ... isu«, schluchzt er, während er stirbt, immer wieder die beiden abgehackten Silben, die niemand zu deuten vermag, nur er. »Isu ...« Und dann stirbt er.

Es war Mord. Nun kommt eine lange, kalte Zeit.

Das Gefecht ist weitergezogen. In der Ferne rascheln noch einzelne Gewehrschüsse durchs hohe Gras, und er liegt da, auf der Erde, neben einem Baum, vom Gesang des Todes umschmeichelt, und erinnert sich an alles. Die Sprengwirkung einer mit gebändigter Luft angefüllten Blume. Geh näher ran mit der Kamera – noch näher, bitte, näher! Säbelschwingende Kavalleristen kommen angeritten, durchkämmen das Gelände und besprühen es mit Insektengift. Rohes Fleisch schlingert auf seidenweichen Meeren. Gehäutete weiße Tierleichen, die Zeugnisse einer Büffeljagd. Ringsum auf den Hügeln verkohlte Kadaver, verschmort, zu zottigen Klumpen verformt. Und Maden und Koyoten steigern die Sinfonie zum Furioso. Schwarzdrosseln und Bussarde, schwarze Schatten, die ihre Absicht durch den trügerisch trägen Flügelschlag verraten, mit dem sie ihre Kreise ziehen. Sie kommen, sie kommen. Von beherzten Squaws gehäutet, deren Kinder in ausgelassenem Übermut wieder und wieder ihre Pfeile auf die toten Tiere abgeschossen haben. Kadaver, die so reglos daliegen, als wären sie auf eine Decke aus unsichtbarem Schnee gebettet. In stille Kontemplation versunken. Werden und Vergehen, Glaube und Hoffnung. Und weit von hier kämpfen Indianer in voller Kriegsbemalung auf pfeilschnellen Ponys gegen die Soldaten der Kavallerie, aber so mutig sie sich auch ins Getümmel stürzen, ihre Zahl schmilzt unter der sengenden, kalten Sonne dahin. Und der vergiftete minzgrüne Teppich deckt sie zu.

Der Regenbogen, im Osten. Bald wird der Abend seinen

144

Schlund auftun. Heim von der Arbeit, rein in die U-Bahn. Ich kratze mir die Haut. Gähne. Wecke mich zu neuem Leben, laß alle verspätete Einsicht abkühlen. Und heute nacht werd ich wachliegen und darauf warten, daß der tiefhängende, orangerote Mond meine Wehmut mit seinem blassen Schein tröstet. Fremder.

Fremder, Fremder, Fremder.

Das Wort quält mich wie das Brennen einer Träne, die an meiner Wange abwärts rinnt. Faß meine Hand, gieß die Kübel meines Mitleid über mir aus! Schrei, schrei deine nackte Seele ins bunte Licht des Regenbogentages! Und frag dich:

Was bedeutet es zu sterben?
Wie kann ich mich erdreisten,
Durch mein Sterben
Die Ordnung des Universums zu stören?

Aber da ist dieser brennende Kopfschmerz, der an meiner Schädeldecke zupft. Ich bin wieder auf den Beinen, nur, der Schmerz ist so quälend, daß ich mir den Kopf halten muß. Dicht über dem linken Auge fängt er an und pflanzt sich mitten durch den Augapfel an den Wangen entlang bis zu den zuckenden Mundwinkeln fort. Der Todeskampf eines Flugzeugs, das im Sturzflug aus den Wolken auftaucht und auf die Erde zurast. Die betäubende Druckwelle dröhnt mir in den Ohren wider. Eine jähe Ahnung vom Tod. Plötzlich rutscht alles weg, und während es zu rutschen anfängt – ich weiß nicht, was dieses »es« ist –, erkenne ich mit erschreckender Klarheit die Physiognomie des Militärs. Borniert, gelangweilte Augen, die ungerührt durch die Jahrhunderte blicken. Die harten, mitleidlosen

Züge des ewigen Spartaners. Kurzgestutztes Haar und ein Torso, der nie Fett ansetzen wird und nie schlaff werden kann. Nichts ist geblieben, nicht der kleinste Rest, nicht mal soviel, wie die kümmerliche Summe dieses Lebens ausmacht. Oh, das ist traurig. Wie bekümmernd ist dieses Wissen, diese teuflische Erkenntnis, daß alles dem Gesetz des immerwährenden Vergehens unterworfen ist. Ein unsichtbarer Finger klimpert auf einem unsichtbaren Piano eine nie gehörte Weise von Chopin, und je mehr die Musik anschwillt, desto größer wird die Trostlosigkeit – soviel Trostlosigkeit, soviel! Töne, die so hilflos wie die allwissenden Naturwissenschaften an den Eiszapfen der Sterne herumhämmern. Es ist schon ein hartes Leben, hat mein Vater immer gesagt.

»Yaaaaaeeee!« jubilierte der asiatische Indianer wehklagend, keine sieben Meter von mir entfernt, deutlich auszumachen, weil der Pulverdampf sich verzogen hat, und spannt seinen Bogen, und der Pfeil bohrt sich pfeifend in mein Gedärm, durchdringt mich, reißt mich, obwohl noch ein Hauch Leben in mir ist, zu Boden – mich, der ich nichts verstehe, jetzt aber zu begreifen beginne. Was kommt nun? Wo ist er? Aus welchem Versteck da draußen wird er mich anspringen, um sich meinen Skalp an seinen Jagdgürtel zu hängen, er, der die verschlungenen Pfade der uralten Wälder schon kannte, ehe der weiße Mann kam? Sag's mir, Kind, sag mir, was du siehst, erzähl mir vom Weihrauch des Todes und all seinen Verlockungen, tröste mich mit barmherzigen Lügen!

Und da kommt er, bis auf den Lendenschurz nackt, eins achtzig und mehr, breitschultrig, Brust vor meiner Brust. Stupides, primitives Asiatengesicht, unfähig, irgend etwas zu begreifen. So einer könnte, selbst wenn er wollte, keine Gnade walten lassen, der Gedanke daran ginge unbeachtet im Stakkato der Trommelwirbel unter, die in seinem Schädel von Sieg und Triumph künden, bis aller Edelmut in der Kurzatmigkeit seines Lebens erstickt. O ja, ich ahne, mit welcher ungestümen Kraft er mich auf den Boden nageln wird, mich, wenn ich wehrlos daliege, mit seinen Pranken packen, den Blutschweiß des weißen Mannes wittern, rittlings auf mir hocken und mich lähmen wird mit Obszönitäten, bei denen mir das Blut erstarrt, oder mit seinem haarsträubenden Siegesgeheul. Er wird das sterbende Gespenst meines Ichs mit der ach so oft benutzten Klinge durchbohren. Erbarmungslos wird er mich aufschlitzen, mir die Hoden abschneiden, sich mit meinem warmen Blut salben, sich die Muskeln damit lockern und jubilierende Freude in sich wecken, und wenn er mich genug gedemütigt hat, wird er mich Stück für Stück auffressen. Komm doch, du hübscher Barbar, komm doch! Bringen wir's gemeinsam hinter uns. In trauter Zweisamkeit. Alles ist anders geworden. Die ultimative Veränderung im Angesicht des Todes.

Der junge William indessen beugt den Nacken nicht länger unter der Erniedrigung des Todes, er strotzt vor Leben, in seinem Blut pulst Sex, und daß dieses Blut in Strömen über seine staubige Brust läuft – oh, das ist nur, weil es sich einen Freiraum schaffen muß. In stolzem Trotz reckt er dem ermattenden Tod das Haupt entgegen, durch Erde und Himmel reckt er es und durch die milchigen Nebel seiner Erinnerungen und Fragen und Geheimnisse, er reckt sich, obwohl er nicht wissen kann, ob er nicht doch noch in den verderblichen Strudel des Todes gerissen wird. Nur sein verwirrtes Gehirn widersetzt sich noch, es wollte schon anfangen, sich vom Körper zu lösen, und stellt sich jetzt nur widerwillig der verdrießlichen Aufgabe, die ihm auferlegt wird. Und so spricht Stone, William – spricht's um aller Gedanken willen, die er je gedacht hat, im Bewußtsein all dessen, was er je gewußt hat, und im Vertrauen darauf, daß er bislang noch nie gestorben ist –, die gespenstischen Worte:»Töte ... töte mich!«

Und in der Stille, die diesen Worten folgt, einer Stille, in der sogar der Tod verstummt und der kühne Wind den Atem anhält, in dieser Stille starrt der asiatische Indianer ihn reglos an, steht da wie eine Statue und findet vor Verblüffung keine Worte, denn er ist zwar der Sprache des weißen Mannes nicht mächtig, aber die Kraft seines schon niedergerungenes Feindes, die Stärke seines Geistes, die hat er gespürt.»Tömii«, haben seine Ohren gehört.»Tömii. Tömii.« Dann aber rührt sich wieder der alte Rachedurst in ihm, er will zur Tat schreiten. Von namenloser Wut getrieben, springt er den sterbenden Jungen an, gellt ihm sein»Yaaaaeeeee!« entgegen, läßt den schweren Tomahawk hin und her schwingen und treibt ihn mit einem wuchtigen Schlag in Williams gequälten Schädel. Crack! Die scharfe Klinge durchdringt die Schädeldecke, trennt, spaltet, zersplittert, zerfasert, löst alles auf. Und der Geist verläßt die Hülle, die ihn beherbergt hat, und war's auch nur so lange, wie ein kurzes Wedeln der Zeit im Zeitlauf der Zeiten dauert. Ja – da stürzt der halbnackte Wilde sich mit gespreizten Beinen auf sein totes Opfer, verrenkt den Arm nach hinten, langt nach dem blutbesudelten Skalpiermesser, zückt es und beugt sich in leidenschaftlicher Ekstase über Williams aschfahles Gesicht. Er gräbt mir sein Messer ins tote Fleisch. Und demütigt das Fleisch, das er auffressen will. Oh, dieses grünäugige Monster!

Ein Fluß durchschneidet das Tal, jenseits des Flusses ragt eine Anhöhe auf, über der Anhöhe wölbt sich nach dem ewigen Regen ein Regenbogen, und unter diesem Regenbogen höre ich das vereinzelte, ermattete Bellen von Gewehrfeuer. Eine Sonate vom Tod und vom Sterben. Ich hätte lieber nichts von dem aufschreiben sollen, was geschehen ist. Diese Dinge geschehen nie. Weil es niemanden gibt, der sie aufschreiben kann. Und doch erinnert sich William daran. An diese tragische Barbarei.

Und wenn du mir sagst, daß der Morgen graut, wenn du mir das Haar aus der Stirn streichst und mich drängst aufzuwachen, werde ich dir glauben, Baby. Gähnendes Gelb starrt in meinen Schädel. Ein alles vergebendes Schwindelgefühl. Und am Schluß des Films sind plötzlich die Gesichter all der Menschen da, die ich kenne – Crazy-bush und Crummy und Cashdollar, Maloney und Rains, Crisanthefoi und Ridgeway – ihre blauen und gelben Hals-tücher blähen sich im heißen Wind des Gefechts, es war alles die Meeresmär eines Soldaten, und am Schluß ... am Schluß ...

Oliver wandelt zwischen den Toten. Die Erde wartet auf Menschen, die ihre Freunde sein wollen, und giert nach Souvenirs. In Rufweite windet sich ein erschöpfter Wurm aus Menschen den Hügel hinauf. Es müssen Hunderte sein. Kleine gelbe Männer in grünen Uniformen, sie bewegen sich nicht, sie werden mitgeschwemmt. Du wirst nie wieder derselbe sein, Oliver. Nein, das stimmt nicht. Ich werd es immer sein.

Sein Blick sucht die Stelle, an der er beinahe gestorben wäre, aber er kann sich im Getöse des Flüsterns und Rau-nens, das ihn von allen Seiten bedrängt, nur vage daran erinnern. Beinahe wäre er dort gestorben. Aber irgend etwas ist dort gestorben. Ein Tier? Ein anderer?

Oliver ist irritiert, er weiß nicht, was es war, er stolpert weiter. Fang nicht an zu schaudern, zittere nicht, und vor allem, fang nicht an zu schreien! Frag nicht, frag nie mehr, Junge! Du hast deinen Job getan. Auf diesen Fel-dern voller Margeriten und Gänseblümchen – obwohl, ich weiß nie so genau, welche Blume welche ist. Ich höre nur das geheimnisvolle Murmeln all der Dinge, die kriechend und schlängelnd über die Erde gleiten. Wenn nur das Leben mehr Freude gewesen wäre! Freude war das Ungewisse. Der schwarze Hengst, von dem niemand weiß, was er vermag. Er kam selten und jedesmal nur für einen flüchtigen Augenblick. Wie der Heilige Gral. Alle tausend Jahre.

Aber, Mutter, du wirst nie vergessen, was ich dir gesagt habe, nicht wahr? Daß es außer dir nie eine Frau gab. Du bist bei mir gewesen, als der Tod dünn wie Luft war. Ich konnte die Lippen in deinem warmen Haar bergen. Während wir uns ins Gras geduckt haben, als wir von dem nordvietnamesischen Regiment überrannt wurden, tief in den Ashaubergen. Als sich – weißt du's noch? – ein Moskito in mein Ohr verirrt hat. Nun bin ich wirklich erwachsen geworden. Ich werde nie über all das schreiben. Ich will's nicht, ich werd's nicht tun.

Wir waren auf dem Rückweg, als sie uns angegriffen haben. Dschungelaugen. Es hat sich angehört wie das ferne Knacken und Splittern der Pinien in einem Winterwald. Oh, diese Panik, wenn plötzlich Feuer die Fluchtwege aus dem Dschungel versperrt und alle Tiere vor Angst brüllen, die Kobra genauso gellend wie der Tiger. Mein M16 klemmte schon wieder, und da habe ich – verblüfft, daß ich überhaupt noch lebe – auf den kleinen Nordvietnamesen eingeschlagen. Totgeschlagen habe ich ihn mit dem Plastikschaft meines Spielzeuggewehrs, kannst du dir das vorstellen? Dieser zivilisierte Junge, der jeden Sonntag brav zur Bibelstunde an der Ecke Madison Avenue und 7th Street gestiefelt kam, wo der Reverend mit dem rosigen Schweinchengesicht und der Silbermähne immer so schön nach Geld gerochen, auf der Kanzel so geheimnisvoll mit dem Meßgewand geraschelt und mit Wohlgefallen auf uns, seine Zuhörer im Sonntagsstaat, geblickt hat. Und wir haben mit Fuchsbauaugen, mit Sündhaftigkeit und Schuldgefühlen

150

beladen, im trüben Tageslicht, das durch die schmutzverklebten Fenster fiel, durch die Tünche braver kleiner Christen zu ihm hochgestarrt. Ich habe mir immer so gewünscht, auch einmal etwas sagen zu dürfen. Dann hätte ich den anderen wenigstens davon erzählen können, wie es in meiner Seele aussieht. Von ihren Schubladen hätte ich ihnen erzählen können – von der aus Holz, aus Eisen, aus Stahl und aus Terrakotta.

Aber dann bin ich weggekrochen und habe mich im Gebüsch versteckt, ich schlief ein – eine Minute, denke ich, aber es können auch zwanzig gewesen sein –, und bei meiner Rückkehr war die Luft voller Tausend-Pfund-Bomben und Kampfhubschrauber und Jets, und jeder hat jeden abgeknallt, und sie haben uns überrannt, und wir haben sie überrannt, es kam mir alles so sinnlos vor, aber ich war noch am Leben, ich spürte meinen Penis, und auch mein Beutelchen Hoffnung war noch da. Wenn ich jetzt auch ziemlich verwildert und zerfleddert aussehe. Weshalb bin ich überhaupt hier? Stell nicht so dämliche Fragen, du gehörst zur Army! Soldaten müssen damit rechnen, daß sie sterben. Es gibt keinen vernünftigen Grund, warum sie weiterleben sollten. Wir fluchen zuviel, trinken zuviel und töten, ohne zu fragen, warum. Unsere Gräber sind wie ein goldgewirktes Gewand ausgebreitet, das Gras deckt sie gnädig mit seinem Grün zu, und Hekate läßt aus ihrem mütterlichen Leib Jesuskreuze sprießen. Ich sehe einen Jungen mit hübschen langen Wimpern und zarter Haut. Ich sehe ihn mit seiner Mutter am Klavier sitzen, in den tiefer werdenden Schatten eines späten Nachmittags in den Fünfzigern, in einem sehr großen Wohnzimmer, aus dem der Blick auf Manhattan und all die Gärten fällt, die Gott und Saint James geschaffen haben – so, wie ich sie mir gewünscht habe. Oh, du zärtliches Mysterium der offenbar gewordenen Trostlosigkeit! *L'or dans les montagnes, c'est comme une femme, que je n'ai jamais connu.* Ja, der goldene Glanz über den Bergen ist wie eine Frau, die ich nie gekannt habe. Weil der Rauch alles verdüstert und weil sogar die Fülle so leer geworden ist. Söldner im Kongo hätte ich werden sollen. Und mich abknallen lassen (Memm-Futt-Scheiß-Fick)! Immerhin, ich war ganz anders, und die Erinnerung daran wurzelt tief.

Weil Poesie dort ist, wo ein Poet ist, und weil in ihm, in seinem aristotelischen Verlangen, die Kinder der Propheten weiterleben und atmen und ihr Sein haben. Er ist wie eine zauberhaft schöne, rot und grün gestreifte Schlange, die taub in ihrer Höhle haust, um einen Baumstamm gewunden, und wenn das Tosen der Finsternis hohl von den Felsen widerhallt, schnappt sie wütend nach dem Echo ...

... dem Echo.

Die große Stunde naht. Nicht mehr lange bis zu seiner Entlassung. O Mutter! Es gab nie eine Frau außer dir. Du warst da. Als der Tod dünn wie Luft war. O Mom, bleib in meiner Nähe! Ich bin keiner, der den Tod mit offenen Armen umfängt. Ach, was für tolle, harte Kerle wir doch an jenem Tag waren, an diesem fünfundzwanzigsten Juni, einem Tag, der's in sich hat. Wir von der Bravo-Kompanie. Hat uns wenig genützt, daß wir uns in Gruppen aufgeteilt hatten und uns unbezwingbar dünkten – stark wie der Westwind. Weil er plötzlich umschlug, der Zephyr, und sich für alle Ewigkeit hinaus aufs Meer verbannte. Es heißt, daß Unwetter in Träumen sehr schnell aufziehen, und immer von Osten. Und es heißt auch, daß Katzen, wenn sie in ihrer Not keinen anderen Rat mehr wissen, ihre Jungen ins Feuer fallen lassen. Sie bringen die Arche Noah zum Wanken und strafen das Buch der Bücher, das gemeinsames Glaubensgut war, Lügen. Aber der neue Poet kommt schon, in einen Mantel aus Feuer gehüllt, er kommt, um die Lauen zu

152

kreuzigen und die Toten aus dem tiefen Schlaf des Lebens aufzuwecken. O komm!

… komm!

Ach, wie wir dem Wind getrotzt und unseren Kampf gekämpft haben. So sagt's unser Sergeant. Bis zum letzten Mann. Ihr Söhne, ihr Jungs, ihr Kinder, bis zum heutigen Tage von Gott beschützt und von Mutterliebe umhegt – und plötzlich vergessen. Der Wind hat unsere Seelen verweht, und jetzt werden, wie es geschrieben steht, die Adler mit ihren scharfen Krallen aus den mexikanischen Bergen kommen. Aber das möchte ich wenigstens noch sagen, bevor es zu spät ist: daß es eine Ehre war, eine unvergleichliche Ehre.

In der Infanterie dieses Mannes zu dienen.

Oliver, auf einem Westernbergkamm hoch über dem Ashautal, wie er mit zitternden Armen den asiatischen Indianer skalpiert, einen Toten, dem das menschliche Antlitz von Pistolenschüssen weggerissen wurde – und doch blutet er noch, er tränkt mit seinem Blut die Erde.

Langsam den Skalp abtrennen – o Gott –, mit all meinem Haß, damit beginnt es, ein rupfendes, zupfendes, krank machendes Geräusch. Ja – und dann noch ein Ohr. Eins genügt. Ich will's Mom schicken, zu Weihnachten. Damit sie weiß, wie erwachsen ich geworden bin. Denn das ist wichtig. Es ist sehr wichtig.

Ja. Und nun öffnet er die Stunde der Blume. Er öffnet das O seiner ergebenen Seele.

O Oliver!

ZWISCHENSPIEL

ZUKUNFTSPHANTASIE
NUMMER EINS

Als ich mit etlichen Splittern im Bein und im Hüft-
becken in einem Lazarett in Saigon lag, tauchte eines
Tages mit viel Tamtam eine schöne junge Frau auf, um
einen Rundgang durch die einzelnen Stationen zu machen. Sie bedachte die Siechen und Sterbenden mit Win-
kehändchen, warf ihnen mit korallenrotem Mund Luft-
küßchen zu und achtete darauf, ihre schlanken sonnenge-
bräunten Glieder für die Meute der Fotografen, die um sie
herumscharwenzelten, in jugendlicher Unbekümmertkeit
in Pose zu setzen.

Sie sprach unsere Sprache und brachte in uns augenblicklich all die stummen Wiegenlieder zum Erklingen, mit
denen wir uns allabendlich in den Schlaf sangen. So ein
Gesang kann im Herzen – oder dort, wo man sein Herz
vermutet – so monoton werden, daß man tatsächlich einen Schmerz zu spüren glaubt, wie bei einem angeschwol-
lenen blauen Auge.

»Wer ist die Braut?« fragte ich grob den Schleimer im Bett
neben mir.

»Mann«, sagte er, »haste die Brille nich auf? Das is doch die
tolle Filmmieze, du Arsch – Julie Scheiß-Dingsda … Julie
Christmas!«

Das alles passierte zu der Zeit, als ich Himmel und Hölle in
Bewegung setzte, um ein Heimflugticket ins Gelobte Land
zu ergattern, nicht nur, weil ich endlich wieder auf die
Beine kommen, sondern auch, weil ich den ganzen Scha-
mott hier hinter mir haben wollte. Deshalb mimte ich einen

auf geistige Verwirrung – ein Psychopath, dessen Verwundung am Bein sich ins Gehirn verlagert hatte. Ich war sowieso ein bunter Vogel, einer aus New York, wer weiß, vielleicht sogar ein Schwuler, jedenfalls einer, der den anderen wegen seiner Sympathie für die Asiaten nicht geheuer war. Ein Pfleger hatte vor kurzem in meiner Toilettentasche eine Unze vietnamesisches Gras entdeckt und festgestellt:»Wenn der Querulant in *meiner* Gruppe wär, würd ich ihm den Arsch ganz schön aufreißen!« Viele Freunde hatte ich nicht, mal abgesehen von Goober, der nicht sonderlich gesprächig war, vielleicht, weil er beide Beine verloren hatte. Las ständig, entweder in der Bibel, die ihm, wie er sagte, in kleinen Dosen genossen, gut gefiel, oder in einem der Bücher von Samuel Beckett. In denen geht's um Menschen, die sich ohne Gliedmaßen durchs Leben quälen und in Mülltonnen leben. Beckett las er stundenlang, am Stück, eine Seite nach der anderen, ganz in sich versunken, bis er schließlich irgendwann in irres Gelächter ausbrach und danach wieder in sein übliches Schweigen verfiel, worauf alle anderen in der Station zu ihm hinüberstarrten und sich verdutzt den Kopf kratzten. Der einzige, der sich absolut nichts vormachen ließ, war Dr. Spight. Er warnte mich davor, zu rasch auf die Beine zu kommen, weil sie mich sonst umgehend zurück »in den Busch« schicken würden, und dann, das sei mir sicher klar, würde ich früher oder später unweigerlich den Löffel endgültig weglegen.

Je näher der Filmstar dem Bereich kam, in dem ich lag, desto deutlicher wurde mir bewußt, daß sie ein Glutofen auf zwei Beinen war. Sie trug ein blaues Sommerkleid über der bronzefarbenen Haut, und an ihrer unter einem Meer aus blonden Haaren mit schwarzen Wurzeln verborgenen Schulter baumelte auf Hüfthöhe eine Umhängetasche. Mit ihrer rätselhaften, unergründlichen Mimik erinnerte sie mich an eine Katze, und wenn sie ihre perlweißen Zähne zum schön geschwungenen Halbbogen eines Lächelns entblößte, war an diesem Gesicht alles vollendet – in keiner Sprache der Welt konnte es einen anderen Ausdruck als »strahlend« dafür geben. Und diese Ausstrahlung, der sich keiner entziehen konnte, war beladen mit den Hoffnungen und den Erektionen des männlichen Teils der Menschheit. Es gibt tatsächlich so etwas wie die ultimative Schönheit in diesem Leben; hunderttausend sind vielleicht mit ihr gesegnet, wogegen wir anderen uns damit begnügen müssen, uns rätselnd zu fragen, wie es wohl sein mag, dieses Feuer in sich zu tragen. So ungerecht und launisch ist das Leben.

Und so machen sich unter dem Hurenmantel der Publicity Filmstars mit Soldaten gemein und wissen doch nur zu gut, daß sie sich nie wieder begegnen werden. Ich versuchte, das aus dem Blickwinkel eines Söldners zu sehen, denn da kommt es einem nicht mal so abwegig vor, wenn sich romantisierte Schönheit und Krieg vermengen. Weshalb sollte ein Soldat die Früchte seiner Siege nicht ernten? Aber diese Frucht – nein, die war zu süß! Ich wollte gar nicht mehr von ihr mitbekommen, und so zog ich mir die Bettdecke übers Gesicht und verbarg meine ausgemergelten Züge.

Ich hörte, wie ihre Sandalen spielerisch leicht an Goobers Bett vorbeiklapperten. Und dann machten sie plötzlich halt.

»Wer ist das?« Ihr kristallklarer englischer Akzent schwebte wie eine Wolke über meinem Bett.

»Oh«, machte Dr. Spight, »das ist Stone – einer unserer ernsteren Fälle. Ich glaube, wir sollten …«

»Der arme Junge«, murmelte Julie, als sie sanft die Bettdecke von meinem Gesicht zog – genauso wie meine Mutter es getan hat, als ich ein Kind war. Hallo! schien ihr freundliches Gesicht zu sagen.

O ja, Miss Mitleid, gieß die Schale deines Mitleids über mir aus! Ich schielte zu ihr hoch. Viel zuviel Licht! Und sie, von der Anmut meines Gesichts angetan, verschlang mit Blicken jeden Zentimeter Haut, und ihre eisblauen Augen verstanden alles. Und so stand nun zu guter Letzt wirklich *ein Engel* vor mir – ein richtiger Engel. Zu meinen Füßen. Sie war gekommen!

»Stone ist ein Held, M'am. Er soll den Silver Star kriegen«, mischte mein Bettnachbar Goober sich ungefragt ein. Der Arzt musterte ihn mit unverhohlener Irritation, während ich Julie noch immer mit unbewegter Miene ansah, weil mir inzwischen klargeworden war, daß mir das Rückflugticket nach Amerika sehr viel mehr bedeutete als der flüchtige Glitzerstaub, der vom Glanz eines zufällig anwesenden Filmstars auf mich fiel.

»Oh, das ist aber schön. Und wie geht es Ihnen, Mister Stone?« murmelten ihre Feenlippen, während ihr femininer Finger mir übers fiebernde Gesicht streichelte.

Boing! Ein Blitzlicht flammte auf und blendete mich.

Ich konnte nicht antworten. Die Nähe ihres Fleisches hieß meine Haut kribbeln. Mein Penis reckte sich plötzlich und beulte ein peinliches Penthouse in meine Bettdecke. Es war so lange her, so lange!

Was Dr. Spight nur zu gut mitkriegte; er machte eine fahrige Geste, um Julie zum Weitergehen zu bewegen. »Äh – Miss Christmas, manchmal … ist es besser, auf körperliche Berührungen … Nun, Sie verstehen …« Und dabei bedeutete sein Blick ihr wortlos: »Der tickt nicht ganz richtig.«

Sie zögerte. Der Patient, ein winziger Kopf in einem weißen Kissenmeer, starrte sie aus rotglühenden Mungoaugen an. Und die Zeit war allen Gesetzmäßigkeiten zum Trotz stehengeblieben.

»Miss Christmas …«, fühlte irgend jemand sich verpflichtet, sie an ihren Namen zu erinnern.

Einen Augenblick lang ruhte ihr Blick noch auf mir. Aber an diesem Tag war es unmöglich, die Meeresbucht zu überqueren. Und so beließ sie es dabei, in teilnahmsloser Anteilnahme den Kopf zu schütteln, als sie weiterging. Ein kleiner Kloß klumpte sich in meiner Kehle, als ich zusehen mußte, wie sie entschwand. Immerhin, mein Foto kam in die Zeitung. Möglicherweise half mir das bei meinem Anliegen.

Dr. Spight – bestrebt, sie eilends zur Tür hinauszukomplimentieren – hatte ihr gerade sanft die Hand auf den Rücken gelegt, als mir ein urgewaltlicher Wind entfuhr. Alle erstarrten. Der Doktor verschanzte sich hinter einem übellaunigen Blinzeln und hoffte, er habe vielleicht von ferne das Knacken und Splittern einer Pinie im Winterwald gehört. Bis ihm einfiel, daß es in der Nähe des Lazaretts gar keine Pinien gab. Dann suchte er Zuflucht bei der Hoffnung, es könne sich um einen plötzlich auf dem rohen Fußboden beiseite gerückten Tisch gehandelt haben. Nachdem sein Blick über die in Grabesstille erstarrten Bettenreihen gewandert war, begriff er, was alle anderen schon längst begriffen hatten und weswegen sie mich so unverwandt anstarrten.

Es tat mir aufrichtig leid, aber es war zu spät.

Wieder flammten Blitzlichter auf, Streichhölzer wurden angerissen, und der Lokalreporter rieb sich schon gedankenverloren die Nase zwischen Daumen und Zeigefinger bei der Überlegung, mit welchen Worten er das Ereignis demnächst an den Toilettenwänden verewigen würde.

Nur Miss Christmas ließ sich von der ohrenbetäubenden Stille nicht beirren und stand da wie der sprichwörtliche Fels in der Brandung. Weil sie begriff, daß Männer nicht unfehlbar sind und daß sie nun mal, wenn's in ihnen knackt und splittert, die Erdatmosphäre vollfurzen und das Universum mit ihren Tränen tränken. Und so kam sie zu mir zurück, beugte sich, umtost von der lähmenden Stille, zu mir herab, und flüsterte mir mit kitzelndem Atem ins Ohr: »Was wollten Sie mir wirklich sagen, Mister Stone? Was bedrückt Sie? Sagen Sie's mir!« Eine Frage, in der das Mitgefühl einer Frau mitschwang, die für ihre Appelle zum Artenschutz für Füchse und Hasen bekannt war.

Und ich blickte verlegen in diese funkelnden Filmstaraugen, die liebenswürdigsten Augen, die ich je gesehen hatte, und fing unbeherrscht zu weinen an. Zu schluchzen. Wie unglaublich peinlich!

»Oh, deshalb müssen Sie sich nicht schämen«, begann sie laut zu klagen. »Sie sind ein Mensch – wir alle sind Menschen. Auch ich weine. Ich weine öfter, als Sie glauben.« Dann sah sie mich stumm an. Mein Schluchzen ließ nach, aber ich vermochte ihr vor lauter Scham nicht in die Augen zu sehen. »Also ... fühlen Sie sich jetzt besser?«

»Ja«, log ich.

»Wie werden Sie gerufen?«

»Oliver«, brummte ich.

»Oliver. Was für ein schöner Name!« Ihr lupenreiner Akzent klang kristallklar in meinen Ohren, wie eine anmutige Melodie. »Und woher kommen Sie, Olly?« Wie britisch das klang!

»Aus New York«, antwortete ich, ohne zu glauben, daß sie das auch nur im entferntesten interessieren könnte.

»Was haben Sie in New York gemacht, Olly?«

»Nichts Großartiges«, sagte ich, »ich bin aufs College gegangen.« Und dann wußte ich nichts mehr zu sagen, weil ich befürchtete, Dr. Spight, das alte Ekel, könnte sonst bei mir Symptome der Normalität ausmachen.

»Nun ...« Sie lächelte. »Ich habe das Gefühl, daß Sie schon bald wieder daheim sind und daß Ihre Mutter dann sehr glücklich sein wird.«

Was bedeutete das? Ach, das war jetzt nicht wichtig. So etwas ist nie wichtig, wenn man so nahe vor sich ein derart vollendet schönes Gesicht sieht. Und schon regte sich der alte Minderwertigkeitskomplex in mir, zusammen mit meinem Penis; dieser alte Wahrheitsapostel konnte es eben nicht lassen, die Wahrheit zu sagen.

Sie ließ sich von einer flinken kleinen Eidechse, die aussah wie eine Zunge, die Lippen befeuchten, hauchte mir ein warmes »Oh« auf die glühendrote Wange und murmelte Entschuldigung heischend: »Nun muß ich gehen.«

Und da brach es plötzlich aus mir heraus: »O Julie! Ich … ich liebe Sie.«

Niemand sagte etwas. Es war schon recht ungewöhnlich, so etwas auszusprechen – ohne jeden Zusammenhang, im völlig falschen Augenblick. Ich war äußerst beschämt und verstand selber nicht, warum ich das gesagt hatte. Und was ich eigentlich damit ausdrücken wollte. Ich liebe Sie? Liebte ich sie denn? Ja, wirklich.

Mag sein, daß Julie zunächst ein wenig verdutzt war, aber mein Filmstar brachte ein herzliches Lächeln zustande – das liebevollste Lächeln der älteren Schwester, obwohl sie kaum viel älter sein konnte als ich. Dann entzog sie mir sanft ihre Hand, Wärme ging von ihr aus wie Sonnenschein an einem stürmischen Tag, und um das Licht noch strahlender werden zu lassen, sagte sie: »Und ich liebe Sie auch, Olly – Olly Oxenfree. Nun muß ich aber wirklich gehen. *Ciao!*«

Das Lächeln auf meinem glühenden Gesicht identifizierte mich eindeutig als Irren. Ach, nun fühlte ich mich geliebt. Wie die Robbenbabys und die Delphine. Das einsame Herz in der Brust schnappt nach allem, was es kriegen kann. Sonnenstrahlen umflirrten ihre schlanke Gestalt, als sie davonschritt, langes Kristallhaar flatterte in der scharfgewürzten Lazarettluft. An der Tür wandte sie sich noch einmal um und winkte uns allen zu. Meinem Blick freilich

163

wichen ihre Augen aus. Ich hatte sie eben doch in Verlegenheit gebracht. Und so ging sie nun fort, mitsamt den funkelnden Sternen in ihren Augen. Ich aber blieb im Dreck liegen. Es ist dir nicht vergönnt, den göttlichen Nektar zu schlürfen, Soldatenbürschchen. Dr. Spight ließ verlauten, der Privat First Class William O. Stone werde innerhalb der nächsten vierzehn Tage zurück in den Dschungel geschickt.

Es vergingen Jahre, bis wir uns wiedertrafen – '99 war das, in einer erratischen, vom Chaos allgemeiner Überbevölkerung heimgesuchten Ära. Ich hatte nach dem Vietnamkrieg einen ersten Roman geschrieben, der weithin großen Anklang fand; meine Honorareinnahmen erlaubten mir, mich wieder in den Fernen Osten zurückzuziehen, wo ich den Kontakt mit meiner Mutter und dem Land, in dem ich geboren war, gänzlich verlor und unter dem Namen William Stone eine Art Legende wurde – eingemeißelt in den asiatischen Himmel. Beweihräuchertes, bemitleidetes, Fleisch gewordenes Elend. Gummiplantagen nördlich von Saigon. Hubschrauber und Privatjet. Ein Sanktuarium für verruchte Spiele. Natürlich waren viele Gerüchte über mich im Umlauf, meistens gemeine, alle zerbrachen sich den Kopf darüber, ob etwas dahintersteckte, und wenn ja, wieviel. Und rätselten über die *quidnuncs*.

Dann, so etwa um die Jahrtausendwende, schien mir die Zeit reif für eine Atempause, für das letzte Philosophieren vor dem Ende, und so nahm ich Kontakt mit meiner alten Mutter auf und bat sie, zu mir zu kommen.

»Mutter!« rief ich nach ihrer Ankunft in freudiger Zurückhaltung aus.

»Oliverre!« Sie strahlt und ist mit den Augen bereits wieder bei der Schar der sie begleitenden Freunde.

»Hallo, ihr alle!« begrüße ich sie draußen auf meinem

privaten Dschungelflugplatz, in meinen Jeep gelümmelt, an den Füßen sportlich kniehohe Stiefel, an der Hüfte einen perlmuttbeschlagenen Revolver.»Hallo, Otavio! Ronnie! Jean-Claude! Joe! Kiki! Komteß! Philippe!« Küßchen, Küßchen!

»*O là là! C'est magnifique, Oliverre! O c'est beau ici. Mais je crois que j'ai pris trop de robes, non? Il fait si chaud!*« Und schnell wieder ein Blick auf ihr Gefolge, ob auch alle ihrer Meinung sind, was der Fall ist. »Du kennss natürlich Julie! Julie Chris'mas – mein Sohn, *mon fils!*« Mutter giert danach, uns alle miteinander bekannt zu machen. Sie kennt jeden, natürlich. Und sagt nach wie vor alles zweimal. Sie ist die alte geblieben. Bis auf das Gesicht – eine laserbehandelte Maske.

Julie Christmas lächelt herzlich kühl, eben in dieser britischen Art. »Hallo!«

»Wie ist es Ihnen ergangen?« Ich lächle, belauere sie. Bin neugierig, ob sie sich erinnert. Scheint nicht so.

Ich drehe mich um, weil ich Mutter – Jacqueline Pauline Czezarine Goddet – eine förmlichen Begrüßungskuß geben will. Das altgewordene Gesicht einer knurrenden Fleischfresserin. Einer Wölfin. Schlau und gerissen. Was mich anzieht und zugleich abstößt. Und da bemerkt sie, daß ich hinke.

»Aber isch 'abe nie etwas von diesem Bein gewußt, *chéri – mon chéri?*«

»Das war der Krieg. Ich bin eben nie dazu gekommen, dir viel zu schreiben, Mutter … tut mir leid.«

»Oh, aber Oliv … Darf ich dich denn noch Oliverre nennen, *chéri?*«

Natürlich darfst du! Wie denn sonst?

»*Eh bien!* Oliverre, all das 'ier – du bist reisch! Das 'ast du mir nie ersählt. Das war nie so eindeutisch klar!«

Nein, Mutter, es war nie etwas eindeutig klar. Ich hatte mir zum Beispiel fest vorgenommen, ehe ich fünfzig werde, jedes bedeutende Buch in englischer Sprache gelesen zu haben. Ist auch nichts draus geworden. Gemessen an der Zahl der Dinge, auf die wir getrost verzichten können, sind alle Menschen reich. War's nicht Thoreau, der das gesagt hat? Angefangen habe ich als junger Wilder, und nun bin ich ein bißchen rund um die Taille geworden – und mein Arsch ist ein bißchen fett vom vielen Sitzen. Der natürliche Lauf der Dinge, man muß es nehmen, wie's kommt. Der innere Friede, der aus dem Verstehen erwächst. Oder, um es mehr in deiner Weise auszudrücken, Mom: Im Frühling blüh'n die Mandelbäumchen rosarot.

Ich geleite meine bunte, mit ach so vielen bedeutenden weißen Gästen beladene Jeepkarawane Meile um Meile durch üppig wuchernde Vegetation und über gewundene, mit einer dicken weißen Schicht roter Erde bedeckte Pfade, vorbei an Elefanten, die mit ihren Rüsseln das spärliche Naß aus flachen Tümpeln holen, und an Orang-Utans, die sich lautstark gegenseitig die besten Plätze in den Baumwipfeln streitig machen. Alles mein eigen. Meine Hand reicht bis zum Horizont. In *propria persona*. Mein Land. Voller Schönheit, gesegnet, verflucht, subtropisch, tropisch. Und hier lebt mein Volk. Die Vietnamesen. Unbehaarte Barbaren. Und, füge ich milde hinzu, nicht sonderlich klug und besonnen.

Julie sitzt in dem Jeep hinter mir. Traurig, es sagen zu müssen, aber Julie ist nicht mehr die Julie von einst. Wie eben auch ich nicht der William von einst bin. Die Zeit ist uns dazwischengekommen. Hat die Wunden von früher heilen lassen. Und neue aufgerissen.

Mutter genießt die Versöhnung mit mir, sie japst vor Freude. Ihr Sohn! Ist – ach, wie lange ist das her! – als armer Soldat von zu Hause fortgegangen. Und nun diese seltsame, dunkelhäutige Vietnamesin, die nichts sagt, aber alles

166

aus wachsamen, geschlitzten Augen verfolgt – wer mag das nur sein? Eine Frau, die meinen Sohn *chauffiert*? Seine *assistante*? Wie hieß sie doch gleich? Tan Nuit? Nein, Mom, Thanh Nuy. Mom nickt und lächelt ihr verlogenes weißes Lächeln. Könnte dies – *quel dommage!* – vielleicht die Frau meines Sohnes sein? *O là, Mon Dieu! Hélas!* Aber – na ja. Ich hab den verrückten Jungen nie verstanden. Orangerot geht die Sonne des Fernen Ostens im Westen unter. Versinkt in der Straße von Singapur. Flammende Flamingowolken. Ein Schwebezustand der Zeit. Ein Pickel in der Zeit. Zwischen ihr und mir liegt der Himalaja. Folglich muß ich den Himalaja besteigen.

Ich bringe die Fahrzeugkarawane auf einem buschbestandene Bergkamm zum Stehen, der Blick fällt in ein unzerschnittenes Tal. Also, Leute, da sind wir! Bitte, sagt jetzt noch nichts! Schließt die Augen. Nehmt einfach den Duft in euch auf. Lavendel und Jasmin. Die Luft birgt in ihrem Mantel das schwache Parfum von purpurroten Veilchen. Atmet es ein! Aber verschluckt euch nicht daran! Und nun öffnet langsam Augen und Ohren, ganz langsam! Reißt alles ab, was sie versiegelt! Nicht doch – fallt nicht in Ohnmacht! Schlürft die wundersame Verführung dieses Landes in euch hinein! Und da drüben – die Regenwälder, in denen kann man spazierengehen. Kanariengelbe Tage. Efeu, so dick wie die Jahre an der Yale, die hinter mir liegen. Und eine so überreiche Vegetation, daß sie die Sinne verwirrt. Das Licht fällt auf den Waldboden wie in eine Kathedrale. Ein einziger Schritt genügt, und alle Tiere und Blumen schrecken hoch. In der schwülen Luft hängt träge, zähflüssige Hitze. Ein widerlich ranziger Sumpfgeruch. Der sich als verderblicher Schlamm in unseren Seelen ablagert. Eine Kette von Hingabe und Verzicht. Wie das Leben. Ja, sucht Trost in diesem Leben, solange es euch noch vergönnt ist! Meine Hand schweift zu den moosbedeckten Bergkämmen hinüber, die den östlichen Horizont säumen. Terrassenförmig angelegte Mohnpflanzungen, Opiumterrassen, liebevoll von den Einheimischen gehegt und gepflegt. Und weiter im Osten wiegen sich chinesische Glyzinen im Wind. Ich mag Blüten, sie sind das Sakrament des Parfums. Meine deutende Geste verliert sich in ungewisser Ferne. Die Sinne sind übersättigt. Und all die winzigen Figuren auf dem Bergkamm – eine davon hinkt – klettern wieder in die Jeeps. Träge schiebt sich der aufgehende Mond an den Himmel. Die Fahrzeuge machen kehrt und tasten sich heimwärts, durch den Schlund des Dschungels, mitten durch sein Auge.

Mein Landhaus ist ockerrot verputzt, mit kühlem Marmor ausgelegt. Vor den grüngestrichenen Wänden stehen Möbel aus Ebenholz, mit Perlmutt eingelegt. Die Pflanzen weinen Süßwassertropfen. Schlanke Bäume und sattes Dickicht rahmen die kiesbestreute Zufahrt ein, die in einen rund um das Haus laufenden Kolonnadengang mündet. In Schichten aus moorigem englischen Torf gebettet, wuchern Rhododendron und Flieder, ein kecker Bach plätschert verspielt wie ein Menuett unter einer malerischen, kopfsteingepflasterten Brücke dahin. Und in den Gärten *à l'arrière*, in denen stocktaube Hummeln ruhelos durch den späten Nachmittag summen und brummen, wetteifern Sonnenblumen, Tulpen und Dahlien, gleichmäßig gepflanzt und staunend, mit damastroten Rosen um die Gunst ihres Herrn. Hohum. Welch eine unbeschreibliche Fülle! Armut bringt Eintönigkeit hervor, erst im Überfluß gedeiht das Krankhafte.

Monsieur Stone, noch ganz im Bann seiner Empfindungen, gibt den Bediensteten kurzangebunden seine Anweisungen. »Nuy, bring Mrs. Stones Koffer ins rote Zimmer, die von Miss Christmas ins blaue und die anderen ... May, mach uns Erfrischungsdrinks, sei so lieb – *thich tai hai, dun le lo, o tue phuong!*« Und dann würze ich das Kauderwelsch mit energischem Händeklatschen, denn es ist völlig unwichtig, was ich daherrede, solange ich's nur mit Autorität tue. Das Personal stiebt los. Man wird dir dein Zimmer zeigen, Mom. Ich bin so froh, daß du hier bist. Endlich. So froh. Und die Mutter aller Mütter – alt und ein wenig fülliger geworden – verschwindet hinter der schallschluckenden, gepolsterten Tür und plappert schon munter drauflos, damit das Dienstpersonal auch weiß, was es tun soll. Mom, durch und durch Französin, ergreift das koloniale Zepter.

Dem Gute-Nacht-Gesicht des Mondes, der sich behäbig am dunklen Himmel wiegt, fehlt auf der einen Seite ein Stück. Rehe mit weißfleckigen Gesichtern äsen auf dem tiefgrünen Rasen. Mungos huschen durchs Gras, ihre schrillen Kriegsschreie zerreißen die Stille der Nacht. Hinten, auf der offenen Veranda mit den Papageien und Schildblumenkübeln, das gedämpfte Klappern von Silberbesteck. Weine aus Frankreich, Pfeffer aus der Mongolei. Vögel singen sich in der Ferne Liebesweisen zu. Und weit, unendlich weit über uns, weht ein kalter interstellarer Wind.

Ich sitze wie Hemingway am Kopfende der langen Tafel und unterhalte Mutter und ihre gutgelaunten Freunde – Julie zu meiner Linken, Nuy rechts von mir.

»Du erinnerst dich also tatsächlich noch an mich, Julie?«

»O ja, vom ersten Augenblick an, Olly. Ich wäre nie auf den Gedanken gekommen, daß meine alte Freundin Jacqueline deine Mutter sein könnte, aber ...«

Damals verwundet und schwach an Leib und Gliedern, jetzt dagegen reich und weise, lächle ich. Und glaube ihr kein Wort.

Aha, ich verstehe.

Ich durchschaue dein Schlangenlächeln.

Setz dich und iß!

Das blondierte Haar umschmeichelt locker ihren Kopf. Den ich mir in meinen Träumen von sibirischen Straflagern kahlgeschoren vorstelle. Ihr duftiges Cocktailkleid läßt Partien ihrer wohlgeformten Schenkel sehen. Also immer noch eine Dirne. Eine Stimme wie leise klirrendes Kristall. Ein zart teefarbener Rosenstrauch. Stille schleicht sich in unsere Tafelrunde ein. Niemand sagt etwas. Eine Stille, die Mutter natürlich bald ausfüllt. »Es ist so laaangweilig geworden in Paris. Immer nur Filme und Modenschauen. Alle laufen mit ihrem Gheelamonster oder ihrem Wind 'und 'erum. Ihre 'o'eit, ihre Minder'eit und ihre aufgeblasene Nischtischkeit!« Und die Höflinge belachen willfährig Mutters Übertreibungen.

Und dann läßt Julie mich in ihrem knappen englischen Understatement wissen, sie habe einen »zauberhaften Tag« erlebt. Ja, das hat sie wirklich. »Sie haben hier so ein verwunschenes Zuhause, einen richtigen versteckten Schlupfwinkel – und Ihre Pferde, so elegante Tiere!«

»Oh, vielen Dank!«

»Wissen Sie«, sagt sie, »ich hab Ihr Buch gelesen. Und es hat mir gut gefallen. Schlau gemacht. Weil es nichts mit der Realität zu tun hat. Ich glaube Ihnen natürlich kein Wort, wenn Sie beschreiben, wie es im Inneren der Häuser aussieht oder was die Frauen denken und miteinander reden, aber wenn ich mal die erfundenen Stellen beiseite lasse, dann hat Ihr Werk etwas Zwingendes, wissen Sie.«

»Nett von Ihnen, das zu sagen.« So freimütige Meinungsäußerungen ist sie nicht gewohnt, ein herber Zug zeichnet sich auf ihrem schöngeschwungenen Mund ab. Hat sie gemerkt, daß ich's gemerkt habe?

Ich will die Pause nicht zu lang werden lassen. »Mein neues wird Ihnen noch mehr gefallen. Mein neues Buch. Ich nenne es › Der Krieg‹. Es hat nichts mit Taktik oder Strategie oder mit Waffen zu tun. Es handelt von … Aber reden wir lieber nicht darüber, bevor es geschrieben ist, ja?«

»Mein kleiner Neffe sagt, Sie wären einer, der den Tod romantisiert.«

Haha!

»Er meint das ganz ernst, Olly. Er sagt, der Tod und Sie, ihr beide wärt ein heimliches Liebespaar. Sind Sie in den Tod verliebt? Ich nämlich auch. Vielleicht bin ich die andere Hälfte.« Sie zitiert eine Zeile von Tennyson und hängt, als wäre ihr von der eigenen Kühnheit bange geworden, ein etwas verschämt schwänzelndes Lachen dran.

Thanh Nuy, an einer Kiwi knabbernd, hakt den Blick quer über den Tisch an Julie fest. Die englische Lady gibt sich Mühe, sie zu ignorieren. Versteht die überhaupt Englisch? frage ich mich, ob sie sich fragt.

Ich erwidere ihr Lachen. »Wenn der Tod eine Frau ist, wollen wir ihn in hochhackigen Pumps auftreten lassen.«

Unsere Blicke halten sich fest. Ihrer sagt mir: Tut mir leid, daß ich so kritisch und dreist war. Aber ich bin eben so, ich nehme auch nie ein Blatt vor den Mund. Ihr gesunder englischer Menschenverstand ist sozusagen auf Stoß genäht.

Sei nicht traurig! signalisiere ich ihr stumm. Das Leben hat vielerlei Level. Deinen und meinen.

Sie ist noch nicht fertig. »In Ihrem nächsten Buch müssen Sie mich vorkommen lassen. Wenn sie die ultimative Bombe abwerfen – irgend etwas Chemisches oder was weiß ich –, werden die meisten meiner Filme vernichtet. Aber Bücher, die vergraben sie tief in der Erde, für die Nomaden der Zukunft.«

»Haben Sie sich wirklich noch an mich erinnert? An unsere Begegnung in Saigon?« hake ich noch mal nach. Eine müßige Frage, zumal ich nicht wissen kann, ob ihre nächste Antwort nicht wieder nur eine Lüge ist.

171

Sie ist verdutzt, fängt sich aber und sagt:»Ich glaube ja. Sie haben so ... nun, um ehrlich zu sein: so hilflos ausgesehen. Mein Gott, ich habe immer daran denken müssen, wie knapp Sie am Tod vorbeigekommen sind. Und dann haben Sie ... sich gehenlassen. Da wußte ich, wie sehr Sie sich wünschen, wieder daheim zu sein. Aber – oh, es war ein so trauriger Tag. Ich werde das nie vergessen. Ich habe hinterher lange geweint, ich konnte einfach nicht aufhören.« Ja, aber das kann wegen Gott weiß wem gewesen sein. Oder ist ihr wieder eingefallen, daß ich so laut gefurzt habe? Ich meinerseits, ich bin bereit, ihr alles zu vergeben, alles – um ihrer einstigen Schönheit willen. In Erinnerungen an ihr Gesicht und ihre Augen, an all den vergangenen Glanz, und weil mir die Aufmerksamkeit schmeichelt, die sie mir unter der Wirkung des milden, von der Mittelmeersonne verwöhnten Weins entgegenbringt, höre ich mich von Dingen reden, die längst Vergangenheit sind.»Bald nachdem Sie gegangen waren, Julie, haben sie mich zurück in den Dschungel geschickt. Ich fühlte mich elender als je zuvor in meinem Leben. Mein Gott, in diesen rabenschwarzen Monaten waren Sie, nur Sie es, die mir Mut zum Leben gegeben hat, Sie – und ein Gedanke, den ich für mich behalten muß: Der Gedanke, daß Sie mir Mut zum Leben machten, weil ich mir fest vorgenommen hatte, eines Tages reich zu sein und Sie zu suchen ... um dann immer bei Ihnen zu bleiben. Nur so konnte ich Ihnen alles bieten. Ach Gott, wie jung und dumm war ich doch! Aber das hat mir Mut zum Leben gegeben – in all den Monaten und all den Jahren. Denn ich hatte mich wirklich in Sie verliebt – damals, im Lazarett. Und das hab ich Ihnen doch auch gesagt, erinnern Sie sich?« Ich lache.

»Ja, ich erinnere mich.« Sie läuft sogar rot an. Ein bißchen zu routiniert für meinen Geschmack.

»Aber dann sind wir in einen schrecklichen Hinterhalt

172

geraten. Genauso stelle ich mir die Hölle vor. Ich wurde von meiner Einheit getrennt. Ein Zufall vielleicht ... aber so ganz sicher bin ich da nicht. Drei Tage lang kroch ich durch den Morast. Blutegel, so schwarz wie die Nacht, saugten sich in mir fest. In meinem – entschuldigen Sie bitte – Arschloch und in meinen Ohren.« Sie starrt mich entsetzt an.»Die Geister der seit fünfzehn Jahren toten französischen Soldaten haben aus dem Sumpf nach mir gepfiffen, ich habe es deutlich gehört. Ich war vor nackter Angst in Schweiß gebadet und habe nur noch gedacht: Das ist das Ende, Oliver, das ist endgültig das Ende. Du wirst Julie nie wiedersehen. Aber immer, wenn ich so weit war, daß ich aufgeben wollte, hat mich plötzlich Ihr strohblondes Haar umweht, Sie haben mich umschlungen, Ihr Mund hat mich heiß geküßt, und Sie haben mir versprochen – wie ein Engel haben Sie's mir versprochen –, daß Sie an dem Tag, an dem es zu Ende geht, bei mir sein werden. Und dann haben Sie mich leidenschaftlich geliebt – Sie haben mich begehrt, mich ausgelöscht und wiedergeboren. Nein, es war kein Traum. Es war so real. So real.«

Ihre Augen lechzen gierig. Sie hauchen meinem halbvergessenen Traum, ihr Lover zu werden, neues Leben ein. Die Tischrunde hört uns inzwischen nicht mehr zu. Auch Thanh lutscht nur noch mit teilnahmsloser Miene an ihrer zuckersüßen Frucht. Hat viel Appetit, diese Vietnamesin.

»Nun«, fahre ich fort, »irgendwie bin ich durchgekommen. Mit Hilfe meiner Phantasie. Denn als sie mich gefunden haben, war kaum noch Leben in mir. Sie haben mir das zweite Purple Heart umgehängt und mich als Held heim in die Staaten geschickt. Ich hab dem Präsidenten und hundert Senatoren die Hand geschüttelt. Sie haben mich gebeten, in ihrem Büro zur Förderung des staatsbürgerlichen Bewußtseins mitzuarbeiten. Aber ich hab statt dessen lieber mein Buch geschrieben – in nur sechs Wochen. So was wie ein Anfall von Schreibfieber, würde ich sagen. Und den Rest – den kennen Sie ja.«

Stille. Blicke umkreisen uns. Mutter fängt zu hoffen an.

Und jetzt? fragt Julie, ohne es zu fragen.

O Julie, wie soll ich das wissen! Es sind so viele Jahre der Kasteiung vergangen. Jahre der Einsamkeit. Wie viele gedachte Gemeinheiten, wie viele Spottverse, wieviel Hohngelächter mußte ich in diesen Jahren der Isolation ertragen, als alle sich von mir abgewandt hatten. Und nun verheißt mir das Leben auf dem Land eine Möglichkeit, all das innerlich zu überwinden. Die Verlockung ist gewaltig, o ja, das ist sie. Gebieten Sie Ihr Halt! Seien Sie lieb, seien Sie zärtlich zu mir, bitte!

Und während ich tief in sie hineinblicke, rührt sich der alte doppelte William in mir, ich küsse sie, meine Hände wagen den Weg in ihr Haar, wühlen sich tief in ihre warme Haut, unter die Kruste des Croissants, und ich verleibe sie mir ein.

Sie hatten nie zuvor eine Frau wie mich?

Nein.

Sie zittern innerlich? Sie zittern von Kopf bis Fuß?

Ja.

Aber wirklich wohl fühlen Sie sich in meiner Gegenwart nicht?

Nein.

Ihre Hände sind eisig?

Ja.

Und Ihr Herz auch?

Nein.

Kann ich Sie wärmen?

Nein. Nein, ich glaube nicht. Und ich Sie auch nicht.

Julie Christmas weiß mein Schweigen zu deuten wie das Orakel des Apollo. Sie spürt die Sperre in mir. Sie vermag die lautlosen Laute der Luft, des Windes und der Papierglöckchen zu vernehmen, alles, wohinter du nie kommst.

174

Was im Kopf eines anderen Menschen vorgeht. Du wirst nie ergründen, wieviel Abartiges in den vergangenen Jahren in dir herangewuchert ist. Zellen des Zynismus, zerstörerisch wie Krebs. Nicht deine Schuld. Klag das Leben an! Es hat mit seinen Attacken deine Illusionen verdorren und zerbrechen lassen. Und dennoch sind wir verantwortlich für alles, was in unserem Antlitz geschrieben steht, oder etwa nicht? Ihre Augen weichen mir verängstigt aus. Erschrocken über den tiefen Abgrund, der sich vor ihr aufgetan hat. Eine Frau, heißt es, sei nur schön, wenn sie liebt und geliebt wird. Aber in ihrem Gesicht lese ich nur unsägliche Traurigkeit. Ich wünschte, ich könnte durch diesen Klumpen Luft hinüberlangen und ... und sie wärmen. Aber im Mitleid erstickt jede Liebe.

Ich habe sie verloren. Als Frau habe ich sie für immer verloren. Wie schnell man doch verletzte Gefühle erkennt. Gut möglich, daß das immer das Problem ist, diese gläserne Durchschaubarkeit der Gefühle. Das verblüfft mich jedesmal. Sei dir, worum es auch geht, nie zu sicher!

Die dunklen vietnamesischen Augen neben mir verfolgen wortlos, wie stumm wir geworden sind. Vielleicht versteht Thanh es. Wenigstens einen Teil davon. Aber darauf kommt es nicht an. Wir vertrauen einander. Das ist alles. Ihre Schönheit weiß genau, wie sie blühen muß, sie braucht keine Definitionen, keine Erklärungen, keine Worte. Nur Empfindungen. Die sie – einem alten asiatischen Brauch folgend – nicht zeigt. Unausgesprochen. Das gibt dem Leben etwas Nobles. Macht es liebenswerter. Denn wie oft können Worte töten – so ist es doch. All das oberflächliche Gerede, wie bei Mom zum Beispiel, wohin führt es dich? Ans Ende der Zeit?

Das Dinner ist vorüber. Die schleimigen Reste von Gumbo und Guinea-Hühnchen in der eigenen Kruste schlummern irgendwo in den Tiefen unseres Zwölffingerdarms. Zusammen mit den Tamarinden, die uns das Blut in die Schläfen getrieben haben. Ein opulentes Mahl. Und über uns rotieren die Ventilatoren und blasen uns all diese verschlafen monotonen Gedanken ins Gehirn. Aber ich werde doch nicht den widerwärtigen Gestank der Abfallhaufen auf irgendwelchen armseligen Hinterhöfen einatmen, während sich mein philosophisches Herz gerade in müßigen Gedanken über Xanadu und seine nach menschlichem Ermessen unermeßlichen Kavernen ergeht. Ach, dieses Glücksgefühl – man müßte es sich bewahren können! Auf Flaschen ziehen und fest verkorken. Gute Nacht, Otavio, Komteß, ihr alle – Julie. Und als sie geht, mir zulächelt, mich küßt, mir gute Nacht wünscht, ist es plötzlich aus und vorbei mit dem Glücksgefühl. Auf einmal bleibt nur noch Schmerz.

Und nun auch dir gute Nacht, Thanh Nuy. Dein stummer Blick ist wie der des schwarzen Leoparden Komo. Das macht ihre Künste um Mitternacht so gefährlich. Und da geht sie dahin, meine süße kleine Frau. Ihre Schritte sind so leicht wie der Schneefall.

Unten im Wohnzimmer, in einsamer Zweisamkeit endlich Mutter und Sohn allein. Beide versteinert, zu Stones geworden, gemeinsam blind. Nun, Venus, sag an, was bringt uns Psyche?

»Sie sagt nie was, deine Vietnamesin.« Eine jener kritischen Anmerkungen, die Mutter gern macht, wenn sie die Französin herauskehrt. Außerdem wünscht sie sich heute nacht Julie in meinem Bett. »Wie spricht man ihren Namen aus? Tanka Negee?«

»Nein, Mom, Thanh Nuy. Wie *tant pis.*«

»Liebst du sie?«

»Oh, woher weißt du so etwas, Mutter? Ja, ich liebe sie. Wie ich seit jeher alle Frauen geliebt habe.«

176

Aber am Ende scheint es immer dasselbe zu sein. Wie das eigene Spiegelbild. Vielleicht Narzißmus. Wenn's so ist, hast du ihn mir anerzogen, Mutter. *Mais c'est la vie, comme on dit.* Oh, wie ich da mitten im Dschungel so spät in der Nacht die Friedenspfeife qualmen sehe! Oliver lacht in sich hinein. Mutter lächelt spröde. Freut sich für ihren Sohn. Und er denkt: Du alte Zauberhexe, du hast immer meine Gedanken lesen können. Vor dir konnte ich nie etwas verbergen. Weißt du noch, wie Vater und ich gewettet haben, daß du den Baseball nicht findest, wenn wir wieder mal einen ins Unterholz geschlagen hatten? Er hatte jedesmal gesagt, daß du alles findest. Weil du zaubern kannst. Und du hast sofort angefangen zu suchen, und am Schluß hattest du den verdammten Ball gefunden, und wenn's eine geschlagene Stunde gedauert hat. Mutter lächelt ihr Kartoffelbauernlächeln. Die Runzeln im Quarzgestein. Erinnerst du dich noch, wie du auf Coney Island den Sittich Pee Wee gewonnen hast? Reine Zauberei. Seinerzeit, an diesem letzten Abend im »21«. Als wir beide so deprimiert waren. Und du mir vorausgesagt hast, daß ich in Vietnam sterben würde. Pythia –

Mutter lacht ein kleines, in Nostalgie verlorenes Lachen. »O ja, ich erinnere mich sehr gut daran. Du warst so ein närrischer Junge. Du 'ast nie zuge'ört.« Als hättest du's je getan, Mutter.

Zwei kleine Gestalten sitzen da und reden bis tief in die tropische Nacht hinein. Wehklagende Zikaden. Während die Dienstboten längst schlafen. Und die Moskitos beim Aufprall auf den Scheiben der erleuchteten Fenster zerschellen. Und draußen auf dem offenen Meer die Geister von Drake und Hawkins sich in den schwülwarmen südasiatischen Wind schwingen. Was ist eigentlich aus dem kleinen Onkel Leo geworden? Und Karlo – ist er aus Jugoslawien zurück? Wie geht es Colette, ist sie noch verheiratet? Alte

Zeiten drüben im Westen, bevor das Licht verlosch. Armer Vater. Ist nicht mehr besser geworden mit ihm, nicht wahr? Er hat eben so viel getrunken und geraucht. Je näher der Tod kam, um so schlimmer wurde es. Aber schau mal, das mit dem Sex, das hat er wenigstens aufgegeben.

Mutter sieht weg. »Du 'ast ihm sehr weh getan. Warum 'ast du ihm nie geschrieben? Er 'at sisch so gewünscht, daß du heimkommst. Er 'at immer gesagt, isch 'ab dem Jungen alles gegeben, aber alles, was er mir dafür gibt, ist ein 'ieb ins Gesischt. Oh, auf misch war er wütend, aber disch, disch 'at er immer geliebt, Oliverre. Er 'at disch mehr geliebt, als er es je mit Worten ausdrücken konnte.«

Oliver fragt: »Warum hat er's dann nie gezeigt?«

»Weil …« Mutter seufzt tief. »Weil das nun mal schon immer Lous Art war. Er wollte nie seine Gefühle zeigen. Oh, damit 'at er mir das 'erz gebrochen.« Und schon lösen sich ein paar Tränen aus ihren Augenwinkeln.

»Ich vermute, du hast immer gewußt, daß er … dich nicht so geliebt hat, wie er's dir schuldig war, Mom? Und ich habe mich manchmal gefragt, ob er dich überhaupt geliebt hat?«

»O ja, das 'at er!« ruft sie laut. »Lou 'at misch immer geliebt. Lou 'at misch sehr geliebt!«

Ja, Mom. Sie weint leise, die Tränen quellen aus ihren Augen wie kleine Segelboote, die aus einem Hafen zur Regatta auslaufen.

Vater ist friedlich in seinem Bett in New York gestorben. Im Kreise trinkfester Freunde. Und Verwandter und Angehöriger, die ihn sein Leben lang angeödet haben. Zu seinem Bruder Leo hat er noch gesagt: »Leo, und wenn du hundertzwanzig Jahre alt wirst, du wirst nicht halb soviel Spaß gehabt haben wie ich.«

Ich denke zurück an jene heiteren Tage, als er mir versprochen hat, er werde mich mitnehmen, wenn er eines Tages gehen müsse. Ich nehm dich mit, kleiner Oliver William, mein Junge. Aber das hat er dann doch nicht getan. Es muß schon ein erbärmliches Gefühl gewesen sein, ohne deinen Sohn zu sterben. Zu Asche und Staub verbrannt. Ohne vergeben zu haben, weder den Nazis noch Roosevelt. Für uns sind die alten Rechnungen noch nicht beglichen. Und jede Generation macht neue Rechnungen auf. Nachruf in der »Times«, sogar mit seinem Foto. Ein Wirtschaftsfachmann, der in großen Zusammenhängen zu denken vermochte. Einer der besten. Er war 1910 zur Welt gekommen, im Jahr des Halleyschen Kometen, wie Mark Twain, dessen Humor er so sehr bewunderte, und siebenundfünfzig Jahre später verließ er die Erde. Auf einmal kullern mir Tränen aus den Augen. Ich hab es nie geschafft, mit meinem Vater ins reine zu kommen. Und jetzt ist es zu spät. Der alte Fluch, der auf den Stones liegt und von Generation zu Generation vererbt wird.

Ja, Mutter, haben wir nicht beide den Glockenschlag gehört? Oder haben wir ihn nicht gehört, wissen wir nicht, daß Mitternacht vorüber ist?

Weißt du noch: wie oft wir in den sechziger Jahren, frühmorgens, in den Stunden vor dem Morgengrauen, in deinem Apartment in New York zusammengesessen und, ausgelaugt bis ins Mark von den turbulenten Partys, davon geträumt haben, wie reich wir eines Tages sein werden? Falschgoldene Träume von den Geldbergen, die du heiraten wolltest. Ist nie was draus geworden. Und ich wollte Hamsterfarmen haben und Squashhallen bauen. Eines Tages, hab ich dir versprochen, werde ich dafür sorgen, daß du wie eine Fürstin leben kannst, in Saus und Braus. Nur Vater hat nie daran geglaubt, er konnte sich nicht vorstellen, daß ich auch nur einen Nickel durch ehrliche Arbeit verdienen würde. Und beinahe hätte er sogar recht behalten. Der prophetische Bannspruch, mit dem der Vater den Sohn hinaus ins Leben schickt – auf einmal wird er wahr.

Mich schaudert bei dem Gedanken, wie nahe ich dran war aufzugeben. Aber wie das Geschick es wollte, war er es, der alles verloren hat, nicht ich. Was für ein grauenhafter Schicksalsschlag. Das hat ihn letztendlich umgebracht. Ein erzkonservativer Mann, aber dann wird jedes Risiko, auf das er sich einläßt, zum Fehlschlag, und als es zu guter Letzt soweit ist, daß er sich nach all dem Streit und all dem Ärger ums liebe Geld zum Sterben hinlegt, sind ihm von etlichen Millionen gerade mal zwanzigtausend geblieben. Alles zum Fenster rausgejubelt, sagt er, von Mom, der er lediglich eine bescheidene, an der Erwartung eines frühen Ablebens orientierte Versicherungspolice hinterläßt. Ein selbstsüchtiges Leben, in vielerlei Hinsicht. Gott ist grausam, und doch kann das Leben noch grausamer sein. O Reichtum! *La richesse!* Aristokratie des Geldes.

Jetzt bin ich reich, für immer reich, *delenda est Carthago!* Geschafft. *Hinc illae lacrimae.* Oliver lacht. Mutter lacht. Wir schreiben das Jahr '99. Dann aber erstirbt unser Lachen in dieser Nacht der Schlußabrechnung. Wir sehen uns in die Augen. *Multum in parvo.* Herzen, die einander die Wurzeln ausreißen. Sich am eigenen Schmerz weiden. Und gleich danach wieder zu Granit werden. Oliver sagt: »Mom, ich liebe dich.«

Mutter zieht mich an sich. »Oh, Oliverre! Oliverre, ich 'abe disch immer geliebt. So sehr geliebt. Du biss das einsige, was isch 'abe!«

Ja, ich weiß. Aber warum hast du's mir nicht deutlicher zeigen können? Wenn du in Paris den Boulevard de Cour-celle hinunterspaziert bist, klick-klack, in deinen schwarzen Krokopumps, und dabei deine wunderschöne Krokotasche geschwungen hast. Nach einen Parfum von Chanel duftend, unterwegs zu Van Cleef an der Place Vendôme. Und später, um vier, vielleicht noch zu Dior. Da mußt du mich natürlich im Sommer bei deinen Eltern auf dem Land zurücklassen. Weil du in Gedanken schon unterwegs nach Saint-Tropez bist – und bei den Vergnügungen, die du dort haben wirst. Vergnügen! Vergnügen! Vergnügen! Und ich werde wie ein treuer Hund auf den Monat, die Woche, den Tag, die Stunde warten, auf den Augenblick, an dem du zurückkommst, mit all deinen lachenden Freunden. Mutter, die immer lacht. Inmitten all der Traurigkeit ... Aus den Fenstern fällt Licht auf den gepflegten grünen Rasen, der sich bis zu den hohen Eukalyptusbäumen am Flußufer erstreckt. Es ist kühl da draußen. Ja. Mutter und Sohn. *Qui mal y pense.* Im Jahr '99. Lange genug hat es wahrlich gedauert.

TEIL 3
HEIMWÄRTS

DIE KESSEL
DES MONDES

Habt ihr je den Mekong gesehen, oben in Laos, in der Regenzeit, bei Tagesanbruch, wenn die Wasser zurückfluten und sich ins Tal ergießen, als sollten die Menschen wie in biblischen Zeiten von einer Sintflut heimgesucht werden?

Ich habe es gesehen.

Ich bin dem Flußufer gefolgt bis zum Meer, und das Meer hat mich nicht mehr losgelassen, hartnäckig wie ein Prophet, grimmig wie die alten Kanaaniter.

Die Geschichte, die ich hier erzähle, ist die Geschichte eines Mannes namens Crummy; ich habe ihn nur während einer kurzen Spanne meines Lebens gekannt, doch auch er hat mich nicht mehr losgelassen.

Wir haben uns in einer Bar am Mekong-Ufer in Saigon kennengelernt. Seinerzeit arbeitete ich, unerfahren wie ich war, als Schiffsjunge auf einem Frachter, der ohne Ladung im Hafen lag. Der Hafen von Saigon, der sich wie eine Arterie durch die Stadt zieht, war damals so voll, daß sich die Schiffe, die Kriegsmaterial aus Amerika brachten, in ihren Liegepositionen auf dem Mekong bis hinunter zum Hafen Vung Tau am Südchinesischen Meer stauten und bis zu sechs Monate auf einen Platz an einem der Entladekais warten mußten. Den Matrosen wurde zwar zusätzlich zur Heuer für die Dauer des Aufenthalts im Kriegsgebiet ein Gefahrenzuschlag gezahlt, so daß sie, obwohl sie außer den notwendigsten Wartungsarbeiten keinen Handschlag taten, ein kleines Vermögen einstrichen, trotzdem murrten sie unablässig, denn die Tage waren lang und heiß und die Langeweile unerträglich.

In der Nacht nach so einem Tag hatte sich mein Backskamerad Jimmy – Jimmy Eliot hieß er, glaube ich, aus Mobile in Alabama – sinnlos betrunken. Ein ungehobelter, stämmiger junger Bursche, nicht besonders helle, aber als Schiffsjunge der erfahrenere. Und weil ihn die Mannschaft ständig wegen seiner Dämlichkeit hänselte, verspürte er im betrunkenen Zustand mitunter das Bedürfnis, zur Abwechslung mal jemand anderem weh zu tun. So war es in dieser Nacht auch.

Die Huren aus Saigon waren zu uns an Bord gekommen, und Jimmy hatte sich die Kleine mit dem Puppengesicht ausgesucht, die wir alle nur Jenny nannten – ihr richtiger Name war Jen-Sing, soweit ich mich erinnern kann, jedenfalls stammte sie aus China. Als ich spät in der Nacht nach der üblichen Sauftour durch die Hafenbars auf unser Schiff zurückkam, hörte ich Jennys Schreie, gefolgt von dem dumpfen Aufprall, mit dem irgend etwas gegen die Wand meiner Backskammer schlug. Ich steckte, müde und benebelt wie ich war, den Kopf durchs Schott und hörte Jenny etwas wie »du verrückt in Kopf, ich nicht ficken mit dir, nein, nie ficken mit dir« schreien. Wobei ich mich immer wieder frage, weshalb sich eine Frau, die mehr Erfahrung mit solchen Situationen haben müßte, im Zorn dazu hinreißen läßt, so dumme und überaus gefährliche Dinge daherzureden. Und prompt haute ihr Jimmy dafür eine runter. Er schlug hart zu, ich sah, wie sich ihr Gesicht schmerzhaft verzerrte, und hörte es irgendwo knacken, als sie in sich gekrümmt zu Boden ging; es kann ihre Kinnlade oder ein Nackenwirbel gewesen sein.

Ich erinnere mich verschwommen, daß ich versuchte, sie rauszuschaffen, und daß Jimmy mich schuldbewußt ansah und albern zu kichern anfing. Als ich dann aber einen

186

derart irren Ausdruck in seinen Augen ausmachte, als sei ich der nächste, den er sich vornehmen wolle, und plötzlich wie aus dem Nichts irgend etwas auf mich zufuhr, worauf ich einen betäubenden Schlag seitlich an meinem Kopf verspürte, verlor sich mein Versuch, irgendeinen klaren Gedanken zu fassen, in zunehmend dichter wallenden Nebelschleiern. Und auf einmal fing Jimmy zu kotzen an, während ich noch unbeholfen versuchte, Jenny aus der Back zu schieben, und sie ging völlig unmotiviert dazu über, auf mich einzuschlagen und mich zu kratzen, als wäre ich Jimmy. Wir waren alle drei so verbiestert und betrunken und mit uns selbst beschäftigt, daß wir weder das viele Blut wahrnahmen noch merkten, wie wir uns immer mehr in blinde Wut steigerten. Als ich Jenny endlich zu dem am Fallreep dümpelnden Hausboot bugsiert hatte, deckte sie mich in grobem, gutturalem Chinesisch mit Flüchen ein, ganz so, als hätte nicht ich sie vor Jimmy Eliot aus Mobile in Alabama und dem jähen Tod gerettet. Irgend etwas abstoßend Häßliches lag in der Art, in der sie sich offensichtlich von Gewalt, Blut und Haß angezogen fühlte. Eine Ahnung sagte mir, daß es eines – vermutlich nicht allzu fernen – Tages ein gewaltsames Ende mit ihr nehmen würde. Sie zeigte mir zum Abschied noch den Stinkefinger, ehe der Motor des Hausboots ihre Schimpfkanonaden verschluckte und sie in einer übelriechenden Ölwolke entschwand.

Mittlerweile war mir klargeworden, daß ich nicht länger mit Jimmy zusammenhausen konnte. Er war schlichtweg ein zu hirnverbranntes und gefährliches Exemplar der Spezies Mensch, als daß ich ihm über den Weg trauen durfte. Es konnte nicht mehr lange dauern, bis ich es war, der in seine Schußlinie geriet, es sei denn, ich ging ihm die ganze lange Rückreise über katzbuckelnd um den Bart. Als ich später, nachdem ich mir alle möglichen angsteinflößenden Zu-

kunftsaussichten ausgemalt hatte, in die Backskammer zurückkam, stellte ich dankbar fest, daß er sich anscheinend
anderswo verkrümelt hatte. So packte ich eilends meine
spärliche persönliche Habe zusammen, ging von Bord,
quetschte mich in ein verbeultes *Quatre-chevaux*-Taxi und
ließ mich zum »Hotel Majestic« fahren, einem Nobelschup-
pen in zentraler Lage am Hafen, in dem freilich der einstige
Glanz des kolonialen Frankreichs schon sichtlich zu blättern begann. Dort verbrachte ich in tiefem, von Alkoholne-
bel umhülltem Schlaf die Nacht.

Am nächsten Morgen erzählte ich einem kurzgestutzten,
frisch an einem College in Wyoming graduierten Jüngling,
der jetzt als Botschaftssekretär in Saigon fungierte, daß
irgendein mir namentlich nicht bekanntes Mitglied der
Schiffsbesatzung versucht habe, mich mit dem Messer ab-
zustechen, und daß der Kapitän unseres Dampfschiffs
mich, weil ich kein eingetragenes Mitglied bei der Gewerkschaft der Handelsmarine bin, um meine Gefahrenzulage
bescheißen wolle. Der Mann vom State Department zeigte
sich erstaunlich verständnisvoll, versprach, sich zu bemühen, ein anderes Schiff für mich zu finden, und rätselte im
übrigen zweifellos an der Frage herum, wie jemand wie ich
wohl in eine solche Situation geraten konnte. Er steckte mir
etwas Geld aus dem Botschaftsfonds für in Not geratene
Reisende zu, und so zog ich in ein kleineres Hotel am
gegenüberliegenden Flußufer um, ins Schwarzenviertel,
wie die Gegend in Erinnerung an die französischen Einhei-
ten aus Nordafrika hieß, die in den Fünfzigern dort Quar-
tier genommen hatten. Es handelte sich um einen Stadtteil
von Saigon, in dem die Bars und die Huren bemerkenswert
billig waren.

Etwa eine Woche lang trampte ich Tag für Tag in der
unbarmherzigen Nachmittagshitze quer durch die Stadt,
um mich bei der Botschaft nach einem neuen Job zu

erkundigen. Die Gonorrhö, die ich mir in Laos, Kambodscha, Thailand oder wo weiß ich eingefangen hatte, war auf mysteriöse Weise wieder da und machte sich durch ein unangenehmes fiebriges Kribbeln, wie von Insektenbeinen, auf der Eichel bemerkbar. Zum Glück sah man mir die Krankheit nicht auf Anhieb an, aber ich hatte Schmerzen beim Wasserlassen und war doch einigermaßen beunruhigt und außerdem ziemlich wütend. War's am Ende die spinnenhaarige Mei Lin gewesen, die mir das eingebrockt hatte? Oder die wabbelig fette, gummiartige *mama-san* in Kambodscha? Ich ließ mir von meinen immer mehr dahinschmelzenden Mitteln in einem billigen Krankenhaus in der Hong-Thap-Tu-Straße eine Penicillinspritze verpassen und mich anschließend, damit das Antibiotikum bloß keine zu positive Wirkung zeigte, bei einem Nachmittagsstreifzug durch Saigon bis zur Bewußtlosigkeit mit Marihuana, Whiskey und Bier vollaufen, was zur Folge hatte, daß ich einem zu Jähzorn neigenden alten Rikschafahrer in den Karren reiherte. Der Alte fing zu zetern an und schlug auf mich ein, die Leute gafften zu uns herüber, ein Stück die Straße hinunter hörte ich bereits eine Trillerpfeife. Aber ich kaufte mich, bevor die Polizei eintraf, bei dem aufgebrachten alten Mann mit dem Mehrfachen des Fahrpreises frei und tauchte in einem vietnamesischen Kino unter, wo es zumindest angenehm kühl war. Später kaufte ich mir ein paar schweinische Fotos, fuhr zurück ins Hotel und holte mir einen runter. Spätabends ging ich dann wieder aus und ließ mich erneut vollaufen. So ungefähr sah die Kurzweil aus, mit der ich damals meine Tage verbrachte.

Der junge Mann aus Wyoming hatte eine Idee. Kürzlich war der Captain eines Handelsschiffes in Saigon angekommen – ein gewisser Bogolm, Simon Bogolm, glaube ich –, und der suchte nun einen ortskundigen Amerikaner, der ihn in der Stadt herumführte. Der Botschaftssekretär meinte, daraus könne sich sogar die Chance ergeben, daß Bogolm mich als Schiffsjungen anheuerte, weil er nämlich sehr bald wieder mit Kurs auf die Vereinigten Staaten auslaufen wolle. Das paßte mir ausgezeichnet in den Kram, obwohl es mir irgendwie merkwürdig vorkam, daß der Captain eines Frachtschiffs in einem so großen Hafen nicht im Handumdrehen einen ortskundigen Begleiter gefunden hatte.

Als ich ihn sah, war mir sofort alles klar. Es handelte sich um einen jener Mißerfolge der Natur: einen außergewöhnlich häßlichen Menschen mit einem brutalen Zug um den Mund und die Augen, die unter der tiefgezogenen Stirn kaum auszumachen waren. Er sah regelrecht zusammengestoppelt aus und war mit seinen knapp drei Zentnern entschieden zu dick. Wie gesagt, ein Irrtum der Natur. Er schwitzte, furzte, fraß und soff bis zum Exzeß und zeigte sich, egal, welches Thema ich anschnitt, außerordentlich mundfaul. Das einzige, was ihn wirklich zu interessieren schien, war die Führung seines Schiffs, nur, darüber redete er nicht, weil er sich darum ohnehin tagein, tagaus zu kümmern hatte. Also brachte es mich auch nicht weiter, ihn darauf anzusprechen. Aber irgendwie tat er mir leid, und da ich nun mal von Haus aus zu Höflichkeit erzogen bin, versuchte ich, besonders nett zu ihm zu sein – zugegeben, immer mit Blick auf die Chance, einen Job zu ergattern. Nun ja, das Ganze sollte mich einige Mühe kosten.

Zunächst versuchte ich, ihm ein Gespür für die wahren Werte der Stadt zu vermitteln, doch er reagierte auf alle Bemühungen, ihn mit der Kultur, den politischen Zusammenhängen und den Sitten und Gebräuchen des Landes vertraut zu machen, nur mit gelangweiltem Blick. Erst als ich anfing, ihm meine sexuellen Erlebnisse mit Einheimischen zu schildern, kam Leben in seine glänzenden Froschaugen, die ihm, wie man es sonst nur aus Karikaturen kennt, fast aus den Höhlen zu treten schienen. Besonders die Idee, zwei vietnamesische Mädchen gleichzeitig zu bumsen, schien einen großen Reiz auf ihn auszuüben. Also half ich eines Nachmittags meinem Glück auf die Sprünge, indem ich meinen traurigen Fettkloß mit zwei häßlichen, aber, wie ich aus persönlicher Erfahrung wußte, recht munteren Mädchen verkuppelte. Nach all den Jahren gehört zu meinen bleibenden Erinnerungen noch immer der Anblick, wie der Captain seine Massen in eine lächerlich schmale Rikscha quetscht, wobei seine wabbeligen Hüftlappen an den Seiten überhängen, und sich von einem steifbeinigen, müden alten Rikschafahrer quer durch Saigon kutschieren läßt. Irgendwie werde ich seitdem nicht mehr die Vorstellung los, daß es den beiden be- stimmt sein wird, im nächsten Leben die Rollen zu tauschen. Trotzdem vernachlässigte ich nicht meine Pflicht, Bogolm auf diese oder jene Sehenswürdigkeit aufmerksam zu machen, während wir uns durch die gluheißen Nachmittagsstraßen karren ließen, bis unser Rikschafahrer schließlich in eine finstere, vom fauligen Gestank nach Fisch, vergammelndem Obst und Abfallhaufen durchzogene Gasse einbog.

Ein paar hundert Meter die gewundene Häuserzeile hinunter standen die beiden mit Blatternnarben übersäten Mädchen, auf die ich es abgesehen hatte, müßig herum und verfolgten interessiert, wie mein Captain sich einem rudernden Oktopus gleich aus der Rikscha wälzte. Aber die Vietnamesen hatten längst gelernt, irgendwelche Gefühle des Abscheus sorgsam zu verbergen. Die beiden taten, was die Tradition verlangte, und hießen Bogolm höflich willkommen. Er bezahlte sie gut, es gab keine Probleme, und am Schluß zeigte er sich mir gegenüber auf seine mürrische Art sogar dankbar, indem er mir den Job des zweiten Schiffsjungen auf der »USS Red River« anbot. Man bekommt eben, wie mich das Leben mit einiger Mühe lehren sollte, nichts umsonst.

An diesem Abend lernte ich Samuel Crummy kennen. Bogolm hatte mich in eine der vielen Pinten am Flußufer mitgeschleppt, wo die Jungs aus seiner Mannschaft gern tranken, obwohl er, längst zum Menschenfeind geworden, gewöhnlich jeden näheren Kontakt mit ihnen vermied. Er saß einfach nur da, brachte kaum die Zähne auseinander, nickte mir, als er genug getrunken hatte und noch verdrießlicher geworden war, wortlos einen Gutenachtgruß zu – und verschwand aus meinem Leben. Ich glaube, ich bin ihm tatsächlich nie wieder begegnet. Aber wie das eben mit Geistererscheinungen ist: In der Erinnerung wurde sein Bild farbiger, als es je hätte werden können, solange ich mit ihm zu tun hatte.

Eine vietnamesische Schönheit im Auge, die sich mit zwei Typen von der Navy unterhielt, schlenderte ich in einen Nebenraum der Bar hinüber. Aus der Nähe betrachtet, hielt sie aber dann doch nicht, was sie aus der Entfernung versprochen hatte, und so kam ich mit einem hageren, schon ein wenig vom Zahn der Zeit angenagten Burschen ins Gespräch, der mir, obwohl er auf den ersten Blick eher nichtssagend wirkte, durch seinen bekümmerten Eulenblick und seine seltsam gebückte Haltung auffiel. Irgendwann im Lauf unserer langwierigen, halbbetrunkenen und daher schleppenden, zudem von Kommentaren anderer Trinker und wiederholten Toilettenausflügen unterbrochenen Unterhaltung gab der Hagere sich als der leibhaftige erste Schiffsjunge auf der »USS Red River« zu erkennen – der Mann also, mit dem ich künftig zusammenarbeiten sollte. Als ich ihm das sagte, reagierte er mit einem knappen, nur am kurzen Anheben der Mundwinkel zu identifizierenden Lächeln, das im übrigen sofort wieder verschwand, damit nur ja niemand auf die Idee kommen konnte, er habe womöglich irgendwelche Anzeichen von Freude in seinen Zügen gesehen. Und dann zündete Crummy sich eine Zigarette an und saß wieder krummbuckelig und apathisch da. An das Lächeln erinnere ich mich nur, weil es das einzige Mal war, daß ich ihn, der normalerweise, auch wenn er mit einem redete, den Blick gesenkt hielt und mit den Augen irgend etwas auf dem Grund seiner Flasche oder seines Glases zu suchen schien, überhaupt lächeln sah, und sei's auch nur andeutungsweise. Seine Stimme hatte nichts Zwingendes, sie war sozusagen nicht präsent, aber die schlichte Bescheidenheit, die in dieser Stimme mitschwang – besonders in den Pausen –, nahm mich irgendwie für Crummy ein.

Er schien zu der Art von Männern zu gehören, die um die ganze Welt reisen können, ohne daß irgend jemand Notiz von ihnen nimmt, geschweige denn sich hinterher an sie erinnert. Das Charisma der persönlichen Ausstrahlung und die Kraft, die von charismatischen Menschen ausgeht, habe ich erst viel später entdeckt, als ich beruflich mit berühmten Leuten, Leuten mit einer starken Persönlichkeit, zu tun hatte. Crummy besaß keine solche Ausstrahlung, nicht die Bohne, aber für mich strahlte er seltsamerweise doch etwas aus, auch wenn dies immer von einer rätselhaften Aura einer hoffnungslosen Traurigkeit umhüllt war. Nicht, daß er sich in seinem Leben nie etwas abgefordert hätte. Da gab es beispielsweise eine Zeit, in der er durch einen anderen Seemann, seinen »Kumpel Kolby«, in eine geheimnisvolle Organisation geraten war, die er nur »die Firma« nannte, womit er, wie ich schließlich herausfand, die CIA meinte. Er erzählte mir, er sei »mit denen ins Geschäft gekommen«, als er während des Koreakrieges in der Navy diente, und habe für die Jungs »das eine oder andere erledigt. So geheime Sachen – du verstehst schon: Ops. Verdeckte Operationen.«

Es war das erste Mal, daß ich von derlei Dingen hörte, aber später habe ich oft an Crummy gedacht und mich gefragt, wieviel Wahrheit wohl in seinen Geschichten stecken mochte, die mir eher nach Lügenmärchen klangen, auch wenn ich ihnen mit dem höflichen Nicken des wesentlich Jüngeren lauschte. Er erzählte von Ops, die er auf Kurzreisen nach Südamerika ausgeführt hatte; es ging um Schmutzarbeit nach dem Strickmuster Viel-Geld-auf-die-Schnelle: Waffenhandel, gefälschte Ausweispapiere, auch um Morde. In den fünfziger Jahren hatte er in Kairo gearbeitet, für oder gegen Nasser, das wurde mir nie ganz klar. Ein andermal erzählte er von dem Plan, spitze Strohhüte aus Vietnam nach Kalifornien zu importieren und sie dort als Strandhüte und letzten modischen Gag zum Dreifachen ihres Wertes zu verkaufen. Beinahe jeder auf dem Schiff hatte, wie ich herausfinden sollte, seine eigene Variante für derartige Pläne auf Lager, und der Umstand, daß Crummy mir, obwohl er mich kaum kannte, bereitwillig anbot, mich zur Hälfte an dem Geschäft zu beteiligen – natürlich nur, wenn ich etwas zum Grundkapital beisteuern könne –, hätte mich eigentlich mißtrauisch machen müssen. Doch zu jener Zeit schmeichelte sein Angebot meiner Eitelkeit, weil ich mit zwanzig noch nicht viel Erfahrung mit solchen Geschäften hatte.

Aber der entscheidende Punkt dabei war, einen Traum wahr werden zu lassen, damit der, der ihn träumte, nie wieder zur See fahren mußte. Nach einiger Zeit kam ich dahinter, daß das Ganze ein frommer Selbstbetrug war. All diese Seemannspläne waren von Anfang an darauf angelegt zu scheitern, denn die Seeleute liebten und haßten das Meer gleichermaßen. Die hohe See mit ihren unberechenbaren Launen war die einzige – und zudem überaus elementare – Frau in ihrem Leben. Und so wurden mir fortan Myriaden von Geschichten über Familientragödien, gebrochene Herzen und Liebesglück und Liebesleid zu ständigen Begleitern. Ja, das Meer hat mich gelehrt, wieviel Kummer und Leid es in der Welt gibt. Ganz normale Kümmernisse, wie zum Beispiel die Leere, die wir alle in uns spüren.

In mir ist eine tiefe Liebe zum Meer herangewachsen, aber es hat viele Jahre gedauert, bis ich es gemerkt habe.

Mittlerweile war klar: Samuel Crummy pflegte ein inniges Verhältnis zum Alkohol, den er stumm, methodisch, nach jeweils nur kurzen Pausen in enormen Mengen in sich hineinkippte. Ein professioneller Trinker, würde ich sagen, und da er die nötige Handgelenk- und Ellbogentechnik perfekt beherrschte, konnte es gut sein, daß er im nächsten Leben Golfer wurde. Aber der Ruf, ein Trinker zu sein, ist, wenn er einem erst mal anhängt, auf See eine Art Fluch, den man nicht wieder abschütteln kann; das Opfer gilt als unerwünscht und stößt überall, sogar bei anderen Alkoholikern, auf eine Mauer der Ablehnung. Natürlich haben die meisten christlichen Seefahrer, die ich kennengelernt habe, unmäßig getrunken, aber bei Sam Crummy lag's an der Art, in der sich das den anderen darstellte und deretwegen ihn der Bannstrahl traf.

Er lief keineswegs aufgedunsen oder mit verdächtig roten Apfelbäckchen herum, wie man das bei einem Gewohnheitstrinker erwartet hätte, sondern er sah eher ausgedörrt aus – ein Ledergesicht, das einem allerdings bei genauerem Hinsehen die Ahnung vermittelte, daß unter der Oberfläche eine robuste Gesundheit steckte. Er hätte gut für Ende Dreißig durchgehen können, während andere Dreißiger – jedenfalls für mich, der ich das mit den Augen eines Zwanzigjährigen sah – schon leicht vierzig oder gar fünfzig hätten sein können. Ich argwöhnte, daß er insgeheim seiner Frau oder vielleicht sogar von der Navy weggelaufen war – man kennt das ja: einer, der sich eines schönen Tages vor Morgengrauen, wenn in Alabama oder Texas sogar die Klapperschlangen noch schlafen, heimlich auf die Socken macht. Auf alle Fälle hatte er sich in die Schar derer eingereiht, die, wie ehrenhaft ihre Beweggründe auch sein mögen, als Flüchtlinge über diesen Planeten irren und sich für immer heimatlos fühlen.

Crummy war offensichtlich eine Zeitlang das gewesen, was man sich unter einem »normalen Seemann« vorstellt – einer, der sich mit den üblichen Arbeiten an Bord auskennt, knapp unter der Kategorie des Vollmatrosen. Später ist er wohl, wie ich seinen ziemlich wirren Erzählungen entnommen habe, in Ungnade gefallen und seither unter Deck als *wiper* eingesetzt worden. Komisch, aber »Putzer« ist nun mal in unserem Jargon die abschätzige Bezeichnung für den Job, auf den ich so stolz war, obwohl man mit ihm zur niedrigsten Kaste auf dem Schiff gehört. Die Decksmannschaft ist in der christlichen Seefahrt quasi das Aushängeschild. Die Männer in der Kombüse genießen ein womöglich ähnlich hohes Ansehen wie die Schlangengottheiten in Afrika – sie werden gefürchtet und gebraucht. Aber wir *wiper*, die wir unter Deck ein Dasein im Verborgenen führen und ständig mit schmutzigen Fingernägeln und ölverschmierten Gesichtern herumlaufen, werden selbst von den Jungs im Maschinenraum als Parias angesehen. Ein »Putzer« zu sein bedeutet, Dreck, Öl und Schmierfett zu beseitigen, wo immer das Zeug sich festsetzt, Dampfkessel zu reinigen, Toiletten zu schrubben, den anderen das Werkzeug nachzutragen, kurzum, alles zu tun, was in der Wache zwischen acht Uhr morgens und vier Uhr nachmittags anfällt und was kein anderer tun will. Einem *wiper* scheint es bestimmt zu sein, jeden Tag ein bißchen dreckiger zu werden, bis er so dreckig ist, daß er wie der Aussätzige in der Bibel irgendwohin verbannt werden muß, wo ihn keiner zu Gesicht bekommt. Aus seinen Taschen baumeln Öllappen, das Kastenzeichen, an dem ihn jeder sofort erkennt. Die klobigen Maschinenstiefel hängen ihm wie eine zentnerschwere Last an den Füßen. Das Schmierfett unter seinen Fingernägeln ist zu hartnäckigen Schichten festgebacken. Er stinkt nach Fett. Jede Zigarette, die er anfaßt, sieht schon im nächsten Augenblick aus, als wäre sie in Ölpapier eingerollt. Mit der Aura der christlichen Seefahrt hat ein *wiper* soviel zu tun wie einer, der sich seine Brötchen in einer Autowerkstatt irgendwo auf dem flachen Land verdient. Es ist der typische Job für blutige Anfänger, Ausländer, geistig Zukurzgekommene und Dahergelaufene, mit anderen Worten, für einen wie mich, »den kleinen Klugscheißer, den es nach Saigon verschlagen hat«.

Jemanden kennenzulernen, dessen Lebensaufgabe darin zu bestehen scheint, »Putzer« zu sein, ist deshalb so merkwürdig, weil er nicht viel Zeit oder Geld aufwenden oder eine spezielle Ausbildung machen müßte, um »Schmiermaxe« zu werden, was immerhin bereits den Aufstieg in die nächsthöhere Kaste bedeuten und ihm bei den anderen das Ansehen einer Fachkraft einbringen würde. Es ist ungefähr so, als lernte man jemanden kennen, der zeit seines Lebens nur Schuhe putzt oder Geschirr spült oder noch als grauhaariger alter Knabe den Hotelpagen abgibt. Ich habe mir im Lauf der Jahre angewöhnt, bei der Begegnung mit solchen Leuten kurz innezuhalten, einen Blick mit ihnen zu tauschen, mir schmerzlich einer besonderen wechselseitigen Beziehung zwischen uns bewußt zu werden – zugleich aber auch des Grabens, der uns trennt –, und bekümmert zu erkennen, daß ich diesen Graben nicht mehr überwinden und nicht mehr auf dieses andere menschliche Wesen zugehen kann, weil mir vor langer Zeit die Fähigkeit dazu verlorenging: damals, als ich beschlossen habe, ein Mitglied unserer mobilen, geldbesessenen Gesellschaft zu werden. Und dennoch wünsche ich mir – ja, manchmal wünsche ich es mir sehnlich –, ich könnte die Uhr des Lebens noch einmal zurückdrehen und wieder jung sein, so jung wie damals, als ich viel mehr Zeit hatte, um zuzuhören, einfach zuzuhören, wenn Menschen irgendwo in fremden Ländern von ihrem aufregend fremden Leben erzählten. Crummy erzählte solche Geschichten, und ich lernte aus ihnen einmal mehr, welche mächtige Rolle die Phantasie im Leben eines Menschen spielt. Es waren manchmal vom Alkohol vernebelte Geschichten, die sich nicht immer logisch anhörten. Die von einem anderen Schiff zum Beispiel, auf dem Sam im Zweiten Weltkrieg über den Atlantik gefahren war. Das Wasser muß eiskalt gewesen sein, und da ist eines Nachts einer seiner Freunde – ein Frankokanadier, ich glaube, er hieß so ähnlich wie Henry Langlois – in den Ozean gesprungen. O ja, der Bursche hat sich mitten auf dem Nordatlantik von irgendeinem gottverfluchten Pott ins Meer gestürzt. Und das auch noch im Winter.

»Harry hatte Probleme mit dem Schnaps. Und auch mit den Weibern. Er war schon davor tagelang von der Rolle. Hat durchgedreht. Weil der Captain, weißte, der hat ihn verdammt übers Ohr gehauen«, sagte Grummy.

Und dann brabbelte er weiter vor sich hin, so unzusammenhängend, daß ich kaum mitbekam, worum es ging. Nämlich darum, daß unser Captain, Bogolm, mich auch bescheißen würde – ich würd's schon noch erleben. »Der gottverdammte Grieche, der macht dich zur Sau, Kid! Weil nämlich, sein beschissener Schwager in New York, der steckt das Geld für die Seemannsversicherung in die eigene Tasche. Die lassen sich nicht in die Karten gucken, und die Gewerkschaft, die kann einen feuchten Scheiß dagegen tun, weil die beiden Arschgeigen nämlich alles so eingefädelt haben, daß nie was rauskommt, verstehste?«

Er stotterte eine Zeitlang weiter vor sich hin – endlose, verschlungene Sätze. Ich konnte ihn kaum verstehen, bekam aber immerhin mit, daß Harry, als er Abschied von dieser Welt nahm, bei dem guten alten Crummy mit vierzig

Dollar in der Kreide stand. Der hatte ihm das Geld unten in Australien geliehen, an Land, und so kam es, daß er, wenn er an seinen alten Freund Harry dachte, ihn in Gedanken sogar noch jetzt den »Vierzig-Dollar-Harry« nannte. »Verschwindet der Arsch mit Ohren einfach so mir nichts dir nichts mit meinen vierzig Kröten im gottverdammten Nordatlantik!« Auch eine Art Grabrede. Und dann brach Crummy in Gelächter aus und zeigte mir dabei seine löchrigen und schiefen Zähne.

Sein flammender Zorn war gewöhnlich schnell verraucht, wie bei einem räudigen alten Köter, der, ehe er seiner eigentlichen Natur folgt und sich feige verkriecht, rasch noch mal – und sei's nur, um sich selbst was zu beweisen – die Fänge zeigt. Oder war Crummy tatsächlich ein Hasenfuß? Eigentlich gab's, wie ich herausfand, auf unserem Schiff keinen, der Crummy wirklich kannte oder sich auch nur darum bemüht hätte. Er war einer jener Menschen, an denen man tausend- und abertausendmal auf der Straße vorbeigeht und die einem doch fremd bleiben. Bei solchen Menschen käme keiner auf den Gedanken, sie anzusprechen, man macht lieber einen Bogen um sie. An Bord gehörte er zu denen, die man mit Smiley, Crappy oder Crummy anredet, wenn's denn sein muß, oder noch besser: gar nicht mit dem Namen. Er war ein typischer Du-da, einer von den Männern, die immer darauf warten, daß ihnen einer sagt, was sie tun sollen, im Grunde mehr der Schatten seines Ichs, der, egal, was ihm geheißen wird, immer nur ja und amen sagt. Wisch den Fußboden auf! Und nun verschwinde! Fall mir ja nicht auf den Wecker! Und quatsch mich um Himmels willen nicht an!

»Ist nichts, was du dein Leben lang machen solltest«, hat er mal zu mir gesagt. »Ein junger Kerl wie du … der kann's woanders zu was bringen. Du warst doch auf 'ner höheren Schule. 'ne höhere Schule, das ist heutzutage der einzige

Weg.« Und dann hat er hinzugefügt:»Ich hab immer Ingenieur werden wollen. Oder Musiker. Irgendwo in einem Club Jazz spielen.« Was sich aus seinem Mund seltsam anhörte. Es paßte überhaupt nicht zu seinem sonst so rüden Gerede. Vielleicht lag's daran, daß es mir so schwer ins Ohr gehen wollte. Ich spürte es an dem kleinen hellen Punkt in meinem Augenwinkel, daß er mich ansah. Aber ich erwiderte seinen Blick nicht. Ich würde dir gern helfen, Freund, aber wenn ich's bei dir tue, dann muß ich's auch bei allen anderen tun. Und das ist meine uralte Angst. Daß ich mein Ich mit anderen teilen muß, mich aufteilen muß, das ist die Angst, die wie ein Schatten über meinem Leben liegt. Weil ich keinem trauen kann. Keinem. Warum auch?

Ich fertigte ihn mit einem kleinen nichtssagenden Lachen ab und pusselte weiter an dem Dampfkessel herum. Später ging das alles sowieso im Whiskey unter. Seeleute waten dauernd in einem Meer aus Selbstmitleid. Das gehört zur Romantik auf See, es ist Teil der selbstauferlegten Strafe, die sie verbüßen, oder vielleicht auch das stumme Aufbegehren gegen dieses Dahinvegetieren zwischen tonnenschweren Stahlwänden und lärmenden Maschinen, die selbstgewählte Verbannung aufs Meer, ohne Frauen, die ein wenig Menschlichkeit in ihr Leben bringen könnten. Während Crummy mir von den Reisen erzählte, die ihn zu arabischen Häfen geführt hatten – nach Dschibuti, in winzige Nester in Aden, im Jemen, am Golf, auf Madagaskar, an Afrikas Ostküste, Orte, deren Namen ich nie gehört hatte –, musterte ich unauffällig den dicken roten Furunkel auf seiner Nase. Furunkel sehen schrecklich aus, wie kleine Leuchtfeuer, und tun scheußlich weh. Seiner hatte eine unter einem hauchdünnen Hautfilm versteckte winzige Öffnung, ich nehme an, eine Art natürliche Belüftungsanlage für den Eiterherd. Furunkel wuchern wie Krebsgeschwüre, irgendwas scheint da im Körper zu sein, was nach außen drängt. Der Schmerz kommt schubweise, aber das rote Leuchtfeuer brennt permanent. Das ist das Boshafte an den Dingern. Einen Furunkel kann man nicht verstecken, er fällt jedem sofort auf. Und selbst wenn er keinem auffiele, der, der einen hat, bildet sich ein, daß alle ihn sehen, und das vergällt ihm das Leben. Ein Furunkel ist wie ein Kainsmal, er grenzt einen Menschen aus, er leidet darunter.

Aber das sah nur ich so, der alte Seebär Crummy nicht. Ich habe viele Jahre gebraucht, um zu verstehen, wie unterschiedlich unsere narzißtischen Empfindungen waren. Crummy schien die Existenz dieses Furunkels, der – zumal es mitten im Gesicht prangte – jedem ins Auge fallen mußte, gar nicht bewußt zu sein. Äußerlichkeiten hatten keinen hohen Stellenwert für ihn. Er verlegte ständig seine Zahnbürste, lief mit zerrissenem Hosenboden herum, verlor alle paar Tage irgendeinen Knopf. Er sah aus wie ein Penner, und so krumm kam er auch dahergelatscht. Für mich ist jeder Tag ein verlorener Tag, wenn ich mich nicht mit dem Gefühl schlafen lege, daß sich irgend etwas Wichtiges bewegt. Das war sicher auch der Grund, weshalb ich es in Saigon nicht mehr ausgehalten habe. Und so konnte es auf See nicht ausbleiben, daß ich so manche Nacht den Kopf mit dem bedrückenden Gefühl der Leere aufs Kissen bettete, wohl wissend, daß ich nichts Vernünftiges zustande gebracht, mehr noch, mich nicht mal redlich darum bemüht hatte. Ich war, genau wie mein Vater es mir immer prophezeit hatte, ein Nichtsnutz.

Crummy dagegen konnte um fünf Uhr morgens in unsere Backskammer torkeln, alkoholbenebelt, ohne jeden Kummer, und wortlos stumm in einen glückseligen, betrunkenen Schlummer sinken. Lebensregeln oder hochgesteckte Ziele gehörten nicht zu den Narkotika, die er brauchte. Er rechnete von vornherein damit, daß sich jeder Tag aus vielen Stunden nutzlos vertaner Zeit zusammensetzte. Stunden hatten für ihn keine Bedeutung. Ein kräftiger Drink war ihm Rechtfertigung genug, wieder einen Tag abzuhaken, und wenn noch ein Funke Freude dazukam, übertraf das all seine Erwartungen. Irgendwelche Aktivitäten waren kein unbedingtes Muß. Und warum hätte er das auch anders sehen sollen? Für einen wie ihn hielt in irgendeiner fremden Stadt bestimmt kein Taxifahrer an. An Land war sein einziges Ziel am Ende eines langen Tages, einen Schlafplatz in einer Seemannsherberge zu ergattern. Crummy war sich durchaus bewußt, in welche Klasse er sich einordnen mußte. Nach ihm drehte sich auf der Straße keiner um. Und das war ihm gerade recht, er schlenderte lieber als Anonymus durchs Leben. Er war sich selbst genug, was jedoch nichts mit Selbstgefälligkeit zu tun hatte. Er träumte nicht von schönen Frauen und beneidete die Reichen nicht um ihr Geld und die Eleganz, mit der sie sich umgaben. Wenn er nachts von Alpträumen geplagt wurde, dann hatte das was mit seinem Alkoholkonsum zu tun, mit Übelkeit und den Schweißausbrüchen seiner gequälten, unversöhnten Seele. Und sobald es Zeit war, sich aus der Koje zu wälzen und für die nächste Wache im Maschinenraum fertigzumachen, fing alles wieder von vorn an. Er konnte fast darauf wetten: Wenn er die klobigen Arbeitsstiefel zuschnürte, riß der Schnürsenkel ab. Manch einer hätte da geargwöhnt, Gott persönlich habe die Finger im Spiel. Mich zum Beispiel, mich plagt so etwas innerlich, es quält mich, ich mache Gott für meine kleinen Mißgeschicke verantwortlich und mitunter auch mich, wegen des Bildes, das ich mir von Gott mache. Vielleicht offenbart sich Gottes Wirken tatsächlich gerade in den unwichtigen Dingen des Lebens?

Wie immer das sein mag, Samuel Crummy war ein Mann,

der ohne Gott lebte, ohne Gottes Zutun immer das Nachsehen hatte und über seine eigenen Füße stolperte. Er war gern, was er war: ein Fahrensmann, das hielt er für sein *summum bonum*. Auf See entwickelt jeder seine eigene Lebensphilosophie. Crummy hielt sich für einen ausgemachten Glückspilz, weil er in seinem Leben soviel gesehen, abwechslungsreiche Tage auf dem Meer und an Land erlebt und es fertiggebracht hatte, sich nie auf einen einzigen *modus vivendi* festlegen zu lassen. Trotzdem war ihm klar, daß es nicht das einzige Ziel des Lebens sein konnte, Erfahrungen zu sammeln. Er hatte lediglich seinen Frieden mit der immerwährenden Unzufriedenheit der menschlichen Natur geschlossen. Eine Ahnung schien ihm zu sagen, daß es, wenn die Dinge nun mal so lagen, das beste war, immer in Bewegung zu bleiben. Irgendwie hatte er seinen speziellen Weg gefunden, Rastlosigkeit mit Beständigkeit zu kombinieren und sein Tun mit seiner Umgebung in Einklang zu bringen – eine auf seine Existenz zugeschnittene Lebenskunst.

Ein heißer Wind wehte vom Meer landeinwärts, als wir unter der Spätnachmittagssonne das Mekong-Delta hinuntertrieben, die Dreizehnmöwen schossen zum Himmel hinauf, als habe die Tiefe sie ausgespien, üppige Reisfelder säumten unseren Weg durch die schlichten Farben einer grünen und gelben Landschaft. Die »Red River« war ein Victory-Schiff, eins der Klasse 8, die kurz nach dem Krieg in den Jahren '45 bis '47 im Anschluß an die Liberty-Klasse gebaut wurde, schon etwas größer, aber inzwischen doch ein lahmer alter Kahn, verglichen mit den gewaltigen Öltankern und Containerschiffen der Lykes Line, die uns auf dem Wasser entgegenkamen. Von der Crew erfuhr ich nicht viel, alle sahen mich, sooft ich eine Frage stellte, nur kurz an, als ginge es ihnen eher darum, mit diesem flüchtigen Blick über mich in Erfahrung zu bringen, was sie wissen wollten. Heute noch frage ich mich, wenn ich durch die Straßen einer fremden Stadt gehe, wieviel wir den vielen tausend Menschen, deren Blick sich zufällig mit dem unseren kreuzt, bei diesem flüchtigen Augenkontakt von uns enthüllen. Ist das tatsächlich alles, was wir während unserer Zeit auf Erden einander zu geben bereit sind? Manchen scheint dieser Blick alles zu sagen, manchen überhaupt nichts, aber die meisten von uns rätseln noch nach Jahren, was die anderen wohl im Bruchteil einer Sekunde in unserer Seele gelesen haben.

Wir lagen in der heißen Abendluft draußen auf dem Deck und ließen uns gemächlich wie auf einer Kongo-Fähre in einer Erzählung von Joseph Conrad flußabwärts treiben. Hinter der Flußbiegung konnten wir gerade noch Saigon ausmachen, einen flimmernden flachen Lichtklecks, der in mir Erinnerungen an samtweiche vietnamesische Nächte wachrief und an die Frauen, die ich in dieser Cowboystadt kennengelernt hatte. Ich verfiel in nachdenkliches Schweigen. Unsere Hubschrauber warfen über den Reisfeldern Leuchtkörper ab, hin und wieder dröhnten in der Ferne die dumpfen Einschläge von Artilleriegranaten, wahrscheinlich wurden sie auf gut Glück abgefeuert, um Vietcong-Einheiten zu stören, die sich im Schutz der Dunkelheit neu sammelten. Wir hatten davon gehört, daß die VCs Handelsschiffe unter Feuer genommen hatten – nichts, was ernste Schäden anrichtete, lediglich ein paar kleine, rasch gelöschte Feuer auf Deck. Johnson, ein stiernackiger, kräftiger junger Schwarzer aus Georgia mit einem schweinchenschlauen Gesicht, einer unserer Pantry-Stewards, erzählte mit hoher ausdrucksvoller Stimme von seinen Reisen nach Südamerika – auf der legendären »Romantischen Straße« von New Orleans aus. An Bord eines Schiffes hört sich jede Reise verlockender an als die, die man gerade macht.

Der kräftige Bursche, der ihm zuhörte – einer, der alles an Bord mitbekam –, war Krazy Kat, ein Seemann wie aus dem Bilderbuch. Er sah aus wie der klassische Pirat: schwarz vom Scheitel bis zum großen Zeh, mit ausgefallenen Drachentätowierungen und Augen, bei denen man unwillkürlich an scharfe Enterhaken denken mußte, an die einsfünfundachtzig groß, schlank, bärenstark, mit einer seltsam gefärbten Kopfbedeckung, die, wie ich später erfuhr, das Erkennungszeichen der Rastafari-Sekte ist. Wenn er redete, hatte ich Schwierigkeiten, da verstand ich nur jedes zweite Wort. Mit von der Partie war außerdem ein schwergewichtiger Weißer mit Bürstenhaarschnitt. Ich kannte ihn nur als Sparks, den Bordfunker, der jedes Gerücht zu kennen schien, das gerade an Bord die Runde machte. Er beschrieb uns ausführlich das Krebsgeschwür, das sich seit langer Zeit bemühte, ihm das Knie wegzufressen. Ausgesprochen fröhlich erzählte er uns, nun sei's soweit, nun müsse er sich das Bein amputieren lassen, und daher sei dies seine letzte Fahrt. In ungefähr drei Wochen würden wir wieder drüben in den Staaten sein, und dann habe er genug Jahre für die höchste Stufe der Invalidenrente beisammen, die die Reederei und die Gewerkschaft zahle. Es war mir ein Rätsel, wie man im Knie Krebs kriegen konnte. Ich fragte ihn, wieso er nicht verlange, daß die Reederei ihn heimfliege. Er schnaubte verächtlich und sagte nur (ohne mich anzusehen, denn da gab es andere, die einen Blick in seine Augen verdienten): »Ach Kid, du kennst diese Reederei nicht.« Krazy Kat nickte wissend dazu, aber Jack Boggs, auch ein alter Fahrensmann, der wie eine billige Elvis-Presley-Imitation herumlief, obwohl er dafür inzwischen zu alt und verhärmt aussah, mischte sich ein und stellte in Frage, ob wir überhaupt je heil drüben ankommen würden: »In drei Wochen, Sparky? Wem willst du so einen Scheiß weismachen?« Mit seiner rauhen, tiefen Raucherstimme verhieß er uns: »Der Nordatlantik, das ist mitten im Winter ein verdammt heimtückischer Teich, da tanzt unser Pott wie ein Spielzeug auf den Wellen – du wirst's erleben. Besorg dir lieber 'nen Flieger, Sparky!« Und er lachte roh und nuckelte hustend an seiner Zigarette.

Als ich fragte, warum wir eigentlich so hoch über der Kiellinie lägen, erklärte mir Johnson, daß von Vietnam aus Richtung Westen keine Fracht zu kriegen sei, außer Leichen, alles andere werde nur in umgekehrter Richtung transportiert. Da dämmerte es mir, daß wir, weil wir »leer fuhren«, nicht genug Ballast gegen schwere See hatten und daß der einzige Zweck unserer Fahrt darin bestand, das Schiff nach Amerika zu bringen, dort die Mannschaft auszuwechseln und neue Fracht für Vietnam aufzunehmen. Das mutete ein wenig gespenstisch an und schien nichts Gutes zu verheißen, als wären wir auf einem Totenschiff.

Die Männer hatten Hummeln im Hintern, und genau das meinte Krazy Kat, als er sagte, wir hätten zu lange in Saigon vor Anker gelegen, beinahe fünf Monate, und wollten jetzt endlich nach Hause, um all das zu erledigen, was so lange liegengeblieben war, und was Gescheites mit dem vielen Zaster anfangen, den wir auf der 'nam-Tour gemacht hatten.

Sparks nagte noch an dem herum, was Boggs gesagt hatte; welche Angst er um sein Bein hatte, merkten wir an seinem Eingeständnis, daß die Schmerzen im Knie viel schlimmer seien, als er bisher zugegeben habe. Er war anscheinend auch tief beunruhigt, wegen des Griechen in New York, womit er den Schiffseigner meinte, »den schäbigen Bastard«, von dem Crummy ja schon gesagt hatte, er werde das Ding so schaukeln, daß ich um meine Sozialversicherung käme. Und da starrten nun alle wie hypnotisiert auf Sparks' schlimmes Knie, das, in eine Ledermanschette gewickelt, aussah wie ein sadomasochistisches Ausstellungsstück in einem Museum.

Immer neue Geschichten machten in dieser Nacht die Runde, in der wir zusammensaßen wie die alten Krieger der »Ilias« vor Trojas Mauern, Geschichten von Kummer und Sorgen und dem kleinen Zipfel Hoffnung, an den sich jeder klammerte. Ich hielt den Blick auf die Lichter gerichtet, die nun allmählich hinter der Flußbiegung verschwanden, und dachte, das sei wohl das letzte Mal, daß ich Saigon zu Gesicht bekäme – die anmutige Mätresse an den Mekong-Ufern, die Stadt, in der ich Abschied von meiner Jugend genommen hatte.

Gegen Mittag des folgenden Tages fuhren wir aus dem Mekong-Delta ins rauhe, windige Wasser des Südchinesischen Meeres, und unsere »Red River« ließ uns nicht lange auf ihren ersten Nervenzusammenbruch warten. So unglaublich es klingen mag, der Hauptgenerator fiel aus, das Notaggregat sprang unerklärlicherweise nicht an, und nichts rührte sich mehr. Ein böses Vorzeichen, obwohl die Ingenieure und Maschinisten sofort an die Arbeit gingen. Einstweilen jedenfalls bockte das Schiff an der Ankerkette auf den stürmischen Wellen vor der Provinzhauptstadt Vung Tau, die die Franzosen einst Cap Saint-Jacques genannt hatten, als sie noch das »Cannes des Fernen Ostens« gewesen war.

Während ich dastand und den Schlingerbewegungen des Schiffsrumpfes zusah, tauchte genau vor mir etwas Unförmiges aus den Wellen auf. Meine Phantasie machte ein Meerungeheuer daraus, die eher prosaischen Bereiche meines Gehirns versuchten mir klarzumachen, daß es sich lediglich um einen großen Gummireifen handele. Aber nein, das Ding *bewegte* sich, es bewegte sich mit kraftvollen, schnellen Schlägen vorwärts. Es war eine unglaublich lange, dicke, grellbunte Seeschlange. Ich hatte nie zuvor ein so riesiges Lebewesen gesehen. Ich war wie vor den Kopf geschlagen und vor Schreck starr. Denn es konnte nur das sein, was meine Augen sahen: ein mythologisches Fabelwesen aus der Tiefe des Meeres, den Augen der gewöhnlichen Sterblichen verborgen, das sich nur wenigen Auserwählten zeigte.

Ich spürte nicht mehr, wo mein Magen war. Eisige Kälte überlief mich, und dann schrie ich den anderen zu: »Hey, kommt schnell, seht euch das an! Eine Seeschlange!«

Johnson, der schwarze Pantry-Steward, kam gemächlich herübergeschlendert, das vollaufgedrehte Transistorradio unter dem Arm und an einem Schinkensandwich kauend. Aber jetzt machte er plötzlich erschrockene Glupschaugen. »Ach du gottverdammter Judaspriester! Mann Gottes, ich glaub, ich seh nicht recht. Und in dem Scheißwasser wollte ich g'rade 'ne Runde schwimmen!«

Die Riesenschlange bewegte sich nicht mehr, sie lag wie leblos im Wasser, nur ihr Kopf pendelte mit dem Spiel der Wellen auf und ab. Als ob sie uns beobachtete. Auf irgendwas wartete – auf irgendein Zeichen. Aber auf welches?

Nun kamen auch die anderen, um zu sehen, was da los war. Die Ellbogen auf die Reling gestemmt, ließen wir uns von dem im seichten tropischen Küstenwasser schaukelnden Schiff wiegen und starrten mit weitaufgerissenen Augen auf das gewaltige Fabelwesen, das so unheimlich still und reglos im Meer trieb und uns ebenfalls anzustarren schien. Ein paar von uns murmelten Satzfetzen vor sich hin, die keinen Sinn machten, aber viel von der Angst dieser Männer und ihrem abergläubischen Respekt verrieten. Doch nachdem sie eine Weile hingeglotzt hatten, schlenderten die ersten gelangweilt davon. Johnson warf den Rest seines Schinkensandwichs ins Wasser, als wolle er sehen, ob das Biest tatsächlich lebendig war und – wie eine Taube, dachte er vielleicht – nach dem Happen schnappte. Die milchweißen Brotbrocken dümpelten träge auf den Wellen.

Und plötzlich kam wieder Leben in die Schlange. Mit

verblüffend schnellen, peitschenden Schwanzschlägen
schoß sie auf die Reste von Brot und Schinken zu, klappte
die riesigen Kiefer ihres Mauls auf, und Johnsons Köder
verschwand im Rachen. Ohne uns auch nur einen Augenblick länger Beachtung zu schenken, schnellte sie dann
herum, zeigte mir sekundenlang ihr gelatineartiges Auge –
vielleicht, weil sie mich noch einmal daran erinnern wollte,
daß ihr Auftauchen ein böses Omen bedeutete – und
tauchte mit einem letzten peitschenden Schwanzschlag in
die Tiefe hinab, um sich in ihre irgendwo in der unergründlichen Weite des Ozeans verborgene Höhle zurückzuziehen. Weg war sie und das Brot auch. Und das alles von
einem Augenblick zum anderen.

Mein Gott! Wie sehr waren wir uns unserer Sterblichkeit
bewußt, als wir auf das aufgewühlte Meer starrten und uns
fragten, welches grausame Geschick uns nun wohl vorherbestimmt war. In Johnsons Augen sah ich nur noch Weiß,
wie bei einem Leichentuch.»O heilige Scheiße!«stammelte er.»Habt ihr das gesehen? Und in dem Wasser wollte ich
schwimmen! O Mann, von heut an geh ich überhaupt nicht
mehr schwimmen!«

Die Männer lachten nervös. Der erste Schreck war über-
wunden, das Ganze war schon wieder ein Stück Seemannsgarn geworden, eine von den Geschichten, die einem an
Land sowieso keiner glaubt – und überhaupt, das feste
Land ist eben ein anderes Element. Wasser ist flüssiger, da
fließen die Träume des Lebens schneller, weil das Blut sie
leichter ins Gehirn schwemmt. Freilich, auf dieser Reise
begleiteten uns viele Geschichten und Märchen, und wie
das eben immer ist: In manchen steckte ein Korn Halbwahr-
heit, in manchen nicht mal das. Mir aber lag es fern, den
anderen von den Mythen zu erzählen, die ich in der Schule
gelernt hatte, von jenen Sagen, in denen Schlangen stets
Vorzeichen kommenden Übels sind und in denen die

Griechen, ehe sie in See stechen, ihren Göttern Opfergaben darbringen. O nein: das böse Omen verbannen, in der Gegenwart leben.

Aber dieser Tag hatte etwas Heimtückisches geboren, Heimtücke lauerte allenthalben, sogar die harmlosen Kringelwölkchen, die man in die Luft paffte, schienen etwas Heimtückisches zu haben, bevor sie von den über dem weinfarbenen Meer geballten Wolken aufgesogen wurden. Etliche Stunden vergingen noch, bis der Generator repariert war. Das Schiff machte wieder Fahrt, und die Küste von Vietnam schien sich, als sich Zwielicht übers Meer senkte und alle Perspektiven diagonal verzerrte, von selbst zusammenzufalten und vom Horizont aufgesogen zu werden.

Wir hielten auf die Küste von Taiwan zu, vorbei an mehreren von Nebel und Dunst umwallten Privatinseln, die geheimnisumwittert aussahen und die Crew zu lauten Träumen verleiteten über das sagenhafte Geheimnis des Reichtums, den die Männer oder die Firmen gescheffelt haben mußten, denen diese Sanktuarien gehörten; mich verfolgt noch heute die Frage, wer das wohl gewesen sein mag, der sich solchen Luxus leisten konnte.

Auf See lernte ich jeden Tag etwas dazu. Ich kotzte mich durch die ersten Tage, bis ich nur noch galligen weißen Schleim herauswürgte, aber dann hatte ich's geschafft, mir waren »Seemannsbeine« gewachsen – anders gesagt: Ich hatte mir den typischen Seemannsgang zugelegt. Die schwerste Lektion, die ich in meinem neuen Leben auf schwankenden Schiffsplanken lernen mußte, war ohne Zweifel das »Durchpusten der Rohrleitungen« am Hauptkessel, eine Tortur, der ich mich jeden Nachmittag stellen mußte. Dazu brauchte man starke Schultern und Arme, und Crummy war nun mal nicht besonders stark und mir daher keine große Hilfe. Drahtig war er vielleicht, aber er

210

neigte dazu, in der gewieften Art eines alten Gewerkschafts-
mitglieds ständig zu jammern, wie schlecht es ihm gehe,
kurzum, als *wiper* war er wahrhaftig kein zuverlässiger Partner. Allmählich verstand ich, warum er bei der Crew kein
hohes Ansehen genoß.

Die Hauptkesselanlage ist im übertragenen Sinne die heimliche Herrin des Schiffs, denn die Kessel sind es, die wie
eine geheimnisvolle Gottheit letztendlich darüber ent-
scheiden, ob wir die Fahrt lebend überstehen oder dem
Tod geweiht sind. Und ich mußte mich nun jeden Nachmittag dem hochaufragenden, feuerspuckenden, stahlum-
mantelten Drachenungetüm nähern, um, wie gesagt, die
Rohrleitungen »durchzupusten«. Das fing damit an, daß
ich, schwere Arbeitshandschuhe an den Händen, so lange
an etlichen alten Stahlketten ziehen und zerren mußte, bis
diese endlich die verschiedenen Kesselabdeckungen hoch-
hievten, wobei unter ohrenbetäubendem Zischen unge-
heure Mengen Dampf entwichen – jener Dampf, der normalerweise im Kessel für den nötigen Druck sorgte.

Red MacGuiness, der Zweite Ingenieur, ein bärbeißiger
Rotschopf, bei dem sich der grimmige Zug geradezu in den
Mundwinkeln festgefressen hatte, stand bei der Aktion ein,
zwei Stufen über mir und öffnete und schloß im exakt auf
meine Handgriffe abgestimmten Takt die Ventile, während
ich die Rohrleitungen »durchblies«. Wir arbeiteten als Ge-
spann wie ein gut eingespieltes Schlittschuhläuferpaar, bei
dem der eine ahnen muß, was der andere gleich tun wird.
Das kochendheiße Öl tropfte von den Ventilen auf mich,
und ich trug, um nicht ständig Verbrennungen an den
Schultern oder im Gesicht davonzutragen, einen breit-
krempigen australischen Buschhut. Trotzdem wurde heißes Öl für meine Haut schon bald zur zweiten Natur. Öl ist
eine Essenz, an der ein eigentümlicher Geruch klebt, und
so fühlt es sich auch an. Es läßt einen unwillkürlich an

versteinerte Kohle, beinahe möchte ich sagen: an Dinosaurier denken. Ein spezifischer Geruch, der den Männern im Maschinenraum viel nachhaltiger anhaftet als der Decksmannschaft der Geruch nach Salz und Meer. Er dringt einem in die Kleider, kriecht in alle Hautpartikel, in die Finger und unter die Fingernägel, er setzt sich im Hosenzwickel fest, im Schritt, und auch wenn man sich noch sooft mit Seife wäscht, scheint er sich nachts, während man schläft, tief in den Zellen abzulagern. Dann dauert es nicht mehr lange, bis er sogar in deine Träume eindringt. Bald war ich so mit Öl und Fett getränkt, wie ein *wiper* es nur sein kann, und allmählich wurde ich ein bißchen stolz auf den neuen Oliver und den ungewohnten Anblick, wenn diese fremde schwarze Hand meinen Piephahn beim Pinkeln hielt. Als sich dann allerdings meine verschleppte Geschlechtskrankheit wieder bemerkbar machte und mich zwickend und juckend an die libidinösen Ausschweifungen meiner Vergangenheit erinnerte, ahnte ich, daß irgend etwas mit mir nicht stimmen konnte. Irgendein Gift mußte sich in mir festgesetzt haben, und zwar an der Stelle, an der's um meine Zeugungskraft ging, aber ich hatte keine Ahnung, was ich dagegen tun oder wem ich mich anvertrauen sollte.

Crummy bekam ich nicht oft zu Gesicht, die Zeiten, zu denen er in unsere gemeinsame Backskammer kam oder sich davonschlich, folgten einem anderen Stundenplan. Er war auf seine verschlossene Art höflich, gab bereitwillig Auskunft, wenn ich ihn etwas fragte, war aber offenbar nicht bereit, mir – so wie seinerzeit in der Bar, in der Nacht, in der wir uns kennengelernt hatten – einen Blick ins Innerste seiner Seele zu erlauben. Es war, als folge sein Leben auf See einem anderen Rhythmus, über den er nichts sagen wollte. Es war, als schleppe er ein ganz bestimmtes Geheimnis mit sich herum und sei sehr darauf bedacht, niemanden zuviel erfahren zu lassen, damit es ihm ja nicht passierte, daß ihm noch mal einer weh tat. Verschlossene Schubladen, versteckte Alkoholvorräte, eine geheime Liebschaft vielleicht ... Aber halt deinen Schmerz tief in dir verschlossen, laß keinen was davon wissen, versteck ihn wie eine Geliebte, damit kein anderer ein Auge auf ihn wirft!

So kam es, daß ich im Grunde keinen hatte, mit dem ich mich aussprechen konnte, denn meine Kontakte erschöpften sich in dem kärglichen »Na, Kid, wie geht's?« In den Augen der anderen stand ich irgendwie noch nicht voll im Leben. Red MacGuiness nahm mich in all den Stunden, die wir gemeinsam im Maschinenraum verbrachten, kaum wahr. Er fragte was, ich antwortete. Er sagte mir, was ich tun sollte, ich tat's. Er lebte mit seinen riesigen, zyklopisch in die Stirn gerückten grünen Froschaugen an mir vorbei, ständig von Sorge erfüllt, was wohl während seiner Wache als nächstes schiefgehen würde. Er war irgendwie nicht von dieser Welt, ich habe ihn nicht ein einziges Mal lächeln sehen, ein Lächeln, wie es sogar Krazy Kat und die anderen von der Decksmannschaft zustande brachten.

Der Captain war seit langem irgendwo im Inneren des Schiffs untergetaucht, in einem Refugium, das ich nie betreten durfte und wo ihn allenfalls ein paar Privilegierte zu Gesicht bekamen, die Offiziere, die für ihn das Schiff führten, der Bordfunker Sparks und die Küchencrew, die ihm das Essen in seiner Kajüte servierte und uns erzählte, er habe die Gicht in seinem geschwollenen Bein und könne sich kaum bewegen. Mir kam es vor, als seien wir alle Gefangene auf diesem Schiff, jeder mit seinen eigenen Problemen und Zukunftsplänen beschäftigt. Jeder zählte die Tage, bis es vorüber war, jedem schien all das zu fehlen, was ihm früher so verhaßt gewesen war, und jeder ging im stillen davon aus, mit den anderen demnächst wieder auf einem Pott übers Meer zu fahren. Alle schienen sich, wie das wohl in jeder Männergesellschaft ist, in ihr molekulares Ich zu verkriechen, manche brachten es fertig, damit zu leben, die anderen zerbrachen daran.

Ein wunderbar klarer, kalter Himmel wölbte sich ein paar Tage später über uns, als wir nördlich der japanischen Insel Hokkaido durch den Pazifik schipperten. An den vereisten Klippen brach sich das Sonnenlicht, aus den Hochtälern stiebte der Schnee so dicht geballt, daß man fast denken konnte, ein Rudel schneeweißer Hunde tolle da oben herum. Am Tag zuvor hatten wir Wale gesehen, die uns eine Weile achtern begleiteten und durch ihre graziösen Luftsprünge und die Wasserfontänen, die sie in die Luft sprühten, eine Ahnung davon vermittelten, wie sehr sie die ausgelassenen Spiele unter der kalten Sonne genossen. Eine Stunde später waren Delphine aufgetaucht, die pfeilschnell das Wasser durchschnitten und uns lockten, wir sollten uns zu ihnen gesellen und mit ihnen in diesem wundervollen Paradies spielen, welches das Meer an so schönen Tagen sein kann. Als sie uns verließen, kam uns dies wie ein Abschied von guten Freunden vor – und ein bißchen so, als hätten wir zum letztenmal etwas so Schönes, so Beglückendes erlebt. Auf See ist man eben immer von irgendwelchen Ängsten und bösen Vorahnungen geplagt. Plötzlich tauchten – von den kabbeligen Wellen hin und her geworfen wie Spielzeugschiffchen – hinter einer Klippe zwei kleine japanische Fischerboote auf und nahmen Kurs auf uns. Die spirrigen kleinwüchsigen Männer, die die Boote lenkten, schienen keine Furcht zu kennen; sie waren wohl in Gedanken schon bei dem reichen Fang, den sie sich trotz des böigen Winds erhofften. Wir riefen ihnen einen Gruß zu, während die »Red River« gegen die rauhe See anstampfte, aber sie hatten alle Hände voll zu tun und beachteten uns gar nicht.

Als die Nacht sich übers Meer senkte und wir in den riesigen Nordpazifik vordrangen, blickte ich zurück, bis die japanischen Berge in der Ferne verschwunden waren – das letzte Stück Land, das wir zu sehen bekamen, bis wir Amerika erreichten. Die Nächte auf dem Schiff waren still und gehörten mir ganz allein, und wenn ich mir die nötige Zeit stehlen konnte, stieg ich hoch zum Bug und stand dann dort und sah zu, wie der Ozean sich im letzten Augenblick vor diesem stählernen Ungetüm teilte, das mit seiner grollenden Kraft die Wellen pflügte und die Nacht mit Küchengerüchen, grellem Licht und dem Stampfen seiner gewaltigen Maschinen schwängerte. In so einer Nacht kam Johnson, der Pantry-Steward, zu mir herauf, und wir standen nebeneinander da und lauschten gemeinsam dem hypnotisierenden Schlagrhythmus des Ozeans. Johnson fing auf einmal an, über Sex zu reden, und wie sehr er ihn wieder mal nötig habe und daß es ja auch mit netten jungen Burschen gehe. Er behauptete, er habe Mädchen trotzdem gern, aber Jungs wären eben »das Wahre«, was ich ihm nicht mehr so recht glauben wollte, nach dem, was er über Mädchen gesagt hatte. Dann redete er auf einmal nur noch von mir, und ich sei bestimmt keiner, der nein sagt, und er habe mich sehr gern, und ich sei so was »wie eine Jungfrau, du weißt schon«, und mit mir wär's bestimmt was ganz Besonderes, und er würde mir »… also, weißt du, einen Fünfziger geben für 'n stilles Stündchen und ein bißchen Spaß zusammen«. Und dann wurde er plötzlich verlegen und fing nervös zu kichern an.

Ja, ich könne ihn gut leiden, aber, versuchte ich ihm klarzumachen, nicht auf diese Tour. Nein, ganz sicher nicht. Ich fand Johnson irgendwie abstoßend, und zwar nicht nur wegen seines unangenehmen Gesichts, sondern auch wegen der primitiven, ferkelhaften Lust, mit der er einem das Gefühl gab, eigentlich nur Mittel zum Zweck zu sein. Trotzdem fühlte ich mich in seiner Gesellschaft wohl; er hörte so manches bei seiner Arbeit im Küchenbereich und hatte dabei tiefe Einblicke in die menschliche Natur gewonnen, nur liefen bei ihm alle Geschichten darauf hinaus, den Menschen auf seinen animalischen Kern zu reduzieren, weil das das Terrain war, bei dem Johnson sich auf vertrautem Boden bewegte. Daß ich ihn abblitzen ließ, nahm er gelassen hin, vielleicht rechnete er insgeheim damit, daß ich die Dinge über kurz oder lang genauso sähe wie er. Schließlich trollte er sich ins Schiffsinnere, wo es warm und hell war, und ich blieb, zehn Schritte von der Brücke entfernt, allein an Deck zurück, ein Schatten, der sich in den Schatten der Nacht verlor, denn auch die Deckswache hatte ihre Posten längst verlassen, den Männern war die Nacht zu kalt und das Meer zu rauh.

Während ich nun einsam dastand und nach achtern blickte, auf das eiskalte, aufgewühlte Meer, wurden die Gedanken, die mir in den Sinn kamen, immer verworrener und absurder. Plötzlich verspürte ich mächtigen Hunger, und als mich dann auch noch der schneidende Wind zauste, wurde ich in meinem Wachtraum zu einer Märchenfigur: irgendein namenloser König, der sich in den Kopf gesetzt hatte, ein rauschendes Fest zu feiern, draußen auf dem Meer, denn es war das Meer, aus dem die Fische auf meiner Festtafel kamen. Und da throne ich nun einsam in all meiner Pracht und Herrlichkeit und halte Mahl, aber niemand will mir Gesellschaft leisten. Fackeln breiten ihre blutroten Schwingen über den Wänden aus, und bald röhrt ringsum das Feuer wie irres Gelächter, ich aber schlemme weiter einsam vor mich hin. Als dann das rohe Fischfleisch in die verborgenen Bereiche meines warmen, nackten Körpers wandert, erhasche ich rasch einen Blick auf die ungeheuren Schatten meines Ichs, die über die Steintreppe huschen, und sehe nichts – alles, was ich ausmachen kann, ist ein leeres, glorreiches Nichts. Und auf einmal ist es rings um mich wieder totenstill, die toten Fische auf meiner Tafel ordnen sich selbst zum Festmahl für meinen gefräßigen Magen, und ich greife nach ihren leblosen Leibern, zermalme die Gräten, grabe die Zähne in das feuchte rohe Fleisch und fange zu essen an. Und rings um mich lauscht und horcht es, wie ich esse.

Ich schaudere.

Ich bin zu einem leibhaftigen Alptraum geworden, in dem einer wie Edgar Allan Poe seine ureigensten Ängste widerspiegelt. Aber ich sage euch, wenn jemand den Mut aufbringt, am Bug eines großen Schiffes auszuharren, während es zerbricht, und wenn er die Nerven hat, auf das wütende Meer zu starren, das schon die gierigen Finger nach ihm ausstreckt, und wenn er das alles unter einer schlingernden Mondscheibe tut, die ihr bleiches Licht eben noch auf den wild wogenden Wellen tanzen läßt und sich im nächsten Augenblick schwarz färbt und die Welt jäh in undurchdringliches Dunkel taucht – wenn er das alles durchsteht, dann begreift er auch, was ich meine, wenn ich von dem hinterhältigen Kribbeln rede, das einem den Rücken hinaufkriecht und sich bis in die feinsten Nervenenden des Gehirns verästelt. Das ist das Gefühl, sich unwiderruflich selbst verraten zu haben. Wenn das Schiff sich anschickt, abermals eine Welle unterzupflügen, und du den dumpfen Schlag vernimmst, mit dem sein Bauch mit dem Ozean zusammenprallt, wenn sich schon wieder eine Wand aus weißer Gischt vor dir auftürmt und die Wellen sich mit brüllender Wut links und rechts von dir über das Deck ergießen, dann wirst du erleben – du mußt nur lange genug dort stehen, eingemummt in einen Sweater und eine Öljacke, die dir freilich nichts nützen gegen die heulende, an dir wie ein entgegenkommender Schnellzug zerrende Kälte –, glaub mir, du wirst erleben, wie sich eine teuflische

Verlockung in dein Gehirn einschleicht und Veitstänze aufführt, nicht mehr nachgibt und dir wie mit Sirenenklängen etwas zuflüstert, was in deinem Kopf, in Silben zerhackt, wie ein nicht endenwollendes Echo widerhallt: »Komm doch, warum nicht? ... Wir warten auf dich ... Komm, es ist gar nicht so schlimm ...« Die Kreatur redet wider alle Logik, wider alle Vernunft auf dich ein, sie redet an gegen deine Gier nach Leben, gegen all das, was deine Vergangenheit und deine Zukunft ausmacht, vielleicht gar gegen die verruchte letzte Wahrheit, gegen deinen Widerwillen vor dem eiskalten Wasser, in dem du einen Tod findest, den hinterher alle für einen bedauerlichen Unfall halten.

»Spring! Spring!« redet die teuflische Stimme dir zu, und du erkennst in ihr deine eigene Stimme. Ach, wenn du doch endlich und für immer im kümmerlichen Splitter des Mondlichts das jungfräuliche Hymen finden und hinter ihm das zerbrechliche bißchen unerkannter Wahrheit erkennen könntest! Oder all das tiefe Wissen, das unter den Wellen verborgen ist und auf dich wartet und dir mit stummen Lippen die Fülle der Erkenntnis verheißt. Folge der Verlockung, und du wirst die Antwort auf alle Fragen finden und Worte vernehmen, die, auch wenn sie dir wie ein Lallen vorkommen, für deinen ausgehungerten Verstand die Rettung bedeuten können.

»Spring! Spring!«

Ich war nahe daran, es zu tun.

Der Ozean wartet auf dich, Oliver. Und ich, ich war in dieser Nacht bereit, mich in seinen gierigen, allesverschlingenden Judas-Rachen zu stürzen.

»Spring! Tu's endlich!«

Und ich rannte in namenloser Angst davon und verkroch mich wie ein verängstigtes Kind im Bauch unseres Schiffes. Als hätte ich etwas über mich selbst herausgefunden. Eine erschreckende Wahrheit. Die ich gar nicht wissen, die ich nie ergründen wollte. Ich wäre bis ans Ende der Welt gerannt, wo es auch liegen mag, nur um dem Tod zu entrinnen. Einen Tod, in den ich mich selbst stürzen wollte. Ich habe nie wieder nachts allein am Bug der »Red River« gestanden. Um ehrlich zu sein, ich bin seither – und das ist bis heute so geblieben – nachts kaum noch allein an Deck gegangen, wahrscheinlich aus Angst davor, noch einmal dem hinterlistigen Dämon meines zweiten Ichs zu begegnen.

Das Wetter schlug um, es verhieß nichts Gutes. Sparks berichtete von einem herannahenden Hurrikan namens »Emma«, der, von den Kodiak-Inseln kommend, nach Südwesten drehte und auf Japan zukam.

Die Männer wurden vor lauter Angst verschroben. Unser Schiff lag viel zu hoch im Wasser, um einem kräftigen Hurrikan im winterlichen Pazifik zu trotzen. Die bisher mühsam verborgene innere Anspannung wuchs, als die ersten von uns krank wurden oder zumindest behaupteten, krank zu sein. Der Patissier unserer Küchencrew, ein Jamaikaner, den alle nur als Sindbad kannten, erkrankte an Lungenentzündung, und sofort kam das Gerücht auf, wir hätten uns durch die Nachtische und Torten, die er zubereitet hatte, längst alle angesteckt. Und prompt fing einer unserer Schmiermaxen an, Blut zu husten.

Mein Kumpel Crummy, der sowieso schon jeden Tag über irgendein Wehwehchen geklagt hatte, schleppte sich in die Krankenstation, jammerte über Schmerzen in der Leistengegend und murmelte was von seinem Blinddarm. Blinddarmentzündungen sind bei Seeleuten und Soldaten deshalb so beliebt, weil sie häufig vorkommen und weil sich nur schwer feststellen läßt, ob jemand tatsächlich eine hat oder nur so tut. So oder so – für mich lief's darauf raus, daß ich mit den Putzerpflichten ohne Crummys Hilfe allein fertigwerden mußte. Und es dauerte nicht lange, bis ich den Preis für meine mangelnde Erfahrung zu zahlen hatte. Eines Nachmittags, so ungefähr um vier, als es wieder mal an der Zeit war, die Rohrleitungen »durchzupusten«, klemmte eine der Ketten und wollte sich, wie sehr ich mich auch ins Zeug legte, keinen Zentimeter vor oder zurück bewegen. MacGuiness pusselte über mir an der Kesselanlage herum; ich rief ihm zu, daß ich Hilfe brauchte. Er guckte nach unten, machte sich in aller Ruhe ein Bild von der Situation und bequemte sich schließlich dazu, seine in klobigen, stahlverstärkten Arbeitsschuhen versteckten Tangofüße in Bewegung zu setzen. Eilig hatte er's freilich auch auf der Leiter nicht. Irgendwie sah er, als er unbeholfen heruntergeklettert kam, mit dem riesigen, farblich genau auf seinen rosigen Schweinchenteint abgestimmten Washington-Indianer-Hut wie ein Wesen aus einer anderen Welt aus.

Ich habe mich seit diesem Nachmittag oft gefragt, ob er das Unheil, das gleich über uns hereinbrechen sollte, womöglich dadurch heraufbeschworen hat, daß er versäumte, vor dem Abstieg die Ventile wieder zuzudrehen. Aber ob das wirklich die Ursache für den Unfall war, wird wohl für immer ungeklärt bleiben, weil ich nicht beweisen kann, daß er sie bereits geöffnet hatte, und er das natürlich abstritt. Das letzte, woran ich mich erinnern kann, war ein markerschütternd lautes Pfeifen, das von irgendwoher aus dem Bauch des Kessels kam, nur ein paar Zentimeter von meinem Gesicht entfernt. In mir schrillten alle Alarmglocken los, als mir klarwurde, daß mit dem Kessel irgendwas nicht stimmen konnte – etwas, was mit dem Druckausgleich zusammenhing. Aus dem Pfeifen war ein gellendes Jaulen geworden, ich mußte unwillkürlich an Polizeisirenen denken, all meine Instinkte schrien mir zu, ich solle davonlaufen, sofort, ohne eine Sekunde zu zögern, was aber bedeutet hätte, in Red MacGuiness' Augen den schäbigen letzten Rest Achtung zu verlieren.

Und dann war, ehe ich überhaupt reagieren konnte, schon alles vorbei. Ich schmeckte das glühende Metall, das mir die Haut versengte, in meinen Ohren läuteten tausend Glocken Sturm, eine dicke, dunkle Rauchwolke rollte über mich hinweg, und ich, nur noch halb bei Sinnen, stieß erstickte Laute aus, die eigentlich eine Art Angstgeheul werden sollten. Winzige Fleischfetzen segelten durch die Luft wie blutrot getränkte Papierschnitzel. Ich wollte etwas sagen, brachte aber nur ein Keuchen heraus.

Später hat man mir erzählt, daß der Kessel genau dorthin, wo Sekunden zuvor mein Kopf gewesen war, hochkomprimierten Dampf in die Luft gespien hat; einer rechnete aus: ungefähr sechs Zentner pro Kubikzentimeter. Ich muß mich instinktiv im letzten Moment zurückgeworfen haben.

Zum Bewußtsein kam ich erst wieder, als ich auf dem stinkenden, öligen Boden lag und über mir die besorgten Augen des massigen Polen sah, der Mulanowitsch hieß, Erster Ingenieur der »Red River« war und allgemein nur Mule genannt wurde. Er starrte zu mir herunter, neben seinem Gesicht erkannte ich andere, das von Red MacGuiness, darauf hätte ich im voraus wetten können, war aber nicht darunter. Später haben sie mir erzählt, er habe, als der dunkle Rauch aus dem Kessel kam, die Beine in die Hand genommen und sei losgerannt. Er war nicht einmal stehengeblieben, um einen Blick zurückzuwerfen, er hatte mich einfach liegenlassen, für ihn war ich tot. Tatsächlich war ich über und über rot angeschwollen, mit Verbrennungen im Gesicht, am Hals und an den Armen und Händen.

Alle versicherten mir immer wieder, ich könne heilfroh sein, daß ich noch am Leben sei, und um MacGuiness und die Tatsache, daß er einen Kameraden im Stich gelassen hatte, machten alle einen großen Bogen. Das gehörte sich so nach dem ungeschriebenen, ängstlich gehüteten Ehrenkodex dieser Männergesellschaft: Man lieferte keinen aus den eigenen Reihen ans Messer.

»Große Klasse, daß du da rausgekommen bist, Kid! O leck mich am Arsch, das war 'n gottverdammtes Dampfbad!«

»Der griechische Bastard in New York ist so beschissen schäbig, daß er gar nicht dran denkt, an der alten Kesselanlage mal irgendwas auszuwechseln. Aber bei der nächsten Inspektion kriegen sie ihn am Arsch, da brummen sie dem verdammten Geizkragen 'n saftiges Bußgeld auf.«

Die Jungs waren sich einig: Das sah dem verdammten Griechen ähnlich, uns mitten zur Zeit der Winterstürme leer zurückfahren zu lassen, statt die Route über den Nahen Osten und entlang der afrikanischen Küste zu wählen und dabei irgendwo eine x-beliebige Fracht aufzunehmen. Aber nein, ihm ging's darum, möglichst schnell die Westküste der Staaten zu erreichen und Kriegsmaterial zu laden.

»Auf die Tour macht er einen dicken Reibach bei Uncle Sam.« Gerüchteweise verlautete, der Grieche streiche, wenn er das Schiff ohne Fracht fahren ließ, eine fette Ausfallprämie von seiner Versicherung ein.

»Wir werden so oder so beschissen«, grollte Boggs, einer unserer alten Seebären, ein Kerl mit einer Stimme, als hätte er ein Reibeisen verschluckt. »Der lausige Schwanz scheffelt jede Minute ein Saugeld. Du kannst deinen Arsch drauf verwetten, daß die an jedem Tag, an dem wir rumliegen und schwitzen, 'ne schöne Stange Geld machen. Und wenn auf der Rückfahrt irgendwas mit dem Schiff passiert, Mann, das ist doch dem Griechen egal, dann muß eben Lloyd's blechen. Was denkst du, wem all die beschissenen Schiffe gehören? Die gehören dem Griechen gar nicht, die gehören in Wirklichkeit den Banken und Versicherungsgesellschaften. Aber er nennt sich Schiffseigner. Arme Trottel

222

wie wir machen die Arbeit, und der spielt den feinen Pinkel.«

Na ja, für den »Griechen in New York« war dies das kleine Einmaleins der Gewinnoptimierung, nicht mehr und nicht weniger, da blieb kein Platz für Gefühlsduseleien oder Solidarität mit den Arbeitnehmern, zumal viele Reeder ihre Schiffe unter der Flagge von Panama oder Griechenland fahren ließen und dort auch ihre Steuern zahlten. Captain Simon Bogolm war nur eine Beruhigungspille für die Versicherung. »Bis er mal irgendwann Mist baut. Aber solange alles gut geht und er nicht zu besoffen rumläuft und zu fett wird und keiner verhaftet und angeklagt wird, ist alles in Butter. Natürlich, von Zeit zu Zeit gibt's mal 'ne Schlägerei an Land, aber da kann er die Schuld uns in die Schuhe schieben.« Was unter dem Strich hieß, der Captain durfte ruhig eine Null mit Ohren oder ein Tyrann sein, das machte dem in New York nichts aus. Der Grieche zum Beispiel hätte einem Matrosen, der sich beschweren wollte, in aller Freundschaft erzählt, daß er als junger Bursche selber auf Schiffen gearbeitet habe. Und damals waren das Pötte, die sogar gestandenen Kerlen das Rückgrat brachen – Kohlefrachter und Bananendampfer. Und da mußte man noch für einen Hungerlohn arbeiten. Und wenn er sich die Zeit dafür genommen hätte, wäre dem Griechen vielleicht sogar wieder eingefallen, wie oft er seinerzeit vor Angst geschwitzt hatte. Obwohl … nein, dafür war das zu lange her, da vergißt man so was. Die Romantik ist vom Winde verweht. Und wenn der Arsch inzwischen ein bißchen breiter geworden ist – na und? Dafür ist der Schreibtischsessel jetzt bequemer und weicher gepolstert. Und überhaupt, wer zerbricht sich darüber heute noch den Kopf? Die Jagd nach dem großen Geld zahlt sich am Ende immer aus. Weil es keine Jagdgesetze gibt. Letztendlich tun wir doch alle nur unsere Pflicht. Warum sollten wir da nach Erklärungen und Entschuldigungen suchen? Gefährliche Situationen gibt's auf See immer wieder.

Und dennoch, der Pfahl, der in meinem Fleische steckte, hatte nichts mit dem Griechen in New York zu tun, er hatte was mit Red MacGuiness zu tun. Es war eine Sache, die ich hier auf unserem Schiff austragen mußte. Nach dem Ehrenkodex hatte er seine Treuepflicht mir gegenüber verletzt, und wenn ich ihn dafür nicht zur Rechenschaft zog, konnten mich die anderen nach demselben Kodex nicht mehr als Kerl von echtem Schrot und Korn respektieren. Aber ich mußte nur einen Blick in seine kalten grünen Schlangenaugen werfen, um meine Angst zu spüren. Ich war als anständiger, höflicher Junge in Manhattan großgeworden, da geht man nicht so ohne weiteres hin und sagt einem anderen ins Gesicht, was man von ihm hält. Ich wußte, daß ich das nicht fertigbrachte, und aus diesem Wissen erwuchs meine eigene Korruptheit. Und das Gefühl, daß ich nichts taugte und mich vor mir selber schämen mußte.

Abends in der Koje ließ ich vor dem Einschlafen die Fingerkuppen über die rasiermesserscharfe Klinge meines kambodschanischen Messers gleiten, träumte Träume vom Tod, der soviel mit diesem kalten Stahl zu tun hatte, und verklärte sie mit Bildern von absoluten asiatischen Herrschern – wie sie vor vierhundert Jahren mit ihren Streitwagen über die niedergemähten, noch blutenden und stöhnenden Leiber aufsässiger Höflinge gejagt waren. Eine einäugige Kambodschanerin, eine häßliche alte Schlampe mit dem bösen Blick, hatte mir das Messer im Hinterzimmer ihres mit Gerümpel vollgestellten, dreckigen Ladens verkauft und dem jungen Bürschchen mit den naiven Augen hoch und heilig versichert: »Ja, das antik, sehr alt! Viel mehr wert, aber ich mach dir guten Preis. Du nimmst mit nach Amerika, gegen Gesetz, zahlst nix Steuer.« Ein bißchen mißtrauisch wurde ich allerdings doch, als sie ihr zweites Preisangebot noch mal um die Hälfte reduzierte.

Trotzdem wurde dieses besonders schöne kambodschanische Messer mein Freund, schon allein deshalb, weil es praktisch das einzige war, das soviel Umherirren, soviele Langfinger, soviel Vergeßlichkeit während saufseliger Nächte in saufseligen Hotels in saufseligen Ländern überdauert hatte und mir geblieben war.

Da Crummy immer noch auf der Krankenstation lag, schlief ich in dieser Nacht allein in unserer Backskammer – oder richtiger gesagt, ich schlief nicht, ich leckte mir die Wunden, die Scham und Gram meiner Seele geschlagen hatten. Ohne daß ich's merkte, hatte das Schicksal mich in einem Gespinst aus unsichtbaren Fäden gefangen – ich weiß bis heute nicht, wie das geschehen ist und warum. Ich verstand nicht, was das Leben mit mir vorhatte. Das dachte ich zumindest, aber dann spielte es mir den nächsten Streich. In dieser Nacht erwachte nämlich das Meer zu schäumender Wut; die Götter, auch Athene, Pallas Athene, die seit frühesten Schülertagen meine Beschützerin gewesen war, ließen uns ihre Macht spüren.

Man kann sich nicht vorstellen, wie es sich anhört und wie man sich fühlt, wenn mitten in der Nacht plötzlich zwanzigtausend Tonnen Stahl im wütenden, gnadenlosen Meer vornüber kippen. Der Augenblick der Wahrnehmung dauerte vielleicht sieben oder acht Sekunden – oder nicht mal so lange –, aber er hat sich für alle Zeit wie mit Eisenkrallen in mein Gedächtnis eingegraben. Nie werde ich das Klirren und Splittern vergessen, als in der Küche schlagartig hundert oder zweihundert Teller zerbrachen. Im selben Augenblick rutschte ich von der Koje und segelte – die Füße voran – Richtung Bullauge. Und sah durch die Scheibe, nur wenige Handbreit vor meinem Gesicht, das Meer zu mir hereinglotzen, den Schlund aufgerissen wie ein gieriges Haimaul. Im Gerippe unseres Schiffs knackte es unheilvoll. Das letzte Stöhnen, ehe der Stahl zerbrach und wir – o ja, alle und alles, Freunde, Feinde, Vergangenheit, Pflichten, Freuden, Wut – von einem einzigen Moby-Dick-Rülpser dieses Wals namens Ozean verschlungen und, wie Jonas, in seinem gefräßigen Bauch eingeschlossen wurden. Alles vergessen, alles vergeben, alles vorbei! Meine Stunde schlug zu früh, ich war noch so jung, es kam mir alles so unfair vor. Und zugleich bereitete ich mich innerlich auf das vor, was nun kommen mußte. Das eisige, brüllende Wasser, das meinen Körper, meinen Verstand, mein ganzes Ich in sich einsog. Qualvolles Ertrinken. Sterben. Und der Moment, in dem wir unseren Gott nach allen Geheimnissen fragen können und endlich Antwort bekommen. Es war soweit, es gab kein Entrinnen. *Tod durch Ertrinken.* Ich ergab mich in mein Schicksal. Ich konnte ohnehin nichts anderes tun, als die Augen schließen, damit ich dem Verhängnis nicht ins Angesicht sehen mußte, zurückkriechen zu meiner Koje, mich abtasten – Hals, Knie, Schultern –, verblüfft feststellen, daß ich keinen Schmerz fühlte, und darauf warten, daß der gähnende Rachen des Todes mich verschlang. In Vietnam, das waren alles nur Generalproben gewesen. Der Vorhang für die Vorstellung hebt sich erst jetzt. Und jetzt ... ist es zu spät.

Wie sich ein zwanzigtausend Tonnen schweres Schiff im allerletzten Augenblick in haushohen Wellen aus einer Schräglage von vierundvierzig Grad (von fünfundvierzig möglichen) wieder aufrichten kann, werde ich, der ich nicht viel Ahnung von physikalischen Gesetzen und technischen Dingen habe, nie begreifen ... Nun, jedenfalls schenkte das Meer uns eine Pause, aus einer Laune heraus, nehme ich an, weil es mit uns spielen, weil es die Erinnerung an die Sekunden davor verwischen und uns einlullen wollte. Todesmomente haben immer etwas mit dem Beinahe zu tun. Ein Wagen rast mit hoher Geschwindigkeit an uns vorüber, wenn wir uns gerade umdrehen, um die Straße zu überqueren. Wir begreifen, wie nahe wir dem Tod waren, aber in dem Moment, in dem wir es begreifen, wäre es zu spät gewesen. Einen Schritt schneller, und ... so empfindet man das immer, gleichgültig, ob es um ein Schiff geht, ein Auto oder eine Kugel, der Tod sperrt seinen Rachen auf, und wir, wie religionsfern wir auch sein mögen und wie profan und entheiligt unser Denken ist, wir begreifen auf einmal die Heiligkeit des Augenblicks, in dem uns der Tod sein bleiches Antlitz entgegenreckt. Und wir wissen, daß der Augenblick sich wiederholen wird, ja, wir werden ihn noch mal erleben, in unserer letzten Stunde, aber erst, wenn wir den Styx überquert haben, wissen wir genau, daß wir wirklich tot sind. Bis dahin sind wir immer einen halben Schritt von unserem Ende entfernt, weil wir im letzten Bruchteil der letzten Sekunde vom Rand des Abgrunds zurückgerissen werden. Vielleicht ist es sogar ein Geschenk, daß wir dem Tod so oft so hautnah begegnen. Die »Red River« ging jedenfalls – weiß der Himmel, warum – in dieser Winternacht nicht unter. Ich hörte von ferne laute Rufe und Schreie, aber es dauerte eine Weile, bis ich mich soweit in die Gegenwart zurückgetastet hatte, daß ich zum Beispiel wieder die schweren stahlverstärkten Schuhe an meinen Füßen spürte, mir den Schreck aus den Gliedern geschüttelt hatte und nicht mehr wie ein Hanswurst schlotterte. Den anderen ging es ebenso, sogar den Ältesten und Erfahrensten in der Crew. Das Schiff gierte weiter um die Hochachse, noch schüttelte der wütende Sturm es unbarmherzig durch, aber er ließ gegen Ende der Nacht etwas nach. Als der Morgen graute, machten wir uns unausgeschlafen und hundemüde daran, zerbrochenes Glas und Geschirr zusammenzufegen, die mit Unrat verstopften Toiletten zu reinigen und unbrauchbar gewordene Lebensmittel einzusammeln. Einige Männer hatten Verletzungen an den Knien und am Kopf davongetragen, nichts Ernstes – auch wenn es später, in den Versicherungsanträgen, ganz anders aussah.

Wie ein Lauffeuer machte das Gerücht die Runde, ein norwegischer Tanker sei zweihundert Meilen von uns in schwerer Seenot, und man habe uns über Funk aufgefordert, zu wenden und die Besatzung an Bord zu nehmen, aber unser unsichtbarer Captain habe durch einen Funkspruch mitgeteilt, unser Schiff sei zu einem Wendemanöver nicht in der Lage. Das wurde nun eifrig ausgeschmückt und heftig diskutiert. Die einen meinten, der Norweger sei inzwischen untergegangen, andere wollten wissen, ein drittes Schiff habe die Rettungsaktion durchgeführt, wieder andere behaupteten dagegen, das sei alles erstunken und erlogen, unser Captain habe einfach die Nerven verloren, er gehöre vors Seegericht und dürfe nie wieder die Führung eines Schiffs übernehmen. Doch gab es auch welche, die hielten Bogolm die Stange und waren der Meinung, unser Schiff wäre zerschmettert worden, wenn wir uns näher ans Zentrum des Sturms herangewagt hätten. Die Diskussion ließ sich, so wie die Dinge lagen, nicht entschärfen, weil unser Funker Sparks von den hochdosierten Medikamenten, die er wegen seines Krebsleidens schlucken mußte, krank geworden war, wie unser Captain allein in seiner Kabine lag und daher zum Wahrheitsgehalt der Gerüchte nichts sagen konnte.

Ich habe nie in Erfahrung gebracht, was aus dem Norweger geworden ist, ob es das Schiff überhaupt gab oder ob es sich lediglich um die Fiktion einer kollektiven Wahnvorstellung handelte. Es war wohl ähnlich wie bei den Geschichten von irgendwelchen Kampfhandlungen, die ich in Vietnam gehört hatte: Der Wert einer Geschichte hing davon ab, wie jemand sie zu erzählen verstand. Geschichten sind nur dann glaubhaft, wenn sie mit der Überzeugungskraft erzählt werden, die aus Geschichten ein Stück Geschichte macht. Ich glaube, daß das für die historische Berichterstattung ganz allgemein gilt. Einfache Leute – Menschen wie du und ich – haben nur sehr geringen Einfluß auf irgendein Geschehen, das später Bestandteil der Geschichte wird. Sogar die, die an einer berühmt gewordenen Schlacht teilgenommen und sie überlebt haben, dürften kaum in der Lage sein, den Ablauf zutreffend und vollständig zu schildern, denn sie kennen aus eigenem Erleben nur einen kleinen Ausschnitt – eben das, was in ihrem Kampfabschnitt geschehen ist. So gesehen ist das, was wir als Weltgeschichte bezeichnen, im Grunde eher die Summe theologischer Mythen, deren Funktion oft darin liegt, all die Zwänge zu rechtfertigen, denen die jeweilige Generation unterliegt.

Die Mannschaft interessierte im Augenblick mehr, was der Captain vorhatte. Nahmen wir Kurs nach Norden, auf die Aleuten, um dort so schnell wie möglich in einem sicheren Hafen vor Anker zu gehen? Oder blieben wir bei unserem bisherigen, zweifellos gefährlichen Kurs? Diese Entscheidung mußte sicher auch im Zusammenhang mit Sindbads Lungenentzündung, der damit verbundenen Ansteckungsgefahr und der alarmierenden Entwicklung von Crummys Blinddarmentzündung gesehen werden. Krazy Kat erzählte, Crummys rechte Körperhälfte sei so empfindlich, daß man sie nicht mal anfassen dürfe, sein Rektum habe sich entzündet, und das Fieberthermometer klettere weit über vierzig Grad. Es bestand die Gefahr einer Bauchfellentzündung und eines Blinddarmdurchbruchs. Offenbar hatte Crummy tatsächlich große Schmerzen, er stöhnte Tag und Nacht im Fieberdelirium. Ich fühlte mich dennoch nicht verpflichtet, ihm einen Krankenbesuch zu machen, schließlich hatte er sich ja auch nicht um mich gekümmert. Ich glaube, ich war einfach zu jung und zu verkrampft, um Mitleid empfinden zu können, zumal mich auch eine meiner tausend geheimen Ängste daran hinderte: die Angst, selber krank zu werden.

Die meisten von uns hätten es für die richtige Entscheidung gehalten, die Aleuten anzulaufen und Crummy mit dem Hubschrauber ins nächste Krankenhaus bringen zu lassen. Krazy Kat meinte jedoch, unser Captain neige aus wirtschaftlichen Überlegungen eher zu einer anderen Entscheidung. Versicherungsverträge sähen nun mal nicht vor, daß eine Gesellschaft für zusätzliche Kosten aufkommt, wenn diese durch einen Umweg mit Rücksicht auf die Gesundheit eines einzelnen Mannes entstanden sind. Also mußte Crummy zusehen, daß er irgendwie durchkam, bis wir in den Staaten waren, aber von denen waren wir noch vierzehn Tagesreisen entfernt.

Mitten in dieser chaotischen und bedrohlichen Situation nahm mich Johnson auf einem verschwiegenen Flur beiseite und bot mir an, seine Fünfzig-Dollar-Offerte beträchtlich aufzustocken. Den Hunderter, den er mir zahlen wollte, lehnte ich zwar ab, aber ich sah in seinen geil glubschenden Augen bereits die zwanghaften Ängste flackern, unter deren Einfluß ein Mann wie Johnson in seiner sexuellen Not zu allem fähig ist. Nie zuvor hatte es mir so wenig geschmeichelt, von jemandem begehrt zu werden, daher versuchte ich, mein Desinteresse mit Rücksicht auf Johnsons Empfindungen möglichst schonend, doch unmißverständlich klarzumachen, wurde aber das Gefühl nicht los, daß er weiterhin glaubte, der Erfolg seiner Bemühungen sei nur eine Frage der Zeit und der Intensivität seines Werbens.

Die Atmosphäre des Irrsinns unter uns verpuffte innerhalb eines Tages, nachdem die »USS Red River«, als wolle sie all unsere Befürchtungen bestätigen, auf einmal Anzeichen eines bevorstehenden Kollapses erkennen ließ. Und tatsächlich, mittags um zwölf kam sie mitten im Nordpazifik bockig und unabänderlich zum Stehen. Die Kesselanlage, dieser Schrotthaufen, der uns schon wiederholte Male Ärger gemacht hatte, meldete sich mit einem letzten Schnaufen von der weiteren Teilnahme an unserer Reise ab.

Im Maschinenraum breitete sich eine lautlose, dafür um so unheimlichere Panik aus, als das Schiff unkontrolliert vor und zurück zu schaukeln begann; das Unwetter hatte sich zwar gegenüber der Wucht der vergangenen Nacht beruhigt, dennoch herrschte immer noch stürmischer Seegang. Mulanowitsch, der hünenhafte Erste Ingenieur, ein Mann mit betäubendem Achselgeruch, machte die Ursache des Problems in der Hauptdampfleitung aus und murmelte, daß eine der beiden Dichtungsmanschetten verschlissen sei und schnellstens ausgetauscht werden müsse.

Vier von der Tagesschicht – außer mir gehörte auch Red MacGuiness dazu – bekamen den Auftrag, den Gipsmantel aufzuschneiden, der als Wärmedämmung rund um die Dampfleitung angebracht war. Auf einer schmalen Arbeitsbühne, von allen Seiten von kleineren Dampfleitungen eingezwängt, fingen wir an, mit riesigen Schraubenschlüsseln, die wir nur zu zweit bedienen konnten, die sieben Bolzenschrauben zu lockern. Wir brauchten mehr als eine Stunde dazu, weil die Schrauben seit Olims Zeiten nicht mehr bewegt worden und daher eingerostet waren. Inzwischen schien die Luft im Maschinenraum kochend heiß, das Schiff wurde bis in die Eingeweide durchgerüttelt. Wir vier, auf engstem Raum zusammengepfercht, kamen uns vor wie Schlangen, die sich in einer kleinen Milchtüte um jeden Zentimeter kabbeln müssen, damit sie sich überhaupt ringeln und rekeln können, und zu allem Überfluß verpestete der Rotschopf MacGuiness mit seinen unaufhörlichen, ekelhaften Schweißausdünstungen die Luft. Ich verdrückte mich, weil mein Magen rebellierte und ich mir eilends über der Toilette Erleichterung verschaffen mußte, aber beim zweitenmal bekam ich nicht rechtzeitig mit, daß mir übel wurde, und da war dann auf einmal alles zu spät. Ich kotzte in hohem Bogen auf den Boden, und ein Teil der Ladung spritzte MacGuiness auf die Schuhe und die Hosenbeine. Er fluchte gotteslästerlich, schnappte sich blitzschnell den Schraubenschlüssel, brachte ihn in Schulterhöhe und schien wild entschlossen, mir mit dem Ding den Schädel zu spalten. Normalerweise sind meine Reflexe recht gut, aber in diesem Moment war ich so überrumpelt, daß ich nur erschrocken zurückzuckte. Wir starrten uns wie versteinert an, während die anderen von Red MacGuiness' Überreaktion viel zu überrascht schienen, um irgend etwas zu unternehmen. Schließlich griff Mulanowitsch auf seine bärbeißige Art ein. »Hört auf mit dem Scheiß, ihr Wichser!« knurrte er. »Seht zu, daß wir fertig werden!«

Wir behielten uns argwöhnisch im Auge und machten uns, von dem Polen zur Eile getrieben, wieder an die Arbeit, die nun darin bestand, die kaputte Dichtungsmanschette durch eine neue zu ersetzen, eine mühsame Pusselei, die viel Konzentration erforderte und bei der eine Menge Schweiß floß. Danach schraubten wir die Bolzen wieder fest, wobei wir inzwischen so schlau geworden waren, die Hebelwirkung einer Metallstange auszunutzen, statt den schweren Schraubenschlüssel wieder wer weiß wie viele Male von Hand herumzuwuchten. Schließlich war es geschafft, und die Nahtstellen waren fest miteinander verschraubt.

Mulanowitsch kletterte mit einem anderen Ingenieur nach oben, um das Ventil für die Hauptdampfleitung zu öffnen. Wir machten mit dem Gefühl, ein gehöriges Stück Arbeit geleistet zu haben, Pause, verschnauften eine Weile und wollten gerade das Werkzeug zusammenräumen, als wir erleichtert hörten, wie der erste Dampfstrahl mit dumpfem Röhren in die Leitung strömte.

Dann aber – keiner ahnte etwas Böses – verkümmerte das Röhren plötzlich zu einem kläglichen Zischen, und kurz darauf rührte sich gar nichts mehr. Wir guckten uns alle dumm an, die Leitung war mausetot, der Dampf war Gott weiß wo, nur nicht da, wo er sein sollte. Wir hatten jämmerlich versagt. Die »Red River« schlingerte weiter hilflos auf dem Meer.

Mulanowitsch stieß wütend die fürchterlichsten Verwünschungen aus, erst gegen uns, dann gegen seine polnische Großmutter und zu guter Letzt gegen den Rest der Welt. Vermutlich saß die neue Dichtungsmanschette nicht fest genug. Der Erste Ingenieur faßte selbst mit an, rammte mir dabei die nach Schweinefett stinkenden Unterarme mit solcher Wucht unters Kinn, daß ich beinahe von der Arbeitsbühne gekippt wäre, und brüllte wieder und wieder: »Anziehen! Anziehen!«, als hätten wir das nicht ohnedies getan.

Das Ventil wurde erneut geöffnet, wir drückten alle die Daumen, ahnten aber im stillen, daß es auch diesmal nicht klappen würde. Und so kam's wirklich, zuerst wärmte uns ein kurzes Zischen das Herz, aber kurz danach herrschte wieder Stille. Wir fühlten uns um die Früchte unserer Mühe betrogen und kamen uns wie Versager vor, zumal immer mehr Männer von der Deckmannschaft in den Maschinenraum kamen, an der Tür herumlungerten und uns mit Blicken maßen, in denen deutlich die Frage zu lesen stand: Was macht ihr da eigentlich für 'n Scheiß?

Also schraubten wir, mittlerweile alle von einer glitschigen Schicht aus Schweiß und Schmierfett überzogen, die Bolzen abermals los, um nachzusehen, was mit der verdammten Dichtungsmanschette nicht stimmte. Immer öfter lief jetzt einer von uns nach oben, um kurz Luft zu schnappen.

Aber der Blick aufs Meer verhieß nichts Gutes, die finsteren grauen Wellen türmten sich, je näher die Dämmerung heranrückte, immer höher. Es hieß, der Captain sei vor Sorge außer sich, und dem Griechen in New York ging es wahrscheinlich genauso – und mit ihm den Versicherern in London und all jenen Typen, die Tag für Tag vierundzwanzig Stunden lang rund um die Uhr im Sommer, Herbst und Winter, bei Regen, Hagel, Sturm und Schnee nichts Besseres zu tun hatten, als um ihr Geld zu bangen.

Ich mußte mich noch einmal übergeben – diesmal im Ersatzteillager und in einen Eimer –, bis nichts mehr aus mir herauskam als trockener Schluckauf und hilfloses Würgen. Ich versuchte, ruhig durchzuatmen und das heiße Verlangen zu unterdrücken, mich hinzulegen, zu schlafen und nie wieder aufzuwachen. Nur mit äußerster Willenskraft zwang ich mich dazu, wieder auf meinen Posten zurückzukehren. So war das mit mir schon immer gewesen, um keinen Preis der Welt wollte ich mir eine Blöße geben und mich vor irgendeiner Aufgabe drücken, die ich mir selber gestellt hatte. Und wenn das in diesem Fall bedeutete, den Gesetzen der See zu folgen – dem Kanon, den Jack London in seinen Geschichten wieder und wieder beschreibt –, dann paßte das haargenau zu den Idealen, von denen das Leben des jungen Oliver auf die gleiche Weise bestimmt wurde, wie es in Vietnam auf dem Festland von den Kriegsgöttern bestimmt worden war, und dann hatte alles einen Sinn und seine Ordnung. Zwei Jahre in Fernost ... nein, drei, und bald würden vier und fünf draus werden – eine lange Zeit, um meiner Phantasie Nährstoff zu geben. Irgendwann später fing ich wahrscheinlich an, um diesen Tag und diese Nacht die aufregendsten Geschichten aus meiner Zeit zur See zu ranken, aber die Wahrheit ist, daß ich mich furchtbar quälen mußte, um alles durchzustehen.

Mulanowitsch stellte mich zur Rede und fragte, wo ich

gewesen sei. »Kotzen war ich, Mann, gottverdammt!« Wütend kehrte ich zu unserer kleinen Gruppe zurück und suchte mir meinen Platz im Kreis der schwitzenden Männer, bis wir die Bolzenschrauben wieder gelockert hatten und dann dastanden wie glotzende Affen und auf jede kleine Nut und Kerbe starrten, als könnten wir dort die Antwort auf die Frage finden, weshalb die beschissene Hauptdampfleitung nicht arbeitete.

Inzwischen drängte sich eine große Gruppe Gaffer am Einstieg, alle starrten zu uns herunter und rätselten an der Frage Was-stimmt-denn-da-nicht mit herum. Bei uns unten huschten die Lichtfinger der Arbeitslampen hin und her, wir taten geschäftig, fetteten Ventile ein und wußten auch nicht, wie es weitergehen sollte. Eine Szene wie auf einer Bohrstation in Saudiarabien bei Nacht: die unstillbare Gier nach Gold und Öl und Reichtum.

Ich glaube, es war Mulanowitsch, der schließlich herausfand, daß wir in unserem Übereifer, die Bolzen fest anzuziehen, die neu eingesetzte Dichtungsmanschette eingeklemmt oder verschoben hatten. Jedenfalls war sie unbrauchbar geworden, weshalb das System nicht mehr funktionieren konnte. Wir hätten, statt einen Bolzen nach dem anderen bis zum Anschlag festzuschrauben, jeden einzelnen zunächst mal ein Stück weit festdrehen sollen, dann den nächsten ... und so weiter, damit sich der Druck gleichmäßig verteilte. Etwa auf diese Weise muß er es, soweit ich das als technischer Laie verstanden habe, erklärt haben.

»Hol 'ne neue Dichtungsmanschette!« bellte Mulanowitsch. Also hetzte ich los und blickte ein paar Sekunden später im Ersatzteillager entsetzt in den leeren Kasten, in dem die Dichtungsmanschette eigentlich hätte liegen müssen. In den Kästen daneben lagen welche, aber die hatten nicht die richtige Größe. Da das Lager regelmäßig kontrolliert wurde und Dichtungsmanschetten zu den Ersatzteilen gehören, von denen die Sicherheit des Schiffs abhängen kann, war das Ganze unbegreiflich. Alles sah danach aus, als habe jemand – ein *agent provocateur* des Schicksals – die Ersatzdichtungsmanschette vorsätzlich geklaut. Mulanowitsch schnauzte mich an, als ich mit der Hiobsbotschaft zurückkam. Er ging wahrscheinlich davon aus, daß ich – blutiger Anfänger und im übrigen nur ein dummer »Putzer« – im falschen Kasten gesucht hatte. Und so stürmte er nun selber los, um das Ding zu holen. MacGuiness musterte mich mit einem schiefen Blick und bedachte mich mit einem häßlichen Schimpfnamen, den ich aber nicht mehr mitbekam, weil er schon losgerannt war, um dem Ersten Ingenieur beim Suchen zu helfen.

Dennoch spürte ich irgendwie, daß ich am Schluß der Held des Tages sein würde. Es muß derselbe Instinkt gewesen sein, der meine Mutter geleitet hat, wenn sie mit traumwandlerischer Sicherheit einen verlorengegangenen Baseball im Gebüsch aufspürte. Jedenfalls tat ich's ihr nach und wetzte alle unverschuldeten Scharten wieder aus, indem ich in einem Kasten irgendwo ganz unten eine alte, angerostete Dichtungsmanschette ausgrub, die zwar kein Schmuckstück war, aber von der Größe her genau paßte. Woraufhin wir uns noch einmal zwei zermürbende Stunden lang abplagten, um das Ding anzubringen. Einer von uns vieren konnte nicht mehr, er kippte um. Aber MacGuiness hielt durch, also hielt auch ich durch.

Mulanowitsch spannte seinen Preisboxerbizeps, um den Schraubenschlüssel zu bewegen, und fragte mich: »Willste auch geh'n?« Meinen Namen kannte er wahrscheinlich nicht, er hatte sich bestimmt nie darum bemüht, ihn zu erfahren, aber in der Art, in der er mir die Frage stellte, lag eine gewisse Achtung, als wäre ihm schließlich doch aufgegangen, daß auch ich das Letzte aus mir rausgeholt hatte.

Wie auch immer, bei diesem bärenstarken, ständig schwitzenden polnischen Ingenieur spürte man eine Menschlichkeit, die Red MacGuiness fremd war; der Rotschopf hatte solche Empfindungen längst verdrängt. Ich sah Mulanowitsch an und schüttelte den Kopf. Also arbeiteten wir langsam und vorsichtig weiter und achteten sorgfältig darauf, daß diesmal kein Teil der Dichtungsmanschette zusammengedrückt wurde oder sich verklemmte, damit die ganze Mühe nicht wieder umsonst war. Sieben Bolzen, siebenmal anziehen, schön langsam nacheinander. Es war mittlerweile nach sechs Uhr abends, und das Schiff schlingerte seit mittags zwölf Uhr in der stürmischen See. Irgendwann drang das Gerücht zu uns herunter, der Captain habe sich, von der Gicht bis zur Unkenntlichkeit aufgedunsen, tatsächlich auf der Brücke sehen lassen, allerdings nur, um den Ersten Steuermann kurz anzubrüllen. Danach, hieß es, sei er zu seiner Kajüte zurückgeschlurft und habe die Tür hinter sich zugeknallt.

Als die siebente Stunde unserer Plackerei im Maschinenraum anbrach, begann ich plötzlich alles mit einer Klarheit zu sehen wie selten bisher; es war das diamantscharfe Begreifen, das, so kommt es mir jedesmal vor, mit einem einzigen Schnitt das Echte vom Falschen, die Realität vom Irrealen trennt. Irgendwas schien mir mit fauchendem Raubtieratem zu verheißen, daß ich, wenn ich es wollte, jetzt die Wahrheit erkennen könne. Im nachhinein frage ich mich, weshalb ich, als die Wahrheit zum Greifen nahe war, nicht zugepackt habe. Gedanken blitzten in mir auf und waren – nie zu Ende gedacht – genauso schnell wieder verschwunden. Sie hätten all das beleuchtet, was im Detail und im Ganzen die Summe unseres Lebens ausmacht, mit unübertrefflicher Genauigkeit, all unser unermüdliches Bemühen, das uns nicht einen Schritt weiterbringt und keine Früchte trägt. Die wahre Natur unseres Daseins hätte ich erkennen können, in dem alle Hoffnungen zerstört werden und sich verzehren, die Hoffnungen dieser Männer hier im Maschinenraum zum Beispiel, die sich im Gestank ihres eigenen Schweißes gegen die Launen des Meeres anstemmten, während sie versuchten, ein kleines Leck abzudichten, nur auf das kärgliche Wissen angewiesen, daß sie eine Bolzenschraube mit jeder Umdrehung des Schraubenschlüssels jeweils nur zwei, drei Zentimeter fester anziehen dürfen, Männer, die in ihren Gebeten um nicht mehr flehten als ein Wurm, der nach Regen verlangt, Männer, die kein höheres Ziel mehr kannten, als das zu tun, was sie tun mußten. Aber all diese Gedanken versickerten im Schweiß und in der Eintönigkeit unserer Anstrengungen.

Kurz vor acht Uhr wurden wir fertig, während das Meer uns, obwohl es nicht mehr so wütete wie in den letzten beiden Nächten, erbarmungslos in seinem Griff hielt und uns den Leichtsinn heimzahlte, mit Leerfracht zu fahren, und den verdammten Griechen – der's nicht mal mitbekam – für seine Habgier bestrafte. Die dauernde Anstrengung hatte uns ausgelaugt, wir stierten hohl vor uns hin wie die Kumpel in einer Kohlenzeche am Ende eines langen Arbeitstages. Ich weiß noch, daß mir plötzlich alles egal war, als ich – vorsichtshalber aus ein paar Schritten Abstand – zusah, wie Mulanowitsch die Ventile öffnete und den Dampf in die Hauptleitung strömen ließ. Zunächst war es nur ein unterdrücktes Blubbern, doch dann wurde das Geräusch lauter und immer lauter, bis wir alle begriffen, daß wir es diesmal offensichtlich geschafft hatten. Die Züge des Ersten Ingenieurs nahmen eine fast irre Verklärung an, er warf begeistert die Arme in die Luft. Sein Mechanikerleben war nicht allzu reich an solchen Höhepunkten, für ihn war dieser Erfolg einer der wenigen Triumphe in einem eher langweiligen Berufsleben. Seine Begeisterung steckte uns an, wir hatten gewonnen, soviel stand jetzt fest. Selbst Red MacGuiness rang sich ein Lächeln ab und stimmte schließlich sogar in das befreite Lachen der anderen ein.

Die Kessel des Mondes sangen röhrend ihr Lied.

Und dann hörte man den Dampf strömen. Und das Strömen klang in unseren Ohren wie das höhnische Gelächter des stählernen Drachens, der sich lustig machen wollte über unsere besessenen Anstrengungen, wieder Fahrt aufzunehmen. Aber das war es, was wir alle um jeden Preis wollten, weil uns der drohende Tod nicht aufhalten sollte. Wenn das Schiff festliegt, dann ist das ein grober Eingriff in unsere Pläne, und wenn das Meer uns packt, dann lähmt hysterische Angst unser Herz und unser Denken, und von da ist es nur noch ein kleiner Schritt bis zur Selbstaufgabe.

Der Captain selbst, war zu hören, sei noch mal auf die Brücke zurückgekehrt, um zum erstenmal seit Tagen, wenn nicht gar seit Jahren, einen Befehl zu geben.

»Okay, volle Fahrt voraus!«

Der Dampf strömte weiter, er wiegte uns mit seinem zischenden, züngelnden Atem in falscher Sicherheit, doch gleich darauf bäumte das Schiff sich bockend auf, als schicke ein riesiges Reptil sich an, uns zu verschlingen. Es war der Augenblick, in dem wir starben, der Herzschlag, mit dem alle Hoffnung auf ein Leben in Geborgenheit erlosch. Wenn es nicht durch ein Wunder gelang, uns aus dem Würgegriff dieses mörderischen Meeres zu befreien, würden wir hier untergehen. Oder wie Boggs es lakonisch formulierte: »Jetzt sind wir endgültig im Arsch.«

Mein Blick und mein Verstand waren blockiert, in meinem Kopf wurde ein Schott zugeschlagen, ich suchte mir glotzäugig einen Weg durch die Nebel des Begreifens. Was hatte es zu bedeuten, daß dieser Fremde im sauberen Overall und mit frischgeputzten Brillengläsern – einer, der offensichtlich gerade erst aus seiner Koje gekrochen war, um die Acht-Uhr-Wache anzutreten – sich so ruhig an mir vorbei-

drängte? Und dann hatte ich's: Es war unser Dritter Ingenieur, ein Amerikaner japanischer Abstammung. Als er
anfing, methodisch die Dampfleitungen abzusuchen, verkroch ich mich tiefer in den Maschinenraum, ich wollte
einfach mal ein paar Minuten lang wegtauchen. Richtig
zurückziehen konnte ich mich nirgendwo, es sei denn in
meiner Backskammer, aber an Schlaf war bei diesem stürmischen Seegang sowieso nicht zu denken. Klar, ich konnte
für die Zeit, die ich länger im Maschinenraum arbeitete,
Überstunden eintragen, aber es war ausgesprochen frag-
lich, ob sich das lohnte, weil es mit an Sicherheit grenzen-
der Wahrscheinlichkeit keinen mehr gab, der sich die
Eintragungen je ansah. Es gab niemanden mehr, der sie
sich ansehen konnte. Reine Zeitverschwendung. Ich flüch-
tete mich in dumpfes Selbstmitleid, und doch war da ein
Gefühl, das ich schon von früheren Gelegenheiten her
kannte und das mir Trost spendete – das Gefühl, daß ich
nicht allein gewesen war. Ich hatte zu einer Mannschaft
gehört – einer unterlegenen Footballmannschaft. Das ist
es, was meiner Überzeugung nach den meisten unserer
Spezies vorherbestimmt ist: zu den Verlierern zu gehören.
Mike, unser Dritter Ingenieur, der offenbar zu einer anderen Spezies gehörte, brauchte nicht mal eine Viertelstunde,
um herauszufinden, wo der Hase im Pfeffer lag: Wir hatten
den ganzen Tag an der falschen Dichtungsmanschette her-
umgewerkelt. Mulanowitsch hatte die Fehlerquelle nicht
richtig geortet, wir hätten die andere Manschette auswech-
seln müssen, die daneben. Wie lächerlich! dachte ich. So
lächerlich kann nur etwas sein, was mitten aus dem Leben
gegriffen ist. Wer am falschen Anfang beginnt, muß am
falschen Ende ankommen. Und zwischen Anfang und
Ende können wir uns nur blind weitertasten, wenn wir
Glück haben, wie Theseus an einem roten Faden entlang,
aber manche müssen sich ihren Weg ohne den Faden

240

suchen. Unser Japaner ersetzte sehr schnell – ich glaube, innerhalb einer Stunde – die defekte Dichtungsmanschette durch die, die wir etwa zwölf Stunden vorher ausgebaut hatten, und siehe da, der Dampfkessel arbeitete wieder einwandfrei. Einmal muckte er noch und spuckte Dampfwolken in den Maschinenraum. Wir wollten schon wegrennen, weil plötzlich Dampfschwaden an unseren Beinen leckten. Aber es blieb bei einem kurzen Intermezzo, die alte Kesselanlage wollte sich wohl nur, bevor es richtig losging, die müden Lungen noch einmal kräftig durchpusten.

Ich schleppte mich in meine Backskammer, wo ich – einsam und allein, zermürbt von Ölgestank und Fehlschlägen, müde von immer wieder zerschlagenen Hoffnungen und von Naturgesetzen, die am Ende jedesmal über all die, die sie zu beherrschen glaubten, zu triumphieren schienen – noch einmal gähnte und mich dann widerstandslos vom schwarzen Brautgewand des Schlafes einhüllen ließ.

Rohe Hände schüttelten mich.

»Steh auf! Komm hoch!«

Benommen, bar jeder Ahnung, wie lange der andere mich schon rüttelte, tauchte ich aus der Tiefe des Meeres auf und sah, daß es immer noch Nacht war. Dieselbe Nacht oder eine Nacht später?

»Mann über Bord!« schrie er, aber vielleicht hatte er es auch schon die ganze Zeit über geschrien.

Übermüdet und kraftlos murmelte ich mit schwacher Stimme: »Was? Wer?«

»Crummy«, antwortete der Mann. »Er ist gesprungen.« Das war alles, was er sagte. Das einer *gesprungen ist,* genügt; die Worte, die man auf See wechselt, sind knapp bemessen, aber unmißverständlich. Das Motiv bedarf keiner Erwähnung, weil dies letzten Endes doch nur auf »eine weiche Birne« oder »irgendwelche Wahnvorstellungen« hinauslaufen würde, je nachdem, was der, der nach einer Erklärung sucht, von Verzweiflungstaten hält.

Ich weiß noch, daß ich mich aus der Koje gewälzt und meine Schnürsenkel zugebunden habe – typisch *wiper*, mit den Schuhen an den Füßen einzuschlafen –, aber ich kann mich ums Verrecken nicht an das Gesicht des Kerls erinnern, der mich wachgerüttelt hatte und nun hinausrannte, zwei, drei Sekunden, bevor ich mich aufraffte und hinter ihm herstolperte. Auch nur ein Fremder in diesem dunklen Leben voller Fremder, die anscheinend nur darauf aus sind, einem irgendeine Hiobsbotschaft zuzurufen und schnell weiterzueilen, damit es auch die anderen erfahren. Noch nicht richtig wach, folgte ich dem Alarmsignal, das zum Sammeln an Deck rief, wo mir – es war vier Uhr morgens – eisige nächtliche Kälte entgegenschlug. Ich gesellte mich zu den anderen, die, wie ich grob aus dem Schlaf gerissen, an den Aufbauten lümmelten, wortlos vor sich hinstarrten, mit den Stiefeln scharrten und irritiert hochsahen, sobald irgendwo ein Murmeln laut wurde: »Natürlich wieder dieser gottverdammte Crummy! Geht hin und springt einfach, das Arschloch. Scheiße!«

Crummy! In zwanzig Gehirnen hallt das Echo desselben Gedankens wider. Frißt sich fest wie ein Enterhaken im Arsch. Gräbt sich mit jeder neuen Böe in die Haut. Warum Crummy? Neue Männer kommen in die nächtliche Kälte getorkelt. Werwolfängste fauchen uns an. Suchfackeln werden verteilt. All das zerrt am brüchigen Netz unserer Fragen. Ich sehe Krazy Kat mit einer grünen Baseballkappe auf dem Kopf, auf der POLO GROUNDS 1954 steht, und da fällt mir ein, daß ich ohne meinen Windbreaker hier oben erfrieren werde. Schattengestalten huschen an der Reling entlang. Einer sagt: »Zwölf Minuten geb ich ihm in dem beschissenen Ozean, und da muß er schon Glück haben.« Und dann Johnsons Stimme. Gemurmel, für alle und keinen bestimmt.»Jede Wette, der ist in die Scheißschraube gekommen. War tot, bevor er im Wasser aufgeschlagen ist. Aber selbst wenn das mit der Schraube nicht stimmt – tot ist er so oder so, das steht fest.«

Auf hoher See ist es mit der vielbeschworenen Gemeinschaft nicht sehr weit her. Jeder steht für sich allein. Tut, was man ihm sagt, nicht mehr und nicht weniger. Und bloß weil es an Bord so beschissen eng ist, muß noch lange kein Kameradschaftsgefühl aufkommen. So jedenfalls war es früher. Bis der häßliche Furunkel auf Samuel Crummys langer Nase zu blühen anfing und Samuel zur Legende wurde, als Emma ihn zum Bräutigam nahm und er einen Sohn namens Ezechiel zeugte, wobei sich freilich herausstellte, daß Ezechiel in Wirklichkeit Oliver hieß. Wir biegen unsere Vorstellungen davon, wer unser Vater ist, so lange zurecht, bis sie uns zu willfährigen Knechten werden. In Büchern wie diesem – meiner Geschichte – mußt du sterben, Samuel Crummy, damit wir in unserem nüchternen Faktenleben etwas haben, womit wir unsere Phantasie füttern können. Und dann hätscheln wir unsere verschrumpelten Leiber und beglückwünschen uns dazu, daß wir uns so gut mit der Tiefe menschlicher Verzweiflung auskennen. Und doch haben wir keine Ahnung, was es bedeutet zu sterben.

Versuchen wir einfach mal, uns das Chaos dieses Todes vorzustellen. Versicherungsvordrucke ausfüllen, Telegramme losschicken – Schreibkram ohne Ende. New York, London … die Welt will erfahren, daß ein Mann, um den sie sich bislang nie gekümmert hat, heute nacht gestorben ist. Geld wird überwiesen. Formulare werden gesichtet und gestempelt. Alles bedeutungslos. Es gibt da einen gerissenen griechischen Reeder an der Wall Street, der mit gewaltigem Arbeitsaufwand gewaltige Leistungen vollbringt. Sein Leben ist eine Aneinanderreihung von Klischees: Diktate, Sekretärinnen, Geschäftsessen und Telefonate. Und eine Frau, die seine Frau ist. Und kleine Menschlein, die seine Kinder sind. Er kann sich nicht einfach hinlegen und sterben, so geht das bei ihm nicht, seine Klischees verlangen, daß er durchhält, schließlich muß er ja weiter ins Büro gehen. Und wenn er krank ist oder vielleicht sogar eine Blinddarmentzündung hat, er wird weiter existieren. Weil er seine Klischees hat, hinter denen er sich versteckt und so, vor aller Anfechtung geschützt, unangreifbar weiter existieren kann.

Aber draußen auf dem Meer, in der Bedeutungslosigkeit, wäre es vermessen, sich so etwas einzubilden. Hier draußen sind solche lebenserhaltenden, mesomorphen Klischees rar gesät. Gewiß, es gibt einen Kapitän, das Schiff, den bezahlten Job, aber es gibt eben auch die zermürbende Gegenwehr gegen tobende Elemente, das permanente Ringen mit dem Meer, die Trostlosigkeit von Tagen ohne Sonnenuntergang, den immer gleichen Wechsel von Tag und Nacht, und da kann es – per definitionem – nicht ausbleiben, daß die Männer orientierungslos werden und sogar der Ordnungsfaktor Disziplin nicht mehr greift. Die Männer spüren ihre Bedeutungslosigkeit und verkriechen sich tiefer und tiefer in ihre autistische Nichtigkeit. Hier leben sie nach den Regeln des Meeres, nach der organischen Disziplin der See; kaum wieder an Land, sind sie für immer orientierungslos geworden.

Und das spürten sie alle, und wenn sie irgendwo in einer Ecke über Tod und Ertrinken redeten, wurde das Gespür zum Wissen, und sie waren sehr bedrückt. Die Wahrheit war überall wie das unermeßliche Meer, das sie einschloß und erdrückte, und wie der launische steife Wind. Ein Gerücht gebar das andere. Crummy war offenbar, bevor er seinem Leben ein Ende setzte, beim Captain gewesen. Hatte ihn um Hilfe angefleht, aber kein Gehör gefunden. Und in den frühen Morgenstunden wucherten die Phantasien der Mannschaft noch üppiger. Da hatten sie plötzlich mit eigenen Ohren gehört, wie Crummys verzweifelte, klagende Schreie durch das Spantenwerk des Schiffes gellten, bis der Nachtwind sie auf dem Meer verhallen ließ. »Himmelarsch, bringt mich doch um Gottes willen in ein Krankenhaus, bitte! Ihr müßt das verdammte Ding rausnehmen, ihr müßt es mir rausnehmen!« Und dabei hielt er sich mit schlierigen, weitaufgerissenen Augen den Bauch, weil er nicht mehr urinieren konnte. Dann aber, wußten die Gerüchte, raffte er sich noch einmal auf und kroch in seiner Todesangst auf allen vieren zur Kapitänskajüte. Er stieß die geheime Tür auf und sah sie endlich in Fleisch und Blut vor sich, diese Marionette, die über das Königreich des Es herrschte, den häßlichen Simon Bogolm, den Herrn des »USS Red River«, der seine wabbelige, beinahe drei Zentner schwere Fettmasse aus dem ächzenden Bambussessel – das Möbelstück konnte Bogolms Massen nur mit Mühe fassen – hochstemmte und, jäh aus seinem alkoholseligen Schlummer gerissen, erschrocken auf das abgemagerte Gespenst auf seiner Türschwelle starrte. Und was tat Simon Bogolm? Er nahm seine Pistole aus der Schreibtischschublade und schlug sie dem armen Kerl, der auf ihn zugekrochen kam, über den Schädel. Jedenfalls wollten das die Gerüchte wissen. Samuel indessen hielt mit blutunterlaufenen Augen das Kreuz auf seiner Brust umklammert, schrie dem Captain seine Qual und den unerträglichen Schmerz ins Gesicht und flehte ihn um Mitleid an. Doch Simon, vom Dämon des Alkohols besessen und vor Angst wie von Sinnen, feuerte seine Pistole ab, schoß das halbe Magazin leer – peng, peng, peng –, weg mit dir, verführerischer Geist! Aber der Geist wollte nicht sterben, nicht hier in Bogolms Kajüte, behaupteten die Gerüchte. Nein, mit übermenschlicher Willenskraft, den Bauch und das Kreuz

umklammert, das geschundene Fleisch mit Kugeln gespickt, kroch er auf das bitterkalte Deck und stürzte sich
mit einem markerschütternden Schrei in das wild schäumende nächtliche Meer.

Und so übergibt er,
Was in ihm lebt und denkt,
Dem ewigen Schlaf.

Mich überläuft es kalt. Oder wurde er über Bord gestoßen?
Manche behaupten das. Wir fragen uns das alle, aber keiner
wird es je wissen. Und keiner wird sich je die Mühe machen,
Nachforschungen anzustellen. Weil sich niemand auch nur
einen Deut um Sam Crummy schert. Ja, so sind nun mal die
Spielregeln, Oliver, lern sie schnell!
Krazy Kat geht mit schleppendem Schritt wie in einer
Zeitlupenaufnahme auf das eiserne Schott zu, das in den
geheizten Innenflur führt. Verwaschene Lichtbündel tasten sich hoch und enthüllen sekundenlang den Blick auf
eine grüne Baseballkappe, eine plattgedrückte Katzennase
und ein verlogenes Grinsen. Ja, es *ist* Krazy Kat. Und ich
stehe hier mit der Erinnerung an einen Mann, den sie Krazy
Kat nannten. Dann kommt er noch mal zurück, stößt das
Schott auf und blickt sich verstohlen um. Das Schott
schließt sich wieder, und Krazy Kat ist weg, ausgelöscht wie
eine Fliege. Der Bildausschnitt verdunkelt sich. Schnitt.
Eine Stunde lang, dann noch mal eine, patrouilliert das
Schiff hin und her wie ein überdimensionaler Cinerama-
Horrorvogel auf der Suche nach seinem Ei. Aber das Ei –
falls es jemanden gibt, der das nicht weiß –, das Ei liegt im
Bauch der Seeschlange, schimmernd gelb und schleimig
meeresgrün. Und die Schlange belauert, während sie sich
das Gallert von den aschgrauen Lippen leckt, das Schiff.
Und plötzlich ist Krazy Kat wieder da, er will auf seinen

Auftritt nicht verzichten. Die Verschwörung auf hoher See. Noch einer. Ein Handelsmatrose. Wieder überläuft es mich kalt, als wäre das Trugbild im vergänglichen Humus meines Magens verankert. Ein jähes Schwindelgefühl verzehrt allen Ehrgeiz und macht es überflüssig, daß ich mich zu erkennen gebe. In einem Traum, der mir den Schlaf raubte, hatte ich mich einmal in eine trostlos trostlose Wüste verirrt, die Golgatha hieß. Und dort bin ich in meinem Traumflug auf eine Kakteengruppe gestürzt, die über und über mit menschlichen Schädeln gespickt war. Da hing ich nun zerzaust und ramponiert wie eine Schmucktroddel an einem Weihnachtsbaum und sah unter mir den aufgeschlitzten Bauch einer mit damastrotem Blut besudelten gelbgrünen Seeschlange.

»Ich seh ihn! Da drüben! Mann Steuerbord!« Hysterie auf dem Vorderdeck. Augen reißen sich los vom Frost, tauen auf. Irgendwo nimmt irgendwer den Ruf auf und gibt ihn weiter.

»Wo?«

»Da drüben!«

»Wo?«

Augen starren ins Dunkel, es ist noch vor Morgengrauen. Ein unverdauter Körper, das mürrische Meer leidet an Verdauungsstörungen. Der stiere Blick sucht den Schädel. Und dann taucht er auf einmal auf, der bis jetzt vom Sperma des Todes verborgene Körper, die See spuckt ihn aus, er ist auferstanden!

Ein gewaltiges Beben wühlt das Meer auf, die Schlange, eine allzeit wachsame Gottheit, senkt das Haupt und schwimmt lautlos und geschmeidig, zufrieden mit sich und der Welt, zurück in die unergründliche Stille.

»Falscher Alarm! Falscher Alarm!« verkündet eine andere, eine tiefere, rauhere Stimme aus dem Dunkel. Die Kälte hüllt unsere Schmach ein, es ist vorbei. Und nun weiß ich's.

Weiß, daß die ganze Welt nur ein Film ist. Und wir sind die Schauspieler, die tun müssen, was das Drehbuch vorschreibt. Wir fügen uns der Technologie der Gefühle. Und wenn wir aufbegehren, dann nur mit langen komplizierten Sätzen, so wie das Drehbuch sie uns unablässig in den Mund legt, vollgestopft mit Worten, die nicht zu vermittelnde Glücksgefühle suggerieren, aber sonst wenig Aussagekraft haben. Und so können wir, wenn wir vom Tod auf dem Meer sprechen, unbekümmert Boggs zitieren – den Seebären mit der tiefen Raucherstimme und dem einstmals hübschen Gesicht, der alle Frauen in allen Häfen der Welt gebumst hat und unser allseits anerkannter philosophischer Zyniker war – später hat er in der Messe bei einem Becher heißem Kaffee sein Leben rückblickend in dem Satz zusammengefaßt:»Na gut, ihr könnt meiner alten Lady sagen, daß sie das Scheißhaus jetzt verkaufen darf.«

Und dasselbe hat auch Samuel gesagt. Nur, er hatte gar keine»alte Lady«. Er hatte nie eine gehabt.

Fortan begleitete ein unsichtbares Leichentuch unsere Crew.»Emma«, der liebgewonnene Hurrikan, versank in der Tiefe, in die unsere Erinnerung Geschichten von gestern verbannt – ein nicht wahrgewordener Alptraum, der mahnende Zeigefinger, der uns daran erinnert, wie nahe wir immer und überall dem Tod sind, aber sobald er innerlich abgehakt ist, seine bedrückende, angsteinflößende Gewalt über uns verliert.

Es dauerte nicht lange, bis Johnson, allein den irdischen Dingen hingegen, in einer Toilette auftauchte, in der ich gerade mit Schrubber und Eimer werkelte. Sein Angebot stand nun bei schwindelerregenden zweihundertfünfzig Dollar. Nimm's oder laß es bleiben – es war zweifellos das höchste Gebot, daß er je für eine *pussy* abgegeben hat.

Obwohl ich abermals – jetzt schon zum drittenmal – nein

sagte, kann ich nicht leugnen, daß ich unter dem Einfluß der jüngsten sowie all der anderen Ereignisse, von denen ich erzählt habe und durch die mir die vertraute Welt fremd, die Unterwelt der surrealen Schatten dafür um so vertrauter geworden war, an diesem Abend, Sam Crummys schaukelnden Mond vor Augen, der Versuchung erlag, das Bild von Johnson in mir zu verklären, bis ein junger schwarzer Gott aus ihm geworden war. Ein Götze, der mit jedem Atemzug den Geruch von Stärke und Sex verströmte. Ich glaubte, das federleichte Kitzeln zu spüren, mit dem sich sein muskulöser, glatter Bauch an meinen schmiegte, und die mysteriöse Masse zu sehen, die sich in seiner Hose formte und Gestalt annahm, in meinen Leib eindrang und mich mit jedem Stoß tiefer pfählte ... Oh, vernichte mich, zerstöre mein Gedärm, wo immer es sich dir entgegenstellt, schraube dich in meinen Rebstock, rieche mich, esse mich, tauche mich in die Kessel des Mondes, aber bleib in mir, rutsch nicht raus, bleib drin, steigere die Qual, fick mich gut!

Und in diesem mondsüchtigen Nebel beginnenden Wahnsinns ging ich auf MacGuiness los. Weil er es in Wahrheit gewesen war, der mir meine Ohnmacht vor Augen geführt hatte, er, nicht Johnson, hatte mich in die Öllachen auf dem Boden des Maschinenraums gespien und seine ölverschmierten Arbeitsschuhe an mir – an meinem ganzen Sein – abgewischt, er war's gewesen, der seinen Posten als Schichtführer verlassen und um sein Leben gerannt war, mich hilflos, dem Tod preisgegeben, liegenlassen hatte und nicht mal jetzt den traurigen Mut aufbrachte, das mir und der Crew gegenüber zuzugeben oder zumindest so was wie »tut mir leid« zu murmeln. Und solange er das nicht tat, war ich eine Null, ein armes kleines Würstchen wie Sam Crummy, dessen Stelle als Erster *wiper* ich jetzt einnahm – ein Posten, auf dem ich alt und grau werden konnte.

Vietnam und alles, was es bedeutet hatte, waren verdrängt. Ich sah die versteckten wissenden Blicke der anderen und wußte, daß ich ein Nichts war. Und so würde es bis zum Ende unserer Überfahrt bleiben – und dann? MacGuiness begegnete ich sicher nie wieder, für mich war er in spätestens zehn Tagen vom Erdboden verschluckt. Ein Kerl, der andere mißbrauchte, sie unterjochte, sich an ihnen versündigte, sie ihrer Würde beraubte, seine Wut an ihnen ausließ. Und wenn meine Zeit um war und ich abheuerte, rückte ein anderer für mich nach und wischte das Sperma meiner Feigheit von dem Schemel, der von nun an seiner war. Richtig – aber was bedeutet es denn, Mut zu haben? Mut ist keine Charaktereigenschaft, Mut ist launisch und unberechenbar wie der Wind, manchmal spürt man ihn und manchmal nicht.

Ich befehle meiner neugeborenen Flotte zu wenden, gelobe mir aber, eines Tages wiederzukommen. Und dann zerstückle ich dich, Red MacGuiness! Ahoi, Matrosen, setzt die Segel! Zerfetzen wir diesen gottserbärmlichen Wind mit dem Schwert der Bibel! Weil ich weiß, daß auf irgend einem kleinen Bahnhof im Regen bereits sie auf mich wartet. Es sind so viele Jahre, die sie nun schon meiner Rückkehr harrt, meine geliebte Schattenfrau aus dem Sonett. Wer bist du? Wer ist sie?

Mit schwerem Schritt kam er angetrottet, um seine Schicht anzutreten, grimmig wie immer, den ekelhaften Washington-Indianer-Hut auf dem Kopf und die schweren, ölverschmierten, stahlverstärkten Arbeitsschuhe an den Füßen. Ein Kerl aus meinen schlimmsten Alpträumen, massig, dominierend, mit einem Herzen, in dem es nichts Gutes gibt. Bei näherer Betrachtung sieht er tatsächlich aus, wie ich mir Mr. Hyde vorstelle, mit kantigem, gemeinem Gesicht, einer Kröte ähnlich mit seinen grünlichen, zwischen roten Wimpern und hellbraunen, spärlichen Augenbrauen eingezwängten Glupschaugen. Ein Mann, vor dem ich mich fürchte wie vor einem Außerirdischen. Aber das ist jetzt vorbei, Oliver – jetzt oder nie. Er dreht mir den Rücken zu, während ich mich mit einem Schraubenschlüssel in der Hand anschleiche und denke, was Hamlet gedacht hat, als er sich über den betenden Claudius beugte. Paß auf, daß du's nicht vermasselst, schlag kräftig zu, verpaß dem schleimigen Bastard, was er verdient! Aber ich kann es nicht. Weil mir Gewalt von Natur aus fremd ist. Und er dreht sich um und schaut mir fest in die Augen, als wären mir meine Gedanken auf die Stirn geschrieben. Ich zittere bis ins Mark, fauche ihn mit lang geübter, unglaubwürdiger Wut an und stammle irgend etwas, was so einfältig gewesen sein muß, daß mein Verstand sich beeilte, es aus dem Erinnerungsspeicher zu löschen, aber ich denke, es wird so etwas gewesen sein wie: »Übrigens, alter Kumpel, schön' Dank auch, daß du mich unter dem gottverdammten Kessel hättest verrecken lassen.«

In solchen Augenblicken sagt man die dümmsten Dinge, aber er könnte ja zumindest »So?« sagen oder irgendwas anderes Ausweichendes. Nein, tut er nicht, nicht mal das bringt er über die Lippen, der grimmige, rotgesprenkelte, schweinsäugige irische Scheißkerl. Er tut einfach, als hätte er bei dem lärmenden Stampfen der Maschine nichts gehört. Bleibt wie festgewurzelt stehen und starrt mich an. Schweiß trieft aus seinen roten Koteletten. Er will mich herausfordern. Das Schiff schwankt, aber er hat die Füße fest auf den Boden gepflanzt, folgt, die Hände in die Hüften gestemmt, mit dem Körper den schaukelnden Bewegungen, läßt keinen Muskel spielen, zuckt mit keiner Wimper, atmet kaum. Ich spüre die Furcht in mir. Er ist ein geübter Gladiator, bärenstark, in ungezählten Kneipenschlachten gestählt, einer, der erfahren ist in brutalen Schlägereien –

und genau darum geht es jetzt, das ist es, worauf ich mich unabwendbar eingelassen habe.

Ich bringe es nicht fertig, als erster zuzuschlagen. Alte Angstsignale, noch aus der Höhlenzeit des Affenmenschen. Schließlich brülle ich ihn über das röhrende Stampfen der Maschinen hinweg an: »Du willst schon wieder dein beschissenes Spielchen mit mir treiben, MacGuiness, du elender verhurter Feigling! Aber jetzt bringe ich dich um, MacGuiness! So wahr mir Gott helfe, jetzt mache ich dich verdammten Bastard kalt!« Jeder soll es hören, und im Maschinenraum glotzten tatsächlich alle zu uns herüber. Sonderrabatt für Plätze direkt am Ring.

Mit verzerrtem Gesicht schwinge ich meinen Schraubenschlüssel wie ein Schwert und mache – ja, alle sollen es sehen – meinen ersten Punkt, indem ich das schwere Werkzeug Millimeter neben seiner Pranke auf den Handlauf krachen lasse.

Einen Augenblick lang lähmende Stille. Wir starren uns jetzt mitten ins Herz. Sein Stolz, sein Ego und seine glühende Wut zwingen ihn, irgend etwas zu tun. Er kann es nicht hinnehmen, daß ich ihn einen Feigling genannt habe. Mitten in seine häßliche Hundefratze hab ich ihm das Wort gespuckt, er *muß* irgend etwas tun.

Und so schlägt er zu – hart und tief und unverhofft. Erst mit einem blitzschnellen trockenen Haken in den Unterleib, dann wie aus dem Nichts mit einem zweiten Haken. Der erwischt mich über dem rechten Ohr, da, wo die Schädeldecke am empfindlichsten ist. Der Schlag hallt wie ein dumpfer Glockenton in meinen Ohren wider. Ich höre mich stöhnen, mein Bewußtsein ist plötzlich wie von Schlieren durchsetzt, aber soviel wird mir immerhin klar: Ich bin noch nicht dazu gekommen, irgend etwas von dem zu tun, was ich mir vorgenommen habe. Was wohl daran liegt, daß ich instinktiv immer noch auf die Stimme der Vernunft

höre, während er, ganz Tier, einer anderen, abgründige-
ren, elementareren Stimme folgt. Und auf einmal explodiert das vertraute, alle Kraft verzehrende schwarze Loch,
in das ich gestürzt bin, und aus meiner Kehle bricht ein
Laut, den ich nur wie von fern höre, und das geschieht in
dem Moment, da mich sein klobiger Stiefel – sein eigentli-
ches Ziel zwischen meinen Schenkeln hat er verfehlt – mit
Wucht an der Hüfte trifft. Ich gehe zu Boden, und schon
spüre ich den nächsten Tritt – an der rechten Schulter, die
Schuhspitze erwischt mich noch am Hals, ein greller Blitz
zuckt durch mein Gehirn. O Gott, der Dreckskerl tritt zu,
während ich am Boden liege! Und dann packt er mich an
der Gurgel, gräbt mit die scharfen Fingernägel ins Fleisch,
und ich sehe den Schraubenschlüssel in seiner anderen
Hand und weiß: Gleich, gleich wird er zuschlagen, schneller, als ich ihm in den Arm fallen kann, und mein Gehirn
wird auf diesen stinkenden, mit Öl besudelten Boden des
Maschinenraums spritzen.

Ich versuche, mich nach links wegzudrehen, als er zu-
schlägt, aber er hat den Hieb sehr kurz und tief angesetzt,
wie ein Bowlingspieler, und da ist es nicht so einfach,
rechtzeitig auszuweichen. Ich erwische seinen Schlagarm
und klammere mich mit aller Kraft an ihm fest, aber auf
Dauer wird das nicht viel nützen, denn MacGuiness ist
natürlich der Stärkere von uns beiden. Und plötzlich beißt
er mich in den Arm, gräbt mir die Zähne ins Fleisch, daß
die Stelle noch wochenlang schwarzgrün angelaufen aussieht wie nach einem Skorpionstich.

Ich glaube, das war der Augenblick, in dem bei mir sämtliche Sicherungen durchgebrannt sind und ich mich blindlings in das dunkle Loch meines Adrenalins stürzte. Ich
schrie mit einer Stimme, die ich noch nie gehört hatte.
Schlug zu, so hart ich konnte. Schob ihn mit einem Ruck
von mir herunter. Er schien ziemlich verdutzt zu sein, es

plötzlich mit einem völlig verwandelten Gegner zu tun zu haben – so verblüfft, daß ihm der Schraubenschlüssel aus der Hand rutschte. Das Schicksal oder das Glück oder eine der launischen Gottheiten, von denen Homer erzählt, hatte Partei für mich ergriffen, und auf einmal war MacGuiness gar nicht mehr so stark und furchteinflößend. Jetzt, wird mir blitzschnell klar, gehört er mir. Ich verpasse ihm einen Schlag, der ihn gegen den Handlauf schleudert, schicke ihn mit einem zweiten Hieb zu Boden und schlage weiter zu – flach ins Gesicht, roh und gefühllos und ohne einen Gedanken daran zu verschwenden, daß mir die Knöchel noch wochenlang vom süßen Schmerz der Rache brennen werden. Ich brülle ihn wie ein Wahnsinniger an, und jetzt sind es *meine* Hände, die sich um *seine* Kehle schließen, jetzt ist *er* es, in dessen angsterfüllten Augen ich die Frage lese: Was ist denn bloß auf einmal los? Ich könnte nicht sagen, welcher Funke diese Kraft in mir ausgelöst hat. Eine Art Mr. Hyde hat in mir Gestalt angenommen, und nun bin ich wild darauf, MacGuiness zu töten – wie vor langer, langer Zeit meinen französischen Cousin mit dem Bürstenhaarschnitt. Ich sehe, wie er den Schraubenschlüssel hochbringt, und sehe, daß ich seitlich am Kopf getroffen werde, aber spüren tue ich absolut nichts. Ich bin taub geworden gegen meinen eigenen Schmerz, so besessen bin ich von der Gier, diesen gottverdammten rothaarigen Zweiten Ingenieur in ein schmutziges Grab zu schicken, die purpurroten Flecken in seinem häßlichen, vierschrötigen Gesicht verblassen zu sehen, um die Welt ein für allemal von ihm – und damit von allem Übel – zu erlösen. Also drücke ich fester und immer fester zu …

Ich bin sicher, ich hätte ihn getötet, wenn nicht – es war, glaube ich, Mulanowitsch, der Pole – jemand eingegriffen und mich weggezerrt hätte. Und dann kamen sie angerannt – der Koloß Nelson und Koombs und noch zwei oder

254

drei –, genau wie Mémé damals in jenem fernen, von Bienen durchschwärmten Land, und plötzlich war Boggs da, er erwies mir die Ehre, von den olympischen Höhen des Bootsdecks zu uns herabzusteigen, und schrie mit seiner verrußten Glimmstengelstimme:»Hör auf damit! Hör auf. Du bringst den Kerl um!« Und dann schrien alle wie verrückt durcheinander, und einer riß Red am roten Haarschopf hoch und schlug ihn flach auf die Wange, um zu sehen, ob er überhaupt noch lebte.

Und mir war zum Kotzen zumute von der Hitze und dem Ölgestank und all dem Irrsinn, ich war völlig durcheinander, doch ich spürte, wie ein Triumphgefühl in mir jubilierte, ich badete in meinem Sieg wie in schmeichelnd warmer Sommersonne – denn ich bin der, der gestern war und heute ist und morgen sein wird.

Das letzte, was ich von Red MacGuiness sah, war, wie ihm das Blut aus der Nase und aus den Ohren lief und sich mit seinen kurzgestutzten roten Haaren vermischte. Er ließ seine Drachenaugen von links nach rechts und von unten nach oben rollen, als hätte er den Überblick und den Verstand verloren – was mit Sicherheit der Fall war –, bemühte sich aber immer noch, einen letzten Rest der längst verlorenen Würde zu bewahren. Er lallte irgendwelche unsinnigen Befehle vor sich, als gäbe er hier im Maschinenraum immer noch den Ton an, obwohl alle wußten, daß er ausgespielt hatte, ausgespielt, weil ich ihn nach Strich und Faden verprügelt und damit getan hatte, was ich tun mußte und wodurch ich ein richtiger Seemann geworden war.

Und ein Mann.

Vor Stolz zitternd wie ein Blatt, wankte ich aus dem Maschinenraum und stieg hoch zum Deck, wo mich der graue Wind wie mit Eisenkrallen packte. Mein Haar wurde wild gezaust, die Wellenkämme schäumten grün und weiß um das Schiff, zauberhaft schöne schilfgrüne Brecher, beladen mit dem Geruch von Salz und Meer, der ganze Ozean sah aus wie ein halbkreisförmiger Schutzschirm, durch dessen Zentrum unser Schiff sich seinen Weg bahnte.

Irgendwo über den gischtenden Brechern schrillt der erste Schrei einer Seemöwe. Habe ich ihn wirklich gehört? Meine Sinne sind bis zum Zerreißen angespannt. Und plötzlich taucht der Vogel mit weitgespanntem grauem Flügelschlag hinter den Wellenbergen auf und ruft mir zum zweitenmal einen Gruß zu: *Hey, Doc!* Wie geht's so? Eh-heh, eh-heh. Flap, flap, flap. Ich guck mich nur ein bißchen nach Abfällen um. Haste was für mich?

Ich will nach unten laufen und es den anderen erzählen, aber ich unterdrücke den Wunsch und genieße mein kleines Geheimnis ganz für mich allein. Und so stehe ich stolz und innerlich aufgewühlt an Deck und lasse mir vom Wind das Gesicht waschen. Ich habe den Drachen in mir niedergerungen. Aber ob es so bleibt? Nun gut, das soll morgen und übermorgen meine Sorge sein. Fürs erste ist es vorüber, Oliver – Gott sei Dank, es ist wirklich vorüber …

Ich schaue wieder aufs Meer hinaus, gebe mich ganz seinem Anblick hin. Es riecht nicht nur anders, es hat sogar einen anderen Geschmack, wie es sich – mächtig wie eh und je, aber ruhig und friedlich – bis zum Horizont vor mir erstreckt. Und es hört sich auf einmal auch anders an, denn in ihm hallt das ewige Schweigen von Samuel Crummy wider, der irgendwo weit hinter uns in der Tiefe liegt – mit dem zerfetzten Hemd an einer alten Feldkiste verhakt – und seine Altmännerseele in der Unterströmung badet.

Und doch höre ich in der Nacht den Schrei, der mich nie mehr loslassen wird.

OREGON

Da! Da ist es! Die Pinienklippen. Die Wälder ohne Angst. O Oregon, so groß, so weit! Hallo, wie geht's dir? Es ist vorbei, wirklich. Ich bin heimgekehrt zu meiner Jugend, Sindbad. Amerika! Die geblähten Segel sind eingeholt, die Luken geschlossen, der letzte Matrose hat die Rahen verlassen, und der Klipper – der stolze, schneeweiße Klipper, der dem Lauf des Hudson folgt, vorbei an den mächtigen, hochaufragenden Felsen, auf denen wachsame Falken thronen –, ist wieder zu Hause, zurück von großer Fahrt.

O ja, das will ich doch hoffen, denn wir Seeleute haben das Meer satt. Lange genug haben wir in diesem unwirtlichen weiten Grün gegrast. Wir sind melancholische Vögel ohne Nest, weit gereist, doch es gibt keine Zunge, die künden könnte von dem, was wir erlebt haben, und keinen Triumphbogen, der sich über unsere Heldentaten wölbt.

Na, Oliver, trägst du mit deinem rührseligen Monolog nicht ein wenig zu dick auf? Die halbverheilten, noch roten Narben in meinem Gesicht sind Wunden, die mir unser Kessel geschlagen hat. Da muß ich mir doch wie ein Held vorkommen. Bin aber keiner. Abgestumpft, gelangweilt, ausgetrocknet. Glaubt ihr's mir wenigstens, ihr weißen Möwen, die ihr in dichten Schwärmen dem Heck unseres Schiffs folgt und uns mit euren schrillen Grüßen willkommen heißt. Ahnt ihr, daß wir fliehen vor der Schmach unseres Schiffes und vor dem Fluch, der auf ihm liegt?

Irgendwo weit da hinten – es würde mich frieren, wenn ich daran zurückdächte. Aber ich werde nicht zurückdenken. Warum haben sich diese verstohlenen Tränen auf meine Wangen verirrt? Weinen wie bei heftigem Wind. Nur, von wo mag er wehen, dieser Wind? Warum wäscht er mir die Bilder meiner Erinnerungen weg, die ich mit meinen kümmerlichen beiden Augen gesehen habe? Zertrümmerte Szepter, verhöhnte Mythen, Preisgabe des Willens, unterschriebene und besiegelte Testamente, Raubtiere, so wild wie ein Traum – o Augen, ihr armseligen Gucklöcher, ihr seht wie ein Pornograph immer nur, wonach ihr Ausschau haltet – beschmutzte, unterjochte Frauen, nach Sünde gierendes lebendiges Fleisch, allüberall ungezügelte, lärmende Lust. All das habe ich mir schon früher vor Augen gehalten, und auch da war es nicht das erste Mal. Ich habe geglaubt, daß die Hoffnung Pfade und einen festen Zeitplan hat, o ja, und es gab noch mehr solche einfältige Gedanken, an denen ich mich festgeklammert habe.

Das winzig kleine Lotsenboot kommt, heftig schaukelnd in der böigen See, aus dem malerischen Hafen von Coos Bay gekreuzt und nimmt Kurs auf die »Red River«. Der Lotse klettert an Bord – das erste Landlebewesen, das wir seit Jahren zu Gesicht bekommen. Wir starren ihn an. Er wendet uns stumm das streng geschnittene Gesicht zu, mißt uns mit Blicken. Er weiß, daß ich es sein werde, der als nächster Schuld auf sich lädt. Und welches Seemannsgarn ich ihm auch vorspinne, er wird mir kein Wort glauben. Weil er nämlich selber ein Seemann ist, trotz seiner langen Ledergamaschen. Die Narbe im Gesicht verrät ihn, ein Säbelhieb hat ihm die Wange gespalten. Also gut – dann schlepp mich mit in dein Seeräuberlager, laß Wein und Weiber kommen. Und für mich Whiskey, damit ich mir das Gehirn vernebeln kann. Und dann verwandle uns wie einst die Gefährten des Odysseus in Schweine. Denn auch wir kommen von weit her, wir sind gerade aus Vietnam zurück. Ja, aus dem Land jenseits des Meeres. O ja, es war hart. Ich will dir erzählen, was uns widerfahren ist. Und dann fange ich an. *Medias in res.* Wie ich mich – an einem Tag im Juni war das – schwerverwundet im Dschungel verkrochen und dann drei Tage lang halluziniert habe. Wie wohlgesonnene Blutegel mir die Wunden trockengesaugt haben. Wie ich um ein Haar abgekratzt wäre. Es aber doch nicht getan, sondern mich in ein Komantschendorf geschleppt habe. So gut wie nackt. Und zu ihnen gesagt habe: *Je suis Français.* Dann kam der Arzt. Der mir von einer großen Schlacht erzählt hat, bei der die Amerikaner gefangengenommen und massakriert wurden, nicht weit weg, in einem Tal westlich des Dorfes. Und doch hat er mir geholfen, mir seine abgelegten Kleider geschenkt und mich dahin geführt, wo die Überlandbusse halten, so daß ich nach Quang Ngai und von dort weiter nach Saigon kommen konnte. Ich lebte, oft der Verzweiflung nahe, still und unauffällig vor mich hin, verbummelte meine Tage und fing mir einen Tripper ein – in Laos oder Phnom Penh, das weiß ich nicht genau, aber es gab auch in Bangkok ein Mädchen, das ich gebumst habe. Sie hieß Mei Lin. Schön wie die Sünde. Mei Lin, die immer, immer ... Ach, ich wäre gern bei ihr geblieben, aber mein Schiff legte am nächsten Morgen ab. So blieb uns nur diese eine Nacht, unsere letzte Nacht. Eng aneinandergekuschelt, streichelten wir uns, rauchten Zigaretten und sahen das erste Licht des neuen Morgens im Osten aufschimmern. Mei Lin hatte schon lange aufgehört, Nächte, Sonnenaufgänge und Männer wie mich zu zählen. Weißt du, das Traurigste am Erwachsenwerden ist die zur Gewißheit werdende Ahnung, längst nicht so gut auszusehen, wie man gedacht hat. Mir wurde das klar, als wir's miteinander trieben, bei jedem Stoß ein wenig mehr. Vielleicht hätte ich doch bei ihr bleiben sollen, drüben im Osten, und sie heiraten. Verrückt genug war ich nach ihr.

Ich hab mir ihren Namen auf den Arm tätowieren lassen – MEI LIN. Und ein rotes Herz, in dem das Wort BANGKOK steht, und einen Pfeil dazu, mitten durch das Herz. Und das Datum. War schon irgendwie komisch. Andererseits, ich könnte jetzt ein Buch über all meine Erlebnisse schreiben. Oder vielleicht eine Abenteuergeschichte. Aber schade, ich kann's nicht. So ist das nun mal. Wirklich jammerschade.

Nur, heute ist ein prächtiger Tag, und das andere – ach, das liegt so weit zurück. Und hier in diesem Land sind meine Eltern zu Hause. Viele, viele Monde weit weg, quer über den Kontinent, den Oregon-Pfad Richtung Osten, vorbei an ungezählten Büffeln, aber wie weit es auch sein mag, am Ende der Reise werde ich sie finden. Meinen Vater in all seinem Reichtum, wie er sich im Sägemehlstaub eines Saloons an der Third Avenue wälzt und allen erzählt, er habe kein gutes Gefühl. »Weil mein einziger Sohn tot ist«, sagt er. Und sie sollten ihm bitte ein Taxi rufen, er wolle nach Hause, sich ins Bett legen und den »Reader's Digest« lesen. Und meine Mutter, ach, wie alle um sie buhlen und mir mein Zuhause verwüsten. Hier bin ich, Mutter, wieder zu Hause. Dein Sohn Oliverre. Der Hurenbock. Der Herr der Segel. Ein Schläger, Dieb und Mörder. Tief im Dschungel unserer Herzen mit dir vereint. Ja, so ist es. Es sei denn, sie wären, während ich die Sieben Meere gepflügt habe, beide gestorben. Und hätten sich gescheut, mich benachrichtigen zu lassen. Denn wie hätte ich mit Anstand an ihrem Begräbnis teilnehmen können? Da hätten doch alle gleich vermutet, ich sei nur aufs Erbe aus. Und mich neugierig beäugt. Weil ich mir den Tripper eingefangen hatte. Und weil ich, statt Erschrecken und Trauer zu heucheln, nur darauf aus gewesen wäre, daß das bewegliche und das

unbewegliche Vermögen möglichst schnell auf mich über-
schrieben werden.

Ich habe, glaube ich, noch nicht erwähnt, daß mein Vater
ein stattlicher Mann war, mit einem wundervollen, ver-
ständnisvollen Humor, und daß er Französisch sprach. Und
wenn er die Zeit dazu fand, schrieb er wunderschöne Ge-
dichte über die Mädchen, die er geliebt hatte, ehe er meine
Mutter kennenlernte, die er nie geliebt hat. Oder habe ich
dir erzählt, daß er mich nie geschlagen hat? Er konnte mich
allerdings auch nicht küssen. Und da ist noch was, was ich
dir nie erzählt habe. Daß ich meinen Vater für den Stellver-
treter Gottes auf Erden gehalten habe.
»Hallo, Vermittlung ... ich hätte gern ein Gespräch nach
New York. Ja, richtig. Templeton acht-neununddreißig-
einundachtzig. Ja, ich danke Ihnen.« Klick-klack. Mein
Finger fährt nervös auf dem Gehäuse des Telefons hin und
her. Ob sich wohl jemand meldet? Und dann schrillt das
Telefon los. In einer Wohnung, von der mich dreitausend
Meilen trennen. Mein Herz hämmert bei jedem Signalton
stärker. Sicher eilt sie tänzelnd über den Teppich, greift
zum Hörer. Zögern, einen Atemzug lang. Ja? Und dann:
»Darling! O mein klein' Darling!«
Mutter!
Die Vermittlung: »Sir, hier Ihr gewünschter Teilnehmer.«
Vielen Dank.
»Isch 'ab gewußt, daß du lebs! Oh, *bien sûr* 'ab ich gewußt,
daß du lebs. Isch wußte, daß dir nichts zustoßen kann, weil
du ja mein klein' Junge biss. Sie wollten uns weismachen,
daß du tot biss. Ja, sie 'aben gesagt, du biss tot. Aber isch
'ab gewußt, daß du nischt tot biss. Nein, sage isch, das ist
unmöglich. Isch sage, isch will ihn mit eigenen Augen
sehen. Ach, mein Darling, mein klein' Darling!«
Lautes Schluchzen. Und dann konnten wir endlich miteinander reden. Und dann konnten wir wieder nicht reden,

weil es einfach zuviel gab, was sich in uns aufgestaut hatte. Wie ist das, wenn man ein Geist im Jenseits geworden ist? Und was hat in meinen Todesanzeigen gestanden, Mutter? Mom, ich muß dir etwas erzählen. Ja? Ja, ich, Mutter. »Ja? O komm 'eim, Darling, komm schnell 'eim!« Ja, so schnell wie möglich. Aber vorher muß ich noch ein wenig reisen. »Wo'in?« Ach, an die Westküste, ich weiß nicht, vielleicht nach Mexiko. Ich bin einfach innerlich noch nicht so weit heimzukommen. Sie will, daß ich ihr das erkläre, aber das würde zu lange dauern, und ich will mich nicht von ihr wankelmütig machen lassen, nicht jetzt. Darum ... darum bleibt es bei dem »so schnell wie möglich«. Ja, leb wohl, Mom! Leb wohl! Und dann hänge ich den Hörer ein und stehe an diesem kalten Januartag in Oregon in der grauen Aluminiumschale der Telefonnische unweit der menschenleeren Verladekais für die Holztransporte. Nun habe ich ihr also doch nichts erzählt – nichts von all dem, was ich erzählen wollte. Wie ich Menschen getötet habe. Und nun heimgekommen bin wie Magellan. Ich werde mir das aufheben. Und sie damit überraschen. An einem Tag, an dem es regnet, ohne Unterlaß regnet. An dem Tag, an dem wir uns wiedersehen ...

... die schwebenden Schritte über den dicken Teppich, die in mir widerhallen, und einen Atemzug lang Zögern, bis ich den Hörer abnehme. Ja? Und eine angenehme, höfliche Stimme läßt mich wissen: »Oh, das tut mir sehr leid, aber Mrs. Stone wohnt schon seit sechs Monaten nicht mehr hier. Mrs. Stone ist nach Europa zurückgekehrt. Nein, wohin, weiß ich nicht. Sie sind seit über vier Monaten der erste Anrufer, der sich nach Mrs. Stone erkundigt. Ich fürchte, sie ...«

Klick. Vielleicht werde ich jetzt nach Mexiko gehen. Geh

mit der Jugend, Richtung Süden! Zu den Adlern in den mexikanischen Bergen und den Hunden, die spätnachmittags hinter weißverputzten Mauern bellen. Wer weiß. Das haben die Vietnamesen auch immer gesagt, damals, als ich noch jung war und drüben bei ihnen gekämpft habe. Wer weiß – vielleicht sind es zwanzig Soldaten, vielleicht fünfzig. Wer weiß – vielleicht sind es zwei Meilen, vielleicht drei, vielleicht auch viele, viele mehr. Die »USS Red River« beginnt mit dem Anlegemanöver. Der Kai ist menschenleer bis auf einen halbwüchsigen Jungen und zwei dumpf vor sich hin glotzende, kaugummikauende Mädchen mit weißen Socken. Es ist viel Zeit vergangen, ein anderes Amerika wartet auf uns. Auch die Menschen sind anders geworden, undurchschaubarer. Winkende Hände, verhaltenes Lächeln. Vietnam, ja, da kommen wir her. Ist das dein Auto, dieser Acht-Zylinder-Chrysler? Was soll die blöde Frage? Heil dem heimgekehrten Helden! Versammelt euch in Scharen! Stellt euch entlang der Straßen Amerikas auf und jubelt mir zu, verlegen und scheu, denn über diesen Krieg werden so viele Geschichten erzählt, über die man besser nicht laut reden sollte. Jubelt mir zu! Und dann fallt über mich her! Ich bin glücklich. Ich kenne hier keine Menschenseele.

Der kleine Mann, der sich mit hängenden Schultern dem Schiff nähert, sieht aus wie ein Beauftragter der Reederei. »Bestimmt ein gottverdammter Grieche«, sagt Boggs. Der Vertreter der Reederei zieht ein wütendes Gesicht. Als hätte er vor, jeden, der ihm über den Weg läuft, auf der Stelle zu feuern. Und die State Troopers mit ihren rauchgrauen Bärenfellmützen, langen Stiefeln und umgeschnallten Fünfundvierzigern – o je, das sieht ganz danach aus, als wollten sie den Captain abholen. Ein kleines Gespräch. Wegen der Inkompetenz, die er während der Reise an den Tag gelegt hat. Da gibt's eine Menge Fragen zu beantworten und eine Menge Meilen zurückzulegen – in Sachen eines gewissen Mister Crummy, vermute ich. Und die anderen Männer da drüben, alle in Grau und mit bedrückten Mienen, sehen aus, als arbeiteten sie für Versicherungsgesellschaften. Die können's kaum noch abwarten, die mit Papieren vollgestopften Aktentaschen aufzuklappen und anzufangen, die Schadenssumme abzuschätzen.

Ach, fangt doch jetzt nicht an, wegen Crummy Haarspaltereien zu betreiben! Nehmt ihn nicht auseinander, er ist tot! Er wollte nie im Mittelpunkt stehen. Da ging's ihm wie mir. Schwupp – die Leinen fliegen an Land. Ringeln sich wie Pythons durch die Luft, ehe sie über das Dock fegen. Die »Red River« gleitet ruckweise auf die Kaimauer zu. Der harzige Geruch von frischgefälltem Holz dringt mir in die Nase. Aus der der Rotz tropft. Wisch ihn weg! Sieht ekelhaft aus. Irgendwie unappetitlich.

Mein Gott, Amerika wirkt so … so betäubt an einem solch trübseligen Tag. Ausgeglüht wie Schlacke. Leblos wie nach einem Nuklearangriff. In Xanadu – in Xanadu werde ich Tränen vergießen. Im Schatten der Pinien. Und den abgesägten Gliedern amputierter Bäume. Die turmhoch auf diesem zwergenhaft kleinen Dock gestapelt liegen. So fehlfarben. So bar allen menschlichen Frohsinns und aller Hula-Hula-Tänze. Schaurig wie das jaulende Heulen eines Kojoten auf einer mexikanischen Mesa. Ich starre aus leeren Augenhöhlen in den Mond. Winde mich zuckend mit den Würmern der Meereskälte. W. O. Stone – ein Tenor unter lauter Bässen. Die lange Zeit draußen auf hoher See, ohne eine Frau. Vierzig Tage und vierzig Nächte. Und weil mein Penis entzündet war, konnte ich mir nicht mal einen runterholen. Dann bin ich zum Eroberer geworden. So? Was hast du denn erobert? Die junge Frau, die in strammsitzenden Slacks und einer Wolljacke am Strand steht und zu uns herüberwinkt. Billig und pickelig. Die hat nichts dagegen. Und ich bin vor Lust ganz kribbelig und verrückt. Zerrissen, hingerissen. Verschmäht, begehrt. Ich bin scharf wie eine Rasierklinge auf sie. Quälende Stille. Angemessene Askese. Ein Lamm, das tölpelhaft durch die Weltgeschichte stolpert und nur noch das eine oder das andere will: fressen oder gefressen werden. Ich hätte Johnson ficken sollen. Aber das war, bevor eines Tages die gnadenlose junge Göttin der Erkenntnis mit den wolfsgrünen Augen und dem langen blonden Haar, das wie von einem heftigen Wind gepeitscht um ihre Schultern wallte, meine Gefängniszelle betrat, mir tief in die durchlöcherte Seele blickte und sagte: »Oliver.«

»Was hast du mir zu sagen?« fragte ich die junge Göttin, den Blick in sehnsüchtiger Verehrung auf den Altar ihrer Muschi gerichtet.

»Du hättest Johnson ficken sollen.«

Die Gangway wird heruntergelassen. Ich muß gehen. Die Party ist gelaufen. Johnson würdigt mich keines Blickes, seine Augen gieren schon nach der nächsten Bar in San Francisco. Auch ich gehe nun nach Hause. Langsam, mit unsicherem Schritt wanke ich die Metalltreppe hinunter. Muß haltmachen. Augenblick noch … Vielleicht entscheide ich mich doch für Mexiko. Dort vorn geht Krazy Kat. Warte mal! Wohin enteilest du so rasch, ohne ein gutes Wort und ein Lebewohl?

Und nun doch eine Umarmung, ein Abschiedskuß. Diese amerikanische Erde. Wie ein heißes Dampfbad. Ich tauche mitten hinein, spüre, wie die Schwaden sich meine Beine hochtasten, immer höher, bis sie schließlich in mein Gehirn eindringen. Ob reich, ob arm, ob gut, ob böse – alle wollen sie huren und Unzucht treiben. Sich frei fühlen zu ficken, für immer und ewig. Recke dich, atme tief ein und spüre diese Erde! Ich tu's. O ja – und wie ich's tue! Ein dumpfes Klingeln in meinen Ohren. Das harte Knirschen von Kieselsteinen unter meinen Füßen. Mann, wie gehst du denn? So bist du früher nie gegangen. Meine Beine schlackern hin und her. Ich brauche einen, der mir ein bißchen Halt und Stütze gibt.

Da geht MacGuiness. Mach's gut, du Arschloch! Trotzdem werde ich dich vermissen. Weil du zu denen gehörst, mit denen ich zusammen war. Und dann – nein, geht doch alle! Mulanowitsch, Boggs und Krazy Kat. Jetzt tauchen sie unter in einem Hotelzimmer in St. Paul, einem Trailerpark in Utah, in der trügerischen Geborgenheit einer ausgeleierten Ehe in Mississippi, warten auf die große Langeweile, die nächste Scheidung, die nächste Schlägerei oder den nächsten zerronnenen Traum, damit sie einen Grund haben, zurückzukehren aufs Meer, mit dessen Gesetzmäßigkeiten und Regeln sie besser zurechtkommen, weil es immer ein Schiff gibt, das nach Osten fährt oder nach Westen oder nach Arabien, es ist ihnen egal, wohin, die Träume sind ohnehin schon lange gestorben. Schopenhauer hat einst gesagt, jeder Abschied sei ein Vorgeschmack auf den Tod. Mag sein. Vielleicht ist das der Grund dafür, daß hier am Kai keiner richtig Lebewohl sagen will. Alle gehen rasch auseinander. Teilen sich wie verwirrte Moleküle in kleine Grüppchen auf und verschwinden in sämtliche Himmelsrichtungen und sämtliche Landesteile Amerikas. Ich bezweifle, daß ich den Pazifik je wiedersehe. Darum sage ich zumindest dem Ozean Lebewohl. Wenn man's recht bedenkt, ist es jedesmal wie ein Spaziergang. Schreite nur fleißig aus, dann wirst du in Japan ankommen! Und das ist ja wirklich weit weg. Aber eines Tages, sage ich immer, wird das ganz anders sein. Hoch am Himmel wird sich ein Highway erstrecken, weit übers Meer, und dann brauchen wir keine Schiffe mehr. Und keine Seeleute, die unter der Meeressonne dem Land der Phönizier entgegenfahren. Dann ist wieder eins von den Wundern dieser Erde ausge-

266

löscht. Ich frage mich nur: Gibt es dann wohl noch Haie, die mit ihren spitzen, pickelnarbigen Mäulern die Wellen durchpflügen? Oder wer wird an ihrer Stelle das Gleichgewicht des Meeres erhalten? Wo doch, wie ich es sehe, schon heute so vieles aus dem Lot geraten ist. Und darum darf ich an so einem Tag, von so vielen Gefühlen bewegt, nie vergessen, daß ... Ja, was wohl?

Tief durchatmen! Zurückkehren zum amerikanischen Status quo. Ich muß pinkeln. Ganz eilig. Aber die Kälte nagt an meinen Ohren. Ich muß in Bewegung bleiben. Da drüben, zwischen den Pinien. Oder Ahornbäume? Oder Kiefern. Was auch immer, es hat keinen Sinn, wenn man allen Dingen einen Namen geben will. Schnell dort untertauchen und ein verschwiegenes Plätzchen suchen. Laß die rauchgrauen Bären zugucken und brummen. Reißverschluß aufziehen. Ein Blick über die Schulter. Meinen verängstigten Penis in die Eiseskälte zerren. Ja, das tut gut. Nur meine Seemannsbeine wollen noch nicht so recht, sie sind noch ein bißchen wackelig auf diesem ungewohnt festen Boden. Und dann stehe ich wie ein kuhäugiger Kolumbus hinter einem Baum und entleere meine Blase. Ahhhh! Das tut so gut.

ZUKUNFTSPHANTASIE
NUMMER ZWEI

Nachdem ich in Oregon angekommen war und das Schiff verlassen hatte, mußte ich meinem Leben ein neues Ziel geben. Ich folgte dem Beispiel des Griechen und wagte mich in die Welt des Reedereigeschäfts, und da mir das Schicksal und die Götter hold waren, konnte ich dank meiner Zielstrebigkeit noch vor meinem dreißigsten Geburtstag selbst die ausgekochtesten Halsabschneider unter meinen Konkurrenten austricksen und eine Flotte mein eigen nennen, die allen Schätzungen nach die elftgrößte der Welt war. Ob's die liberianische, die panamaische, die südafrikanische oder die brasilianische war – es war immer meine Flagge, die überall auf den sieben Meeren wehte. Die Zeit war reif, mich mit dem Gedanken an einen Bund fürs Leben zu tragen, und so heiratete ich ein Mädchen namens Isobel, das ich nicht etwa irgendwo in der Südsee, in Afghanistan oder in Gott weiß welchem vergessenen Winkel der Welt, sondern schlicht und prosaisch während einer kühlen Septembernacht in Southampton im Staate New York kennengelernt hatte. Sie vertraute mir ihre Zukunftsträume an, durch die die Vision von einem Zuhause mit blitzsauberen Toilettenschüsseln, einer freundlich hellen amerikanischen Küche mit ständig köchelndem Kaffee und Bilder von kleinen Mädchen mit blonden Pferdeschwänzen geisterten, Kinder, die jeden Morgen in eine mustergültige ländliche Schule geschickt wurden, voller Vertrauen darauf, daß ihnen nichts zustoßen konnte, weil überall in diesem ordentlichen, kalten Land Schilder aufgestelt waren, auf denen LANGSAM FAHREN – SCHULE HAT BEGONNEN – ABENTEUER SIND NICHT GEFRAGT und DER TOD IST TOT geschrieben stand.

Sie war reich, und ich war reich, der goldene Pantoffel war buchstäblich aus purem Gold, wir wateten in Wohlstand, beide Familien. Unser Leben ähnelte dem taumelnden Flug anmutiger Heuschrecken über saftig grüne Rasenflächen. Ein von frühherbstlicher Sonne beschienener Indian Summer, stille Tage voller Einfalt, aber inmitten eines gepflegten Ambientes: mit moderndem Moos bedeckte Brunnen, üppig mit Gift besprühte Rebstöcke. Ich habe mir eine wundervoll weiche Jacke aus schwarzer Seide über die Schultern gehängt, die in der Brise geheimnisvoll knistert und dem hochgewachsenen, rothaarigen Grünauge an meiner Seite Ratschläge zuraunt, die alle darauf hinauslaufen, Isobel ihre allzu gebärfreudigen Ideen auszureden. Sie trinkt doppelt so viele Stinger wie ich und erklärt das damit, daß sie Halbindianerin sei und ihr das nun mal im Blut liege. Sie habe, behauptet sie, Karibus gejagt, und ich frage mokant, ob es nicht eher Gänse gewesen seien. Im Gebüsch fangen die Grillen wie närrisch zu zirpen an, und da dämmert mir, daß sie mich davor warnen wollen, ein Mädchen zu heiraten, das in schweren Stiefeln durchs Moor stapft und mit dem Gewehr den weißen Vogel vom Himmel holt.

»Du magst andere Menschen nicht sonderlich?« fragt sie.

»Äh – wie?«

»Weil du ihnen nie zuhörst, wenn sie dir etwas erzählen.«

»Tu ich das nicht?« frage ich, ohne ihr recht zuzuhören.

»Irgendwie erinnerst du mich an diesen Indianer auf den Werbeplakaten in Zigarrenläden«, sagt sie lächelnd und beäugt mich wie ein Insekt unter Glas.

»Richtig«, versichere ich dem Prachtmädel. Und denke mir: Du kannst dich darauf verlassen, Schätzchen, und, wenn du mich in kleinen Mengen genießt, kannst du eines Tages mit mir sterben, vergessen in der Fremde, dafür in Würde. Solltest du indessen beschließen, mich durch einen anderen zu ersetzen, dann achte peinlich darauf, daß der Plastikroboter weise, kalt, pedantisch und wenn möglich ein Feigling ist. Denn ich bin ein gerissener Blender, mir ist es nicht bestimmt, geliebt zu werden, es sei denn, es gelingt dir, mit einem Meisterschuß das kugelsichere Glas zu zertrümmern, das den Schaukasten meines Ichs abschirmt.

»Was du brauchst, Oliver«, sagt sie, »ist eine Gefährtin.«

Ich meine mich jedenfalls zu erinnern, daß sie so etwas Ähnliches gesagt hat, obwohl ich mittlerweile aufgehört hatte, dem hochgewachsenen, halbindianischen, aber unerbittlich amerikanischen Rotschopf zuzuhören, so daß ich all die anrührenden Wahrheiten, die sie mir in jener zur Neige gehenden trinkseligen Nacht in Southampton anvertraute, nur durch den Nebel der Trunkenheit mitbekam. Da war latente Wildheit drin, eventuelle Möglichkeit, ferne Entfernung. Und doch war ich trotz des drohenden Überdrusses unvorstellbar scharf auf ihren sommersprossigen Knackarsch. Ich wollte ihr beibringen, daß lieben teilen heißt. Vor allem aber wollte ich ihr einen Knebel ins redselige Maul schieben.

Ich verliebte mich in die Wahrheit, und das war mein Pech, denn in dieser Nacht war Isobel die Wahrheit. Andererseits, ich hätte sie wohl, auch wenn sie die Sonne gewesen wäre, leidenschaftlich umfangen und ihr den glühendheißen Sud aus dem himmlischen Leib gepreßt, damit er auf die goldene Backsteinstraße laufen und die Mauern meines dadaistischen Verlangens und meines schamhaft verhohlenen Entzückens sprengen konnte, um zu guter Letzt das Fenster aufzustoßen, hinter dem meine Seele sich duckte. Und das habe ich ihr auch gesagt. Ich will dich haben.

Während ich neben ihr in meinen schwarzseidenen Socken auf Zehenspitzen über den Rasen schwebte, an den Statuen und Brunnen vorbei. Und ein unerklärliches Gefühl in mir sagte, daß da einer im Gebüsch sitzt und seinen Vorderlader auf mich gerichtet hat. Aber davon konnte ich ihr nichts erzählen. Denn wenn man einmal angefangen hat zu lachen, ist es nicht so einfach, wieder aufzuhören. Und dann bist du unter den wild sprudelnden Wasserstrahl eines Rasensprengers gerannt, und dein Haar hat sich gelöst und ist dir über die Schultern gefallen, und du bist, während du einen mächtigen Karibu anlocken wolltest, rücklings in ein Blumenbeet gestürzt und hast gejammert: »Au! Mein Rücken tut so weh!« Und als ich den nicht sonderlich großen, aber unangenehm knorrigen Ast unter deinem Rücken weggezogen und mich augenzwinkernd bei meiner Glücksfee bedankt hatte, tat·ich schließlich, wozu ich innerlich schon lange entschlossen war: Ich stürzte mich blindlings wie eine Motte ins Feuer, wühlte mich in deinen Purpur und ließ mich mit meinem ganzen bleischweren Gewicht auf deine Brüste fallen. Und genau in diesem Augenblick nahm ich im Unterbewußtsein wahr, daß mir eine Gewehrladung den Arsch ausfüllte. Genauso ist's dem netten jungen Unterleutnant ergangen, den ich sehr mochte und den es im Vietnamkrieg erwischt hat. Ich habe noch zugesehen, wie sich seine Iowa-Augen langsam für immer geschlossen haben. Na, rate mal? Ahnst du's? So was gehört sich einfach nicht. Sex mit mehr als einem zu haben. Von allen guten Geistern verlassen. Auch nicht im Dschungel? Nein, auch da nicht. Und schon gar nicht in Southampton. Da muß man sich's, wenn man's unbedingt braucht, allein besorgen. Das Ding in der hohlen Hand und die Mieze im Gebüsch. Obwohl ich glaube, im Krieg kann man sich ruhig einen runterholen. Erst recht in einem fremden Land, wo man im Namen des großen Geldes Kerle mit anderer Hautfarbe umbringt. Aber hüte dich vor den Kerlen, die nur auf eine schnelle Nummer aus sind, Isobel! Mach dir klar, daß die dich nur flachlegen wollen, aber an Heirat denken die bestimmt nicht. Übrigens, ich bin zu haben. Was mich wieder mal daran erinnert, daß Sex etwas ausgesprochen Positives ist. Er läßt mich spüren, daß ich lebendig bin. Was ich nur allzu leicht vergesse. Und daß ich, o Jesus Barmherzigkeit, ein Mensch aus Fleisch und Blut bin. Nicht nur irgendein reicher Kerl, der denkt, mit dem Sex wär's so ähnlich, wie wenn man einem Fasan Salz auf die Flügel streut. Nur mal ein bißchen naschen, verstehst du, wenn du mich so unter Glas anguckst. Andererseits, Sex ödet mich nie an. O nein, ich mag ihn. Darf ruhig mehr als einmal am Tag sein. Hähä. Weshalb ich dir das alles erzähle, obwohl es doch gar keine Rolle spielt und wir's ohnehin tun werden? Ich frage mich auch, warum ich soviel drumherum rede. Und dich dann doch flachlege. Um hinterher mit dir in deiner Kirche zum Altar zu schreiten. Und all deine Freunde und deine Familie wünschen uns Glück. Weil sie's nicht ausbaden müssen. Ich frage mich, warum das so ist. Warum ich all diese Dinge tue.

Nachdem ich dann geheiratet hatte, vergingen die Jahre mit Isobel sozusagen im Flug. Wie das bei den Reichen oft ist, kann ich mich an Besonderheiten kaum erinnern, abgesehen von dem Tag, an dem Tara geboren wurde, mein Baby, das hübscheste kleine Ding, das ich kenne und dessen Herz ich gewonnen habe. Mir war vom ersten Tag an, als seien wir beide für einander geschaffen. Groß und schlank wie ihre Mutter, mit loderndem rabenschwarzem Haar. Schon als sie noch ganz klein war, stupste sie mich oft mit dem Finger ans Knie, zwinkerte mir zu und ließ mich in ihrer rhythmischen Babysprache wissen: »Papa, wir müssen immer gefährlich leben.« Allein bei der Erwähnung ihres

Namens wird mir so warm ums Herz, daß ich nicht mehr spüre, wie mir die Finger schmerzen, während ich diese Seiten schreibe. Und während ich von ihr erzähle, fließt mir die Tinte so schnell aus der Feder, daß ich ganze Bände füllen könnte.

In einer reich mit Sternen bestückten Sommernacht fuhren wir mit dem Floß weit auf den Atlantik hinaus. Erst als Southampton nur noch von ferne zu ahnen war, machten wir halt, und da lagen wir dann, sie und ich, hörten zu, wie das Wasser über die Seiten schwappte, erfanden kichernd Namen für Z-förmig angeordnete Sternbilder, redeten über alles mögliche und ließen eine Stunde nach der anderen vergehen. Und dann bat sie mich: »Papa, erzähl mir eine Geschichte vom Meer! Erzähl mir vom Pazifik! Von der Zeit, als du noch jung warst und, wie Mama sagt, viele gefährliche Dinge erlebt hast.« Dummes kleines Mädchen, ich bin immer noch jung. Und dann versuchte ich, ihr zu erzählen, wie der Pazifik war – dämonisch und hinterhältig und so unermeßlich weit und leer. Aber sie lachte nur albern, schob mir den Arm über die Stirn, verwuschelte mir linkisch das Haar und sagte: »O Papa, du bist so komisch, wenn du ernst sein willst.« Weil du nicht wissen konntest, wie ernst ich's gemeint hatte und wieviel du mir bedeutet hast. Und wie geradlinig das Leben auf einmal geworden war. Und daß du, zumindest für mich, der Mittelpunkt des Lebens warst. Ein Narr, wer sich nicht jeden Tag dessen erfreut, was ihm geschenkt wurde. Welch ein Narr war ich doch, daß ich davon nichts geahnt habe, als ich jung war. Da war die Textstelle aus den Evangelien, die sie besonders liebte. »Erfreue dich deiner Jugend ... und wandle auf dem Weg, den das Herz dich lehrt und die Augen dir weisen. Vertraue darauf, daß Gott der Herr dir hilft, bei allen Dingen die richtige Entscheidung zu treffen ...« Und das, meine Tochter, kannst du nur vollbringen, wenn du allen

Menschen, seien sie Bettler oder Könige, mit der gleichen Aufgeschlossenheit begegnest.»... und halte an deinem Schöpfer fest, auf daß dich kein Übel anficht, weder jetzt, in den Tagen der Jugend, noch in späteren Jahren, wenn du sagen wirst: Nun ist mir alle Freude vergällt.«

O ja, weder jetzt, in den Tagen der Jugend, noch in späteren Jahren, wenn dir alle Freude vergällt sein wird ... Und plötzlich stürzt in dieser Nacht vor der Küste von Southampton der Himmel über uns ein, zuckende Blitze und grollender Donner, und eine wahre Sintflut geht auf uns nieder und trommelt prasselnd auf das behelfsmäßige Zelt, das wir uns eilends über die Köpfe ziehen. Anfangs, während wir noch das Festland suchen, befürchten wir das Schlimmste, und du klammerst dich in deiner Angst an mich und sagst leise: »Wenn Gott wirklich Gott ist, weshalb hat er dann den Regen gemacht und das Gewitter und die Schlangen?« Und ich antworte dir flüsternd: »Damit es all das gibt, mein Kleines, damit es werden und vergehen kann wie wir, und sonst nichts. Dies alles ist nur ein Fingerzeig seines Waltens, aber sehr oft nehmen wir solche Fingerzeige nicht wahr.« Tara zittert wie Espenlaub, zumal sie mich wohl bei dem lauten Donner nicht verstehen kann. Sie klammert sich fester an mich, ich lese im grellen Zickzack der Blitze die Angst in ihrem unschuldigen Gesicht, und sie kann noch nicht verstehen, daß Vertrauen wenig mehr als die Kraft unserer Einbildung und das einzige, was uns dem ewigen Walten näherbringen kann, ein reines Herz ist. Und doch hat sie Vertrauen zu mir, und weil sie mir vertraut, vertraut sie auch Gott dem Herrn. In dieser Nacht lehre ich sie beten, und sie plappert mir Wort für Wort wie ein dressierter Papagei nach. Zuallererst das Gebet, das der Herr uns gelehrt hat, das wundervollste von allen, danach Davids dreiundzwanzigsten Psalm, den ich sehr mag, und schließlich ein liebevolles kleines Gebet, das ich mir in einem Augenblick, als ich mich aufgeben wollte, selbst ausgedacht und nie wieder vergessen habe. Es beginnt mit den Worten: »O Herr, versetze mich in Erstaunen!« Diese Worte bedeuten mir sehr viel, auch Tara scheint dieses Gebet am meisten anzusprechen. Und so betet sie in dieser Nacht, während unser Floß im blindmachenden Regen hin und her geworfen wird und uns der Tod so nahe scheint, wie sie noch nie in ihrem Leben gebetet hat.

»Papa«, sagt sie schaudernd, »erinnerst du dich, was du mir einmal gesagt hast? ›Bittet und ihr werdet empfangen, betet und ihr werdet Antworten erhalten. Worum du auch im Gebet bittest, wenn du daran glaubst, daß du erhört wirst, dann wirst du erhört.‹«

»Kann ich das jetzt beten, Papa?«

»Ja, ich erinnere mich«, schwindele ich. »Natürlich kannst du das jetzt beten. Und worum du auch bittest, dein Gebet wird erhört werden.« Wenn ich mich irre, spielt das noch eine Rolle? Nein, nur wenn ich recht habe.

Und so verbringt sie die Nacht im Gebet. Und ich versuche, ihre Ängste zu zerstreuen und sie vom Wüten des Meeres abzulenken. Ich führe das Ruder, so gut ich es vermag, und nachdem uns der schreckliche Sturm zwei Stunden lang gebeutelt hat, kann ich das Floß mit viel Glück ans Ufer zurücklenken. Als Taras Zehen den Sand berühren, sie ein paar Schritte weit den Strand hinaufgerannt ist und sich in Sicherheit gebracht hat, spricht sie kein Wort, sie verharrt in mutigem Schweigen. Weil das Meer sie die erste Lektion gelehrt hat. Wie klein und erbärmlich die Angst macht. Und genau das ist es, was wir lernen müssen, Kind: mit der ewigen Stille des Verderbens rechnen, ohne aber das Unheil heraufzubeschwören. Ohne davon zu reden. Ohne darunter zu leiden. Es genügt zu spüren, wie nahe das Unheil uns ist. Denn wenn wir seine Nähe spüren, leiden wir genug.

In den neunziger Jahren, als der Weltkrieg ausbrach, der dritte im zwanzigsten Jahrhundert, startete die amerikanische Regierung – im Glauben, ich unterstütze heimlich die Sowjets – eine gnadenlose Jagd auf mich, so daß ich beim Einsatz meiner Flotte alle nur erdenklichen Risiken eingehen mußte, um meine Loyalität gegenüber einer Plutokratie unter Beweis zu stellen, die mir in Wirklichkeit mehr und mehr verhaßt wurde. Nach einem Jahr brutaler Schikanen war ich geschäftlich so gut wie ruiniert, ein Schiff nach dem anderen ging durch Sprengstoffanschläge oder Torpedoangriffe verloren und mit ihm liebgewonnene Freunde und unwiederbringliche Erinnerungen. Um mein Glück auf die Probe zu stellen, ging ich dazu über, das Kommando über die wenigen mir verbliebenen Schiffe selbst zu übernehmen. Lange Reisen in den Orient und zu den unabhängigen Republiken im Norden der ehemaligen Sowjetunion bedeuteten für mich, daß ich sechs, sieben Monate, manchmal sogar noch länger, von Tara und Isobel getrennt war. In solchen Zeiten fand ich keine Ruhe und kaum Schlaf, weil ich ständig an meine Lieben daheim denken mußte, die ich quasi als Geiseln in einem mir feindselig gesonnenen Land zurückgelassen hatte. Schließlich traf ich Vorkehrungen, um beide in die Schweiz zu holen, aber Isobel weigerte sich mit der Begründung, das sei zu gefährlich, weil über kurz oder lang Truppen des westlichen Bündnisses in der Schweiz einmarschieren könnten. Von bösen Ahnungen gepeinigt, enthüllte sie meine Pläne ihrem reichen, ränkevollen Vater, der in mir immer den *nouveau riche* gesehen und mich nie als seinesgleichen akzeptiert hatte. Mein Schwiegervater wiederum teilte sein Wissen umgehend der Regierung mit, so daß ich mich fortan auf Schritt und Tritt von amerikanischen Spionen verfolgt wähnte. Der Streß und die allgemein schwierigen Lebensbedingungen, unter denen man in Kriegszeiten zu leiden hat, waren so unerträglich, daß ich den Tag verfluchte, an dem ich den Fuß auf den Pfad gesetzt hatte, der zu Wohlstand und Reichtum führt. Im nachhinein kam es mir vor, als wäre ich angesichts der Lage, in der ich mich jetzt befand, mit jeder anderen Entscheidung besser gefahren. So dachte ich bis zu der Nacht im Juni '95, als wir mit einer Ladung Waffen und militärischer Ausrüstung sowie mit einem versteckten Behälter mit Plutonium in Rio de Janeiro ablegten und Kurs auf Tripolis nahmen. Es war kurz vor Mitternacht, wir fuhren an der Küste des einstigen Spanisch-Marokko entlang, als ich mich, aufgeschreckt von einer rätselhaften Vorahnung, aus meiner Koje wälzte und an Deck begab. Und genau in diesem Moment explodierte die »Tara«, das Flagschiff meiner Flotte, in einem schrecklich grellen Feuerball und sank, zu einem ausgeglühten Schrotthaufen geworden, innerhalb von Sekunden auf den Meeresgrund. Alle außer mir fanden den Tod. Ach, fragt mich nicht, wie oder weshalb Wunder geschehen, ich weiß nur, daß das, was sich hinter ihnen verbirgt, Irrsinn sein muß. Ich bin kein Prophet, dem es gegeben ist, die Zukunft vorauszusehen, darum ängstigt es mich ja so, sie im voraus zu kennen.

Ich verbrachte zweiundzwanzig Tage in einem Rettungsboot auf dem offenen Meer, nährte mich von Meeresvögeln und Sägefischen, trank Regenwasser und überlebte, bis ich die Sabbatsonne aufgehen sah, die ich freilich in meiner ersten Verwirrung für eine Fata Morgana hielt. Tag um Tag, Stunde um Stunde, versuchte ich, mich zu erinnern, und verirrte mich doch immer wieder in Erinnerungen an kalte Seen in Vermont und in der Schweiz, in denen ich irgendwann geschwommen war. Bald verlegte ich die Stunden des Grübelns in die Nacht, weil ich mich davor fürchtete, sonst womöglich einzuschlafen, und weil die Dunkelheit voller

Schrecken war. Besonders fürchtete ich mich vor der Zeit – man nennt das Chronophobie – und vor Nierenkoliken. Bis heute gibt es kein überliefertes Protokoll über meine Rettung, aber ich weiß, daß ich – so sinnlos es scheinen mag – überlebt habe. Und jetzt weiß ich auch, warum.

Jedem Gedanken folgt ein anderer, der den vorangegangenen ad absurdum führt, es gibt keine in sich logische Folge von Überlegungen mehr, nur noch sekundenlang aufzuckende, angsterfüllte Seufzer. Dir wird klar, wie sehr du deines Lebens überdrüssig bist, und wenn dein Verstand abschaltet – was tagsüber oft und über lange Perioden vorkommt –, hörst du dich albern kichern. Sogar die Musik, die normalerweise in deiner Brust widerklingt, verstummt unter der immerwährenden faden Sonne. Und auf einmal glaubst du zu sehen, daß die Sonne die mit Gold bestäubten Wellen aufreißt, um dir den Blick auf den gekreuzigten Christus zu enthüllen, der wie eine riesige Tarantel mit gespreizten Gliedern im Himmel hängt. Sobald das Bild verblaßt, sucht ein Dröhnen deine Ohren heim, das Dynamit deines Gehirns explodiert und offenbart dir das Traumbild von einem von Feuer verwüsteten Gesicht, das unter einem rosaroten Sonnenschirm aus dem urzeitlichen Dschungel aufsteigt. Und du fällst in deinem halb mit Wasser vollgelaufenen Boot auf die Knie und betest zu deinem Herrn und Schöpfer: »O Herr, versetze mich in Erstaunen, versetze mich in Erstaunen ...«

Kennst du das Gefühl völliger Taubheit im Zentrum deines Gehirns? Hast du je verzweifelt versucht, dich gegen die brüllende Leere rings um dich abzuschotten, die nur darauf wartet, den Rest von dir verschlingen zu können? Draußen auf dem Meer, da lernst du das schnell. Hast du je mit der grenzenlosen Weite geredet, die dich umgibt? Und die Antworten vernommen, die die hohe See dir zuraunt? Hast du je zur Sonne gebetet? Mit stammelnden Worten, die im nächsten Augenblick vom Wind verweht wurden? O nein, nur wenige haben das erlebt. Gut, dann komm mir bitte nicht mit der Frage nach Schuld und Recht oder Unrecht, weil es hier schlichtweg um Erinnerungen geht, und das, woran du dich erinnerst, stimmt, und das, was du vergessen hast, war des Erinnerns nicht wert, wenn du, ohne es wahrzunehmen, aus dem Erinnern in jenen Abgrund rutschst, in dem Handeln nur noch Reaktion ist, und du dann eines Tages aufwachst und erkennst: O Jesus Barmherzigkeit, du bist zum Mörder geworden – zum Mörder an dir selbst. Denn es ist wahr, was in der Bibel steht:»Der Herr wird jedem, soviel er ihm auch schon gegeben hat, noch mehr geben. Dem aber, der nicht wandelt auf den Wegen des Herrn, wird alles genommen werden, was ihm gegeben wird.«

Als der Kutter mich nach zweiundzwanzig Tagen mehr tot als lebendig fand, sagte mir die Besatzung, daß ich mir das Handgelenk aufgebissen habe, um mein Blut zu trinken, und dann ohnmächtig geworden sei. Die Männer waren sehr erstaunt, daß ich überhaupt noch am Leben war. Ich versuchte, ihnen klarzumachen, daß ich in Wirklichkeit tot sei, doch sie wollten mir nicht glauben.

Sie brachten mich zurück nach Rio, wo wir in einer gewitterschwülen Tropennacht im Juli '95, als am Horizont bereits blaue Blitze zuckten, unter einem violett-roten Himmel am Pier festmachten. Ich war nicht mehr derselbe, meine Kehle war von pinkscheckigem Schleim verstopft, die gnadenlose Sonne hatte mich am ganzen Leib schwarz geröstet. Ich wollte wieder Vater sein, aber Tara hielt sich in Paris auf, um als Pianistin für einen Polen zu spielen, den sie liebte, jedenfalls behauptete sie das, und ich war wieder jung und auf dem Sprung, nach China zu reisen. Ich konnte es nur nicht, denn ich lag in dem Schiff, das mich gerettet hatte, und starrte erschrocken auf die Spuren der

Verwüstung an meinem Körper, auf die Lilien, die entlang meiner Venen tänzelten. Ich hörte den Schrei des Erschreckens, der von irgendwoher über mir gellte, lauschte meinen rasselnden Atemzügen, hörte indessen nichts als die Weissagung heraus, daß ich, wenn ich mich jetzt aufgäbe, mir selbst und meiner Tochter nie wieder in die Augen blicken könne. Ich mußte mich losreißen von allem, was mir geblieben war, mich davon trennen wie von Brot, das man ins Wasser wirft – ach du glorreiche, verfluchte Freiheit!

Und so rannte ich davon. Rannte um mein Leben und mein Herz. Rannte und rannte.

Ich rannte, während sich der nahe Abend schon über die Stadt senkte, durch die Straßen von Rio, rannte bis zu den Vororten hinaus, ließ mich dort schließlich auf den weißen Strand fallen, wo eine Frau ihre Fußspuren im weichen Sand hinterlassen hatte, und schlief auf der Stelle ein – federleicht wie ein vom Meer angespülter Schaumhaufen. Als sie mich aufweckte und mir sagte, daß ich im Schlaf geweint und laut geträumt hätte – von meiner Jugend, vom Geist meiner Großmutter, an deren Seite ich durch die Straßen von Paris wandelte, und zum Schluß davon, daß ich weinte (wie seltsam, im Traum zu weinen und davon zu träumen, daß man weint) –, mußte ich nur in ihre Augen und auf ihre nackten Füße blicken, und ich wußte, daß es ihre Fußspuren waren, in denen ich geschlafen hatte. Sie beugte sich über mich, entblößte die Brüste und hielt sie mir hin, damit ich sie küssen konnte. Und verlangte nichts dafür. Wir lebten einige Jahre zusammen – Jahre, in denen kein Monat verging, ohne daß ich im Schlaf weinte –, und sie war getreu wie der Mond jedesmal da. Ihr Name war – eine Laune der Geschichte – Isobella. Sie gebar mir zwei Kinder, deren Namen ich jedoch nicht preisgeben darf. Sie äußerte nie den Wunsch, Englisch zu sprechen. Wir waren beide arm wie die Kirchenmäuse, aber sobald ich wieder gesund geworden war, suchte ich mir Arbeit, damit wir ein anderes, ein besseres Leben führen konnten.

Ich muß nun ein wenig aufs Tempo drücken, die Geschichte von Isobella und mir neigt sich dem Ende zu. Und mit Isobella ging alles noch mal so schnell. Zuerst kehrte mein Erinnerungsvermögen zurück, anfangs sehr langsam, aber noch vor dem Ende des Dritten Weltkrieges konnte ich mir wieder ein vollständiges Bild von der Vergangenheit machen. Ich wußte wieder, daß ich oben im Norden eine andere Familie hatte. Seltsam, daß ich nicht sogleich zu Tara und Isobel zurückkehrte, sondern in Rio blieb und härter arbeitete als je zuvor. Ich lernte Portugiesisch und erwarb gemeinsam mit einem ehemaligen russischen Offizier eine Plantage, nördlich vom Amazonas und westlich des Branca gelegen, auf der wir Gummibäume und Erdnüsse anbauten. Ich schuftete wie ein gewöhnlicher brasilianischer Landarbeiter von Sonnenaufgang bis Sonnenuntergang auf unseren Pflanzungen und lernte dabei schmerzhaft das wahre Gesicht des Lebens auf dem Land kennen: das Gefühl, daß einem das Rückgrat gebrochen ist, Herzschmerzen vor lauter Erschöpfung, Seuchen und Tropenkrankheiten, die in diesen Breiten dazugehören wie die Fische zum Meer, und diese und jene Unpäßlichkeit. Indessen, welche Bedeutung haben all unsere Gebrechen, verglichen mit dem Licht, das Gott uns schauen läßt, damit wir das erkennen, vor dem wir zu guter Letzt doch nur die Augen verschließen? Frag Achab!

Wenn ich nicht unser Land bearbeitete, schürfte ich in den Bergen im Nordwesten nach Gold. Drei Jahre hintereinander brach ich mit meinem Partner zu Expeditionen auf, bis wir eines unvergeßlichen Tages im Oktober '97 in einer Schürfgrube in den Bergen bei Los Chiquandos plötzlich etwas glitzern sahen. Ich wähnte mich wieder auf dem Meer und glaubte, das helle Leuchten sei der Stern von damals. Ich zitterte vor Aufregung, litt in dieser Nacht unter einem unerklärlichen Fieber und bildete mir ein, wieder in meinem Rettungsboot vor der algerischen Küste zu treiben. Wir blieben bis in das folgende Jahr hinein in den Bergen und bauten das gewaltige Goldvorkommen, auf das wir gestoßen waren, mit Gottes Hilfe nahezu mühelos ab. Eine Ahnung sagte mir, daß meine Zeit in Brasilien abgelaufen sei, daß dank des reichen Goldfundes der bizarre Traum, der auf dem Rettungsboot begonnen hatte, ein Ende nehmen werde und daß mich, falls ich länger bliebe, früher oder später das Fieber töten würde.

Aber es sollte noch ein Jahr bis zur Heimkehr vergehen, denn mein Partner wurde plötzlich sehr krank, und ich konnte ihn, da mir die Treue nun mal im Blut liegt, nicht im Stich lassen. Die Berge verhöhnten uns, mein Partner starb, und so erwies sich am Schluß all unser Glück als eitler Wahn. Er starb qualvoll – mit Maden im Mund und in den Ohren. Ich schüttete die Schürfstelle zu, packte meine Siebensachen und ging. Wieder in Rio, offenbarte ich meinen Kindern, daß ich noch eine andere Familie hatte. Isobella zeigte ich meine Tränen nicht – das Weinen hob ich mir für später auf –, auch verriet ich ihr mit keinem Wort, wie schwer mir der Abschied von ihr fiel, aber tief im Herzen spürte ich, daß sie – neben Tara und meiner Mutter – die einzige Frau war, die ich je wirklich geliebt und von der ich dieselbe, wenn nicht gar eine tiefere Liebe erfahren hatte. Aber nicht mal die Liebe vermag den Marsch der roten Waldameisen aufzuhalten. Im nachhinein weiß ich nicht, ob ich stets fair zu meiner braunhäutigen Familie gewesen bin; andererseits, wer kann sich schon den Luxus leisten, immer und überall fair zu sein?

In einer regnerischen Nacht im März '99 kehrte ich aus Brasilien nach New York zurück. Ich wanderte durch die

282

regennassen Straßen und suchte die Gesichter der Millionen ab, die mir entgegen kamen, in der Hoffnung, vielleicht das eine oder andere wiederzuerkennen oder von jemandem erkannt zu werden. Aber die, die mir entgegenkamen, gehörten, wie das in New York eben ist, zu einer anonymen Masse von Fremden – Arbeitsbienen, denen es bestimmt ist, zu sterben oder Platz zu machen für die Jüngeren. Noch in derselben Nacht fuhr ich nach Long Island hinüber, nach Southampton, um Isobel wiederzusehen. Sie war, wie's der Zufall wollte, allein und sah mich wie ein durchnäßtes graues Gespenst über den Rasen auf die Terrassenfenster zukommen. Ja, sagte ich, ich bin's, wen hättest du sonst erwarten sollen als den Mann, der dich vor mehr als zwanzig Jahren in jener verrückten Nacht, gar nicht weit von hier, zur Frau genommen hat? Sag mir, wo ist Tara? Und ich erfuhr, daß sie in der Schweiz lebte und verheiratet war, aber doch nicht mit dem Polen, sondern mit einem hinlänglich vermögenden, wenn auch fragwürdigen Engländer, der in der Schweiz Zuflucht vor dem Zugriff des englischen Fiskus gesucht hatte und von einem Leben träumte, in dem Männer einen weiten Bogen um jegliche Arbeit machten, während meine Tochter aus treuer Ergebenheit gegenüber ihrem Hausgott durch Teppichweben, Klavierspielen und gelegentliche Beiträge für Kochbücher den gemeinsamen Lebensunterhalt verdiente. Und ich erfuhr auch, daß sie inzwischen glaubte, ich sei nur ein Traum, den sie in ihrer Jugendzeit geträumt habe. Aber dann, nachdem ich mir lange ihr Foto angesehen hatte, wußte ich, daß sie verstehen würde, warum ich sterben mußte, denn sie war aus demselben Holz geschnitzt wie ich und hatte selbst immer gefährlich gelebt. Oder tut sie's noch immer? Über das, was in Brasilien geschehen war, erzählte ich Isobel nichts, erfand statt dessen eine andere Geschichte, und so ist meine Zeit mit

Isobella bis zum heutigen Tag ein wohlgehütetes Geheimnis geblieben.

Danach hielt ich mich meistens in Europa auf, weitgehend anonym, wogegen Isobel es vorzog, ihr Leben in Amerika so weiterzuleben wie bisher: im Sommer nach Europa zu reisen und im übrigen hauptsächlich danach zu trachten, junge Maler zu fördern. Sooft die alte Tatkraft in mir erwachte, was immer seltener der Fall war, kümmerte ich mich darum, mit den wenigen verbliebenen Schiffen, von denen die meisten nun Isobel gehörten, wieder ins Reedereigeschäft einzusteigen. Ich verkaufte den Landbesitz und die Goldminen in Brasilien für einen Bruchteil ihres eigentlichen Wertes, ließ einen angemessenen Teil des Erlöses Isobella und den Kindern zukommen und kaufte von dem, was mir blieb, unter einem Tarnnamen eine Gummiplantage in Malaysia – das erste Mal seit meiner Jugend, daß ich mich in Ostasien engagierte. Und dort geschah es, daß ich abermals eine Frau zum Weibe nahm, diesmal eine mit dunkelgelbem Teint, und mit ihr ein Kind hatte, mein letztes. Aber das ist eine andere Geschichte, die ich jedoch nicht erzählen werde, weil sie den äußeren Lebensumständen nach den anderen zu ähnlich ist und weil ihre eigentliche Bedeutung sich nur dem erschließt, der den Osten kennt.

Tara hatte sich, nachdem ihr englischer Mann immer mehr dem Alkohol verfallen war und sie sogar, wie sie mir bei einer späteren Gelegenheit erzählte, geschlagen hatte, scheiden lassen – ihre erste Erfahrung mit der Niedertracht des Lebens. Sie war jetzt in einen Österreicher mit einem »von« vor dem Namen verliebt. Ich gebe zu, daß mich, obschon ich mich nicht für einen Snob halte, die Aussicht auf eine familiäre Verbindung mit Kreisen des Hochadels stolz machte; welchem Vater wäre es wohl nicht so ergangen? Entgegen aller auf negativen Erfahrungen beruhenden Erwartungen erwies sich der Graf als hochherziger junger Mann, gutaussehend, mit guten Manieren, ein im internationalen Börsenhandel versierter Banker. Obwohl er mir das nicht schuldig war, opferte er seinem in die Jahre gekommenen Schwiegervater viel Zeit, indem er zum Beispiel Tara und mich zum Skifahren mitnahm, auf die höchsten Berge der Alpen, wo wir bisweilen, verführt vom Schnaps, leichtsinnig wurden, insbesondere dann, wenn die Abfahrten vereist waren und wir auf Skiern mehr Mut als Können brauchten. Warmes Blut, fand ich heraus, ist immer nur begrenzte Zeit zu tollkühnen Abenteuern bereit, bei geborenen Heroen – und so einer war der Graf – fließt dagegen immer und überall eine eiskalte goldene Flüssigkeit durch die Adern.

Die Jahrtausendwende wurde mit einem schrecklichen Ereignis eingeläutet, weil sich Isobel dramatisch, wie sie war, und im Innersten ihres Herzen zu apokalyptischen Auftritten neigend, in Kalifornien mit Schlaftabletten das Leben genommen hatte. Ich flog allein zu ihrer Beerdigung, weil Tara nicht mitkommen wollte; sie enthüllte mir zu meiner Verblüffung, daß meine halbindianische Frau seit langem mit einem Glücksspieler namens Frank zusammenlebte. Ich sah ihn bei der Beerdigung: ein stattlicher, kräftiger, Selbstsicherheit ausstrahlender Bursche – genau der Mann, den Isobel sich insgeheim immer gewünscht und in mir nicht gefunden hatte. Später erfuhr ich, daß er sie mitunter wochenlang im Hotelzimmer an der Westküste oder in Nevada eingeschlossen und hin und wieder verprügelt hatte, worauf sie ihn aber nur um so mehr liebte und sich schließlich in ihrer Verzweiflung das Leben nahm, als sie erkennen mußte, daß ihre Sehnsüchte sich nie erfüllen und er sie nie lieben würde. In gewisser Weise war ich für Isobel froh, mit mir war ihr Leben nie real gewesen, und so hatte sie mich bald nach unserer Hochzeit, spätestens aber nach Taras Geburt, innerlich abgeschrieben. Nun hatte sie, so schmerzhaft das auch für mich war, endlich ihre große Liebe und damit nach einem zerrissenen Leben etwas gefunden, wofür es sich zu sterben lohnte. Ein Tod aus enttäuschtem Herzen, wie er in seiner Zielstrebigkeit nicht reiner und edler sein kann. Ich glaube, daß wohl der Charakter der Schlüssel des Lebens, die Fähigkeit zu entsagen aber der Schlüssel zum Charakter ist, ein Prozeß, in dessen Verlauf sich der Charakter so lange weiterentwickelt, bis er schließlich so stark und unverfälscht wird, daß der Mensch allem entsagen kann, sogar dem eigenen Leben.

Unglücklicherweise war auch Isobels Schwester zum Begräbnis gekommen. Obwohl ich mich hinter einer Sonnenbrille getarnt hatte, erkannte sie mich und schrie:»Du Mistkerl, du Ehebrecher, du hast sie umgebracht! Du warst's, der den Finger am Abzug gehabt hat, du bist schuld an ihrem Tod! Schon deine Nähe genügt, um den Tod heraufzubeschwören!« Der Priester in der Kirche (die Isobel übrigens nie besucht hatte) versuchte sie zu beruhigen, sie aber schrie weiter, bis ein Raunen durch die Trauergemeinde ging und alle Augen auf mich gerichtet waren. Ich bekam noch mit, wie Frank sich seinem breitschultrigen Begleiter zuwandte und ihm etwas zuflüsterte – das Signal für mich, schleunigst zu verschwinden, noch am selben Abend nach Europa zurückzufliegen und nie wieder nach Amerika zurückzukehren.

Von München, wo ich nun meine Büros einrichtete, konnte ich rasch und bequem zu Taras Familiensitz vor den Toren von Salzburg reisen. Sie erwartete ein Kind vom Grafen, und so ließ ich mich in der Regel am Donnerstagnachmittag von meinem Fahrer zu ihr bringen und am Montagmorgen wieder abholen. Die langen Wochenenden dort waren wunderschön, und als im Frühjahr meine erste Enkeltochter Jasmine geboren wurde, muß ich mich vor

Freude wie ein alter Narr gebärdet haben. Von nun an ließ ich mir alle möglichen Vorwände einfallen, um die ganze Woche über dortzubleiben. Später schlenderte ich mit Jasmine über den Rasen und erzählte ihr Gespenstergeschichten, bis es ihr eiskalt über den Rücken lief und sie weinend zu ihrer Mama lief, die mich dann prompt ausschimpfte, weil ich dem armem Kind angst gemacht hatte.

Als Jasmine aber älter wurde, konnte sie – genau wie früher ihre Mutter – nicht genug Geschichten hören, und sie bettelte so lange, bis ich erzählte, wie Orpheus' Haupt übers Meer getrieben war, Zeus das Herz des Zagreus, der aus der Göttin Semele wiedergeboren worden war, verschlungen hatte und wie das Menschengeschlecht aus der Asche der Titanen entstanden war. Ich erzählte ihr die Geschichte von Mama Dyambo und wie 1732 ein schneeweiß gestrichenes Boot aus Äthiopien im Senegal den Roten Fluß hinuntergefahren war und auf einmal alle mit dem Finger zum Ufer gezeigt, zu tanzen begonnen und laut geschrien hatten:»O Mama Dyambo, o Mama Dyambo, omamadyambo!« Lauter Geschichten, die Jasmine, der Göttersagen müde und hungrig nach der Wahrheit, mit wohligem Schaudern gierig anhörte, wenn wir spätnachmittags kurz vor Anbruch der Dämmerung bäuchlings im kalten Gras lagen. Als sie alt genug war, sprach ich mit ihr darüber, wie man sich ein ganzes Leben lang darum bemühen muß, Gott – wenn es ihn denn gibt – näherzukommen. Ich sagte ihr, daß es viel Zeit braucht, bis man mit ihm verwächst, wir aber von Jahr zu Jahr deutlicher erkennen, daß es keinen anderen Weg gibt als den der stetigen, von unserer Lebenserfahrung und unseren Ängsten beflügelten Hinwendung zu ihm.

Isobel hatte immer gesagt, Gott sei etwas für die Schwachen. War ich schwach, als ich mich von der Lüsternheit meiner Wißbegier entjungfern ließ? Ist der unstillbare

Durst der Seele etwas Sündhaftes? Ich habe die Angst nicht erst auf dem Rettungsboot vor der nordafrikanischen Küste kennengelernt, sondern bereits als Kind, als meine Mutter mir verhieß, daß ich nie sterben würde. Dieses Vertrauen darauf, daß unser Geschick vorherbestimmt ist ... o Kind, hast du begriffen, das diese Existenz unendlich sein muß? Ahnst du etwas davon, wie sehr ein Mensch unter den wechselhaften Launen des sogenannten Zeitgeists leidet, der gewöhnlich unser Denken bestimmt? Wie mag es wohl kommen, daß dein Großvater jetzt, da er alt geworden ist, den Weg zurückfindet zu Glaube, Liebe und all den anderen, nur schattenhaft geahnten Werten, die wir mit Religion verbinden? Wer bin ich? Ich weiß es nicht.

Ich widmete meine Aufmerksamkeit immer mehr meiner Enkeltochter, die übrigen Belange des Lebens bedeuteten mir kaum noch etwas. Meine Geschäfte schlugen fehl, drüben in Brasilien wurde Isobella krank und starb, die Kinder, die sie mir geboren hatte, lebten längst ihr eigenes Leben. Und als schließlich der Graf, Tara, Jasmine und ich zu einer Reise an die französische Riviera aufbrachen, führte ich mich wie ein überspannter Jüngling auf und durchtanzte jede Nacht mit einem vergötterten sinnlichen Filmstar. Sie nannte mich Papa und wisperte mir beschwipst ins Ohr: »Ich wünsche mir, daß du im Frühling nach Paris kommst und mich besuchst.« Ich aber vergoß eine heimliche Träne in mein Weinglas, weil ich wußte, daß ich diese Reise nicht mehr antreten konnte. Mein Schwiegersohn, der vierzehnte Graf aus dem Geschlecht der Humberhalts, nahm mich beiseite, um mir mit dem Feingefühl des echten Aristokraten zu sagen: »Weißt du, Großvater, wir sind dir alle von Herzen zugetan ... aber du wirst sicher verstehen ... Wir sind jung, wir müssen unser Leben leben ... und Tara ... es ist wegen des Kindes, weißt du ... sie wird schließlich ein bißchen nervös bei all dem Gerede vom

Tod und all den Horrorgeschichten und weil du Jasmine dauernd von Gott erzählst ... Ich denke, du weißt, worauf ich hinauswill, Großvater ...«

Er redete und redete, und mir brach es das Herz, weil es meiner Tochter offenbar nicht möglich war, mir das selbst zu sagen. Was hatte sich nur zwischen uns verändert? Wie kommt es, daß Menschen sich im Lauf der Jahre entfremden, warum lassen sie einander fallen oder wissen zumindest nichts mehr miteinander anzufangen? O Gott, das Leben ist so hinterhältig! Solange wir jung sind, ahnen wir so wenig davon, wie real das auf einmal werden kann, daß Mütter und Väter älter werden, gemeinsam dahinschrumpfen und sterben. Alles scheint so vergänglich zu sein wie die Lebensspanne von einer Nacht, die die Insektengötter in ihrem geflügelten Streitwagen den Schmetterlingen und Motten gewähren.

Mit wehem Herzen erinnere ich mich nun meiner Jugend in Frankreich, damals, in den fünfziger Jahren des alten Jahrhunderts. Ja, seinerzeit waren die Familien noch Familien! Mit ausgedehnten Mahlzeiten in Soissons und Hochzeiten weitläufig Verwandter in der dritten oder vierten Generation, bei denen die jüngsten Winzlinge der Braut die lange Schleppe durchs Kirchenschiff trugen. Selbst *les grandes-tantes*, an deren Namen sich keiner erinnern konnte, tauchten aus einem vergangenen Jahrhundert auf. Altmodische Küßchen, verstohlen genaschte Schokolade und handgesäumte Tüchlein, die auf lange von keinem Sonnenstrahl mehr liebkosten Busen wogten. Aber soviel war zumindest sicher: Deine Kinder würden nie von deiner Seite weichen. Und du konntest sie, sobald sie älter und einsichtig geworden waren, lehren, das Buch der Bücher mit Verstand und voller Vertrauen zu lesen und so Gott kennenzulernen. Oder ist das auch nur eine Lüge, die mein trostsuchendes Gehirn mir weismachen will?

Nach dem Gespräch in Frankreich ließ ich mich nicht mehr auf dem Stammsitz der Humberhalts blicken. Und Tara fragte am Telefon: »Warum kommst du nicht mehr so oft wie früher, Papa? Du fehlst Jasmine so sehr.«

Und ich schwindelte ihr vor: »Sag meinem kleinen Springböckchen, das geht nicht. Ich bin jetzt oft geschäftlich unterwegs, besonders in Ostasien.« Ich reiste tatsächlich in diesem Winter in den Osten, allein, ohne meine asiatische Frau und das Kind, das ohnehin längst woanders heimisch geworden war. Und so blieb mir dann nur, einsam den Morgen über Malaysia heraufdämmern zu sehen und zu warten, bis die Erinnerungen mich einholten. Hallo, meine kleinen Horden, wie geht's euch denn so? Und ich war wieder jung und munter, mit gestählten Gliedern. Auf von der Sonne beschienenen Meeren. Und auf anderen, die vom Licht der Sonne nie verwöhnt wurden.

Habt ihr je den Mekong gesehen, oben in Laos, in der Regenzeit, wenn die Wasser zurückfluten und sich ins Tal ergießen, als sollten die Menschen wie in biblischen Zeiten von einer Sintflut heimgesucht werden?

Ich habe es gesehen.

LETZTE DINGE

Ein kleines Hotelzimmer in Mexiko. Mit Blick auf eine von greller Sonne beschienene Gasse irgendwo in Guadalajara. Ein Straßenköter bellt. Und die Sonne brennt ohne Unterlaß auf die geschlossenen Klappläden. Ich habe kein Geld mehr. Auch nicht das Bedürfnis, weiter nach Süden zu reisen. Ich habe hier alles, was ich brauche. Ich lasse die Tage und Wochen an mir vorbeiziehen. Gehe nie aus. Ich schreibe ...

Es war ein langsames Sterben auf Raten drüben in den Tollhäusern des Ostens, aber der Rhythmus hallt noch in mir wider. Ich bin nicht auf den Regenbogen geklettert, ich habe einfach drauflosgeschrieben. Über Dinge, deren ich mich – wenn ich sie jetzt lese – schäme und zu denen ich mich nicht mehr bekennen mag. Ich war zu aufgewühlt, zu mystisch, zu irrelevant. Die unleserlichen Anmerkungen, die ich an den Rand meiner Notizbücher gekritzelt habe, kommen mir immer sinnloser vor. Ich hatte wundersame, schöne Vorstellungen davon, wie die Seelen am Ende ihrer Wanderung heimfinden. *Das Erreichen der nächsten Stufe des Seins* nannte ich das. Ich verstand die Zeit als Kristallisation vergangener Zeit. Vieles davon ist in meinem letzten Notizbuch nachzulesen, bei meinen Wortbildern über Zeit und Raum und das Vergangene. Ein mysteriöses, vollmundiges Wortgeklingel ohne Symbolkraft und Tiefe, bei dem dem Leser der Atem stockt. Ich ahne, daß vielen die Geduld fehlen wird, Geduld mit mir zu haben. Doch der Skorpion wird das Ei stechen, und mancher wird in der Abgeschiedenheit des stillen Kämmerleins doch erkennen, was zwi-

schen den Zeilen steht. Es liegt an uns, die eigene Gemütsbewegung zu bezähmen, von allein erklärt sie sich anderen
nicht, da helfen weder Intellekt noch eine göttliche Einge-
bung. Und so bleibt das, was ich hinterlassen habe, nur eine
Aneinanderreihung von Worten – unsinnige Collagen wie
»die pinguinierten Meere des Odysseus«. Ja, es war ein
langsames Sterben auf Raten drüben in den Tollhäusern
des Ostens, aber der Rhythmus klingt noch in mir wider,
und doch können weder Sex noch Gott, noch das Bestreben, ein Kunstwerk zu schaffen, die Zügellosigkeit meines
Denkens mildern. Nun, ich wartete eben. Warum? Weil ich,
noch ganz der blauäugige große Junge, Schach mit Jesus
gespielt habe, denn außer ihm hatte ich niemanden. Und
weil ich angefangen hatte, hinter den Kulissen nach dem
Wesen von Gott und dem Bösen zu suchen. Jetzt weiß ich,
daß sich dort ein unerforschtes weites Land verbirgt. Hinter
den Kulissen von Gott?
Sehen wir's mal so: Wenn es einen Heiligen gäbe, und er
sähe Gott, würde er es herumerzählen? Nur ein Tor betritt
blindlings die Pfade, die selbst die Engel ehrfürchtig scheu-
en. Und doch habe auch ich, als ich ein Kind war, geglaubt,
Gott zu sehen. Aber Er war es nicht selbst, es war nur das
Bild, das ich mir von Ihm gemacht hatte. Gott von einem
erdachten Bildnis zu kennen heißt nicht, Ihn Seinem Wesen nach zu kennen. Und weil ich weder als Heiliger noch
als Tor dastehen will, mache ich es mir leicht und sage, ich
hätte vergessen, wie Er aussah, als Er zu mir kam (was Er
übrigens nach dem kindlichen Glauben meiner Jugend
noch heute oft tut). Oh, es ist nicht schwierig, Gott zu sehen
und dennoch weiterzuleben; um ehrlich zu sein, ich habe
Ihn eher bedauert, denn in Wirklichkeit hat Er keine Macht
über die Menschheit. Absolut keine.
Er ist nur ein Teil der Schöpfung. Zu der wir aber nicht
gehören.

Bei der Gelegenheit: Hast du Gott je gesehen?
Ich habe Ihn gesehen.
Oft sogar. Im Morgengrauen. In meinen Träumen. Wenn die Finger des jungen Morgens sich, noch feucht vom Tau, unaufhaltsam über den purpurfarbenen Horizont recken. Ich bin wach, starre schmaläugig in den trüben Tümpel und frage mich: Wer ist dieser stattliche Mann dort unten? Faß ihn an, Oliver, berühre ihn! Es ist ... o mein Gott ... es *ist* Gott! Der Mann mit dem weißen Bart. »Spring ... spring.« Noch heute ahne ich Seine Schritte. »Ich bin, der ich bin.« Er, der die kleinen Kinder verschlingt. Oder es durch fraulich geformte Madonnen tun läßt, die arglose Säuglinge mit Gummisaugern packen und sich in den flammenden Schlund stopfen. O nein – nein, hör auf, hör auf, das ist so profan! Mein Profil in der Seine. Als wollte ich mich selbst beim Schach schlagen. Beeil dich, verpaß den richtigen Augenblick nicht, denn der Geist reicht so unermeßlich weit, er irrt schwankend umher und versucht mich einzufangen mit seinem ewigen »Tu dies, tu das ...«
Ja, ich habe Ihn gesehen.
Er sah aus wie eine zornige Bestie. Wie der König auf einer Spielkarte. Aufgestiegen aus dem Dunst der Seelenwanderung. Jäh und unverhofft wie ein Wintereinbruch mitten im hoffnungsfrohen Keimen des Frühlings. Um mit durchnäßten Kohlen das Feuer erloschener Kreativität neu zu entfachen. Die Geduld und die Leidenschaft, die sich im angsteinflößenden Destillierkolben der siebentausend Jahre immerwährender Wiedergeburt angesammelt haben. Denn Gott zu sehen – hör mir zu, ich sage es dir: Gott zu sehen, das ist gar nicht so schwierig, und wenn du Ihn siehst – oder war's der Satan? –, dann muß dich kein kaltes Grauen packen. Ich habe eher aus Ehrfurcht gezittert. Und weil ich auf die Begegnung nicht gefaßt war. Und weil Er

merken mußte, wie erbärmlich und nackt ich vor meinem Schöpfer stand. Bete – ich sag dir: bete! Aber dann – ein Donnerschlag – es ist zu spät. (Ach wenn doch die Fenster nicht so fest versiegelt wären, von innen wie von außen!) Ich wünschte Ihn weg.

Krach-bumm – der Donnerschlag.

Ich kenne Ihn nicht, ich kenne Gott nicht. Die Angst vor dem Stich des Todes, heißt es, sei eine läßliche Sünde. Nur, es ist zufällig *meine* Sünde, seit meinem ersten Traum, seit meinem ersten Reim. Dann bete, Oliver – bete um des Betens willen! Aber vergiß nicht, darum zu beten, daß ich mir selbst vergeben kann! Denn so hat mein Vater mich gewollt und meine Mutter mich geboren, so habe ich unter ihnen gelitten und bin gekreuzigt und begraben worden. Und so bin ich im achtzehnten Jahr auferstanden von den Toten und aufgefahren in den Himmel, wo ich sitze zur Rechten der gottväterlichen Fiktion, von dannen ich kommen werde, zu richten die Mutter und den Vater, amen. O du verruchtes, du gottloses Kind! Vages, flaches Herumphilosophieren eines ungeratenen Narren, der keinen festen Boden unter den Füßen hat, sich aber zum Moralapostel berufen fühlt und danach strebt, den Göttern gleich zum Olymp aufzusteigen. Und dann rief Er mich. Rief mich beim Namen, in der Hoffnung, sogar dem trichterlosen Wesen, das sie Oliver nennen, etwas eintrichtern zu können.

Nein, ich habe Dich nicht gehört. Hör auf! Hör auf, mich zu rufen! Oder ich werde sterben, wenn Du mir sagst, daß ich Dich gesehen habe und Du mich beim Namen gerufen hast. »Oliver, Oliver …« Denn eins weiß ich gewiß …

… daß die Erde Dir zum Erbe gegeben ist. Spring, spring! Und dann war er verschwunden. Oder war Er … war er der Satan? Aber was soll's – es war die Geburtsstunde meines Glaubens und meiner Zuversicht, denn hatte ich nicht Tag für Tag und in immer gleichem Vertrauen weitergelebt und daran geglaubt – daran glauben müssen –, daß es so selbstverständliche Dinge gibt wie die göttliche Güte, die Hilfe Gottes und all das göttliche Wirken, an dem ich mich – wann und wo auch immer – in meinen Ängsten festklammern kann? Ich kam mit Donnerbrausen auf die Erde zurück. Wie, o Wunder aller Wunder, soll ich weiterleben? Ich wähnte mich auf einmal vom Heiligen Geist gezeugt und aus dem Schoß der Jungfrau Maria geboren, Fleisch geworden in einem Ball aus Feuer und auf die Erde gesandt, um sie zu reinigen und Blut in Wasser zu verwandeln. Und deshalb … aber nein, Schluß damit! All dies liegt so lange zurück und ist nur verschwommenes, auf tönernen Füßen ruhendes Ahnen aus einer Zeit, als ich jung war und es so wunderschön schien, mir vorzustellen, wie sich die Samen der Pusteblumen im stumm flirrenden Sonnenlicht treffen, Wintergestalten mit wallendem Haar sich auf dem Meeresgrund paaren und über alldem das ewige, satanische Schweigen thront. Immerwährend tröpfelnder Schweiß der Eintönigkeit, wie eine ständig wiederholte, in ein Wechselbad aus Hell und Dunkel gebettete Einblendung in einem Film, bedeutungslos wie ein Insekt, und wenn du es in den Zoo gesperrt hast, dauert es zwei Tage, bis es bekennt: O ja, o ja, ich erinnere mich gut daran, wie Er aus dem französischen Garten zu mir kam, mich beim Namen gerufen hat –»Oliver, Oliver« –, und sogleich frischte der Wind auf, der sanft über die Blumenbeete gestrichen war und raunend in den Aprikosenbäumen geraschelt hatte. Und dann fällt auch mir wieder ein, was ich erlebt habe, und ich beuge mich vor und lausche Seinen Worten, die nun wie rauschender Wind über die Blumenbeete fegen und wie brausender Sturm ins Geäst der Aprikosenbäume fahren. Huuuh …

Ja, im Geiste sehe ich mich ein bedeutendes Buch schreiben. Es soll ein Buch voller Poesie werden, ein Buch ohne Szenenfolge, das nicht durch aufwendige Aufmachung, sondern durch seinen Inhalt besticht und eine Freiheit vermittelt, die heute nicht mehr vermittelbar ist, eine Befreiung vom Mutterleib, die durch ständig vertiefte Tiefe zur Erlösung der Seele wird, indem ich, wenn ich vorwärts blicke, zugleich zurückblicke, ein Buch, das, weil es den Lesenden in seinen Bann schlägt, verschlungen wird, anschwillt und sich an sich selbst verzehrt, bis es schließlich nur noch ein gebundener Haufen Papier ist – und die vollendetste Dichtung, die die Welt je gesehen hat. Wer schreibt, muß die Fesseln abstreifen, durch die gewöhnlich Sterbliche gebunden sind, er sollte ungebunden sein, um des Werkes willen, dem er seine Kraft opfert, frei wie die Vulkane, die unter der Erdkruste rumoren. Er sollte jeden Augenblick des Tages Himmel und Hölle zugleich durchleben. Denn er schwebt weit über uns.

Auf daß er im Lauf der Jahre das bloße Aneinanderreihen geschriebener Worte aufgibt und sich mehr und mehr in die erdentrückten Sphären des musikalischen Wohlklangs erhebt. So setzte ich mir idealistisch das hohe Ziel, ein Komponist zu werden. Denn allein darin liegt die Monstrosität des weder additiven noch subtraktiven, weder dividierbaren noch multiplizierbaren, weder in sich konsequenten noch berechenbaren Genies.

Und irgendwann in fernen Jahrhunderten, wenn künftige Generationen archäologische Grabungen in der uralten Erdkruste vornehmen, werden sie das bronzene Ebenbild eines menschlichen Wesens aus dem zwanzigsten Jahrhundert entdecken und diese Statue bestaunen und in ihren hellerleuchteten Museen aufstellen, auf daß alle Welt sie bewundern kann. Und die Menschen werden zuhauf herbeiströmen, sich davor drängen und das Kunstwerk feiern und es nie und nimmer für möglich halten, daß es von Menschenhand geschaffen wurde. Und es wird mein Ebenbild sein.

Mein Geltungsbedürfnis war so stark, daß ich meinem Verstand alles, was mir unter die Augen kam, einverleibte und fortan für mein eigen hielt, einfach deshalb, weil es, als ich es zum erstenmal gesehen hatte, Erstaunen und Bewunderung in mir geweckt hatte. Die Neigung, alles zu bestaunen, was mir neu war, weckte in mir das Verlangen, etwas zu kreieren, was andere nicht kennen. Und so schickte ich mich an, zum Vorkämpfer für eine zwar unvollkommene, aber – wie die Sonne – aus eigener Kraft leuchtende, aus Wortcollagen bestehende Sprache zu werden – und siehe da, eine neue Zeit, eine neue Ära brach an!

… das war, bevor ich genug wußte, um es besser zu wissen, ehe ich eingesogen wurde von der immensen Indifferenz der Einsamkeit und Kümmernis und anfing, in der blinden Wut des Hasses zu wühlen, die ich im unaufhörlichen Ringen der Doktrinen entdeckte – dem Streit zwischen Platos Idee des Guten, das identisch ist mit dem Einen, und Aristoteles' Philosophie des Erkennens. Derselbe Haß, den ich auch in meinen grimmigen Träumen von meinem Vater entdeckte, Träumen, in denen die Hölle vom Geheul der Verdammten widerhallt, denn dort büßt er für ins Tausendfache verzerrte Sünden, die man ihm auf Erden um den Preis bloßen Bereuens vergeben hätte. Aber auch er wird gewiß wiederkommen und sich, mit Kerzen in der Hand, auf die Suche nach dem ewigen Jerusalem machen, wird die Erdkruste aufbrechen, mich seine ergrauten Haare und knapp über der Erdkrume seine Augen sehen lassen und mir wie ein Blähfisch zuschnauben: »Sieh dir an, wohin du mich gebracht hast! In die Hölle! Und die Hölle trennt uns durch Weisheit und Wohlergehen, Reichtum und Armut, Wirklichkeit und Phantasie, Erinnerungen und Sehnsüchte, Haß und Liebe. Da bin ich, hier, wohin du mich geschickt hast, eine der Verdammnis preisgegebene, leidende Kreatur. Wach auf, du grünäugiges Dschungelwesen!« Und so werde ich die verbannte Seele meines Vaters um seiner über den Regenbogen der Jahrtausende hinweg blutenden Wunden willen bemitleiden, bis mich, der ich nun erkenne, was ich angerichtet habe, vor meinem eigenen Haß schaudert.

Wir, die wir von Angst erfüllte Untergrundbahnen betreten, wir, die wir nichts wissen von Zarathustra und Mithras, den Mysterien von Eleusis und dem Orakel von Delphi – wieviel von all dem, was so viele andere vor uns erkannt haben, ist uns verborgen geblieben! Das bacchische Gelächter in griechischen Nächten, Demeter und Dionysos, die von der Inbrunst betender Bauern entflammten Kreuzgewölbe der Kathedralen, den unübersehbaren Horror, der mit der Religion einhergeht. O Jugend, wie alt bist du geworden auf dem ruhelosen Weg nach vorn und immer weiter nach vorn! Sing von den Tagen, als du jung warst, in äthiopischer Schwermut und der trüben Verlogenheit der Erinnerung gefangen! Sing kantabel und melodisch, sing es laut aus dir heraus! Sing davon, wie ich einst an der Atlantikküste gestanden und meine Sandalen im schlammigen Sand unter dem vom Meer umspülten Thron gewaschen habe. Und wie meine Armeen an untastbaren Grenzen umhergeirrt sind. Und wie ich Alice im Wunderland die Hand geküßt und meine Zeit damit vergeudet habe, gestammelten Lobpreis auf Afghanistan anzustimmen. Ach, es gäbe noch viel mehr, wovon ich singen könnte – von Arabien, vom Wind, der mich in die saphirklaren Wasser vor der maurischen Küste getrieben hat, von schlammigen flandrischen Feldern, auf denen Millionen den Gastod gestorben sind, vom Weizen, den der Wind unter den donnernden Hufen meiner mongolischen Krieger wie aufgescheuchte Krähen über die russische Steppe treibt … und all das geschah, als Christus uns schon lange fern war, Buddha auf himmlischen Auen weilte und Becket, vom eigenen Blut besudelt und um Atem ringend, auf den Stufen einer Kathedrale lag. Wirf einen Blick in die orphische Welt! *Ecce signum!* Im Norden ist das Nichts, und je weiter wir nach Süden vordringen, desto größer wird die Leere, die uns umfängt, und um all das hat Gott den unsichtbaren Mantel gehängt, den wir Welt nennen. Wir aber sitzen gefangen im Abgrund der Nichtigkeiten, die uns umgeben. Alles ist nichtig, jeder Sonnenuntergang, wenn man ihn zu lange betrachtet, jede langatmige Darlegung, alles elementare Wissen, Hölle und Hoffnung, die Leere, in die wir gestoßen sind … Tropf-tropf − das enervierende Geräusch tropfenden Wassers, von dem die Hülle meines Ichs feucht wird, und auch die dünne Hülle ist nichtig, o ja … und doch, ich fühle, daß ich es fühle. Mit unvoreingenommener, vor Sehnsucht fiebernder Begierde, verwoben mit der hohlen Nichtigkeit der Zeit, in der Tage zu Jahren verschmelzen und Lichtjahre zu gewöhnlichen Erdjahren verkümmern. In meinen Lungen singen Geister, die sich danach sehnen, die Lüfte mit ihrem Gesang zu erfüllen, all die starrgewordenen, lautlosen Luftschichten, die unendlichen Schwingungen, die uns einhüllen, das Tröpfeln der zu Luft komprimierten Luft in meinem Haar. Das elementare Wort ist in allen Sprachen der Welt das »Ja«, es kommt aus dem Hebräischen und heißt *amen*. Nur, was *amen* bedeuten mag, weiß ich nicht in meinem langen, von Todessehnsüchten erfüllten Schweigen, in dem ich vor mich hin in die Luft starre und selbst von den unbedeutendsten Geräuschen wie dem eines tropfenden Wasserhahns in Erstaunen versetzt werde … Tropf-tropf. Horch − nirgendwo Donnergrollen, nur das Wetterleuchten in der Ferne … Tropf-tropf − hörst du's? Ach, ich bin alt, unsäglich alt, als wäre runzelige Haut straff über meine Seele gespannt – eine Seele, die nicht mehr nach den Maßstäben von Sokrates oder den Engeln gemessen werden kann, alt vom Denken, vom allzuvielen Denken, alt von der Schuld, nicht schuldig geworden zu sein, alt von den quälenden Zweifeln an mir selbst und von der Schuld an meiner eigenen Zerrissenheit. Alle Beziehungen lösen sich in Beziehungslosigkeit auf, alles verfängt sich in einem unsichtbaren Netz und klammert sich nur noch an die Hoffnung auf die Kraft der Seele. Aber worin unterscheidet sich denn Zuversicht von Verzweiflung? Beides gehört zusammen, beides begehrt einander, das eine treibt das andere unvermeidlich tiefer und tiefer in die Sündhaftigkeit. Und wenn die Not am größten, die Verzweiflung übermächtig und die Zuversicht aufgerufen ist, ihre Kraft in die Waagschale zu werfen, verstummt der innere Schrei, weil die Kraft, auf die wir unsere Hoffnung setzen wollten, erloschen ist; sie hat sich zu lange zu weit von der göttlichen Gnade gelöst.

Ach, diese Welt ist ein Tal der Tränen, und da ich in der Leere keinen Halt finde, bleibt mir nur, mich an die Routine meines Herzens zu halten. Herz: erz ... rz ... z ... erledigt – fertig – stirb – der Tod. Das hat sich schnell. Es dauert nicht länger als ein Wimpernschlag.

Jedem von uns ist eine eigene Leiter für den Weg nach oben gegeben. Manchen, den Gutgläubigen, erlahmt schon nach den ersten Sprossen die Kraft. Andere klettern keuchend und schweißgebadet weiter. Und während sie sich abrackern, immer häufiger erschöpft schnaufend haltmachen und um Atem ringen, trauen sie sich nicht, einen Blick nach oben zu werfen, auf die nächste Sprosse. Sie nehmen gar nicht wahr, daß andere weiterklettern, weil sie nicht nach oben blicken und deshalb nur sehen können, was unter ihnen ist. Wir anderen, die den Blick nach oben

richten, auf ein verheißungsvolles Ziel – nicht nur auf eine
Illusion, die unsere Gutgläubigkeit uns vorgaukelt, sondern auf das letzte, das entscheidende Ziel –, erklimmen,
wenn auch mit jedem Schritt langsamer, eine Sprosse nach
der anderen und wissen dabei genau, daß wir, wenn Kraft
und Aufmerksamkeit nachlassen und wir ins Leere treten,
unweigerlich in die Tiefe stürzen und qualvoll sterben. Und
so klettern wir, ohne die Augen davor zu verschließen, daß
uns ein Absturz droht, stumm und verbissen weiter, geben
uns nicht mit dem Erreichten zufrieden und fürchten uns
weder vor unserer Angst noch vor der Gefahr. Nein, wir
klettern weiter und weiter, wir strengen uns an, wir geben
unser Bestes. Und je höher wir steigen, desto mehr kommt
es uns wie ein ständiger Abstieg vor, als wären wir in eine
Tretmühle geraten und legten in dem Wahn, unmittelbar
vor dem Ziel zu sein, Runde um Runde zurück. Doch wenn
es uns auch so scheint, als stiegen wir abwärts, die Mühsal
sagt uns, daß es immer noch eine Sprosse gibt, die uns
aufwärts führt. Und dann erneut abwärts. Aber seid unver-
drossen, ihr, die ihr mit mir klettert, haltet mit mir Schritt
und gebt nicht auf, klettert weiter auf und ab, höher und
tiefer, dann werdet ihr endlich das einzige Ziel erreichen,
das wir erreichen können: die Summe des unübertreffli-
chen Irrsinns! Er wird dir ein Halfter um den Hals legen
und dich in den Abgrund der Verzweiflung zerren. Die
Leute von nebenan haben sich das ausgedacht – ganz normale Leute mit gesunden roten Gesichtern und einer Menge unbezahlter Rechnungen. Sie werden mit dir umspringen, wie sie mit allen Verrückten umspringen, werden bei
dir anklopfen, als haustest du wie eine Schildkröte im
eigenen Panzer, und dich vor die Tür setzen, denn in ihren
Augen bist du keiner von ihnen, du paßt nicht zu ihnen, du
bist aus der Art geschlagen. Aber sobald sie dich in die
tiefste und finsterste Erniedrigung gestürzt haben, werden

sie sich um dich kümmern und hingebungsvoll für dich sorgen …

Was wäre, wenn Christus selbst durch diese mexikanische Tür geschritten käme? Er setzt sich zu mir, horcht mich mit ausgeklügelter Methodik aus, nimmt sich meiner an, wischt mir die Tränen ab, läßt mich seine Liebe und – mehr noch – sein Verstehen spüren, dann aber, nach einem letzten Lebewohl, geht er und läßt mich allein. Und ich glaube nicht, daß ich ernsthaft versuchen würde, ihn aufzuhalten oder ihm zu folgen, oder daß ich auch nur den Versuch unternähme, ihn dazu zu bewegen, länger in meinem Leben gegenwärtig zu sein. So bin ich nun mal, ich reise allein und bin so blind, daß ich die, die meine Wege kreuzen, nicht voneinander unterscheiden kann – und es auch nicht will, denn vor mir sind sie alle gleich: Wesen der Schöpfung, denen man begegnet, die man nach dem Woher und Wohin fragt und sodann am Wegrand zurückläßt. Ich bin ein Magneteisen ohne Anziehungskraft, ein Mathematiker, der die Chancen und Risiken ausgerechnet und beschlossen hat, die Finger davon zu lassen. In meiner Art, immer und überall allein anzukommen und allein wegzugehen, liegt eine unüberwindliche Resignation. Und – ich schwör's bei Gott – es gibt Zeiten, in denen ich mich mit meiner Sehnsucht nach irgend etwas in meinem Leben wie ein Verdurstender fühle. Ich sehne mich nach den Dingen, um die die Welt sich dreht, so fragwürdig sie auch sein mögen. Es scheint, daß alles, was im Leben irgendeine Bedeutung hat, reduziert ist auf den einen unabwendbaren, unausweichlichen, nicht exakt bestimmbaren Faktor eins: den Zustand der äußersten Erschöpfung. Aber es gibt auch Zeiten, in denen sich mein ganzes Sehnen in dem staubfusselgroßen Wunsch nach Ansehen und nach einem geordneten Leben in Würde konzentriert. Ich kann die Substanz dieser Sehnsucht nicht greifen und fürchte auch, es gibt nicht viel Greifbares darin, nur ein verhuschtes Kitzeln in der Seele. Leere Straßen. Betäubung. Das Denken wird zu einem gehetzten Sprung von einer Straßenecke zur anderen, nur, es gibt dennoch wieder und wieder den nächsten Gedanken – ist es nicht so? Das Driften der Gedanken zur nächsten Straßenecke. Vergebt mir, wenn ich es ironisch abwandle: zur letzten Straßenecke. Ich gebe es auf, ich gehe und lasse in euch nachhallen, was ich gesagt habe. Fassen wir's zusammen. Du suchst etwas, findest es nicht, du wünschst dir die Perfektion deines Denkens, du bist nahe dran, noch näher, gestern war's nur noch ein Schritt weit weg, aber auch morgen wird es einen Schritt weit entfernt sein, du bist so nahe dran, doch dann bricht alles in sich zusammen … Und wohin hat deine Suche dich nun gebracht? Denken – unaufhörliches, krampfhaftes Denken, weiter und weiter – inmitten der Klagelieder, die, vom Rauschen des strömenden Regens gedämpft, in den Straßen widerhallen.

Das Licht durch das eigene Ich zu erkennen ist wie das kurze Aufblitzen eines fernen Gewitters. Die Fassade zu durchdringen ist wie der flüchtige Blick auf die »Genesis« und den ewigen Genius. Trotzdem, für eine Weile … Aber was dann? Was?

Das Vorausdenken unseres Verstandes besiegelt sein eigenes Verderben. Wir malen uns voller hoffnungsfroher Erwartungen alles mögliche aus, wie unser Leben verlaufen könnte, und erreichen so, obwohl unsere Sinne immerfort erbarmungslos von anderen Dingen abgelenkt werden, einen Zustand der skeptischen Distanz, die mitunter in ihrem Kern romantisch sein kann, weil in den Visionen unserer Vorstellungen alles möglich scheint. All unser Tun und Trachten ist immer von unseren Träumen beflügelt worden – im Geist kann der Mensch in ein und demselben Augenblick in verschiedenen Flüssen oder Meeresbuchten schwimmen. In ähnlicher Weise, sogar in höherem Maß, regen die vom Verstand gesteuerten Vorstellungen – das, was wir den Zustand der skeptischen Distanz genannt haben – die Instinkte des Menschen an. Aber der Preis für dieses Vergnügen besteht darin, daß das Unterbewußtsein – stets darauf bedacht, nicht in der Sackgasse einer Illusion und des Mißlingens zu landen – sich in eine Schutzkapsel zurückzieht und dort mucksmäuschenstill verharrt, während sich der nun von der Schwerkraft befreite Verstand vom *déjà vu*, dem *aperçu*, dem gedanklichen Wurf, dem schönen oberflächlichen Schein blenden läßt (ähnlich wie eine Möwe, die bei ihrem kreisenden Flug über den Wellen nach allem Ausschau hält, was dem Umriß nach ein Fisch sein könnte) und das um so bösere Erwachen aus trügerischen Träumen nicht fürchtet. Spielt dann auch noch der Charakter mit, so ist das die völlige Kapitulation vor dem Irrsinn der Verblendung. Nun aber, angesichts der Aussicht auf eine verzweifelte Lage, erstarrt der Verstand vor Angst, weil er weiß, daß Verzweiflung immer nur aus einer Zeit erhöhter Erwartungen erwächst und wir uns nur wohl fühlen können, solange wir sicheren Boden unter den Füßen haben. Die Verzweiflung ist ein furchtbares Erlebnis, eine Zeit, in der um uns das Leben pulst, wir aber bekümmert danebenstehen, weil all unser Denken nur um die verzweifelte Lage kreist, in die wir geraten sind. Das Unterbewußtsein ist an solche Situationen gewöhnt, es kann den Schrecken der Enttäuschung oder der tiefsten Verzweiflung nicht mehr nachempfinden. Wie heißt es in dem biblischen Gleichnis? »Und sie gingen hin und vergruben das eine Talent, das ihnen geblieben war, als Unterpfand ihrer Reue.« Im Bewußtsein ihrer späten Einsicht. Und das ist frevelhaft. Denn wenn man sich selbst für immun hält, wirft man die skeptische Distanz dem eigenen Verstand zum Fraß hin. Aber das Denken ist ein hungriges Tier, und so wie dessen ungestillter Hunger vom Gedanken an Futter angestachelt wird, so wird das ausgehungerte Denken vom Gedanken an das eigene Wollen angestachelt. Und doch ist der Verstand intelligent genug, sich distanzieren zu können, einsichtig genug, sich nicht mit gierigem Rachen auf alles zu stürzen, was in der materiellen Welt zum Fraß bereitliegt, und vorsichtig genug, sich davor zu hüten, von einem anderen Verstand verschlungen zu werden. Deshalb wird er sich schließlich reuevoll zusammenrollen und sich selbst auffressen. Habe ich's nicht gesagt? Es liegt an uns, die eigene Gemütsbewegung zu bezähmen. Verzweiflung ist das Produkt der allzu ausschweifenden Phantasie und der allzu geringen Kreativität. Verzweiflung ist ein knurrender Hund, der sein Opfer durch bloßes Zähnefletschen dazu bringt, sich von den Klippen ins Meer zu stürzen, er muß nicht mal zubeißen.

So wollen wir denn, wenn der Abend sich auf den Himmel legt, gemeinsam aufbrechen, du und ich, und weiter ausschreiten, denn nach den Gesetzen der Illusion dürfen wir nicht verharren, weil wir uns am Ende so oder so mit Samthandschuhen dazu gedrängt oder mit eiserner Faust gezwungen, *bon gré, mal gré*, gutwillig oder widerstrebend – von diesem Leben gefangennehmen lassen und schließlich sogar in schändlicher Treulosigkeit einer dem anderen die Luft zum Atmen streitig machen. Der Schurke im Hintergrund ist das Leben, es hetzt uns dem Nächsten an die Kehle, und wir tun notgedrungen, was es uns gebietet. Welcher wilde Hund wäre je, ohne auch nur einmal aufzumucken, schon durch den ersten Peitschenhieb seines Herrn und Meisters gezähmt worden? Gäbe es einen solchen, müßte er nach den unerbittlichen Gesetzen des Lebens sterben. Laßt uns also mit dem Mut unerschrockener Philosophen aufbrechen zur Suche nach dem erforschten Land. Winken wir den anderen ein *au revoir* zu und lassen sie wissen, daß wir das Spiel nicht mehr mitspielen!

Das ist Selbstmord. Judo in meiner Seele. Eine Anthropologie des Schlagabtausches. Entwickelt draußen auf dem Ozean, wo er grün und lebensfeindlich und kalt ist. Und wo sich im Sturm der Emotionen die Wellen haushoch türmen, um alsdann, während ich mein Gesicht inwärts kehre und meinen ausgehungerten Blick in das riesige Fenster der Wasserwüste versenke, über meinem Haupt zusammenzuschlagen. Sie wiegen meine Augäpfel mit offenen Lidern in Tiefschlaf. Und entfachen in mir den Funken der Genialität. Obwohl es doch in der Tiefe keine Genialität gibt, oder? Zumindest hat Hemingway in seinem Fischerboot nichts davon wahrgenommen. Auch ich habe den Sternen zugetrunken, mich aber dabei, während eine Schrotflinte auf das Zentrum meines Denkens und Empfindens gerichtet war, gefragt: Was wird aus einem Menschen, der sich weit hinaus aufs Meer wagt, um den großen Fisch zu fangen …

… und den Rückweg nicht schafft?

Wie viele Haie lauern zwischen hier und dort, was für Fische warten mit gebleckten Piranhazähnen unter den trüben Wellen des Meeres auf Beute? Ich vertraue dem Meer, wenn es mich friedfertig umspült und unbeschadet durch seine im milden Licht des Pazifikmondes bis zum Ende der Endlichkeit reichenden seichten Buchten waten läßt – ein Druidenei, unter dessen Schale ich im Umriß seiner Seele schimmernde Hysterie ausmachen kann.

Eine Gestalt holt mich ein. Ein Mensch, der in den eiskalten Ozean springt. Mit hellem Lachen, dessen Lunte Wahnsinn heißt. Aufgespalten durch die Kraft des Feuers. Meine Lider schließen sich flatternd vor der brennenden Sonne Mexikos. Die Macht der Stille. Und die wohltuende Kraft des Feuers, das in einem Traum auf mich zukam, als ich

306

noch sehr jung war und am Klavier saß. In Wirklichkeit aber hing ich an der Zimmerdecke, den nun zu ewigem Schmerz verdammten Hals nach hinten verrenkt, weil ich versuchte, den langen Atem dieser genialen Musik zu entziffern. Die Hände des Schlachters geistern kraftlos bebend durch meinen Schlaf. Aus den zerknüllten Papiertüten, die sie halten, tropft das Blut der Opfertiere. Und Männerleichen, die, in penetranten Gestank gehüllt, leichtfüßig taumelnd durch die Nacht schweben. Eine Bußübung vielleicht? O Sünde über Sünde. Hat die Sündhaftigkeit nie ein Ende? Hört das Absurde nie auf?

Ich glaube, die wohl lauteste Stille der Welt ist die in der Tiefe, unter dem Wasser, wo sich prismatische Gestalten widerstrebend langsam um die eigene Achse drehen, bis sie mit silbernen Fischen und zerborstenen, grün schimmernden Spiegeln verschmelzen. Aber welche Laute dringen bis in die Tiefe vor? Unermüdliche, stechende Phosporaugen, herausgeschält aus den menschlichen Schädeln in vor Jahrhunderten gesunkenen Unterseebooten, bewachen die Stille. Rühr dich, Wind, fang an zu wehen, düster und stürmisch, vertreib die Nacht vom Grund dieses Meeres! Aber wohin weht der Wind? Hörst du ihn brausen? Wie Hufschlag auf dem Kopfsteinpflaster. Wie Mittagssonne, die ein Gesicht blendet.

Ich kann mich nicht erinnern. Ich kann nicht länger die Antwort auf all meine Fragen suchen. Wer mag einsam und allein hier sitzen, abgetaucht in die Tiefe, gefangen in einem Zeitloch – wer? Nicht mal Hamlet hielte das aus. Denn das Meer ist voller List und Tücke, es lächelt dich an, narrt dich mit seinen federleichten Crescendos, die jäh in rachsüchtigen Feuern ersticken, und dann ist es das Feuer, das dich lockt: »Spring! Spring!« Ich fühle mich wie ein in Trugbilder verliebter, von der Not des Alters verwirrter Tor. Ich fühle mich wie ein Haufen fallender, vom eigenen

Atemhauch getriebener, lebend sterbender Sterne. Warte nur, bald sind wir erloschen, bald wirst du unser Bild nicht mehr am Himmel sehen! Und wieder gebe ich auf, verzeiht mir, ich gehe. Ich ertrinke im Taufbecken der hohen See. »Hilfe!«

Mein nächtlicher Schrei weckt meine Mutter, sie kommt zu mir ins Zimmer, um mich sanft zu trösten. Ist es meine Mutter? Sie, die mütterlich um mich buhlt und die Geister verscheucht, die mir den Atem abschnüren … psssst, Kind, es wird alles gut. In welcher feuchten Grabhöhle wachsen Mütter heran, bis sie wie Seetang aus der Erdkruste sprießen? »Iboo, iboo!« 'allt ihr Schrei. Ihre 'and rüttelt eine Schulter, die nicht mehr meine ist. »Oliverre! Oliverre!« Es ist so süß, in ihrem Atem zu ruhen, an ihrer Brust, den Kopf auf ihren Busen gebettet, und zu weinen. Weinen. Weinen.

Und die Finger der Morgenröte weinen mit. Werde ich sterben, Mutter, werde ich sterben? Ist es so schwierig zu sterben? Oder so wichtig? Sehet die Lilien auf dem Feld … Ich tu es und fange an nachzudenken. Sie wissen so wenig von Liebe und sind doch so viele. Sie sind Legion. *Hi lily, hi lo.* Sie plagen sich nicht, sie reden nicht, sie sind weder Sünder noch Heilige, und doch *sind* sie. *Hi-lily-hi-lo.* Und ich glaube, sie werden auch dasein, wenn ich die Melodie des Todes höre und das Ende des Kindertraums in dunkler Nacht nahe ist. Aber ich vermute, daß es dann künstliche Lilien sind. Nicht Fisch und nicht Fleisch, wie der Tau – kuckuck, kuckuck. Und da wird die in mir aufgestaute tiefe Verzweiflung zornesrot und fragt mich: Weshalb streust du die Saat der Musik aus, wenn du nicht mal das Leben liebst? Warum, Mutter? Was ist das, was mir – jetzt, in diesem Augenblick – etwas ins Ohr wispert? Ist es der Wind, ist es dein Atem? Es ist jedenfalls schön. Warum bist du schon auf den Beinen, Mutter, willst du ausgehen? Ich hoffe nicht. Weil er dich nämlich jetzt braucht. Dein Sohn. Der Ahne deines Vaters. Denn der Tod wird mich jeden Augenblick anrühren. Ich höre ihn schon in meinen Ohren singen. Er verbirgt sich in der tänzelnden Unruhe stummer Moleküle. Er ist ein Teil jenes Tages, den ich für mich selbst aufhebe. Er wohnt in der Stille, von der die ganze Nacht und ein Großteil des Tages beherrscht wird. Er macht mich wütend, treibt mich dazu, zornig zu behaupten, ich wolle ihn nicht. Aber das Geschick wartet schon lauernd, es schläft in der Luft, und wo es schläft, ist die Stille, die heilige Stille.

… mein Gesicht im Spiegel – nicht verhärmt, voll und rund. Meine Schneidezähne beißen sich im silbernen Umhang des bleichen Mondes fest. Das einzige Stück festen Bodens im Sumpf der Unendlichkeit. Das glotzende Vorgebirge unter dem El-Greco-Himmel. Und der Wind fegt über die Polkappen und spuckt mir das Eis ins Gesicht. Doch fürchte dich nicht, denn du liebst nicht, und es steht geschrieben: »Der, der nicht liebt, bleibt vom Tode umfangen.« Und du bist tot. Tot! Herzschlag. Jäher Schmerz. Heftiges Herzklopfen. Wie du's vorhergesehen hast. Nun ist es wahr geworden, hart und schnell. Nun zeig uns, Oliver, der du so hart sein kannst, wie hart du jetzt bist, zeig's uns, wenn sich der kalte Stahl in deine Seele bohrt, dahin, wo deine Neigung und deine Begabung für die Dichtung schlummern! Halt, noch ein letzter Gedanke. Eine letzte Frist erflehe ich von dir …

… das kambodschanische Messer, einst von Königen gezückt, ist im Spiegel auf meine Kehle gerichtet. Ich blicke mir im Angesicht des Todes in die Augen – *moribundi te salutant*. Viele edle, mutige Männer haben vor mir hier gestanden, vor diesem Spiegel, so wie ich.

Ich stelle mir einen dieser Männer vor. Beine wie geschmeidige Schwerter. Losgelöst vom Körper. Wie die Seele. Er atmet tief ein, sein Denken konzentriert sich jetzt nur noch auf das eine Ziel, das er sich wieder und wieder verdeutlicht, sein Gehirn arbeitet auf Hochtouren, und auf einmal, als er Blut aus einer weit klaffenden Wunde fließen sieht, lodert das Feuer der Begeisterung nicht mehr so lodernd in ihm, er schleppt sich mit letzter Kraft durch das Zimmer seines billigen Hotels, in dessen Fenstern er keinen Hoffnungsschimmer erkennt, schaut hinunter und sieht, wie ein hagerer Polizist durch die Gasse kommt und eine schöne Prostituierte anspricht. Und sie muß natürlich bezahlen.

Ich hasse diese düsteren Schatten! Wo bleibt das fluoreszierende, klare, logische Licht? Pop! Irgend etwas bebt und bricht in tausend Scherben. War das meine Seele? Die um Gnade winselt? Um Erlösung fleht? Sich nach ein wenig Rührseligkeit sehnt?

Nur die struppigen Straßenköter mit dem Kurzhaarfell verlieren offenbar nie die Nerven, oder doch?

Todhäßliche, rotgescheuerte Rasierschäden an den Unterseiten meiner Wangen ... blutrot schwebend – ein Ballet. Dabei mag ich die Farbe doch so. Dieses Rot. Oliver, du bist ein Komiker. Ja, in den tiefsten Schichten des Ichs bin ich das. Taub und stumm. Vollgestopft mit angstvoller Philosophie. Mit ethischer Spottlust. Kaschiert durch harmlose und nicht so harmlose Adjektive. War ich nicht auch mal Student? Mit vagen Vorstellungen von der unbegrenzten Freiheit des Studentenlebens.

Vater war's, der mich einst gefragt hat: »Kennst du die Geschichte von den Blinden und dem Elefanten?« Jung, wie ich war, kannte ich sie nicht, also erzählte er sie mir. Ein Hindufürst befiehlt jedem Blinden, der ihm begegnet, er solle dieses »Ding« anfassen und ihm sagen, was das wohl seiner Meinung nach sei. Der eine betastet das Bein des Elefanten und hält es für einen gewaltigen Baumstamm.

Der nächste befingert den Schwanz und vermutet, er habe es mit einer Schlingpflanze im Dschungel zu tun. Ein anderer umfaßt den Rumpf und zuckt entsetzt zusammen, weil er glaubt, es sei ein riesiges Reptil. Wieder ein anderer berührt den Rüssel und meint, es müsse sich wohl um etwas Großes, Weiches, überaus Wertvolles handeln – und so weiter und so weiter.

So ähnlich verhält es sich mit der oft gehörten, leichtgläubigen Behauptung, daß es wichtige Launen und Stimmungen und weniger wichtige gäbe. Wer das glaubt, verkennt, daß alle Launen und Stimmungen nur Sinnestäuschungen sind. So ist zum Beispiel das Schreiben, Gottes letzter Verführungstrick in dieser paradoxen Welt, nichts als eine Laune, die einem durchs Gehirn spukt, mit Feder und Papier eingefangen wird und dann oft genug an den Schwächen des Autors scheitert.

»Gott hat den Tod nicht gewollt – das Böse, das sich in Worten und Taten manifestiert, hat ihn heraufbeschworen.« Worte, die längst ihre Bedeutung verloren haben. Gefühle, in denen anfangs Wahrheit liegt, die uns aber später trügerisch erscheinen. Michelangelos Empfindungen, wenn er ein Geschehen in der Sprache der Bilder einfängt ... wir hegen instinktiv Zweifel, sind von vornherein skeptisch. Mein Leben ist – wie die Literatur – unendlich weit entfernt von Homers kosmischer Trauer um die versiegten Quellen dieser Stückwert gebliebenen Erde. Ganz selten nur leuchtet ein Fixstern am Himmel auf. Aristoteles – Thomas von Aquin – Shakespeare – Tolstoi. Um am Schluß in Joyce' Turm der babylonischen Sprachverwirrung zu verglühen.

Die Sünde der Selbsttötung ist die Sünde der letzten Dinge. Betrug am Tod. Ein leichten Herzens begangener Akt der Gewalt, nicht mehr und nicht weniger. Wie aus Hell und Dunkel Zwielicht entsteht, so erwächst aus der mir angeta-

311

nen Gewalt das Verlangen nach Gewalttätigkeit. Ich habe nämlich nie einer Menschenseele etwas zuleide getan. Also muß ich es nachholen. Und so fange ich an, mein eigenes Ich mit all seiner von Sommersonne verwöhnten Unzufriedenheit zu Papier zu bringen, bis aus meinem Bekenntnis zum Tod und zu Sündhaftigkeit ein Strom aus erlogenen Träumen geworden ist, der sich, sobald die Wasser sich aufgetan haben, wirbelnd in die feuchtwarme Iridektomie des dämonischen Mondes ergießt und mit ihm auf dem Grund des Ozeans widerspiegelt.

Zu sterben, das ist wie ein kurzer Gang um die Ecke. Es ist schnell vorbei, nur noch ein letztes befreites Zucken in meinen Gliedern. Tod ist die Entschlossenheit, das Leben von sich zu weisen. Das Leben impliziert Charakter und spricht so, ganz im Gegensatz zu allem bisher Gesagten, für ein Leben nach dem Tod. Der Zweifel, der nie aufhört zu hoffen, ein letztes halbherziges Festklammern an der Jetztzeit. Und dann wächst die alte Todessehnsucht wieder, und ich sage mir, ich werde wie Mr. Hyde stärker und dauerhafter wiedergeboren. Wie einst Zeus sein eigenes Fleisch verschlungen hat, um es unsterblich zu machen, so muß auch ich mich verschlingen, um zu leben.

Das kambodschanische Messer … es hat die Kuppe eines Zeigefingers geritzt und einen Blütenstengel geköpft – mehr war da nicht, du übermütige Phantasie.

Ein Schwindelgefühl in den Ohren, und Oliver taumelt mit einem langen, mit Amylnitrat getränkten Blick zurück auf die Erde. Er kommt in einen mit Quasten und rubinlippigen, daumenlutschenden Cupidos geschmückten Flur, und über ihm schwebt wolkengleich der Orgasmus, der sich unter mir anbahnt. Mein armes Schwert steckt in der Scheide fest, es ist hilflos gefangen und stößt in seiner Not den lautlosen Schrei eines angebissenen Brotes aus. Bis ich es doch schaffe und – ja … es mir endlich kommt. Und ich, das Schwert in der Hand, befreit durchatme. Ach Tod, du bist so süß!

Schlaf – ein brüderliches Sickern aus meiner Halsschlagader. Der Mond, der Jahreszeit entsprechend nur eine blasse, pinkfarbene Scheibe, beugt sich der silbernen Allgewalt der Stille und legt sich ob ihrer angstgebietenden Offenkundigkeit demütig auf den Rücken. Aus dem Schlund einer Müllhalde starren Katzen mit leuchtend grünen Augen dem Vorübergehenden nach. Und in mir, in meinen federleicht beschwingten Muskeln, eilen die ermatteten, vom Schlaf umfangenen Gestalten aus den Nachbarhäusern mit mir durch die Nacht. Ich höre sie rascheln. Und ich lausche ihrem Lied, diesem verhaltenen Seufzen, das sich tief in den tiefsten Tiefen ihres Gehirns eingenistet hat – so tief, daß es sich, o mein Gott, nicht mehr durch Worte oder Gebete artikulieren läßt.

Ein Rasiermesser senkt sich nieder und schabt das Salz meiner Ängste weg. Krrrz! Ja, öffne meine Austernschale, löse mir die verkrampften Muskeln meiner Augäpfel.

Meine Lider fliegen auf. Ich stolpere zur Toilettenschüssel, komme langsam zur Sache. Männer sind Kämpfernaturen. Also ziehe ich den silbernen Reißverschluß auf. Raus mit dem hydraulischen Penis. Zum weiß Gott wievielten Mal. So langweilig, so *déjà vu.*

Und nun muß es sprudeln. Ein langgezogener Seufzer silbernen Urins in die weiße Porzellanschale. Kriecht in meine tiefsitzende Abscheu und läßt den Saft ab. Es brodelt in mir, all das Gift, das von außen in meine Technologie gedrungen ist … Welche Erleichterung, ich starre wie hypnotisiert auf die kreisenden Wirbel der Wasserspülung. Ich drehe mich um, stopfe meinen Penis wieder hinter sein Schamröckchen und gehe.

Und auf einmal wird es mir klar. Es kam nur tröpfelnd. Als kümmerliches Rinnsal. Ein Tropfen Urin. Noch einer. Und dann noch einer. Drei Tropfen. Die haben sich mühsam nacheinander aus meinem Kanal gequetscht, mir die Haut verhext, mein Nervensystem in Aufruhr versetzt. O Gott, warum vernichtest du mich durch diese äußerste Erniedrigung! Warum quälst du mich, indem du mich das erleiden läßt? Dafür sage ich dir meinen Dank, meinen beschissensten Dank!

Meine Hände ballen sich zu Fäusten. Ich möchte meinen eigenen Namen verfluchen, aber was würde dadurch anders? So pathetisch, so jungenhaft dumm es sein mag, es erinnert mich an die Zeit, als meine Fäkalien, in einer Windel verpackt, weggeworfen wurden. Neurotische Leere – bedeutungslos, zeitlos, aussichtslos. Wie hilflos ist doch der Mensch, wie sehr der Komplexität der Dinge ausgeliefert, auch nach Jahrhunderten der Zivilisation noch dazu verurteilt, in seine Unterhose – sein intimstes Kleidungsstück – zu pinkeln. Und wenn sie mich eines Tages irgendwo leblos auffinden, werden sie auch die unauslöschlichen gelben Flecken entdecken.

Das tiefe Loch des jähen Wahnsinns! Die stygische Finsternis meines Wahnsinns. Die Angst vor Hodenkrebs und dem Tod. Es hatte sich seit langem in meinem Gehirn eingenistet, dieses Loch, bequem gebettet, lautlos stumm wie die unartikulierte Stimmlosigkeit einer dichtgedrängten Menschenmenge auf dem Bürgersteig einer belebten Straße, das wortlose Scharren von Füßen auf dem Asphalt, keiner weiß was, keiner außer mir nimmt davon Kenntnis, es gibt keinen Wahnsinn, nur meinen. Ein Hohlraum in meinem Magen, Leere rings um mich, der Heißhunger nach Lebensenergie. Nur, es gibt eine unabweisbaren, verdammten Unterschied: Es geht um mein Schicksal! Das ist wie mit dem Wort »Nie!«, das durch die Geschichte geistert und dessen Stolz angesichts der Fakten dann doch so rasch dahinschmilzt. Fakt: Krebs. Diagnose: Tod. Umgekehrt,

Fakt ist der Tod. Das mit dem Schicksal ist nur ein tröstlicher Gedanke nach dem Tod. Eine allzu leichtfertige Angst schleicht sich ein, begreift, lehnt sich schicksalsgläubig zurück und verzichtet auf Widerstand. Und so stehe ich, als hätte ich nie etwas empfunden, was des Empfindens wert war, und nie das normale Leben eines normalen menschlichen Wesens gelebt, wieder mal ohne Hoffnung da, daß ich die Kraft aufbringen werde, aus der winzigen Festung, die ich noch halte, der verworrenen Komplexität der Welt die Stirn zu bieten.

Ich lasse mich auf das häßlich pinkfarbene Laken fallen und spüre, wie sich das Verlangen nach Schlaf – eher Ahnung als Wissen – in mir ausbreitet wie Klavierspiel, das vom weißen Schnee der fernen Alpen zu mir herüberklingt, ein Verlangen, das sich aus den in ihren Muskeln schlafenden Zehenspitzen anschleicht wie ein Dieb in der Nacht. Jugend ist eine ätzende Säure, deren Leber sich am Innenfutter meiner Hose reibt wie mit Gummihandschuhen. Eine Säure, die beharrlich und scharf aus verborgenen Tripperkanälen auf meine friedlich schlummernde Penisspitze tröpfelt. Der loyalen Verschwiegenheit zuliebe. Der Schlaf war – nein, ist unstet. Brennend wie Verlangen, tiefverwurzelt wie der Irrtum. Das stammt nicht von mir, andere haben das geschrieben, Romantiker, die von Stahl reden, wo es allenfalls um Käse geht. Du aber, Oliver, ruhe auf deinem selbstgepflücktem Lorbeer aus, wie du's immer getan hast! Im krassen Gegensatz zu anderen, Dostojewski zum Beispiel, deren Leben ein immerwährendes Ringen war und die bei allem, was sie anfingen, nach Höherem strebten. Du aber, du Narr und Drückeberger, vertraust auf irgendeine Zauberkraft und stößt bei dem, was du anfängst, sofort an die Grenzen, die deine eigene Feigheit dir setzt. Die Wahrheit, widerspreche ich mir selbst, enthüllt sich nur in unseren Gedanken. Ja, aber Schlaf hat nichts mit Gefühlen zu tun. Schlaf ist ein Betäubungsmittel, eine Schwäche, ein Stück Süßholz im Meer deines Herzens. Oliver, bist du einer, der berufen ist? frage ich mich selbst. Hast du die Daseinsberechtigung einer blühenden Blume, oder bist du ein Hochstapler, der Selbstmord vortäuscht? Lauerndes Schweigen in den Nebenhoden. Schlaff hängende Bälle im Getöse großmäuliger Worte. Denn du weißt doch – gib's zu, du weißt es! –, daß du immer so friedlich schläfst, bis sich die Sonne am Himmel zeigt? Weißt-du-das-nicht? Du-das-nicht? Das-nicht?

Und so schlafe ich schließlich ein. Die gequälte Kreatur ergibt sich der Uneinsichtigkeit des Verstandes und dem alles andere verdrängenden Verlangen nach neuer Lebensenergie. Es wurde eine besondere Art des Schlafes. Ein Schlaf, in dem das Bewußtsein hellwach blieb, der Gedanke an Sex indessen in unergründliche Tiefen weggetaucht war.

Eigentlich ist es gar kein Schlaf, eher ein narkoleptischer Schlummer, durch den sporadisch beunruhigende, mit Silber verbrämte und doch ach so unbedeutende Bilder geistern – sekundenlang grell durch die graue Wolke, die den Mond verbirgt, aufblitzende Bruchstücke von Träumen, die, endlich zu einem Ganzen zusammengefügt, irgendwo in unerreichbar weiter Ferne detonieren. Bettdecken rollen sich von selbst ans Fußende. In öder Wüste: große nomadische Fußspuren, die etwas ungreifbar Bedrohliches ausstrahlen. In den Sommersand gesetzte Füße, die sich mit so hohem Tempo fortbewegen, daß der Abdruck des zweiten Schrittes den des ersten auslöscht.

Die Sonne dringt mit beharrlicher Bosheit durch die billigen Vorhänge meines Zimmers. Von irgendwoher höre ich eilige Schritte und laut gerufene Namen, die mir vom Hinterhof meiner Jugend vertraut sind. Ich wälze mich auf die Seite, sehne mich ächzend nach kaltem, strömendem

Regen und verschließe die keusche Trommel meiner kreisenden Gedanken vor der Welt.

Ein ziehendes Zwicken, eine ausgeleierte Arterie rebelliert in meinem Körper. Durch das Flimmern vor meinen Augen sehe ich die kambodschanischen Könige, die ihren Namen in mein Suizidmesser geritzt haben, in ihren Streitwagen sitzen. Oder ist es nur eine Sinnestäuschung? Alles ist so verschwommen. Und wieder legen sich dunkle Schatten über mein Bewußtsein. Der Geruch alter Bekannter weht mir in die Nase. Ich liebe die Agonie. Ich hasse den Wahnsinn. Rot ist die Farbe der Ausplünderung.

Und dann – ganz langsam – dämmert es mir. Es ist die Quintessenz des Genialen. Weil es so plötzlich und unerwartet kommt. Und in den Märchen heißt es immer: Du darfst keine Bonbons von Fremden annehmen. Natürlich nicht. Ich tu's trotzdem immer wieder. Es ist eine brillante, unter die Haut gehende Idee, ich fasse schnell zu, weil es der einzige Ausweg ist, der einzige Orientierungspunkt in der Wasserwüste des Ozeans, die einzige Lösung. Ich *muß* es tun.

Ich muß die Seiten, die ich geschrieben habe, vernichten. Und schon gehe ich daran. Mein Roman ist krankhaft! Er ist krank bis ins Mark! Ich habe ihn wider besseres Wissen geschrieben und Gott den Herrn flüsternd angefleht, mir Kraft für dieses schwere Unterfangen zu geben. Und da halte ich nun das Manuskript in den Händen und zerreiße es Seite für Seite, bis der Berg aus kleinen, unzusammenhängend gewordenen, nicht mehr rekonstruierbaren, keinen Sinn mehr ergebenden Papierschnitzeln vor mir auf dem Opferaltar liegt. Ich mache reinen Tisch. Ich stopfe die in sinnlosem Bemühen vollgeschriebenen Überbleibsel einst blütenweißen Papiers in den Papierkorb. *Finis* – der Roman ist gestorben. Und ich habe recht daran getan, ihn umzubringen, weil selbst Jesus in seiner Vollkommenheit sich damit begnügt hat, durch die Weingärten zu wandern und Gleichnisse zu predigen, wogegen ich – ein schwacher, sterblicher Mensch – mich in sündhafter Vermessenheit zu dem Versuch verstiegen habe, einen Roman zu schreiben, der nichts ist als eine künstliche Verbrämung der schlichten Religion von der immerwährenden Existenz. Lobpreise den Herrn! Frohlocke, denn es ist nichts, ich wiederhole: nichts mehr davon übrig!

Und was schwerer wog, ich hatte durch diesen schmerzlichen, unter vielen Qualen vollzogenen Akt die nötige Stärke gewonnen, die mir erlauben würde, mich zu guter Letzt (ich wußte, es war zu *guter* Letzt) selbst zu töten. Ich hatte einen Plan entwickelt, der mich in dieses wahre Königreich führen sollte, nicht mehr durch die romantischen Gassen rhythmischer Einfälle, nicht länger an Fiktionen von Selbstmord orientiert, nein, ich wollte das tun, was meine Todessehnsucht an jenem Morgen in Idaho begriffen hatte, als sie den Zeigefinger an den Abzug der Schrotflinte legte, ich wollte mir den Weg in den heißen, heiligen Humus der Hölle bahnen. Und auf einmal winkte mir, so pervertiert es sein mag, die Utopie des Todes lockend zu – wie einem Gott, der die protzsüchtige Welt überflutet, um Platz zu machen für eine Superwelt. Der Tod war nun nicht mehr nur eine Erfahrung, er war zu einem Ereignis geworden. Gab es hier in diesem Jammertal etwa keinen Schrecken? Schritt ich nicht schon jetzt durch unerforschtes Land? All meine Fehler, Irrtümer, Frustrationen, die Summe meiner inneren Unzufriedenheit – all das, worin ich lebte und wovon ich schrieb, lag hinter mir, und ein Gefühl des inneren Jubels und der barmherzigen Freiheit hielt Einzug in meinem Herzen.

Ich richtete in diesem Moment der Befreiung den Blick starr auf die Tatsache, daß ich einen nicht nur endgültigen, sondern auch geradezu dramatischen Fehlschlag erlitten hatte. Freilich, was sonst konnte ich vom Leben erwarten? Was mußte ich schmerzlich erleiden, was nicht schon die großen tragischen Figuren der Geschichte vor mir erlitten hätten? Sagt mir, was war da, das ich nicht gewußt hätte? Mein ganzes Leben hatte ich im Schatten der Öffentlichkeit gelebt – ich war einer von denen, die sie in ihren Fernsehfilmen und in ihren Büchern beschreiben, aber da ich folgerichtig für andere eine bekannte und zugleich unbekannte Größe war, mußte ich mir eingestehen, daß ich ein besonders krasser Versager war. Leute wie ich – und es gibt viele davon – suchen ihr Heil unweigerlich irgendwann bei dem Licht der Erkenntnis, das der Freitod verheißt. Haben wir heute Donnerstag oder Sonntag – heute, am Tag meines Verbrechens? Wie schön, wie lobenswert, das Werk eines Lebens binnen Minuten zu vernichten. Ich hatte irrtümlich in den tiefsten Schlupfwinkeln meines optimistischen Muttersöhnchenherzens daran geglaubt, daß ich als Schriftsteller Erfolg haben, daß ich der beste von allen werden könnte, daß alle Schriftsteller irgend etwas – aber eben nur irgend etwas – von mir haben, wogegen ich die fleischgewordene Mutter Erde bin, die aufsteigt und befreit durch die in sich zerrissene, kosmische Zellstruktur meines unbeschwerten Seins taumelt. Lebensspannen in meinen Oliver-Lichtjahren. So kommt doch, kommt alle – an mein Herz, zu meinem Schlafplatz, zu meinem Futternapf! Ich bin er – er. Ich bin der Größte, weil ich es bin, der sich selbst die größten Rätsel aufgibt. Ich bin das Umkehrbild, das Negativ meines Ichs. Und trotz aller ärgerlichen Bemühungen, die Wasser, die mich zu ungeahnten Höhen gespült hätten, versiegen zu lassen, trotz aller selbstverschuldeten, in meinem schwankenden Erdbebenwesen wurzelnden Qualen, trotz aller Peitschenhiebe, die ich mir – allzu zögerlich freilich – versetzt habe, habe ich gewonnen. Ja, ich habe gewonnen. Ich trage das Geschwür in mir, ich habe den Krebs mit der Kraft meines Herzens besiegt und die Giftspinne mit dem Daumennagel zerdrückt, ich habe es fertiggebracht, mich selbst so lange in Eisolation zu halten, bis ich erstarrt bin. Ach, mein Kind, mein armes, armes Kind.

Der Traum machte eine Kehrtwendung. Plötzlich kam es mir so unwichtig vor, mich selbst umzubringen. Mein Schmerz saß tiefer, viel tiefer, und all das Elend, in das ich mich gestürzt und das ich ertragen hatte, um die zwanghafte Hysterie meines Romans zu Papier zu bringen, alles, was Ursache meiner Verzweiflung gewesen war, kam mir jetzt so irrelevant vor, bis auf die erschreckende Tatsache, daß ich mein Manuskript vernichtet hatte. Mir war, als hätte ich den Verstand verloren und einen entsetzlichen Fehler begangen. Wie Hamlet, als er sich endlich zur entscheidenden Tat aufraffte und die Gestalt hinter dem Wandbehang erstach, um nachträglich zu erkennen, daß er den falschen Mann umgebracht hatte. Der Vorteil, das Gesetz des Handelns zu bestimmen, lag nun bei meinem mich ständig belauernden Antagonisten. O Scheiße – alles glitt mir aus den Fingern. Und trotz all meiner Herkulestaten des Geistes, wen kümmerte es? Wen kümmerte es? Großmannssucht, Streben nach Höherem. Was für ein törichter, zügelloser großer Junge muß ich einst gewesen sein, so unbesonnen von Selbstmord zu reden! Ich war ein Idiot, der sich nicht im Zaum halten kann, und plötzlich – es mutet märchenhaft an, das zu erzählen – war ich zum Mann geworden. Durch den heldenhaften Entschluß, etwas von mir selbst zu zerstören. Durch die Kraft eines authentischen Empfindens. Es machte mich glücklich, daß ich ein Werk zerstört hatte, in dem ich so hinterhältig mit der wahren Natur, so grausam mit Gott umgesprungen war. Sollte ich ein neues Buch schreiben? Ein besseres? Die Idee, es zu tun, ließ mich nicht mehr los. Bis ich mich im Geiste dieses neue Buch – mein Tausend-Seiten-Buch – aufschlagen sah. Es umfaßte sechzig Seiten, ein schmaler Band artiger, nichtssagender Dichtkunst, und darin war, bis zur Unkenntlichkeit verstümmelt, meine Geschichte enthalten. Und neben mir hörte ich meinen Vater sagen: »Sie haben das Wort rausgestrichen. Sie haben es dir rausgestrichen.«

»Welches Wort?« fragte ich ihn verärgert.

»Bußfertig«, erwiderte er. »Das Wort bußfertig.«

Laß diesen gutgemeinten Gedanken verlöschen! Und sieh zu, daß du ins Badezimmer kommst! Und dort bring dich selbst um und zieh einen Schlußstrich unter alles!

Im Traum nimmt der Junge das Messer in die Hand, er will sich dem beugen, was wir Schicksal nennen. Das Schicksal hat viele Tempel. Er schneidet sich die Schlagader auf. Und sogleich sprudelt das Blut heraus, spritzt ihm wie ein Spermatraum ins gequälte Gesicht. Ein schneller, tiefer Schnitt, diagonal durch die Arterie, unten am Handgelenk … Schschsch. Fertig. Sterben. Der Tod. Aber welche ist die Pulsader? Wie stark muß sie pulsieren? Die Minuten verstreichen, die angelernten Grundkenntnisse beginnen dahinzuschrumpfen. Die Lichter öffnen ihre Schenkel und offenbaren mir durch sprudelnde Milch ihren Orgasmus. Blutklümpchen nehmen das Gehirn in Beschlag. Die Zeit ist gleich abgelaufen. Zur gefälligen Beachtung, Gentlemen … der Junge fällt in die Agonie des Todes. Über den Radarschrei hört man ein unartikuliertes, Tierlauten ähnliches, schwächer werdendes elektronisches Stöhnen. Geh! Geh schon!

Ich bin weg. Mein Name ist William Oliver Stone. Ich benutze zur Fortbewegung die Finger, rede mit der Nase, sitze auf meinem Peter und denke mit den Zehen.

Und da ergossen sich die zuckenden, sich windenden, wimmelnden, erstickenden Wörter über mich, ein Heer von Insekten fiel krabbelnd über mich her, kroch mir in die Augen, in die Ohren, in die Nasenlöcher, deckte mich zu. Und wenn ich aus meinen geistigen Augenwinkeln – ich lag auf dem Bauch – tief nach unten blickte, sah ich nichts als Wörter, immer mehr und immer mehr Wörter, endlose Marschkolonnen auf Papier gebannter, ungeläuterter Wörter marschieren über die Hügel und durchkämmen wie eine Armee von Kannibalen die tiefergelegenen Wälder – Wörter, wie ich sie niedergeschrieben hatte, und solche, die ich nie gelesen, nicht mal gedacht habe. Wörter, von denen ich nie gewußt hatte, daß es sie gibt.

Ärgerlich. Aufwühlend. Ein *mons veneris* der Wörter. Sprudelnde Quelle, spei Schaum, erstick das Wörtergetümmel, sprudle, schwemm alles fort!

Ich rettete mich mit einer Wende um hundertachtzig Grad zurück in hellere Gefilde. Die Tür fiel hinter mir zu, das Licht erlosch. Ich zündete ein Streichholz an. Die Personalisierung der Dunkelheit ist der Tod. Der Tod aber ist ein charakterloser Geselle. Ein Lügner. Ein Lügner. Immer und überall. Immer und überall.

Wieder der Radarschrei.

Das Streichholz brannte bis zu meinen Fingerspitzen herunter. Ich warf es in den Papierkorb, zu den zerfledderten Seiten meines Manuskripts. Die Flamme fing wieder zu flackern an, ganz langsam, wie eine Katze, die unter ein Auto kriecht. Und wurde größer. Loderte heller. Sie wurde zum Höhenwind, in ihr eigenes Gedärm eingepfercht und visionär. Die langen, gefühlsbetonten Schleifen, in denen meine Hand die Feder über das Papier führt. Die Feder, das Alter ego meines Intellekts, das alles weiß, was ich weiß und je wissen werde, rutscht mir, bedrängt von der Unvernunft der Flammen im Feuer des Schreibens, aus den Fingern. Das Feuer ist im Weiß meiner Augen, ein Flammenstrahl schießt auf meinen Kopf zu. Der blaue Saum franst aus, zieht einen weit ausholenden, halbkreisförmigen Schwaden über das Blatt Papier. *La lune.* Und ich lese: Olivers Zeitalter. Soll das der Titel sein? Ein merkwürdiger Titel für so ein Buch. Das nun von den Flammen erfaßt wird, zu brennen beginnt, während ich es halte – mein Roman! Mein Vollblutgeist. Alles, was dem Roman Leben einhaucht – die kurzen Passagen, die vom Krieg handeln, und der darin verwobene Lobpreis der Einsamkeit –, hat sich wie die häßliche Fratze eines Wasserkobolds in meinem Gehirn festgesetzt und nährt sich verdrießlich von meiner brodelnden, siedendheißen Weitschweifigkeit – wie ein Sukkubus, wie ein Meer, wie ein Breitwandblutegel.

Ich hielt den zweiten Bogen in die Flammen, anfangs zögernd, aber schon bald hatte ich mich in einen wahren Rausch gesteigert. Ich übergab dem Feuer den dritten Bogen. Und den vierten. Den fünften. Und dann war es zu spät, um noch aufzuhören. Was beweist, daß ich schon wieder versagte. Auf Abwege geraten war. Ich hatte mit der Göttin der Dichtkunst geschlafen, ohne zu wissen, wie. Sie ließ sich dazu herab, es mir zu zeigen. Netter Junge. Süßes Ding. Ein wahres Prachtstück von einem Ding. Verrückt nach ihr, würgte ich mein Sperma herunter und verschluckte meinen Zeh. Träumte den Winden nach, vergaß, mir selbst zu vergeben, und tröstete mich damit, daß ich auch früher schon versagt hatte – ehe mir das Ganglion eingepflanzt worden war, das wie ein schlammgefüllter Schlangenkopf aussieht und das Organ allen Wissens ist. Weil ich ein Intellektueller bin. Kraft meiner Falschzüngigkeit. Und weil der Kern meines Ichs – samt all dem, was an verrottetem Drumherum dazugehört – ebenfalls intellektuell ist. Und dabei habe ich es doch so viele Jahre versäumt zu denken, gründlich nachzudenken. Obwohl ich nur zu gut wußte, daß das heiße Herz der Hölle kein Ort ist für einen, der immer nur »ach Mutter« seufzt. O nein, in der Hölle ist kein Platz für verzagte Seelen.

Die Flammen schlugen höher und warfen ein wundersam bigottes Licht, das mir tanzende Flecken ins Gesicht malte. Und da packte ich in heller Ekstase das ganze Manuskript und übereignete es dem Feuer.

Ich warf die Streichholzschachtel hinterher und sah zu, wie sich das Papier in den Flammen verzehrte und sich ächzend und knisternd rollte und wälzte wie ein Schwein im Schlamm. Ich sah, wie das Papier zurückschreckte vor dem Schicksal, das es erleiden mußte. Und sah seine Verblüffung, daß ausgerechnet ich es war, der ihm das antat. Der ihm das Leben raubte, indem er ihm das einst so geliebte Licht seines Seins ausbrannte ... Ach, rauben und stehlen, töten und umbringen – ach, lebt wohl, ihr Sünden von gestern!

In der Dunkelheit war es ein erschreckendes Spektakel. Die Flammen spuckten und knackten, als nährten sie sich von einem ganz gewöhnlichen Feuer, nur, es brannte inwendig und nicht außen, und ich konnte mein Gesicht in dem breiten Bauernspiegel wie durch wallende Flammenschleier sehen. In meinen Augen loderte der Kristallglanz eines in Regenbogenfarben schimmernden heiligen Zorns – moderige, schlammverkrustete Perlen, mit denen der Schädel eines im Schorf seiner friedvollen Frustration auf dem Meeresboden ruhenden toten Matrosen gespickt ist.

Aus dem Feuer stiegen schwarze Schmetterlinge auf, schwebten eine Weile durch die Luft und starben den Erstickungstod.

Ich starrte wie gebannt auf das Schauspiel. Olivers Zeitalter. Ich wich vor der Hitze zurück, bis ich mit dem Rücken gegen die Wand prallte und sah, wie mein Schatten sich im Spiegel der Dunkelheit ins Riesenhafte verzerrte, zur

Zimmerdecke aufstieg und mich erdrückte. Ein ungeheurer Hitzeschwall schlug mir entgegen, von keinem Schutzschirm gebändigt, und nichts konnte sein Verlangen aufhalten, in meine Eingeweide einzudringen. Die Asche des verkohlten Papiers, die läuternden Gedanken des Feuers, mein wie eine verängstigte Katze an die weiße Wand hinter mir geschmiegter Schatten – eine von der Hölle ersonnene Projektion des Jungen, den sie Oliver Stone nannten.

Mein Schlund über dem Feuer. Feuer. Mein Schlund ist im Feuer. Der Feuerschlund wabert zurück, das Messer ist rot vom Opferblut. Es hat wirbelnd zugestochen und seine Opfer geröstet. Die Lunten der Realität lösen sich immer mehr von meinem Sein, der letzte Lebenssaft, das letzte Geheimnis vor den Grenzen des Wahnsinns, der Kern meines Ichs, die Fäulnis, die exzentrische Auflösung allen Seins, die fanatische Zuversicht des Vertrauenden, die versäumten Pflichten, die Karies der Lust ... sprudle, Quelle, schwill an und schwemme alles weg! Mit angezogenen Ellbogen dränge ich mich aufgewühlt durch die von Menschen wimmelnde, leere Nacht, diese letzte müßig durchschlenderte Nacht. Wörter haben mich verschlungen, Wörter, die auf den von einer Ölhaut überzogenen himmlischen Ball geschrieben sind, einem Ball, der nie aufhören wird zu rotieren. Das Messer liegt bereit, heiß und unbefleckt.

Ich umklammere den Stahl und trete ins Antlitz der Flammenglut. Stich dir dieses Messer ins Dreieck zwischen Drosselvene und Halsschlagader. Dieses Messer ist dazu auserwählt, es vermag die Flamme, den Halbbogen des Mondes und den Wahn eines solchen Todes zu durchschneiden. Im Schein des Feuers sehe ich mein Blut von der Klinge tropfen – eingebildetes Blut, das mir über die Brust läuft und in die purpurroten Flammen tropft. Die Luftröhre wird verletzt, die Karotis liegt bloß. Ich bin, noch ehe ich es weiß, in der Eitelkeit meines Tuns gefangen wie bei einer Schockwelle, die den Explosionsknall überholt. Meine Katze rettet sich mit einem beherzten Sprung. Ich aber warte darauf, daß der Schmerz zubeißt – wann?

In der pechschwarzen Finsternis des Badezimmers gibt mein zerschundenes Antlitz im Spiel der Flammen ein prächtiges Bild ab. Ich meine, ich hätte ein Keuchen gehört, bin aber nicht sicher, ob es nicht mein eigenes war. Ich fühle mich so schläfrig. In Wirklichkeit war es ein Radarschrei gewesen, der Schrei aus dem Inneren der Wand. Und nun ist der Kehlkopf an der Reihe, in all seiner Erhabenheit, zuerst spuckt er, dann zieht er sich in Krämpfen zusammen, am Schluß fängt er zu würgen an. Und dann wird er ausgebrannt, und mein Kopf sinkt in die Fülle des Feuers …

… nun aber graut der Morgen. Meine Kehle ist durchschnitten, ich starre verständnislos, wie durch ein Netz aus Wasser, auf mein Ich. Es löst sich aus dem Würgegriff seiner Monster und schwebt lautlos davon. Ein Geräusch wie ein im Nachbarzimmer beiseite gerückter Stuhl. Wie abgehacktes Hüsteln, irgendwo weit weg. Gedämpft. Chäh-äh!

Ich träume im Traum, daß ich masturbiere. Auf einem Bett in einem Zimmer, das ich aus irgendeiner Vergangenheit kenne. Ein Zimmer mit grünen Tapeten? Ich bin erst neun oder elf, aber der Penis, den ich mit der Hand massiere, ist älter.

Vor mir die Kniekehlen einer weißen Frau, zwei Aushöhlungen wie Grübchen, eine Vene, die sich schwach abzeichnet. Die Kniekehlen bewegen sich. Eine Frau … bin ich tot? Der Achsnagel eines Knochens ragt aus dem Fußgelenk. Aber der Fuß bewegt sich leicht und beschwingt.

Sie kommt durch die Tür. In dunkle Geheimnisse gehüllt, aber ohne zu zögern, kommt sie quer durch das Zimmer auf mich zu. In meinen Träumen haben solche Mädchen es immer auf mich abgesehen.

Wer verbirgt sich hinter diesem Gesicht? Was willst du mir schenken? Komm näher, Spinne! Und während sie näherkommt, rollt sie sich mit dem Lächeln einer Hexe aufwärts, wie ein Augapfel.

Mein fragendes Marionettengesicht erstarrt vor Verblüffung. Sehe ich, was ich sehe? Ist es nur ein Zerrbild, das die Sehnsucht mir vorgaukelt? Habe ich gerade Französisch gesprochen – ein blumenreiches, verquastes Geplapper, voller Worte, die ich nie gekannt, von denen ich nicht mal gewußt habe, daß es sie gibt? Ja, sie hat es auf mich abgesehen, die Reitpeitsche wippt schon in ihrer Hand. Die rasche Folge von Schritten, von einem Lächeln maskiert. Ihre nackten Brustwarzen. Die Ottomane ihres Fellchens. Ihre Lenden machen mir angst. Wer bist du? In meinem Kopf nistet die Ohnmacht der Sünde. Schamvolles Erröten durchrieselt meinen Körper. Beraubt mich meiner Kleidung und liefert mich ihr nackt aus, ohne Hemd und Krawatte.

Bitte – wer bist du?

Mein Penis entwickelt sich zu enormer Größe. Wie eine überzüchtete französische Blume, die mich aus dem Garten ruft: »Oliverre! Oliverre!«

Ich liege auf dem Bauch und sehe aus großer Höhe auf die Erde nieder. Wo tief unter mir meine Eichel in einem dunkelbraunen Loch im Garten den Höhepunkt erreicht.

Kein Reibungseffekt, kein Prickeln, nichts, nur das leichte Schwindelgefühl in großer Höhe und der Kraftakt eines Unbekannten, der dort unten zustößt.

Ich schrumpfe zur Erde zurück. Ich bin es, der das Loch im Garten vögelt. Vögelt und vögelt. Ein schweres, pulsierendes Gewicht hält die Penisspitze umfangen. Zerrt an ihr. Reibt die Eichel wie ein Stück von den Wellen des Meeres angespülten Seetangs, das sie aus seinem Felsspalt zwängt und gierig zupackt. Wieder und wieder … oooh – whoooo! Ich tauche auf den Grund des Meeres. Crummys Schädel und die Schädel Tausender anderer Seeleute starren mich an. Die pausbäckigen weißen Puppengesichter ausgebleichter Schädel. Und vom Meer umspülte, aufgeblähte Leiber. Und ich ficke weiter. Meine fahlen weißen Wangen graben sich pumpend in einen schwülwarmen, engschlitzigen Leib, den Berg der Liebe, der mich umfaßt und in sich hineinzieht. Aber etwas unterscheidet mich von den toten Seeleuten: Ich lebe. Und es ist das Gesicht meiner Mutter, das auf mich niedersieht, während sie es mit mir treibt und ich es mit ihr und wir uns wie die Schlangen der Erbsünde ineinander verschlingen. Mein Penis in ihrer behaarten Muschi – wie erregend! Wie aufwühlend! Gegen alle Regeln! Gegen jedes Gesetz und alle guten Sitten!

Irgendwo in meiner Kehle stammle ich einen Protest. »Mommy! Mommy!« Und dann ist er der kleine Junge in dem Zimmer mit den grünen Tapeten, der aus seinem Alptraum aufwacht und sieht, daß ihm die Kobolde schon die Beine hochkrabbeln, während Mommy – ihre hastigen Schritte und das Chanel-Parfüm kündigen sie an – noch die Treppe heraufeilt, nicht ahnend, daß die Kobolde sie ebenfalls hören können. Beeil dich, mach schnell! Es kommt auf jede Minute an! Ach, werde ich sie je wiedersehen? Ich schließe vor Angst die Augen. »Mommy!« Ihre Silhouette kommt ins Zimmer gestürmt, sie reißt mich in ihre Arme. Und ich jammere: »Ich will nicht sterben, Mommy! Bitte, laß mich nicht sterben, o laß mich nicht sterben!« Und schluchze unbeherrscht vor Kummer und ohnmächtiger Wut. Und sie nimmt mich tröstend in die Arme, drückt mich an ihren wohlduftenden Leib und beruhigt mich mit sanften Küssen.

»*Mon petit chéri*, Oliverre, du wirs nie schterben – niemals, isch verschpresch es dir.« Bis der Kindertraum in dunkler Nacht, allen Schlangen Satans zum Trotz, zu Ende geht und ich weiß, daß ich nie sterben werde, weil Mommy es gesagt hat.

Und nun wird ihr Versprechen wahr. Ihre süßen Küsse verzehren mich mit erregendem, perversem, von Sünde vergiftetem innerem Jubel. Oh, es tut gut, so gut, sich in menschlicher Gestalt mit ihr zu vereinen. Erschrecken mischt sich mit fleischlicher Lust, Furcht mit Sinnlichkeit. Das Blut steigt mir in den Hals und fängt so unbeschreiblich heftig zu pochen an, daß ich spüre, wie kurz die Lebensspanne ist, die mir noch bleibt. Wie ein Schwimmer, der zu ertrinken droht, komme ich japsend an die Oberfläche. Ich strenge mich an, um in meiner Kehle eine große Luftblase anzusammeln, die bald darauf auf meiner Zunge zerplatzt. Mein in Worten widergespiegeltes Gestern im Feuer. In den Augen meines Hundes lese ich Trauer, wie stummes Knurren. Ich höre ihn winseln. Und sehe ihn sterben.

Zu spät. Der verklärte Leib meiner Dichtung schwebt mit wackelndem Spermaschwanz davon, sein Inhalt verpufft in der Luft. Ja, steig empor durch den Unrat der Welt, der dir die Richtung weist, steig unaufhaltsam empor!

Wieder durchbreche ich den Wasserfilm und verschlafe, während ich in der dunklen, ewigen Höhle meiner Mutter komme, das Sonnenlicht. Ich trinke die Sterne, all die Millionen, Milliarden und Abermilliarden Sterne, werde von einer warmen, blütenweißen Spermawelle überspült, die mit gewaltiger Macht aus mir herausdrängt, und fange schließlich zitternd zu betteln an: Laß mich frei, laß mich frei, o laß mich endlich frei! Die struppigen Hunde hinter den weißgekalkten mexikanischen Mauern schlagen bellend an, und aus den Bergen steigen die Adler auf – fliegt, Adler, fliegt!

Schweißgebadet wache ich jäh auf, bestürzt, daß ich noch lebe. Der Traum hat meine Hose mit der Macht der zellulären Vision befleckt. Ich bin in einem trockenen, heißen mexikanischen Hotel. Und da bellt tatsächlich ein Hund hinter einer Mauer, ganz in der Nähe, und die Straßen sind öde und still, wie sie es nur in spanischen Ländern zur Zeit der Siesta sein können. Ein großer Vogel kreist in den Bergen über den Ausläufern der Stadt.

Die meisten Seiten meines Buches liegen, zu schwarzen Aschehäufchen verkohlt, im Zimmer und im Bad auf dem Boden. Ich habe es getan. Ich habe es also doch getan.

Das kambodschanische Messer liegt neben mir auf dem Bett. Unbenutzt. Die Könige in ihren Streitwagen starren mich an. Sie wissen alles.

Stumm schleppe ich mich langsam in die enge Duschkabine. Die alten Rohre ächzen und spucken einen Schwall Wasser aus, der mir das vom Erlebterlittenen verklebte Gesicht und den Körper sauber wäscht. Meine Lebensenergie ist brüchig geworden, und mein Verstand fühlt sich plötzlich unsäglich müde, er will von inneren Konflikten nichts mehr wissen.

Abgetrocknet und frisch gekleidet, lese ich die unverbrannten Seiten des Buches auf und ordne sie – soweit sie überlebt haben – nach Seitenzahlen. Etwa die Hälfte des Manuskripts ist übriggeblieben. Ich ahne, daß ich mich später noch einmal mit diesen Seiten beschäftigen werde. Aber nicht hier. Nicht zu dieser Zeit und an diesem Ort. Weil Mexico ein Teil dessen ist, was ich bereits kenne.

Am nächsten Morgen gebe ich mein Zimmer auf, begleiche meine Rechnung und kehre nach Amerika zurück. Zu dem, was von meinem Zuhause in New York noch übrig ist. Zu einem Vater und – manchmal – einer Mutter.

Dort werde ich erkennen, daß auch meine Eltern ein Teil – und nur ein Teil – dessen sind, was ich bereits kenne. Und daß ich in den kommenden Jahren, allein auf mich gestellt, nach der Zauberkraft und der Weisheit suchen muß, die mir helfen sollen, mir durch die Asche des alten einen Weg in ein neues Leben zu bahnen.

Ich warte auf das Licht des neuen Morgens.

EPILOG

Dreißig Jahre sind vergangen.

Ich, inzwischen jenseits der Fünfzig, wundere mich, welcher befremdenden, beinahe schamanenhaften Sprache sich dieser Junge bedient. In seiner Sehnsucht, über sich selbst und seine irdischen Fesseln hinauszuwachsen, ist es immer wieder das gleiche Thema, das ihn beschäftigt und das auch mich jetzt noch quält. Bis zum heutigen Tage frage ich mich, ob ich fortbestehen kann. Es ist eine Frage, die, glaube ich, erst mit meinem Tod beantwortet wird.

Aber auf der Wegstrecke zu diesem Tag bin ich dankbar dafür, daß es mir möglich war, diesem jungen Mann wiederzubegegnen und mich daran zu erinnern, wie tapfer er – ob er nun Oliver oder William oder einer jener Gespenstererscheinungen war, die er in sich sah – darum gerungen hat, zu sich zu finden. Er kommt mir vor wie ein großer Junge, der viele Leben gelebt hat – sicherlich nicht alle seinem Lebensalter entsprechend.

Ich rede nicht sehr leidenschaftlich von ihm, eher distanziert. Das kommt daher, daß er mir das Herz gebrochen hat – oder richtiger gesagt: Er hat sich selbst immer wieder das Herz gebrochen, und manchmal war es wirklich nicht nötig. Aber ich tue das immer noch, doch ich tue es, da ich heute mehr weiß, immer seltener. Immer seltener. Mit der Zeit schwindet in mir vieles von dem dahin, was diesen großen Jungen aufgewühlt hat: seine Leidenschaft und sein Zorn und seine ungezähmte Liebe. Wie auf einer etruskischen Vase verblaßt sein Profil unter den Schichten, die die Jahre darüberlegen.

Aber eines weiß ich: Dieser junge Oliver wollte – nein, er verzehrte sich verzweifelt danach, angehört und geliebt zu werden. Aber das wurde er nicht, und darum bürdete er sich – und somit auch anderen – diese schrecklichen Qualen auf.

Ich entschuldige mich, so gut ich kann, bei all jenen, die noch leben und denen er weh getan hat – und mit ihm ich. Und ich vergebe allen, die ihm – und mir – weh getan haben.

Aus der Sicht des fortgeschrittenen Lebensalters bedaure ich besonders, daß dieser Oliver nicht mit einer Schwester, einem Bruder oder wenigstens einem guten Freund aufgewachsen ist – mit jemandem, der ihm so nahe stand, daß er bei ihm sein Herz hätte ausschütten können. Denn dieses junge Herz war voll.

Ich hoffe, irgendwem mit diesem Buch der Freund zu sein, den er so dringend gebraucht hätte.

OLIVER STONE
Los Angeles, Kalifornien, 1997